novum pro

AF145681

WALTRAUD HÄCKER

Der zärtliche Hauch der Illusionen

novum ▲ pro

Dieses Buch ist auch als
e-book
erhältlich.

www.novumverlag.com

Bibliografische Information
der Deutschen Nationalbibliothek:

Die Deutsche Nationalbibliothek
verzeichnet diese Publikation in
der Deutschen Nationalbibliografie.
Detaillierte bibliografische Daten
sind im Internet über
http://www.d-nb.de abrufbar.

Gedruckt in der Europäischen Union
auf umweltfreundlichem, chlor- und
säurefrei gebleichtem Papier.

© 2023 novum Verlag

ISBN 978-3-99146-252-1
Lektorat: Birgit Himmüller
Umschlagfotos: Lonely11,
Marina Strizhak | Dreamstime.com
Umschlaggestaltung, Layout & Satz:
novum Verlag

www.novumverlag.com

Climate neutral
Print product
ClimatePartner.com/16547-2201-1002

Prolog

Sie fiel ihm sofort auf, wie ein Magnet zog sie seinen Blick auf sich, kaum dass er die Max Bar, am Marktplatz, betreten hatte. Ihr blondes, langes Haar, ihr bildhübsches Gesicht, ihre strahlend blauen Augen und ihr Lächeln, dieses bezaubernde Lächeln, das sie ihm schenkte, als ihre Blicke sich trafen. Die Bar, mit ihrem französischen Flair in der Altstadt von Heidelberg, war brechend voll und sie saß zusammen mit drei jungen Männern an einem Tisch gleich neben dem Eingang. Er ging zur Theke und bestellte sich ein Bier. Kannte er sie? Er konnte sich nicht erinnern, ihr je begegnet zu sein. Verstohlen beobachtete er sie aus den Augenwinkeln. Sie war bestimmt zwei oder drei Jahre älter als er und trug ein rotes, leichtes Sommerkleid, das sich eng an ihren schlanken Körper schmiegte. Der Barkeeper brachte sein Bier und er nahm einen kräftigen Schluck. Vielleicht hatte sie gar nicht ihn gemeint, sondern den Mann, der mit ihm die Bar betreten hatte, und er hatte sich eingebildet, dass dieses Lächeln ihm gegolten hatte. Ja, bestimmt, sie hatte nicht ihn gemeint.

Ein blonder Typ neben ihm sprach ihn an. Er hieß Lars und erzählte ihm, dass er hier in Heidelberg studiere und öfter mal in diese Bar komme.

– Sie ist etwas ganz Besonderes, sagte er, ein Stück Frankreich mitten in Heidelberg. Die Inhaber haben das gesamte Inventar dieser Bar in Antiquitätengeschäften, auf Flohmärkten oder aus Privatbesitz in Frankreich gekauft, um ihren Traum von einer authentischen Pariser Arbeiter-, Studenten- und Künstler-Bar hier in Heidelberg verwirklichen zu können.

Er hörte ihm kaum zu, seine ganze Aufmerksamkeit konzentrierte sich auf sie, auf diese äußerst gutaussehende Frau, die immer wieder ihren Blick auf ihn richtete. Ein irritierendes, prickelndes Gefühl durchflutete ihn und er konnte nicht anders, als auch immer wieder zu ihr zu schauen, möglichst unauffällig. Lars redete weiter auf ihn ein, erklärte ihm, dass die alte Theke aus einem Schuppen in Le Mans und die Tische, Stühle und Originalmetrobänke aus einem Lager in Épinay-sur-Seine stammen. Er ließ ihn reden. Auch dass Lars für ein Jahr nach Amerika gehen würde und dringend einen Käufer für sein Golf Cabriolet suchte, interessierte ihn nicht.

– Ich bin Student, sagte er, ich kann mir kein Auto leisten. Ich bin froh, wenn ich mit dem, was ich mit meinen beiden Jobs verdiene, einigermaßen über die Runden komme, zudem brauche ich hier in Heidelberg auch gar kein Auto.

Wieder richtete sie ihren Blick auf ihn.

– Ich glaube, die interessiert sich für dich, meinte Lars und grinste.

– Wer?

– Na, die hübsche Blondine, siehst du denn nicht, wie sie immer wieder zu dir herüberschaut?

– Zu mir?

– Na klar, das sieht man doch, erwiderte Lars. Er blickte zu ihr, direkt in ihre Augen. Sekundenlang lächelte sie ihn an.

– Also ich verzieh' mich dann mal, sagte Lars, und falls du dir das mit dem Cabriolet doch noch anders überlegen solltest, hier meine Telefonnummer, du kannst jederzeit eine Probefahrt machen, wenn du möchtest.

Lars hatte seinen Platz kaum verlassen, da stand die blonde, junge Frau auf, kam auf ihn zu, stellte ihr Cocktailglas neben sein Bier auf die Theke und fragte mit einem aufreizenden Augenaufschlag: Darf ich? Während sie sich, ohne seine Antwort abzuwarten, graziös auf den freigewordenen Barhocker von Lars schob. Er starrte sie perplex an, war so irritiert, dass er gar nicht gleich wusste, was er sagen sollte.

– Oder störe ich Sie? Möchten Sie lieber allein sein? fragte sie.

– Nein, Sie stören nicht, überhaupt nicht, erwiderte er, nach dem ersten kurzen Überraschungsmoment, mit einem charmanten Lächeln. Aber wer hätte das nicht gesagt? Wer hätte so eine attraktive Frau zurückgewiesen?

– Ich heiße Sylvia und bin Studentin des Studiengangs Media Management und Werbepsychologie. Meine Freunde nennen mich Sylvie, wenn Sie möchten, können Sie auch Sylvie sagen. Wie sie ihn ansah. Was wollte diese Frau von ihm? Er fühlte sich befangen, wandte sich von ihr ab und starrte auf die aufgereihten Flaschen hinter der Theke. Ihr offensichtliches Interesse an ihm, ausgerechnet an ihm, wo doch noch haufenweise andere Männer hier in dieser Bar waren, irritierte ihn ... und es faszinierte ihn, es schmeichelte seinem Ego.

– Warten Sie auf Ihre Freundin? fragte sie.

Er antwortete nicht. Er hatte keine Freundin. Seine letzte Beziehung lag über ein Jahr zurück. Sylvie, sein Blick glitt prüfend über ihr Gesicht. Womit hatte er das verdient? Was war denn so Besonderes an ihm, dass die Wahl dieser bildhübschen Frau gerade auf ihn gefallen war? Sie fing seinen fragenden Blick auf und lächelte, ein entwaffnendes, hinreißendes Lächeln, ein Lächeln, dem man nicht widerstehen konnte, das man erwidern musste, ein Lächeln, das diesen Abend interessant und prickelnd machte.

– Bist du öfter hier? Studierst du in Heidelberg? Wie selbstverständlich ging sie vom ‚Sie‘ zum ‚Du‘ über.

– Ja, ich studiere hier, aber in dieser Bar war ich noch nie, es ist heute das erste Mal.

– Und gefällt sie dir? fragte sie.

– Ja, sie gefällt mir, sehr gut sogar, erwiderte er. So eine authentische, französische Bar hier in Heidelberg, das ist wirklich etwas Außergewöhnliches und hat einen ganz besonderen Charme.

– Ja, da hast du recht, sagte sie. Es gibt kaum jemanden, dem es hier nicht gefällt. Selbst französische Touristen sind vom Ambiente dieser Bar fasziniert und ich finde es sehr schön, dass wir uns heute hier begegnet sind. Was für ein glücklicher Zufall. Für einen flüchtigen Moment legte sie ihre Hand auf seinen Arm. Ein Kick schoss durch seinen Körper, warm, wohltuend, erregend schön. Ja, was für ein glücklicher Zufall, dachte er, und seine Gedanken gingen zurück zu den einsamen Abenden in den letzten Monaten. Dennis und er lebten seit Beginn ihres Studiums zusammen in einer WG, zwei Zimmer, Küche mit Essecke und Bad. In den ersten Monaten waren sie öfter zusammen unterwegs gewesen. Doch dann hatte Dennis Lara kennengelernt. Er hatte nichts gegen sie, nur dass sie fast jeden Abend kam und erst am nächsten Morgen wieder ging, das störte ihn. Die Wände in dem alten Fachwerkhaus waren sehr hellhörig. Er hörte ihr Lachen, ihr Herumalbern und fühlte sich einsam. Da hatte er begonnen, neben seinem Job im Supermarkt, abends auch noch an der Tankstelle zu arbeiten, um nicht ständig Zeuge dieses jungen Glücks, ihrer nicht zu überhörenden Liebe, zu sein. An manchen Abenden war er auch nur ziellos durch die Straßen gelaufen und erst spät in der Nacht wieder zurückgekehrt. Und heute hatte er sich entschlossen, hier in dieser Bar, von der er schon gehört hatte, ein Bier zu trinken.

– Was machst du eigentlich in den Semesterferien? fragte sie.

– Ich werde arbeiten, erwiderte er.

– Und sonst, was machst du, wenn du nicht arbeitest? Erzähl mir etwas von dir. Sie rückte näher an ihn heran und er erzählte ihr bereitwillig alles, was sie von ihm wissen wollte, von seiner Kindheit bis zu seiner Studienzeit hier in Heidelberg. Sie sah ihn unablässig an und hörte sehr interessiert zu.

– Du arbeitest zu viel, sagte sie dann. Ich finde es natürlich sehr anerkennenswert, dass du zur Finanzierung deines Studiums so viel beiträgst, aber du kannst doch nicht immer nur arbeiten, ab und zu musst du dir doch auch etwas gönnen, dich für deine Alltagsmühen mit etwas Besonderem belohnen, Spaß haben und das Leben genießen. Er sah sie an. Sein Leben genießen, wie recht sie hatte. Was leistete er sich denn schon? Sein Tagesablauf war doch so streng getaktet, dass es kaum Raum für irgendetwas anderes gab. Sylvie, wie sie ihn ansah, dieser zärtliche Zug um ihren Mund, diese Wärme und Herzlichkeit, die sie verströmte, die erregende Berührung ihrer Hand, die gerade sanft über seinen Arm strich. Und plötzlich war sie da, die Sehnsucht, die Sehnsucht nach dieser Frau, nach ihrer Nähe, ihrer Zärtlichkeit. Er konnte seinen Blick kaum von ihr wenden, nicht von diesem zauberhaften Lächeln, das ihn so wohlig umfing und sich ohne große Mühe in sein Herz stahl. Was für ein wundervoller, vielversprechender Abend, nach den vielen einsamen Monaten. Sie lächelte noch immer, griff dann nach ihrem Cocktailglas, trank einen Schluck und erzählte ihm anschließend, dass sie hier in Heidelberg aufgewachsen sei und immer wieder gerne hierherkomme, um sich mit Freundinnen oder Freunden zu treffen. Und dann berichtete sie ganz begeistert von ihrem Studium und auch von Freud, Adler und Jung, den drei großen Pionieren der Tiefenpsychologie, vom Ich und Über-Ich und der wissenschaftlichen Erforschung des unbewussten Seelenlebens.

– Ich bin beeindruckt, was du so alles weißt über die Macht unseres Unbewussten, mit all seinen Wünschen und Sehnsüchten, die oft, fernab von Vernunft und Moral, unser Leben steuern. Doch noch beeindruckender fand er es, dass sie nur Augen für ihn hatte, ihm ihre ungeteilte Aufmerksamkeit schenkte und ihn so ganz ungezwungen ihre Freude spüren ließ, ihn hier in dieser Bar getroffen zu haben. Sylvie, was für eine außergewöhnliche, faszinierende Frau. Von ihr fühlte er sich verstanden und wahrgenommen, fühlte sich geschmeichelt, wenn sie ihn mit Komplimenten überhäufte und mit ihrem psychologisch geschulten Blick Talente an ihm entdeckte, von denen er gar nicht wusste, dass er sie besaß. So einer Frau war er noch nie begegnet. Er genoss ihre Nähe, ihr sympathisches Lächeln, das nur ihm galt und sonnte sich im wärmenden Licht ihrer Bewunderung. Sie gab ihm, wie noch keine andere Frau zuvor, das Gefühl etwas Besonderes zu sein, interessanter und anziehender zu sein als all die anderen Typen hier in dieser Bar. Und das, das tat ihm so verdammt gut.

– Vor Kurzem habe ich an einem Experiment teilgenommen, bei dem es darum ging, das Kaufverhalten der Kunden in einem Supermarkt zu beeinflussen, ihre Einkaufsmenge ganz gezielt zu erhöhen, berichtete sie dann, und ich muss sagen, ich war über das Ergebnis sehr überrascht. Kunden, die nur mal schnell eine Kleinigkeit kaufen wollten, sind dann oft mit weit mehr im Einkaufswagen zur Kasse gefahren.

– So naiv ist doch kein Mensch, dass er sich so beeinflussen lässt, das glaube ich einfach nicht, sagte er und fügte dann noch hinzu: Mir könnte so etwas jedenfalls nicht passieren.

– Wirklich nicht? fragte sie mit einem süffisanten Lächeln.

– Nein, wirklich nicht, mein knappes Budget würde so etwas gar nicht zulassen. Zudem würde ich, wenn ich nur eine Kleinigkeit kaufen möchte, keinen Einkaufswagen mitnehmen.

– Nun, das sind natürlich schon Argumente, nur solltest du den Job der Psychologen, Marketing- und Werbeexperten nicht unterschätzen, sie sind Profis. Ihre Arbeit, die Kunden mit immer effizienteren Methoden zum Kaufen zu verführen, ist ein sehr subtiles, äußerst perfektes, psychologisches Kalkül, das Ergebnis jahrzehntelanger intensiver Forschung. Da wird nichts dem Zufall überlassen, alles wird bis ins kleinste Detail nach den modernsten Erkenntnissen der Wissenschaft geplant und im besten Licht präsentiert. Und der Kunde, umschmeichelt von dezenter Musik, verführerischen Düften und dem ausgeklügelten Spiel von Licht und Farbe, bemerkt gar nicht, wie sehr wir seine Kaufentscheidungen beeinflussen, wie wir seine Aufmerksamkeit wecken, seine Schritte lenken, seine Wünsche und seinen Willen formen und er, wie von magischen Kräften geführt, Dinge kauft, von denen er vorher gar nicht wusste, dass er sie braucht. Aber lassen wir das, wir müssen nun wirklich nicht, an einem Abend wie heute, über die Beeinflussungsmethoden in einem Supermarkt sprechen, da gibt es doch bestimmt noch andere Themen, meinst du nicht auch? Ihr Blick zu indiskret, viel zu indiskret. Er setzte sein Glas Bier an die Lippen und trank es in einem Zug leer.

– Es ist so schön hier mit dir, flüsterte sie. Ihr Parfüm umhüllte ihn, ihre Worte streichelten ihn und ihr lasziver Blick erregte und fesselte ihn. Er konnte das alles kaum fassen.

– Warst du schon einmal in Paris, fragte sie.

– Ich, nein, erwiderte er.

– Paris ist eine großartige Stadt. Meine Freundin Gina studiert an der Sorbonne Romanistik und ich habe sie schon zweimal in den Semesterferien besucht. Dieses Jahr geht das leider nicht. Gina hat in der Hemingway Bar, im Hotel Ritz, einen Franzosen kennengelernt und sich sofort in ihn verliebt. Liebe auf den ersten Blick, da hat sie jetzt keine Zeit für mich. Schade, wirklich schade, ich wäre auch dieses Jahr gerne wieder nach Paris gefahren, ich hatte mich schon so darauf gefreut. Nun ja, c'est la vie. Und gestern, gestern hat sie mich angerufen und gesagt, dass sie mit ihrem Freund auf dem Montmartre-Hügel war und er hätte sie vor der Liebesmauer, auf der der Satz *Ich liebe dich,* in 311 Sprachen verewigt ist, in die Arme genommen und zu ihr gesagt: *Je t'aime.* Vor der Liebesmauer auf dem Montmartre-Hügel, das ist doch so was von romantisch. Ein besseres Ambiente kann man sich für diese drei schönsten Worte doch gar nicht vorstellen. Und dann auf Französisch: *Je t'aime.* Ich finde, das klingt einfach viel besser als auf Deutsch, melodischer, romantischer, das hat einfach einen ganz besonderen Charme, findest du nicht auch?

– Ja schon, da hast du recht, antwortete er.

– Und dann, dann sind sie zusammen zur Brücke Pont des Arts gegangen und haben ein Liebesschloss mit ihren Namen an das Brückengeländer gehängt, sich dabei ewige Liebe geschworen und den Schlüssel anschließend in die Seine geworfen. Als sie mir das alles erzählt hat, hat mich das tief berührt und ich habe sie beneidet um diesen Mann, so einen romantischen Freund hatte ich noch nie. Sichtlich gerührt von ihren Worten und ihrem traurigen Blick, hätte er sie beinahe tröstend in seine Arme genommen, doch dann legte er nur kurz und ein wenig verlegen seine Hand auf ihren Arm. Sie blickte dankbar zu ihm auf und erzählte dann weiter von Paris, von den Highlights, die man unbedingt einmal gesehen haben muss, vom Eiffelturm, von der Basilika Sacré-Coeur, vom Louvre und auch von Ernest Hemingway, der zu Aaron Hotchner gesagt hat: *Wenn du das Glück hattest, als junger Mensch in Paris zu sein, dann trägst du die Stadt für den Rest deines Lebens in dir, wohin du auch gehen magst …*

– Ja, wer könnte diese faszinierende, betörende Stadt der Liebe, mit ihrem Charme, mit ihrer Leichtigkeit des Seins, vergessen, wenn er einmal dort gewesen ist, fuhr sie fort, wenn er einmal auf der Avenue des Champs-Élysées dieses glamouröse Flair genossen hat, wenn er einmal das Nachtleben in den Clubs, Diskotheken oder im Moulin Rouge erlebt hat. Wenn er einmal mit seiner großen Liebe am Quai Saint-Bernard unterm Sternenhimmel getanzt hat? Für mich ist und bleibt Paris die romantischste Metropole der Welt, ein Sehnsuchtsort, der alles bietet, was Verliebte sich wünschen.

Ihre Hand, die wie vergessen schon länger auf seinem Arm lag, ihr rotes, kurzes Kleid, das noch weiter nach oben gerutscht war, ihre gebräunten Beine, die die seinen berührten, ihr zärtlicher Blick und ihre roten, auffordernden Lippen, die immer näherkamen.

– Spürst du sie auch manchmal, diese Sehnsucht? hauchte sie, diese Sehnsucht, die aus dem Alltag ausbrechen will, die das Leben, die Liebe in vollen Zügen genießen will, diese tiefe Sehnsucht, die unsere Träume und Wünsche wahr werden lassen will? Sie sah ihn sehr innig an und fuhr dann fort: Sollte man so einer Sehnsucht nicht eine Chance geben?

Der Lärm in der Bar trat zurück, die anderen Gäste hörten auf zu existieren. Für ihn gab es nur noch sie, sie, die plötzlich mit ihren Fingerkuppen sanft über seine rechte Wange strich, sie, die mit ihren Worten und Gesten unverhohlener Zärtlichkeit ein kaum noch zu unterdrückendes Verlangen in ihm weckte. Sie, die mit ihrem innigen, liebevollen Lächeln selbst den letzten Funken Verstand in ihm auslöschte und mit ihrem sinnverwirrenden Charisma ihn so sehr in ihren Bann zog, dass er ihren Blick, mit dem sie ihn immer wieder, nur für den Bruchteil einer Sekunde, scharf taxierte, gar nicht bemerkte. Dieser alles durchdringende, gnadenlos berechnende Blick, mit dem sie jede seiner Gesten, jede kleinste Gefühlsregung an seiner Mimik genauestens registrierte, um jedes ihrer Worte sehr sorgfältig darauf abzustimmen, er bemerkte ihn nicht. Er beachtete auch nicht die Typen, bei denen Sylvia vorher gesessen hatte, sie interessierten ihn nicht, auch dass Lars jetzt bei ihnen saß, dass sie immer wieder zu ihm herüberblickten und grinsten, registrierte er nicht. Er sah nur noch sie, fühlte sich neben ihr so gut wie noch nie, schwebte schon auf Wolke sieben.

Jahre später
Donnerstag, 8. Juni 2006

Er stand am geöffneten Fenster und blickte auf das glitzernde Lichtermeer der Stadt Stuttgart, die bunten, leuchtenden Werbebotschaften, die immer größer und greller, um Aufmerksamkeit heischend, das Stadtbild bestimmten, den pulsierenden Verkehr und die vielen Menschen, die noch unterwegs waren. Menschen mit all ihren Wünschen und Sehnsüchten, inmitten dieses Lichterlabyrinths, in dieser Vergnügungs- und Konsumwelt, die auch nachts nicht zur Ruhe kam. Er hatte den obersten Knopf seines Hemdes geöffnet, die Ärmel bis zu den Ellbogen hochgekrempelt. Es war ein warmer Sommerabend, der erste warme Sommerabend in diesem Jahr. Und während der Lärm der turbulenten Stadt zu ihm herauf drang, ruhte sein Blick minutenlang auf diesen Nachtschwärmern, die alle nichts versäumen wollten, die etwas erleben wollten, wenn ihre Sehnsüchte und die Nachtclubs zum Leben erwachten.

Er zündete sich eine Zigarette an und für einen kurzen Moment spürte auch er diese Sehnsucht, verlor sich in Erinnerungen, Träumen, die er einst geträumt hatte, doch dann wurden seine Gesichtszüge hart und seine Gedanken konzentrierten sich auf sie. Wie würde sie auf seinen Anruf reagieren? Würde sie gleich wieder auflegen? Zuzutrauen wäre es ihr. Und wenn schon, dachte er und nahm einen kräftigen Zug, blies den Rauch genüsslich in die Luft und sah zu, wie er nach oben stieg und sich in einem Spinnennetz über ihm in der linken Fensternische verfing. Es würde sein Vorhaben nicht nennenswert verändern, nein, das würde es nicht. Und doch, plötzlich war da ein unbehagliches Gefühl, doch nur so flüchtig, dass es ignoriert werden konnte.

Er heftete seinen Blick erneut auf das fragile Gebilde zwischen Fensterrahmen und Mauerwerk. Mit einem fast wissenschaftlichen Interesse betrachtete er fasziniert die fein gesponnenen, fast unsichtbaren Fäden dieses Spinnennetzes. Die Spinne, die diese meisterhafte Konstruktion geschaffen hatte, konnte er nirgends entdecken, aber irgendwo war sie, irgendwo saß sie lauernd und wartete auf ihr Opfer. Was für ein intelligentes Tier, was für eine perfekt ausgeklügelte Strategie, dachte er, und instinktiv huschte ein amüsiertes, anerkennendes Lächeln über sein Gesicht. Das Opfer, es würde kommen, das wusste die Spinne, sie musste es dazu nicht zwingen, völlig freiwillig würde es in ihr Netz fliegen und sich in diesen hauchdünnen, kaum sichtbaren Fäden verfangen. Die Spinne musste nur warten. Und während die Stadt, in der sie lebte, sich im Ausnahmezustand befand, saß sie, ungerührt von diesem ganzen Treiben, hier irgendwo in ihrem Versteck und wartete.

Er wandte sich vom Spinnennetz ab und sah hinunter auf die Straße, wo ein paar Jugendliche fahnenschwenkend vorbeizogen und *Fußball ist unser Leben, denn König Fußball regiert die Welt* grölten. Fußball, seit Wochen, ja Monaten, drehte sich in erwartungsfroher Stimmung alles nur noch um König Fußball, um einen Ball, zusammengesetzt aus schwarzen und weißen Fünf- und Sechsecken, der seine uneingeschränkte Herrschaft angetreten hatte und die Marketing- und Werbemaschinerie zu Hochtouren auflaufen ließ. Überall in den Schaufenstern Bälle, umlagert von Fußball-Accessoires, von der FIFA-Kappe bis zu den passenden Fußballsocken, Fußball-Suppe auf dem mit Fußball dekorierten Geschirr, Kugelgrill in Fußball-Form, WM-Fußballer aus Quarkteig oder kickende Gartenzwerge. Das Geschäft mit dem Ball boomte. Alle spielten mit, die Konsumgüterindustrie und der Handel, die Gastwirte, Metzger, Bäcker und Event-Veranstalter, und die Werbung sowieso. Die FIFA-Sponsoren, die eine Menge Geld investiert hatten, brachten eine gigantische Vermarktungswalze ins Rollen. Sie überließen nichts dem Zufall. Keiner durfte ihren Werbebotschaften ent-

kommen, der allgegenwärtigen WM-Manie, diesem Milliardengeschäft rund um den Ball. Das WM-Fieber stieg von Stunde zu
Stunde. Morgen um 18:00 Uhr würde es seinen vorläufigen Hö-
hepunkt beim Eröffnungsspiel Deutschland gegen Costa Rica
erreichen. Er inhalierte tief den Rauch seiner Zigarette. Er war
kein Fußball-Fan. Natürlich würde er sich das eine oder andere Spiel ansehen, man konnte sich dieser Fußball-Euphorie ja
nicht ganz entziehen. Aber im Grunde genommen interessierte er sich nur für ein Spiel, sein Spiel, und das begann heute.
Sein Blick flog über die grellen, lockenden Leuchtreklamen, die
bunten WM-Fahnen, die in den Fenstern hingen, hinüber zum
Schlossplatz, wo neben Imbiss- und Souvenirständen, drei große Videoleinwände für die Liveübertragungen aufgebaut waren.
Unter Hochdruck war in den letzten Wochen und Monaten gearbeitet worden. Die Aufbauarbeiten in der Innenstadt, die Au-
tobahnen rund um Stuttgart, alles musste bis zum Anpfiff zur
WM fertig sein, um den Fans eine glanzvolle Bühne bieten zu
können. Die Stadt Stuttgart hatte für dieses Großereignis viel
investiert, um die Freunde aus aller Welt für ihre Stadt zu begeistern, sie mit Weltoffenheit und Gastfreundschaft empfangen zu können.

Sein Blick verließ die Open-Air-Bühne, streifte flüchtig das
Kunstmuseum, diesen hell erleuchteten Glaskubus am Kleinen
Schlossplatz, die von Bodenstrahlern beleuchtete imposante go-
tische Architektur der Stiftskirche, die warm schimmernden
Lichter des alten Schlosses und ging dann über die Konrad-Ade-
nauer-Straße hinüber zum Justizviertel, zu den vielen Fenstern der Wohnhäuser, in denen noch Licht brannte. Bei einem
der Wohnhäuser verweilte er dann mehrere Minuten bei einem
Fenster im zweiten Stock, bis er schließlich wieder zurückkehr-
te, zu dem glimmenden Rot seiner Zigarette und dem Rauch, der
sich im Dunkeln des Zimmers verlor. Die Leuchtziffern seines
Radioweckers neben seinem Bett zeigten 22:58 Uhr. In seinem
Blick lag jetzt jene ungewöhnliche Mischung aus Melancholie
und kalter Entschlossenheit. Er nahm noch einen letzten Zug,

drückte dann die fast heruntergebrannte Zigarette im Aschenbecher aus, griff zum Telefonhörer und wählte ihre Nummer.

– Sie zuckte zusammen, blickte irritiert von ihren Unterlagen auf. Sie hatte noch an den Texten eines Layouts ihrer Werbeagentur gearbeitet. Sie schaute aufs Telefon, dann auf ihre Armbanduhr. Wer könnte das sein? Ein ungutes Gefühl beschlich sie. Wer könnte um diese Zeit noch etwas von ihr wollen? Beharrliches Klingeln durchbrach die Stille des Raumes, drängte sich ihr auf, wie eine drohende Gefahr. Dreimal, viermal, nach dem fünften Mal nahm sie den Hörer ab.

– Berger, meldete sie sich. Am anderen Ende der Leitung blieb alles still.

– Hallo? Ihre Stimme klang ungeduldig. Sie wollte gerade auflegen, da hörte sie jemanden sich räuspern, dann: Entschuldige bitte ... deine Stimme. Schweigen.

– Meine Stimme? Was ist mit meiner Stimme?

– Verzeih bitte, ich bin etwas durcheinander, ich habe sie mir anders vorgestellt.

– Sie haben sich meine Stimme anders vorgestellt? fragte sie.

– Ja, ganz anders. Es folgte wieder eine Pause. Berger, wie das klingt aus deinem Mund, so kühl, so distanziert, du bist doch die Anja der Werbeagentur Mertens?

– Ja, ich arbeite in der Agentur Mertens, worum geht es denn bitte? Er antwortete nicht. Er konnte nicht. Ganz gebannt schaute er auf das Schauspiel, das sich ihm gerade bot. Ein Insekt hatte sich soeben hoffnungslos im Spinnennetz verstrickt. Völlig arglos, ohne die Gefahr zu erkennen, war es ins Netz der Spinne geflogen. Jetzt zappelte es verzweifelt in seiner Todesangst, um den Fängen der Spinne zu entkommen, doch es hatte keine Chance, nicht die geringste. Die Spinne, die wie aus dem Nichts sofort aufgetaucht war, hatte bereits mit dem Einspinnen ihrer Beute begonnen. Es gab kein Entrinnen mehr.

– Hören Sie, wenn Sie mir nicht sagen, was Sie von mir wollen, dann lege ich jetzt auf.

– Nein, bitte nicht ..., bitte nicht auflegen. Ich ..., ich muss mit dir sprechen. Ich ... Er sprach stockend, brach ab. Unbewusst

16

hielt sie den Atem an. Ihre Finger spannten sich fester um den Hörer und ein beklemmendes Gefühl beschlich sie. Was wollte dieser Fremde von ihr? Plötzlich, am anderen Ende der Leitung, der Titanic-Song; *My Heart Will Go On* von Céline Dion.

– Was für eine berührend schöne Stimme, fuhr er fort. Diese tief empfundenen Gefühle bis über den Tod hinaus. Hast du den Film mit Kate Winslet und Leonardo DiCaprio auch gesehen? Dieses schöne Paar, der arme Künstler Jack Dawson und die englische Lady Rose DeWitt Bukater, was für eine große Liebe und dann dieses tragische Ende. Er ertrinkt in den Tiefen des Atlantiks und mit ihm etwa 1500 Menschen mit all ihren Sehnsüchten und Träumen auf ein besseres, glücklicheres Leben in Amerika. Die Titanic nennt man deshalb auch das Schiff der verlorenen Träume, wusstest du das?

– Was wollen Sie von mir? unterbrach sie ihn ungehalten und versuchte, ihre wachsende Unruhe zu unterdrücken. Warum ließ sie sich auf dieses Gespräch ein, warum legte sie nicht einfach auf? Doch irgendetwas lag in seiner Stimme, das sie nicht benennen konnte, etwas, das sie magisch anzog, das sie zwang, ihm weiter zuzuhören. Er schaltete die Musik aus. Es war wieder still am anderen Ende der Leitung, unheimlich, beängstigend still.

– Ich ..., unterbrach er die Stille, ich wollte deine Stimme hören.

– Sie wollten meine Stimme hören? Und deshalb rufen Sie mich mitten in der Nacht an?

– Nun ja, ich habe noch Licht in deiner Wohnung gesehen, da konnte ich einfach nicht anders, da musste ich deine Nummer wählen. Er lag jetzt auf seinem Bett und betrachtete im schwachen Licht seiner Nachttischlampe ein Foto von ihr, fuhr mit den Fingerkuppen über die Konturen ihres schmalen Gesichts, die feinen Züge um Nase und Mund, berührte sanft ihre lächelnden, fein geschwungenen Lippen und spürte die Erregung, die seinen ganzen Körper durchzog.

– Schon seit Tagen überlege ich, wie sie sein könnte, deine Stimme, fuhr er fort, die Stimme der Frau, die mich magisch anzieht, die Sehnsüchte in mir weckt und die Erfüllung meiner Träume verspricht. Und als ich dich jetzt angerufen habe, da hatte ich eine ganz bestimmte Vorstellung, ja, ich war von der Stimme, so wie ich sie mir vorgestellt hatte, dass sie zu dir passen könnte, so fest überzeugt, dass sie mich erschreckt hat, deine Stimme. Diese Diskrepanz. Entschuldige bitte, dass ich so direkt bin, aber wenn eine so bezaubernde Frau einen Mann so unwiderstehlich verführt, ihn zu den schönsten Luxus-Locations entführt und ihm das Paradies auf Erden verspricht, dann rechnet er doch nicht mit so einer kühlen, geschäftsmäßigen Stimme, da hat er einfach ganz andere Erwartungen. Ein kalter Luftzug streifte seinen nackten Oberkörper. Er hatte sein Hemd ausgezogen. Es lag zusammengeknüllt neben seinem Bett.

Andere Erwartungen? Was hatte der Kerl denn für Erwartungen? Ein augenblicklich aufkeimendes Gefühl von Angst breitete sich in ihr aus. Spätestens jetzt hätte sie das Gespräch beenden müssen. Sie konnte sich nicht erklären, warum sie es dennoch nicht tat. Stattdessen hielt sie den Hörer fest umklammert und fragte: Wer sind Sie? Seine Stimme kam ihr irgendwie bekannt vor. Diese markante, melodische Stimme hatte sie schon einmal irgendwo gehört.

– Wer ich bin? Aber Anja, ich bin Johnny, du kennst mich doch. Niemand kennt mich so wie du, niemand kennt meine geheimsten Wünsche, meine tief im Innersten verborgenen Sehnsüchte und Träume, so wie du.

– Hören Sie, ich kenne Sie nicht und ihre Wünsche und Sehnsüchte interessieren mich nicht. Haben Sie denn nichts anderes zu tun, als nachts irgendwelche Frauen mit ihren Anrufen zu belästigen? Wütend und sichtlich genervt drückte sie das Gespräch weg.

Irgendwelche? Ein kaltes Lächeln umspielte seinen Mund. Aber Anja, ich rufe doch nicht irgendwelche Frauen an. Ich habe dich auserwählt. Es war diese frappierende Ähnlichkeit, die mich dazu gezwungen hat, diese gleichen langen, blonden Haare, die blauen Augen, die fast identischen Gesichtszüge und dann auch noch diese ähnlichen Jobs, da konnte ich nicht anders, da musste ich mich für dich entscheiden. Ein kaltes Lächeln umspielte seine Lippen. Er fröstelte, stand auf, ging zum Fenster, um es zu schließen, und sah, dass die Spinne wieder verschwunden war, nur das fest verschnürte Insekt hing noch im Spinnennetz. Sekundenlang starrte er es an. War das Insekt tot oder lebte es noch? Spinnen können, wenn im Moment kein Bedarf besteht, ihre Beute zu verzehren, sie mit ihrem Biss nur lähmen und so zu einer Art lebendem Vorrat machen. Das Insekt müsste dann endlos lange Stunden qualvoll auf den erlösenden Tod warten, müsste warten auf den giftigen Verdauungssaft, den ihr die Spinne, kurz bevor sie Lust hatte, es zu fressen, injizieren würde, um es zu einem bekömmlichen, verzehrfertigen Nahrungsbrei zu machen. Und während dieses verzweifelten Wartens könnte dieses Tierchen der irrsinnigen Hoffnung erliegen, sich aus diesen äußerst starken Fäden, in die es die Spinne eingesponnen hatte, befreien zu können. Noch mehrere Minuten blickte er auf dieses fest verschnürte Insekt, wartete auf die Spinne, aber sie kam nicht, sie hatte jetzt noch keinen Appetit auf diesen Leckerbissen in ihrem Netz. Er schloss das Fenster, ging zurück ins Bett, deckte sich mit der leichten Daunendecke zu, schaltete das Licht aus und blickte noch lange in die von Rauch durchzogene Dunkelheit.

Johnny, wer war dieser Kerl? Warum hatte sie sich nur so lange auf dieses Gespräch eingelassen? Sie hätte sofort auflegen sollen. Aber diese Stimme, diese Stimme kannte sie. Wo hatte sie diese Stimme schon einmal gehört? Sie wusste es nicht. Es fiel ihr einfach nicht ein. Eine bodenlose Unverschämtheit, sie mitten in der Nacht anzurufen. Sie löschte das Licht und ging ins Bad. Sie kannte keinen Johnny, Schluss aus. Sie musste ins Bett, sie hatte morgen einen anstrengenden Tag, sie konnte sich jetzt nicht noch länger mit diesem durchgeknallten Typen beschäftigen. Als sie im Badezimmer in den Spiegel schaute und ihr müdes Gesicht sah, tauchte plötzlich vor ihrem inneren Auge ein anderes Gesicht auf, ein ihr wohlbekanntes. Der Schock, der sie durchfuhr, ließ sie augenblicklich erstarren. Das war doch nicht möglich, das war völlig ausgeschlossen, das konnte nicht sein. Aber es war seine Stimme. Ja, ganz eindeutig, da war sie sich plötzlich ganz sicher, da gab es absolut keinen Zweifel. Diese markante, melodische Stimme vorhin am Telefon war die Stimme von Johnny Krüger, dem Filmschauspieler, die Stimme, die Millionen von Fans begeistert hatte und die Frauenherzen hatte höherschlagen lassen. Anja sah ihre entsetzten Augen, die ihr aus dem Spiegel entgegenstarrten. Sie rang um Fassung. Johnny Krüger. Eine seltsame Kälte kroch in ihren Beinen empor und breitete sich langsam in ihrem ganzen Körper aus. Sie hielt sich am Waschbecken fest. Johnny Krüger war seit drei Jahren tot. Er war bei einem Yachtunfall ums Leben gekommen.

Freitag, 9. Juni 2006

Stefan Mertens, der Seniorchef der Werbeagentur, kam in ihr Büro.

– Guten Morgen Anja, sagte er. Sie blickte von ihren Unterlagen auf, sah in sein hageres Gesicht mit der hohen Stirn und dem grauen, schütteren Haar und wusste sofort, dass irgendetwas passiert sein musste, das ihn sehr bedrückte.

– Guten Morgen Stefan, erwiderte sie mit einem liebevollen Lächeln. Möchtest du einen Kaffee?

– Nein, danke Anja, ich habe heute schon zwei Tassen getrunken. Ich wollte dir nur sagen, dass Bernsdorf mich gestern Abend angerufen hat. Er musste fünf Mitarbeitern kündigen. Sie hatten letztes Jahr erhebliche Einbußen und eine schlankere Organisation sei deshalb unumgänglich gewesen. Mit hängenden Schultern stand er da und Anja spürte, wie sehr ihn diese Nachricht getroffen hatte.

– Das tut mir sehr leid für Bernsdorf, sagte sie mitfühlend. Bernsdorf und Stefan hatten zusammen studiert und es dann beide geschafft, sich den Traum von einer eigenen Werbeagentur zu erfüllen. Sie hatten Höhen und Tiefen erlebt, privat wie auch geschäftlich, und wenn auch ab und zu für einige Zeit der

Kontakt abgebrochen war, war ihre Freundschaft doch all die Jahrzehnte erhalten geblieben.

Der alte Mertens trat ans Fenster und schaute eine Weile gedankenverloren hinaus. Dann drehte er sich um und sagte: Die schwierige Konjunkturlage in den vergangenen fünf Jahren hat die Werbewirtschaft besonders hart getroffen. Die Werbeetats der großen Firmen haben kontinuierlich abgenommen, viele Aufträge sind ausgeblieben. Unruhig lief er in ihrem Büro auf und ab. Kunden, für die wir jahrelang erfolgreich gearbeitet haben, schreiben plötzlich einen Präsentationswettbewerb aus, um die Kosten zu drücken. Der Verdrängungswettbewerb wird immer härter und rücksichtsloser. Viele Agenturen kämpfen ums blanke Überleben, schrumpfen, sind übernommen worden oder ganz vom Markt verschwunden. Sobald die Branche schwächelt, greifen die Marketingvorstände zum Rotstift und gestrichen wird am meisten beim Werbeetat. Und einige stellen unsere Arbeit überhaupt infrage. Die ganze Wirtschaft ist von Zurückhaltung und Pessimismus geprägt.

– Die Auftragslage in der Industrie hat sich dieses Jahr doch wesentlich verbessert und auch bei den Agenturen zeichnet sich ein deutlicher Aufwärtstrend ab, sagte Anja.

– Dieses Jahr und dann? Ich glaube nicht an einen dauerhaften Aufschwung. 2006 ist ein Ausnahmejahr. Ohne Mehrwertsteuer-Vorzieheffekt und WM hätten wir nur ein weiteres schwaches Jahr.

– Stefan, du darfst unsere Lage nicht zu pessimistisch sehen. Wir haben in diesem Jahr deutlich mehr Neukundenanfragen als im vergangenen Jahr, vor allem im Beauty- und Wellnessbereich.

– Ja, vielleicht sehe ich das alles zu pessimistisch, aber ich bin dem täglichen Stress, dem permanenten Leistungsdruck, den langen Arbeitstagen nicht mehr so gewachsen wie früher. Ich spüre das Alter, das sich immer mehr bemerkbar macht. Ich weiß nicht, wie lange ich noch die Kraft habe, diese Agentur zu halten, wenn Kai sie nicht übernehmen will, er hat sich dazu immer noch nicht geäußert. Ja, die ganze Belegschaft wartete darauf, wie Kai, der einzige Sohn von Stefan, sich entscheiden würde. Seit einem Jahr befand er sich auf einem Auslandstrip. Er wollte weit weg von unserem digitalisierten Alltag, unserer reizüberfluteten und hektischen Welt, über die Werbeagentur und sein Leben nachdenken, wollte darüber nachdenken, ob es erstrebenswert ist, für Produkte mit ihren kurzlebigen, immer schneller werdenden Mode- und Modellzyklen zu werben, die immense Ressourcen verbrauchen, Müllhalden füllen und unsere Natur rücksichtslos ausbeuten.

Stefan ließ sich schwerfällig in einen der Besuchersessel fallen, lehnte sich zurück und schlug die Beine übereinander. Resignation schaute ihr aus seinem Gesicht entgegen. Jahrzehntelang hatte er für diese Agentur gearbeitet, sie war sein Leben. Zäh und hart gegen sich selbst hatte er ihr alles untergeordnet, auch sein Privatleben.

– Weißt du, manchmal liege ich nachts im Bett und frage mich, ob sich das alles überhaupt noch lohnt, dieser ewige Kampf, den man versucht zu gewinnen und dann Schritt für Schritt doch verliert, sagte Stefan. Ich habe meine Frau verloren, die Agentur schreibt seit Monaten rote Zahlen und mein Herzinfarkt hat mir gezeigt, dass mein Körper mich von jetzt auf nachher im Stich lassen kann, dass das Leben von einer Minute zur anderen plötzlich vorbei sein kann. Anja sah mitfühlend auf seine müden Augen. Nach dem Tod seiner Frau, die vor zwei Jahren an Krebs gestorben war, hatte Stefan einen schweren Herzinfarkt erlitten und hatte wochenlang im Krankenhaus gelegen. Anja hatte ihn oft besucht. Sie hatte an seinem Krankenbett gesessen, hatte nach tröstenden Worten gesucht, die es nicht gab und auf sein: Warum? Warum gerade sie? keine Antwort gewusst.

Als Anja Stefan nach seiner Entlassung vom Krankenhaus abholte, weil Kai einen dringenden Termin wahrnehmen musste, deutete nichts mehr an ihm auf den einst so agilen, selbstbewussten Chef einer der erfolgreichsten Werbeagenturen. In sich zusammengesunken war er neben ihr im Auto gesessen und hatte wie geistesabwesend auf den pulsierenden Verkehr gestarrt. Die Willkür des Zufalls hatte ihn unberechenbar und grausam aus seinem Leben gerissen und er hatte lernen müssen, es zu akzeptieren, sich diesen dramatisch veränderten Lebensumständen anzupassen, denn das Leben ging weiter, unbeeindruckt vom Leid einzelner Personen, die durch den Verlust eines geliebten Menschen fast an ihm zerbrechen. Auch für Stefan war es weitergegangen. Aber es war nicht so einfach gewesen, dieses Weiterleben danach. Bis heute nicht. Anja wusste, wie viel Anstrengung er hatte aufbringen müssen, um weiterzumachen, um auch nur annähernd als der Agenturchef aufzutreten, der er einmal gewesen war.

– Ich treffe mich heute Abend mit Bernsdorf. Er war stehengeblieben und sah sie prüfend an.

– Du siehst heute etwas blass aus, geht es dir nicht gut?

– Doch, mir geht es gut Stefan, ich bin gestern nur etwas zu spät ins Bett gekommen.

Er nickte, dann sagte er: Du weißt, ich bin immer für dich da.

– Ich weiß Stefan, sagte sie und spürte die Verbundenheit, die sich über die Jahre entwickelt hatte und seit dem letzten Jahr, seit Kai sich auf seinem Auslandstrip befand, noch intensiver geworden war.

– Ich würde mich übrigens freuen, wenn du mal wieder auf einen Kaffee vorbeikommen könntest.

– Ja gerne Stefan.

– Diesen Sonntag kann ich nicht, aber wie wäre es mit dem nächsten? fragte er.

– Ja, ich komme gerne, erwiderte sie.

– Schön, dann nächsten Sonntagnachmittag. Er lächelte ihr zu und verließ ihr Büro.

Kurz darauf kam Ann-Kathrin Schneider, die Sekretärin der Agentur, und brachte ihr ein paar Unterlagen und auch einen an sie persönlich adressierten Brief. Meistens unterhielten sie sich eine Weile, sie waren befreundet und trafen sich auch privat, doch heute hatte sie es sehr eilig und ging gleich wieder. Anja öffnete den Briefumschlag und eine innere Unruhe breitete sich schlagartig in ihr aus, als sie einen roten Brief und eine Eintrittskarte für *Faust 21* herauszog.

Guten Morgen Anja, hast du gut geschlafen? Ich habe nach unserem Telefonat die ganze Nacht wach gelegen und an dich gedacht. Ich war völlig durcheinander, weil du gestern Abend so abweisend reagiert hast. Ich hatte mir unser erstes Gespräch ganz anders vorgestellt. Warum hast du denn behauptet, du kennst mich nicht und interessierst dich nicht für mich? Ja glaubst du denn, ich merke nicht, wie sie ständig hinter mir her sind, deine Marktforscher, Trend- und Zukunftsforscher, Anthropologen und Psychologen. Und wie sie mich alle beobachten, jede meiner Bewegungen, ja jede kleinste Gefühlsregung von mir, wird von ihnen studiert und ausgewertet, damit du mich verführen und glücklich machen kannst.

Anja starrte fassungslos auf den Brief. Das war der Kerl von gestern. Was wollte der von ihr?

Am liebsten hätte sie den Brief gleich zerrissen und in den Papierkorb geworfen, doch dann las sie weiter: Zuerst dachte ich ja, das geht zu weit, das ist eine grobe Verletzung deiner Privatsphäre, aber dann, als ich dich zum ersten Mal sah, meine zauberhafte Anja, da dachte ich, warum eigentlich nicht, nur zu, lass dich doch verführen. Es gibt doch nichts Schöneres im Leben, als von so einer attraktiven Frau verführt zu werden. Zudem geschieht das alles doch nur zu deinem Besten. Diese Frau will doch nur dein Glück und so eine Frau weist man doch nicht zurück, so eine Frau stößt man doch nicht von der Bettkante. Denn mal ehrlich, wer ist denn heutzutage noch an deinem Glück interessiert? Heute geht es den meisten doch nur um Macht und Gewinnmaximierung. Und dann kommt da so eine bezaubernde Werbetexterin und verspricht es dir, das Glück, das sorgenfreie, schöne Leben, die Erfüllung deiner Sehnsüchte und Träume, die dir das eigene Leben bisher immer vorenthalten hat.

Kennst du übrigens Jean-Jacques Rousseau? Er war einer der bedeutendsten französischen Philosophen und Schriftsteller des 18. Jahrhunderts und schrieb in seinem pädagogischen Hauptwerk Émile: *Wir werden sozusagen zweimal geboren, einmal zum Dasein, das andere Mal zum Leben ...* Und ich, ich will jetzt endlich leben. Ich habe dieses triste Dasein satt. Ja, ich habe ihn so satt, diesen gefährdeten Arbeitsplatz, auf dem ich gerade das Existenzminimum verdiene und mich von morgens bis abends abstrampeln muss. Ich habe ihn so satt, diesen arroganten, ewig nörgelnden Chef mit seinen Vorschriften und Belehrungen, dieses schäbige Büro, diese muffigen Aktenordner, diese nervtötenden Tabellen und Zahlen, das ist doch kein Leben. Und dann auch noch diese ewigen Engpässe am Monatsende und diese kaum noch überschaubaren Kredite und Finanzierungspläne. Ich will das alles nicht mehr. *Der Mensch ist frei geboren und überall liegt er in Ketten,* schrieb Rousseau. Der Mann hatte doch recht, dieser tägliche Leistungsdruck, dieses Dasein voller To-do-Listen, das ist doch kein Leben. Und deshalb befreie mich aus meinen Ketten, hol mich heraus aus diesen eingeschränkten, armseligen Lebensbedingungen, aus dieser schäbigen 2-Zimmer-Wohnung in diesem heruntergekommenen Stadtviertel und entführe mich, aber bitte nicht auf diese Insel von Robinson Crusoe, von der dieser Rousseau in seiner Naturverbundenheit so begeistert war, wo ich dann aber auch wieder jeden Tag ums Überleben kämpfen und mir erst eine primitive Hütte bauen muss, sondern entführe mich auf die paradiesischen Seychellen oder Malediven im türkisfarben Meer oder nach Saint-Tropez, an der traumhaft schönen Côte d'Azur, zu dieser Stadt der Reichen und Schönen, und zwar in einen luxuriösen Bungalow, denn nur da kann sich dann mein kreativer Geist mit seinen künstlerischen Ambitionen richtig frei entfalten und das Leben in vollen Zügen genießen. Denn abzukratzen, ohne wirklich gelebt zu haben, ohne das Leben in allen Facetten wild und berauschend kennengelernt zu haben, so wie deine perfekten, erfolgreichen und makellos schönen Personen in diesen traumhaft schönen Locations, das will ich nicht. Und deshalb entführe und verführe mich, ich freue mich schon so auf dich und ich möchte mich natürlich auch bei dir bedanken, für das, was du alles für mich tust. Und als ich nun heute Morgen die Stuttgarter Zeitung aufgeschlagen habe, da sprang es mir förmlich in die Augen: *Faust 21*, Schauspiel nach Johann Wolfgang von Goethe. Das ist es, dachte ich sofort, eine Eintrittskarte für

Faust 21, das ist das richtige Geschenk für meine zauberhafte Verführerin. Du hast doch sicher schon von diesem politischen Theaterprojekt von Volker Lösch gehört. Ich bin überzeugt, es wird dir gefallen, vor allem dieser Mephisto wird dich begeistern, er ist ja sozusagen ein Kollege von dir. Ich muss natürlich gestehen, Goethes Faust, Pflichtlektüre in der Schule, hat mich früher so was von angeödet, nur mühsam habe mich von einer Seite zur nächsten gequält. Doch heute, heute liegt dieser Faust auf meinem Nachttisch. Immer wieder lese ich in diesem Werk und finde es großartig. Es ist dieser Mephisto, diese faszinierende Persönlichkeit, die mich magisch anzieht, die mich einfach nicht mehr loslässt. Was für ein grandioser Verführer. Wie der es schaffte, diesen Faust in seinen Bann zu ziehen und wie eine Marionette zu führen, genial, einfach genial. Man muss sich das einmal vorstellen, dieser Faust war ja nicht irgendeine naive Person, Faust war ein Wissenschaftler, ein intelligenter Typ, aber eben auch ein Mensch mit all seinen Wünschen und Sehnsüchten, Sehnsüchte, die auf Erfüllung drängten, die ein anderes, besseres Leben wollten. Und nur deshalb hat es dieser Mephisto geschafft, ihn zu verführen, seinen Verstand, seine Intelligenz, einfach zur Seite zu schieben. Ja, der Verstand hatte bei dem alternden Wissenschaftler, der mit seinem Leben unzufrieden war und sein geistiges Streben als sinnlos erachtete, einfach keine Chance. Die Sehnsucht nach Lebensgenuss und sinnlichen Abenteuern, die Mephisto in ihm geweckt hatte, war einfach zu groß. Dieser Versuchung konnte er nicht widerstehen. Der Traum von einer vielversprechenderen, erstrebenswerteren Welt, dieser fesselnde Hauch des Neuen, des Unbekannten, zog ihn magisch an. Ja, er wollte diese alte akademische Welt nicht mehr, die für ihn keine neuen Erkenntnisse brachte, wollte sich nicht länger mit dieser nüchternen, eintönigen Wissenschaft durchs Leben quälen, er wollte, so wie ich, diesem tristen Dasein entfliehen und das Leben in vollen Zügen genießen, wollte noch einmal die Kraft der Jugend in sich spüren, die Intensität der Liebe, der Leidenschaft. Diese alles sprengenden Wünsche und dann endlich: ... *Im Tale grünet Hoffnungsglück; der alte Winter, in seiner Schwäche, zog sich in rauhe Berge zurück ...*

Hoffnungsglück, endlich Licht am Horizont, Sonne, Wärme, der alte, schwache Winter zog sich zurück und befreit aus der kalten Erstarrung, befreit von allem Belastenden und Erdrückenden konnte dieser Faust noch einmal durchstarten, noch einmal so richtig Gas geben und sein Leben in vollen Zügen genießen. So wie ich, meine geliebte Anja, auch für mich besteht nun Hoffnungsglück, denn du bist jetzt da, bist wie ein wärmender Sonnenstrahl in mein eintöniges, frustrierendes Dasein getreten und hast mir gezeigt, wie schön das Leben sein kann, das Leben in dieser traumhaft schönen, glückversprechenden Werbe-Wunderwelt, kreiert von so einer bezaubernden Werbetexterin.

Ich habe mir schon eine Probe von *Faust 21* angesehen und sie hat mich total begeistert. Der Regisseur, Volker Lösch, verbindet in diesem Theaterprojekt Goethes Verse mit Tages- und Wirtschaftspolitik, mischt sich ein in das Geschehen der Stadt und des Landes, zum Beispiel in das Milliardenprojekt Stuttgart 21, das die Stadt modernisieren soll. Goethes Faust, der sich nach Lust und Genuss, nach Verjüngung und Allmacht sehnt, wird in Löschs Aufführung zum zeitgenössischen Faust, der nach Macht und Gewinn strebt und dessen Sehnsucht sich in der Gigantomanie wirtschaftlicher Großprojekte erfüllt. Und so erhält ein alter Stoff eine sehr heutige, sehr politische Sicht. Du wirst doch kommen? Morgen Abend, 20:00 Uhr, Schauspielhaus, Oberer Schlossgarten 6. Ich bin überzeugt, *Faust 21* wird auch dir gefallen. Vielleicht kannst du ja, als Mephisto unserer heutigen konsumorientierten Gesellschaft, sogar noch etwas von deinem grandiosen Kollegen lernen, in eurer Branche ist man doch immer auf der Suche nach neuen, noch effizienteren Psychotricks. Ich freue mich jedenfalls auf unser erstes Date, auf unsere ersten gemeinsamen Stunden im Schauspielhaus, auf den Beginn einer glücklichen, traumhaft schönen Zeit.

Dein Johnny

Anja starrte auf die Eintrittskarte, las den Brief ein zweites Mal und spürte bei jedem Satz, dass etwas Bedrohliches, etwas nicht mehr Aufzuhaltendes in ihr Leben eindrang. Verärgerung, Wut stieg in ihr auf und schließlich: Angst, Angst vor diesem Mann.

– Guten Morgen Anja. Sie zuckte zusammen, blickte erschrocken auf Mike Schäfer, den Kreativdirektor der Agentur, der vor ihr stand. Sie hatte ihn nicht hereinkommen hören.

– Ich suche das Briefing von Gabelmann, Ann-Kathrin meinte, du hättest es.

– Ich? fragte sie ganz perplex.

– Ist irgendetwas? Du siehst so verstört aus.

– Nein, nein, ich …, hastig schob Anja den Brief unter ihre Unterlagen.

– Wer schreibt dir denn auf rotem Briefpapier? fragte er.

– Das Briefing, ja, ich glaube, ich habe das hier irgendwo. Völlig durcheinander suchte sie auf ihrem Schreibtisch nach den Unterlagen von Gabelmann, die die wichtigsten Informationen über seine Marketingziele für sein neues Werbeprojekt enthielten.

– Hier ist es. Sie reichte es Mike und wartete darauf, dass er wieder gehen würde. Aber er blieb stehen.

– Ich hole dich dann morgen so gegen 19:00 Uhr ab, ist dir das recht?

– Morgen? Anja sah ihn fragend an.

– Morgen Abend ist doch die Eröffnungsparty der Wellness- und Beautyfarm, Weinhardt hat uns doch eingeladen, hast du das vergessen? fragte Mike.

– Ach ja, richtig, entschuldige, ich …

– Du kommst doch mit?

– Ja, natürlich, erwiderte sie und rang sich ein Lächeln ab. Natürlich komme ich mit. Sie hatte sich auf diese Eröffnungsparty gefreut, hatte sich extra für diesen Anlass ein Kleid gekauft. Sie war schon lange nicht mehr auf einer Party gewesen, hatte die Abende in den letzten Monaten überwiegend allein zu Hause verbracht. Seit der Trennung von Chris hatte sie sich etwas zurückgezogen. Auch als Mike, der seit drei Monaten in der Agentur arbeitete, sie das eine oder andere Mal zum Essen eingeladen hatte, hatte sie am Anfang immer eine Ausrede gehabt. Doch er war hartnäckig geblieben, stets freundlich und liebenswürdig, und sie fand, die beiden Abende, die sie inzwischen gemeinsam verbracht hatten, waren sehr nett und unterhaltsam gewesen.

– Schön, dann also morgen so gegen 19:00 Uhr?

– Ja, geht in Ordnung, erwiderte Anja.

– Ich freue mich auf den Abend, sagte er, lächelte ihr zu und ging mit dem Briefing zurück in sein Büro. Ja, auch sie freute sich auf diesen Abend. Sie hatten sich beim Präsentationswettbewerb gegen sieben Agenturen durchgesetzt. Herr Weinhardt, der Besitzer der Beauty-Wellness-Oase, hatte sich relativ schnell für ihre Agentur entschieden. Ihre strategische Kompetenz im ‚Fashion & Beauty'-Bereich und ihre kreativen Ideen für die imagebildende Kampagne, die möglichst viele Zielgruppen erreichen soll, hatten ihn von Anfang an eindrucksvoll überzeugt. Es würde bestimmt ein schöner Abend werden.

November 2005

Zentimeter für Zentimeter fraß sich die Sägekette mit einem knatternden, ohrenbetäubenden Lärm durch den Stamm der großen Birke auf dem Nachbargrundstück. Nebel umhüllte die Häuser, senkte sich auf die Straßen, die Gärten und den Neckar. Alles war grau und düster an diesem kalten Novembertag in Tübingen.

Der Kunsthistoriker und Maler Claus Hoffmann saß allein, in sich zusammengesunken, in seinem Sessel vor dem großen Wohnzimmerfenster und blickte auf den Liegestuhl in seinem Garten. Tag für Tag saß er hier, von morgens bis abends, oft bis spät in die Nacht, Woche für Woche. Herausgerissen aus einer

Welt voller Glück und Zukunftsträume saß er allein in diesem kalten, stillen Haus, allein mit seinem Schmerz und seinen Erinnerungen, allein in dieser düsteren, kalten Welt, aus der jegliche Farbe gewichen war.

Heute jedoch störten die beiden Männer auf dem Nachbargrundstück diese Stille und zwangen ihn, mit ihrer lauten Motorsäge und den kraftvollen Axthieben, den Liegestuhl immer wieder zu verlassen und seinen Blick auf ihre Arbeit zu richten. Alle Bäume, die jahrzehntelang jedem noch so heftigen Sturm kraftvoll getrotzt hatten, waren inzwischen gefällt, bis auf diese Birke, bei der sie schon auf der Seite, nach der sie fallen sollte, unten über dem Wurzelansatz eine Fallkerbe in den Stamm eingeschnitten hatten. Jetzt sägten sie gerade von der anderen Seite des Stammes auf die Fallkerbe zu. Kurz, bevor sie diese erreichten, zogen sie die Motorsäge zurück und das alles durchdringende, nervtötende Geräusch, das sie bei ihrer Arbeit verursachten, verstummte. Noch stand die Birke ruhig und majestätisch, in ihrer ganzen Würde, mit ihrem ausladenden Geäst da, so als könnte ihr die Verletzung, die sie ihr beigebracht hatten, nichts anhaben. Das Telefon klingelte. Hoffmann ignorierte es. Unbeweglich saß er da und konzentrierte sich auf die Arbeit der Männer. Einer von ihnen holte jetzt eine Axt und begann mit wuchtigen Hieben einen Keil in den Fällschnitt zu treiben. Gleich, gleich musste die Birke fallen. Die Zweige und das restliche Herbstlaub begannen unter der Wucht der Schläge zu zittern. Ein letzter wuchtiger Axthieb, ein dumpfes Bersten, knackend und krachend stürzte der Baum auf den vom Regen aufgeweichten Boden. Hoffmann starrte auf die Zweige, auf ihr letztes hilfloses Wippen, bis sie endlich niedergestreckt, ihres Daseins beraubt, still auf dem Nachbargrundstück lagen und sich in ihr Schicksal fügten. Sein Blick wanderte über die abgesägten Äste der anderen Bäume, die verstümmelten Stämme und ausgegrabenen Baumwurzeln. Baumwurzeln, die sich noch an die letzten Reste dunkler, nasser Erde klammerten, Erde, die sie jahrzehntelang hatte wachsen lassen, die sie hatte leben lassen. Innerhalb weniger Stunden hatte man es ihnen nun genommen, das Leben. Bei Corinna waren es nur wenige Minuten oder auch nur Sekunden gewesen. Sie war kurz nach dem Aufprall an der Unfallstelle verstorben.

Corinna. Tränen traten in seine Augen. Alles in ihm sehnte sich nach ihr, nach ihrer Nähe, nach ihren strahlenden Augen, ihrem unbeschwerten, fröhlichen Lachen, nach jedem einzelnen so kostbaren, glücklichen Moment. Sie wollten zusammenziehen. Sie hatte ihren Job als Floristin in Heilbronn schon gekündigt. Verzweifelt wanderte sein Blick wieder zu dem leeren Liegestuhl neben dem Seerosenteich. Es war ihr Lieblingsplatz gewesen. Von dort aus hatte sie immer den filigranen, farbenprächtigen Libellen bei ihren faszinierenden Flugkünsten zugesehen.

– Sie tanzen, hatte sie immer gesagt, wenn die Libellen, bei ihrem Flug über dem Teich abrupte Richtungswechsel vollzogen, auch an dem Tag, als sie zum letzten Mal auf diesem Liegestuhl gelegen hatte.

– Sieh nur, wie sie wieder tanzen. Ich glaube, sie sind sehr glücklich, so wahnsinnig glücklich wie wir. Sie hatte ihn an sich gezogen und leidenschaftlich geküsst.

– Übrigens, wir beide werden heute Abend auch tanzen, ich habe eine CD mitgebracht. Bevor wir nach Kreta fliegen, musst du unbedingt Sirtaki tanzen lernen. Sirtaki, wie gerne würde er mit ihr noch einmal Sirtaki tanzen, noch einmal so unbeschwert, wie an jenem Abend, mit ihr durchs Wohnzimmer wirbeln.

– Und jetzt einen Schritt nach rechts, dann den linken Fuß vorn über dem rechten kreuzen und dann ...

– Corinna, ich war noch nie ein guter Tänzer und dieser Sirtaki, ich ...

– Jetzt mit dem linken Fuß einen Schritt nach vorn, nicht zur Seite, hatte sie ihn unterbrochen und mit sehr viel Geduld immer wieder seine Fehltritte verbessert.

– Du schaffst das, Anthony Quinn hat das auch geschafft, obwohl auch er tänzerisch nicht besonders begabt war. Er musste für seine Rolle als Alexis Sorbas den Sirtaki auch erst lernen. Und er hat das gut gemacht, sehr gut sogar, nur Mut, wir kriegen das schon hin. Und sie hatten getanzt und getanzt. Sie hatte ihn immer wieder mit einem zärtlichen, aufmunternden Lächeln bedacht und irgendwann hatte es ihm dann richtig Spaß gemacht.

– Siehst du, es klappt doch! hatte sie ganz begeistert gerufen. Nur noch zwei Tage, dann tanzen wir auf Kreta, an der Badebucht von Stavros Sirtaki, da, wo Anthony Quinn auch getanzt hat. Unser erster gemeinsamer Urlaub, ich freue mich riesig.

Nur noch zwei Tage. Nicht im Entferntesten wäre auch nur einer von ihnen auf die Idee gekommen, dass bereits der nächste Tag alle ihre Pläne vernichten könnte und sie ihre Reise nicht mehr würden antreten können, dass dieser Tag der schlimmste und einschneidendste seines ganzen Lebens werden würde.

Sein Blick löste sich vom Liegestuhl und wanderte zu seinen Bildern im Wohnzimmer, zu den Kreidefelsen auf Rügen, zum Grand Canyon des Harzes, glitt über das Donautal und blieb dann an dem Bild von der Schwäbischen Alb im Nebelmeer und der aufgehenden Sonne verzweifelt hängen, an diesem wärmenden Licht der Sonne, in diesem kalten Haus.

17 Jahre waren seit damals vergangen und doch fühlte es sich an, als sei es erst gestern gewesen. Corinna und er hatten an diesem Tag in den Herbstferien lange auf den Sonnenaufgang gewartet und waren dann mit diesem ganz besonderen, magischen Moment belohnt worden, diesem beeindruckenden, faszinierenden Naturschauspiel, als sich plötzlich im Nebel eine Lücke öffnete, die Landschaft sich von Minute zu Minute veränderte, der graue Himmel sich nach und nach in Orange bis Rot färbte und dann die ersten Sonnenstrahlen auf die Gipfel der Schwäbischen Alb trafen. Wie gebannt hatten sie auf dieses strahlende Goldgelb der Sonne geblickt, auf die Bäume, die Wiesen und Felder, die alle noch völlig eingehüllt vom Nebel, sehnsuchtsvoll auf dieses wärmende Licht an diesem kühlen Morgen gewartet hatten. Sie waren ganz allein gewesen, weit und breit kein einziger Mensch, nur ein Rotmilan, der über ihnen lautlos seine Kreise zog. Er hatte seinen Arm um sie gelegt und sie hatten gewartet, bis sich die Nebelschleier nach und nach an den bewaldeten Hängen der Alb aufgelöst hatten, die Sonne

das Gelb, das Orange und das Rot der Laubbäume hat leuchten lassen und der schwäbische Indian Summer in seiner ganzen faszinierenden Farbenpracht vor ihnen lag. Nie mehr in seinem späteren Leben hatte er einen Sonnenaufgang so intensiv erlebt, sich mit der Natur so tief verbunden und glücklich gefühlt, wie an diesem Tag mit ihr. Sie waren noch lange dageblieben, hatten die wärmenden Sonnenstrahlen genossen, die den Tau auf den Wiesen und den Blättern der Bäume funkeln ließen, und Corinna hatte von den Wanderungen mit ihren Eltern auf der Schwäbischen Alb erzählt, von der Schönheit und Magie dieser facettenreichen Landschaft, den malerischen, von Felsen gesäumten Wanderwegen, tiefen, engen Schluchten, Höhlen und Karstquellen, von den Hangwäldern und Kalksteinfelsen und den einst stolzen Burgen, die so vielen Feinden widerstehen konnten, nicht jedoch der Vergänglichkeit, dem lautlosen, unaufhaltsamen Verfall, den Spuren der Zeit.

– Es ist beeindruckend zu sehen, wie sich die Natur diese einst so mächtigen Burgen zurückerobert hat und die Pflanzen und Tiere in dem verwitterten Mauerwerk der Ruinen ein neues Zuhause gefunden haben, hatte sie zu ihm gesagt. Und er hatte ihr von einer Schlittenfahrt mit zwei Schwarzwälder Kaltbluthengsten vom Gestüt Marbach auf den verschneiten Waldwegen am Albtrauf erzählt, von der immer wieder grandiosen Aussicht von der Traufkante über das weite Land und wie schön es ist, wenn die Sonne den Schnee auf den winterlichen Hochflächen dieser faszinierenden Landschaft glitzern lässt, wenn kleine Wasserfälle zu milchigen Säulen werden, Quellen erstarren und Sonne, Schnee und Wind bizarre Kunstwerke an die kahlen Äste der Bäume oder die schroffen Kalkfelsen zaubern.

– Ja, es ist zu jeder Jahreszeit sehr schön auf der Schwäbischen Alb und jede Eidechse, die sich auf einem Felsen sonnt, jeder farbenprächtige Schmetterling, jede Orchidee, jeder Enzian oder Traubenhyazinthen, die im Frühjahr ganze Wiesen blau färben, sind für mich noch ein zusätzliches Geschenk, das mich innehalten und glücklich staunend verweilen lässt, hatte Corinna hinzugefügt. Da, wo die Natur noch urwüchsig ist, wo sie von uns Menschen nicht rücksichtslos ausgebeutet wird, wo nicht ein Höchstmaß an Ertrag, sondern die biologische Artenvielfalt im Vordergrund steht, da zeigt sie sich in ihrer ganzen überwältigenden Schönheit, einer Schönheit, in die man, weit weg vom Lärm der Stadt, eintauchen kann, die man in vollkommener Stille, oft nur vom Rascheln der Blätter oder dem Zwitschern der Vögel unterbrochen, ganz intensiv erleben und dabei das Wohlbefinden und Glück spüren kann, das diese unberührte Natur in uns auslöst.

Ja, Corinna hatte sie geliebt, die Schwäbische Alb, die Vielfalt und Schönheit dieser wildromantischen Landschaft, die auch für ihn immer eine unerschöpfliche Inspirationsquelle gewesen ist.

Später waren sie dann wieder mit ihren Fahrrädern zurück nach Tübingen gefahren und er hatte ihr sein erstes kleines Atelier oben unter dem Dach gezeigt, ein Geschenk seiner Eltern zu seinem 18. Geburtstag. Dieser Sonnenaufgang, den sie gemeinsam erlebt hatten und den er mit seiner Kamera festgehalten hatte, war dann sein erstes Bild gewesen, das er in diesem Atelier gemalt hat.

– Können Sie sich an den Unfall erinnern, an irgendetwas? Sie sind der einzige Überlebende.

Nein, er konnte sich nicht erinnern. Er wusste nicht, wie es zu diesem schrecklichen Unfall gekommen war. Tag für Tag kreisten seine Gedanken um dieses entsetzliche Geschehen und versuchten, das dunkle Dickicht dieses Unfalls zu durchdringen, irgendeinen Anhaltspunkt aus den Tiefen seines Gedächtnisses auszugraben, aber er schaffte es nicht. Er konnte sich nicht erinnern, er konnte sich einfach nicht erinnern. Retrograde Amnesie nannten sie es im Krankenhaus. Gedächtnisverlust nach einem Schädel-Hirn-Trauma.

– Es kann sein, dass Sie sich in den nächsten Wochen oder Monaten an Bruchteile des Geschehens erinnern können. Es ist auch möglich, dass Ihnen plötzlich alles wieder einfällt. Aber es ist auch denkbar, dass ihre Erinnerung an diesen Ballonabsturz nie mehr zurückkommt. Man kann es nicht beeinflussen. Wir müssen abwarten. Sie müssen Geduld haben. Sie hatten schwere Verletzungen, hatte der Stationsarzt gesagt. Doch inzwischen sind Sie auf dem Weg der Besserung. Die Operationen sind gut verlaufen. Sie haben Glück gehabt.

Glück gehabt, er spürte einen brennenden Schmerz. Er war allein, allein in diesem Haus, in das eine kaum auszuhaltende kalte Stille eingezogen war, eine nicht fassbare, unbegreifliche Realität. Die unbeschwerten schönen Stunden mit ihr, jede einzelne so intensiv, so voller Glück und Zukunftsträumen, vorbei, unwiederbringlich vorbei. Ein Gefühl der Unwirklichkeit lastete seither auf ihm. Er fühlte sich wie ein Fremder in diesem einsamen, stillen Haus, in diesem Leben, das nicht mehr das seine war. Er hatte kein Gefühl mehr für Tag und Nacht, oft blieben die Rollläden bis Mittag unten oder die Vorhänge zugezogen, nur das große Fenster im Wohnzimmer ließ er immer offen, für den Blick auf den Liegestuhl. Verzweifelt strich er sich mit der rechten Hand die Haare aus der Stirn. Sein Leben war nur noch eine einzige, von Tag zu Tag zunehmende Qual. Er schloss die Augen, schottete die quälenden Gedanken ab, die er nicht länger ertragen konnte, und flüchtete in seine Erinnerungen. Sie waren sein Zufluchtsort, der Ort, wo er ihre Liebe und ihr Glück noch immer spüren konnte, sich in diese so kostbaren Stunden mit ihr verlieren und die Einsamkeit und den Schmerz für kurze Zeit zur Seite schieben konnte. Er zeichnete ihr Gesicht, ihre Stirn, ihre strahlenden Augen, die Schläfen, die lächelnden Lippen, ihr dunkelbraunes Haar und ließ ihr erstes Wiedersehen nach all den vielen Jahren, seit Corinna von Tübingen weggezogen war, vor dem Café Venedig in der Königstraße aufleben.

Er war nach Stuttgart gefahren, es ging um ein Angebot von Exponaten aus dem Jugendstil und der Biedermeierzeit. Sein Vater hatte mit einem Antiquitätenhändler einen Termin für 14:00 Uhr vereinbart, war dann aber kurzfristig verhindert gewesen und er war für ihn eingesprungen. Er war schon vormittags gegen 10:00 Uhr angekommen. Er wollte vorher noch ins Kunstmuseum am Kleinen Schlossplatz, das im März eröffnet worden war, und sich die Werke des schwäbischen Impressionismus, der Klassischen Moderne und der zeitgenössischen Kunst ansehen. Besonders interessierten ihn der Künstler Adolf Hölzel, einer der bedeutendsten Wegbereiter der modernen Malerei, und Otto Dix, ein malender Chronist seiner Zeit, der die dunklen Seiten des Lebens auf die Leinwand brachte und zu den bedeutendsten Malern des 20. Jahrhunderts zählt. Sein schonungsloser Realismus zeigt die Welt so, wie sie ist, zeigt das Grauen und die Brutalität des Krieges und das unermessliche Leid der Menschen. Dix wollte der Wahrheit bei seiner Arbeit immer ganz nahekommen, ob nun bei der zerstörerischen Kraft des Krieges oder bei seiner schonungslosen Darstellungsweise sozialer Zustände. Er war ein Mensch, der seine Augen vor der grausamen Realität nicht verschließen konnte. *Der Maler ist das Auge der Welt*, sagte er. *Der Maler lehrt die Menschen sehen, das Wesentliche sehen, auch das, was hinter den Dingen ist.*

Als er kurz nach 13:00 Uhr das Kunstmuseum wieder verließ, hatte er noch Zeit für einen Spaziergang auf dem Schlossplatz und schlenderte durch diese grüne Oase im Herzen Stuttgarts, mit ihren wunderschön angelegten Blumenbeeten, Springbrunnen und einladenden Liegewiesen, und machte sich dann auf den Weg zum Antiquitätenhändler. Zwischen den Säulen der Commerzbank standen drei Straßenmusikanten und spielten mit viel Leidenschaft und Hingabe wehmütige Volksweisen. Er blieb stehen, legte ein paar Münzen in den Geigenkoffer und unterhielt sich anschließend mit den Jugendlichen. Sie kamen aus Polen und aus der Ukraine, waren knapp über 20 Jahre alt und verdienten sich auf ihrer Sommertour das Geld für ihr Studium. Er fand sie sehr sympathisch und als Damian wieder zum Akkordeon griff, Alexander in die Gitarrensaiten und Roman zum Geigenbogen, hörte er ihnen noch eine ganze Weile zu, dann reihte er sich in das nachmittägliche Menschengedränge der Königstraße ein.

Es war Mitte Juni, die Menschen saßen im Freien auf Bänken, vor Cafés oder Restaurants. Bei einem Maler, der gerade das Porträt eines kleinen Jungen anfertigte, blieb er wieder stehen. Er hatte noch Zeit. Der Junge war vielleicht fünf oder sechs Jahre alt und rutschte ungeduldig auf seinem Stuhl hin und her. Hoffmann trat schräg hinter den Maler und warf einen Blick auf die noch nicht ganz fertige Zeichnung und dann auf den Jungen. Nicht schlecht, fand er, zwinkerte dem Jungen aufmunternd zu und ging dann weiter. Er könnte noch einen Kaffee trinken, überlegte er und steuerte zielstrebig auf einen der freien Tische vor dem Café Venedig zu. Doch plötzlich stockte er, blieb für einen kurzen Augenblick wie angewurzelt stehen und die Zeit schnellte zurück. Er erkannte sie sofort. Corinna, sie saß da, hatte ein Bein über das andere geschlagen und las in einer Zeitschrift. Er spürte, wie ihn dieses unerwartete Wiedersehen augenblicklich in Erregung versetzte und mit einer hochschnellenden Freude erfüllte, die er nicht in Worte hätte fassen können. Sie trank einen Schluck Kaffee und stellte die Tasse dann wieder zurück auf den Tisch. Corinna hier in Stuttgart, er konnte es kaum glauben. Sein Herz raste und Erinnerungen drängten an die Oberfläche, Erinnerungen an eine lang zurückliegende Zeit. Langsam ging er auf sie zu, das konzentriert auf die Zeitschrift gerichtete Gesicht nicht aus den Augen lassend. In ihrem Haar fingen sich die Sonnenstrahlen, so wie damals, als sie auf einer Bank auf der Neckarinsel gesessen hatte und er sie zum ersten Mal angesprochen hatte. Corinna, ihre Naturverbundenheit, ihr Einfühlungsvermögen und ihr Interesse an seiner Kunst wurden ihm wieder sehr bewusst. Plötzlich hob sie den Kopf, strich mit der linken Hand ihr Haar aus dem Gesicht, genauso wie früher, und schaute zu ihm auf. Er stand jetzt knapp vor ihrem Tisch.

– Claus, Claus Hoffmann, was für eine Überraschung, sagte sie erstaunt. Claus, sie hatte nach all den Jahren auf Anhieb seinen Namen gewusst. Noch immer völlig überwältigt von ihrem Anblick fand er keine Worte, um gleich etwas zu sagen, sah sie einfach nur an, fing ihr Lächeln ein, das ihn an die schönen Stunden ihrer Jugend in Tübingen erinnerte und stellte fest, dass der sinnliche Zug um ihren Mund nach all den Jahren nichts von seiner Anziehungskraft auf ihn verloren hatte.

– Corinna, ich kann es kaum glauben, nach so langer Zeit sehen wir uns hier in Stuttgart wieder, sagte er noch immer ganz überwältigt.

– Willst du dich nicht setzen? fragte sie.

– Ja, gerne, erwiderte er und setzte sich zu ihr an den Tisch. Es ist schön, dich wiederzusehen, wie geht es dir, Corinna?

– Ganz gut und dir? fragte sie.

– Seit ein paar Sekunden geht es mir wunderbar. Dich wiederzusehen nach all den Jahren. Was machst du hier in Stuttgart? fragte er.

– Ich besuche meine Eltern, sie wohnen seit ein paar Monaten hier.

– Und du, fragte er, lebst du noch in Heilbronn?

– Ja, ich arbeite da als Floristin in einem Blumengeschäft, und was machst du? Erzähl! Hast du Kunstgeschichte studiert?

– Ja, ich leite seit einigen Jahren eine Kunstschule, lehre als Dozent an Hochschulen, verfasse Publikationen zu verschiedenen kunstgeschichtlichen Themen und besuche auch regelmäßig mit meinem Vater Kunstauktionen in London, doch am liebsten sitze ich vor meiner Leinwand und male.

– Du hast es also geschafft, deinen Traum zu verwirklichen, das freut mich für dich.

– Ja, und du bist Floristin geworden, das passt zu dir. Schon damals warst du sehr naturverbunden und hast mir den Blick für die Schönheit und Einzigartigkeit jeder noch so kleinen Blume geschärft. Blumen bringen Farbe und Freude in unser Leben, hast du gesagt, sie sind das Lächeln eines Gartens, einer Wiese, das Mut machende Lächeln am Wegesrand auf einem beschwerlichen, steinigen Weg.

– Daran kannst du dich noch erinnern? fragte sie.

– Aber natürlich. Ich kann mich noch an alles erinnern, an unsere Ausflüge auf die Schwäbische Alb, die Stocherkahnfahrt auf dem Neckar, an unsere Besuche im Botanischen Garten, an die Wanderungen zum Steinbergturm oder zum Schönbuch und natürlich auch an die Bank auf der Neckarinsel, wo wir uns kennengelernt und dann oft getroffen haben, diskutiert und gelacht und so viele schöne Stunden zusammen verbracht haben.

– Ja, die Bank auf der Neckarinsel, wiederholte Corinna gedankenverloren. Diese Bank, die du gemalt hast, und dann, als ich nach Heilbronn gezogen bin, mir dieses Bild von unserer Bank zum Abschied geschenkt hast. Es hat mich damals sehr berührt, auch das, was du gesagt hast, erinnerst du dich noch?

– Ja, sehr genau sogar, erwiderte er. Ich sagte: Ich würde mich sehr freuen, wenn wir wieder einmal auf dieser Bank gemeinsam sitzen würden. Sein Blick ruhte mehrere Sekunden sehr innig und liebevoll auf ihr, dann sagte er: Dieser Satz gilt auch heute noch. Er griff nach ihrer Hand. Könntest du dir das vorstellen?

– Warum nicht? meinte sie mit einem verschmitzten Lächeln. Ich habe es immer als sehr angenehm empfunden, neben einem Künstler auf dieser Bank in der Platanenallee zu sitzen, einem jungen, so außergewöhnlich talentierten Maler, der die Schönheit der Natur auf seine Leinwand bringt, oder mit Hölderlins Worten: *Sie,/Wie Maler, bringen zusammen/Das Schöne der Erd.*

Er hielt ihre Hand noch immer, sah in ihre Augen und fragte: Lebst du mit einem Mann zusammen?

– Nein, es gab zwar den einen oder anderen, aber ich lebe allein. Und du, bist du noch mit Julia zusammen?

– Nein, schon lange nicht mehr. Mit Julia konnte ich nicht, so wie mit dir, durch Galerien, Antiquitätengeschäfte oder Museen bummeln. Kunst interessierte sie nicht. Selbst zur Ausstellung von Pablo Picasso in der Kunsthalle in Tübingen konnte ich sie damals nicht bewegen mitzukommen. Nein, wir waren nur ein paar Monate zusammen und zurzeit lebe ich auch allein und fände es deshalb sehr schön, wenn wir unserer Bank so bald wie möglich einen Besuch abstatten würden. Ich denke, sie würde sich über ein Wiedersehen mit uns beiden bestimmt sehr freuen.

– Ja, das denke ich auch, erwiderte Corinna lächelnd. Wie geht es übrigens deinen Eltern? Haben sie noch das Antiquitätengeschäft in Tübingen?

– Ja, meine Eltern hängen sehr an diesem Geschäft. Antiquitäten sind ihr Leben. Oh, mein Termin. Claus Hoffmann sah auf seine Armbanduhr. Es war kurz vor 14.00 Uhr. Corinna, entschuldige, aber ich bin mit einem Antiquitätenhändler verabredet, können wir uns später noch einmal treffen, so etwa in einer Stunde?

– Ja, gern und wo? fragte sie.

– Wo immer du möchtest, erwiderte er.

– Dann treffen wir uns doch einfach wieder hier, schlug sie vor. Ich muss noch ein paar Einkäufe erledigen und warte dann hier auf dich.

– Das wäre schön, sagte er lächelnd, stand auf und fügte hinzu: Ich bin sehr froh, dass wir uns heute hier begegnet sind.

– Ja, es ist schön, sich nach so langer Zeit wiederzusehen, sagte sie und stand auch auf.

– Unglaublich schön, erwiderte er und zog sie einfach völlig überwältigt in seine Arme.

Mehr als tausendmal hatte er in seinem Schmerz und seiner Einsamkeit diese Begegnung mit Corinna vor dem Café Venedig und die so unbeschreiblich glücklichen Wochen danach auferstehen lassen. Wochen, in denen er noch nicht gewusst hatte, wie wertvoll jeder einzelne Tag mit ihr ist und wie kurz, wie verdammt kurz ihr Glück sein würde. Sein Gedankenflug, der die Realität völlig ausblendete und die Leere in seinem Inneren mit Erinnerungen füllte, war das Einzige, was ihm geblieben war, das Einzige, das in seinem Leben noch wichtig war.

Draußen schwand das letzte Licht und es begann zu schneien. Die beiden Männer auf dem Nachbargrundstück hatten ihre Arbeit beendet. Stille, dunkle, kalte Stille, lag jetzt über den gefällten Bäumen. Tränen traten in seine Augen, während er auf die weichen, weißen Schneeflocken blickte, die vom Wind getragen durch die Luft wirbelten und begannen, die Wunden der gefällten Bäume ganz still und leise zu kühlen, sie mit ihrer schneeweißen Pracht behutsam schützend zu umhüllen.

– Schneeflocken sind wie kleine Sterne, die vom Himmel fallen, hatte Corinna gesagt, kurz bevor sie mit ihren Eltern nach

Heilbronn gezogen war, hatte ihre Hände ausgestreckt und die zarten, weichen Flocken aufgefangen. Jede einzelne Schneeflocke ist in ihrer filigranen Struktur ein einzigartiges Kunstwerk, verletzlich und vergänglich, so verletzlich und vergänglich wie wir alle auf dieser Erde.

Samstag, 10. Juni 2006

Langsam rollte Mikes Mercedes auf der Allee zur neuen Beauty-Wellness-Oase.

Anjas Blick schweifte an den alten Bäumen, die die Auffahrt säumten, vorbei und blieb dann an dem hellerleuchteten Luxushotel hängen. Er parkte seinen Wagen neben einem dunklen Porsche und half ihr beim Aussteigen. Sie trug ein knöchellanges, eng geschnittenes Abendkleid, das von zwei schmalen Trägern gehalten wurde.

– Du siehst bezaubernd aus, das Kleid steht dir außerordentlich gut, sagte Mike, und sie spürte seinen bewundernden Blick, der über ihr Gesicht und dann über ihre schlanke Figur glitt.

– Ich habe dich gestern beim Eröffnungsspiel Deutschland gegen Costa Rica auf dem Schlossplatz vermisst. Fast alle von der Agentur waren da, sagte Mike.

– Ja, eigentlich wollte ich ja kommen, hatte es Ann-Kathrin auch versprochen, aber irgendwie war ich gestern Abend ziemlich müde und habe mich dann einfach nur vor den Fernseher gesetzt, mir das Spiel zu Hause angeschaut und dann bin ich früh ins Bett gegangen.

– Nun, allzu lange war ich auch nicht da, obwohl nach dem furiosen Auftaktspiel der deutschen Elf die Hölle los war. Nach dem 4:2-Sieg der deutschen Mannschaft gegen Costa Rica wurde die Theodor-Heuss-Straße, vom Hauptbahnhof bis zum Rotebühlplatz, zur Fußball-Partymeile, beschallt von Hunderten Autohupen. Ein Autokorso und tanzende Fans auf der Straße legten den Verkehr völlig lahm. Ich war der Erste, der sich dann, nachdem wir in einem Lokal etwas getrunken hatten, ausgeklinkt hat. Mikes Blick ruhte für einen kurzen Moment prüfend auf ihrem Gesicht.

– Hast du irgendetwas? fragte er besorgt. Du siehst ein wenig blass aus, wirkst irgendwie bedrückt.

– Nein, nein, alles in Ordnung, erwiderte sie. Aber vielleicht sollte ich einmal ein paar Tage Urlaub machen, ein bisschen ausspannen, einfach mal nichts tun und mich hier, in dieser Wellness-Oase verwöhnen lassen.

– Das ist eine super Idee, das würde dir bestimmt guttun und ich hätte auch nichts gegen ein paar Tage Urlaub. Ich fände es schön, wenn wir uns beide, weit weg von der Agentur, von Stress und Terminen, hier ein paar schöne Tage gönnen würden, fügte Mike hinzu, und dann gingen sie gemeinsam in die hell erleuchtete Eingangshalle.

Die Eröffnungsparty war schon in vollem Gang. Stilvolle Live-Musik, Gedränge, gut gelaunte Party-Gäste, die sich angeregt unterhielten, und Kellner, die Champagner servierten.

Alles erstrahlte in neuem Glanz. Weinhardt hatte dieses historische Anwesen aus der Jugendstil-Epoche vor einigen Jahren erworben und mit viel Liebe zum Detail die Fassaden, unter Wahrung von Denkmalschutzauflagen, restaurieren lassen und den Innenbereich in eine moderne, exklusive Wellness- und Beauty-Oase verwandelt, die keine Wünsche offenließ.

– Ich freue mich, dass Sie kommen konnten! Braungebrannt, in einem eleganten Maßanzug, kam Herr Weinhardt, der Inhaber der Wellness-Oase, auf sie zu und begrüßte sie mit einem strahlenden Lächeln. Sie sehen bezaubernd aus, Frau Berger, darf ich Sie beide zu einem Begrüßungs-Champagner an die Bar begleiten? Gestern hatten wir hier noch die letzten Handwerker. Ich bin ja so froh, dass noch alles rechtzeitig fertig geworden ist.

– Eine architektonische Glanzleistung, zu diesem Meisterwerk kann man Ihnen nur gratulieren, sagte Mike und lächelte anerkennend.

– Ja, es ist wunderschön geworden, fügte Anja hinzu. Ich habe mir schon überlegt, ob ich mir ein paar Tage Urlaub nehmen soll, um mich hier, in diesem traumhaft schönen Ambiente, verwöhnen zu lassen.

– Das würde mich sehr freuen, Frau Berger, wenn ich Sie hier, als eine meiner ersten Gäste, begrüßen könnte. Es wäre eine Ehre für mich, sagte er charmant und verbeugte sich leicht. Frau Weinhardt, eine grazile Frau mit einem ebenmäßig, klassisch schönen Gesicht und dunklem, leicht ins Rötliche changierendem Haar, trat neben ihren Mann und begrüßte sie ebenfalls sehr freundlich. Sie trug ein schulterfreies, champagnerfarbenes Designerabendkleid und setzte nahtlos den exklusiven Rahmen dieser Beauty-Wellness-Oase fort.

– Sie und Ihre Agentur haben wirklich hervorragende Arbeit geleistet, sagte Frau Weinhardt anerkennend. Vor allem der Werbespot, der im Mittelpunkt der Kampagne steht und durch seine fantasievolle, außergewöhnliche Gestaltung besticht, ist ganz ausgezeichnet geworden.

Sie haben doch das Storyboard geschrieben, Frau Berger, nicht wahr?

– Ja, das habe ich, aber wir hatten natürlich auch das große Glück, dass wir das Topmodel Jana für diesen Spot gewinnen konnten und natürlich auch den Regisseur Reinhard, der auf seinem Gebiet eine Kapazität ist.

Weinhardt und seine Frau begleiteten sie zur Bar, vorbei an den Gästen, die gruppiert an Stehtischen sich angeregt unterhielten.

– Schon ziemlich viel los hier, sagte Mike.

– Ja, trotz WM hat keiner unserer geladenen Gäste abgesagt. Das freut uns natürlich sehr. Der Barkeeper schenkte den Champagner ein und sie stießen auf das neue Wellness-Hotel an. Weinhardt und seine Frau nippten nur kurz an ihrem Glas und entschuldigten sich dann, es waren neue Gäste angekommen.

Mit ihrem Champagnerglas in der Hand traten Anja und Mike hinaus auf die Terrasse. Die Sonnenstrahlen der untergehenden Sonne warfen ihr Licht auf den weitläufigen Park mit seinen alten Bäumen, blühenden Sträuchern, den wunderschön angelegten Blumenbeeten und den großen, makellos gepflegten Rasenflächen.

– Was für ein Anblick. Ein Eldorado für jeden Blumen- und Naturfreund, sagte Anja überwältigt und trat an den Rand der Terrasse, die von mehreren drei bis vier Meter hohen chinesischen Hanfpalmen und herrlich blühenden Pflanzen in ausladenden Kübeln gesäumt wurde.

– Ja, es ist wunderschön hier. Weißt du was, wir rufen Stefan an und sagen ihm, dass wir eine Woche hierbleiben, sagte Mike mit einem schelmischen Grinsen.

– Der würde sich freuen, bei den Terminen, die wir nächste Woche haben, erwiderte Anja lächelnd.

– Wir könnten ja eine Woche Wellness-Urlaub in unsere Terminkalender einplanen, was hältst du davon? Anja blickte in das dunkle Braun seiner Augen, das sie so liebevoll umfing und ihr heute besonders guttat, und dachte, warum eigentlich nicht? Mike war durchaus attraktiv, er war charmant, einfühlsam, keine Frage. Es gab einiges an ihm, das sie schätzte, nicht zuletzt seine überaus zuvorkommende und stets freundliche Art. Eigentlich konnte sie sich eine wachsende Beziehung zu Mike vorstellen. Schon seit einiger Zeit spürte sie, dass er in ihr mehr sah als nur die Arbeitskollegin. Es waren seine Blicke, die kleinen Gesten, die Einladungen zum Essen.

– Keine schlechte Idee, ich werde darüber nachdenken, erwiderte sie. Aber jetzt lass uns hineingehen, Herr Weinhardt hat eben mit seiner Begrüßungsrede begonnen.

Inzwischen war auch die Presse eingetroffen, mehrere Fotografen schossen ihre ersten Bilder und Weinhardt genoss es sichtlich, dieses Blitzlichtgewitter. Anja sah sein strahlendes, selbstbewusstes Lächeln, das er den Kameras entgegenhielt, und plötzlich war da Johnny Krüger, der Filmschauspieler. Auch er hatte das Blitzlichtgewitter genossen, das Leben im grellen Scheinwerferlicht, er, der innerhalb kürzester Zeit zum begehrtesten Mann Hollywoods avanciert war. Rebellisch und voller Leidenschaft war er zum Idol der Jugend geworden. Selten hatte das Publikum einen Schauspieler so verehrt wie ihn. Er hatte alles, was ein Star braucht: Talent, Leinwandpräsenz, Charisma, die Lust zu spielen und die Besessenheit, mit aller Macht nach oben zu kommen. Krüger galt als einer der besten und gefragtesten Schauspieler. Er lief immer hochtourig, seine Ruhelosigkeit, seine Sucht nach Ruhm und Anerkennung und die Bestätigung seiner Großartigkeit hatten ihm keine andere Wahl gelassen. Er hatte den Rebellen in Lederjacke und T-Shirt gespielt, der die Konventionen verachtete, den leidenschaftlichen Liebhaber in seiner Stärke und Verletzlichkeit, und die Versager, die Enterbten des Lebens, die Träumer, die bei ihrer Suche nach Glück und Erfüllung ihrer Sehnsüchte immer und immer wieder scheiterten, weil sie im eisigen Abseits nie bekommen, was sie sich erhoffen. Anja hatte fast alle Filme von ihm gesehen. Er war ein brillanter Schauspieler gewesen. Keiner hatte die innere Zerrissenheit des Anti-Helden so gespielt wie er. Es war atemberaubend gewesen, dieses Aufflammen von Hoffnung in seinen Augen zu sehen, wenn er glaubte, dem Glück ganz nahe zu sein, und dann binnen Sekundenbruchteilen das Erlöschen, weil wieder einmal der letzte Funken Hoffnung zertreten wurde und er es nicht schaffen konnte, nach dem Glück zu greifen, es festzuhalten, weil er wieder einmal, wie schon so oft, scheiterte, an der Gesellschaft, an dem gleichgültigen, rücksichtslosen So-Sein der Welt. Wie er dann dagestanden hatte, mit diesem bitteren Gesichtsausdruck, trostlos, starr, niedergeworfen, vom Leben betrogen und allein mit seinen unerfüllten Sehnsüchten und Träumen, allein mit seiner abgrundtiefen Enttäuschung und seinem Seelenschmerz. Ja, Johnny Krüger war ein genialer Schauspieler gewesen. Er und seine Filmpartnerin, Susanne Sanders, galten als das Traumpaar schlechthin. Sie waren umjubelt und gefeiert worden. Susanne Sanders war die ideale Partnerin für ihn gewesen. Sie war schön, attraktiv und immer von einer Aura des Besonderen umgeben gewesen. Mehr Mädchen als Frau spielte sie ihre Rollen nicht, sie lebte sie mit einer Leichtigkeit und Natürlichkeit, die etwas Fesselndes, Anrührendes hatte. Mit einer Geste, einem Zucken im Mundwinkel zeigte sie das Entstehen eines Gefühls, eines Zweifels, zeigte sie ihre Verletzlichkeit und spielte das, was zwischen den Zeilen stand. In ihrer unschuldigen Sinnlichkeit steckten das Geheimnis eines schutzbedürftigen, sensiblen Mädchens, das Geheimnis einer faszinierenden, leidenschaftlichen Frau. Und dann dieser tragische Unfall. Johnny war mit seiner Yacht auf dem Pazifischen Ozean in einen Sturm geraten. Susanne Sanders konnte noch gerettet werden, doch für Johnny kam jede Hilfe zu spät.

Weinhardt hatte seine Begrüßungsrede beendet und eröffnete das Buffet. Anja hatte kaum etwas von seinen Worten wahrgenommen, spürte, wie ihre Hand, die das Champagnerglas hielt, leicht zu zittern begann. Mike sah sie an.

– Was hast du denn, geht es dir nicht gut? Anja drückte ihm ihr Glas in die Hand.

– Entschuldige bitte, ich muss mal eben schnell raus. Sie drängte sich durch die Menschen und war froh, als sie endlich die Toiletten im Untergeschoss erreichte und außer ihr sonst niemand da war. Sie stützte sich auf eines der Waschbecken und versuchte, ruhig durchzuatmen. Sie musste sich zusammennehmen, durfte nicht durchdrehen.

– Anja! Sie zuckte zusammen, als sie die besorgte Stimme von Mike draußen vor der Tür hörte. Anja, was ist denn los? Schnell fuhr sie sich mit der Hand durchs Haar und rückte den verrutschten Träger ihres Kleides zurecht, dann öffnete sie die Tür.

– Anja, du bist ja ganz blass, was hast du denn?

– Es geht schon wieder, mach dir keine Sorgen, erwiderte sie.

– Ich mache mir aber Sorgen, irgendetwas stimmt doch nicht. Sag mir bitte, was los ist.

– Ja, aber nicht hier, lass uns nach draußen gehen.

Einige Zeit gingen sie, ohne etwas zu sagen, nebeneinander durch den Park. Der Weg führte sie zu einem See und einer großen alten Trauerweide. Von den Zweigen der Trauerweide etwas versteckt, plätscherte Wasser von einer circa drei Meter hohen Felswand in den See.

– Was ist los? fragte Mike. Anja wandte sich ihm zu und sah in sein besorgtes Gesicht.

– Ein Mann belästigt mich. Er hat mich am Donnerstagabend, so gegen 23:00 Uhr, angerufen und gesagt, er hätte von einer Verführerin nicht so eine kühle, geschäftsmäßige Stimme erwartet. Und gestern hat er mich in seinem Brief als Mephisto unserer heutigen, konsumorientierten Gesellschaft bezeichnet und mich zu *Faust 21* eingeladen, damit ich von meinem grandiosen Kollegen noch etwas lernen könne. In unserer Branche sei man ja immer auf der Suche nach neuen, noch effizienteren Psychotricks. Und dann schreibt er noch, dass er sich auf unser erstes Date freue, auf unsere ersten gemeinsamen Stunden im Schauspielhaus, auf den Beginn einer glücklichen, traumhaft schönen Zeit. Ich habe den Brief dabei. Anja holte ihn aus ihrem Abendtäschchen und gab ihn Mike. Hier, lies selbst.

– Ist das der rote Brief von gestern, als ich nach dem Briefing gefragt habe?

– Ja, das ist er, sagte Anja, und noch etwas, dieser Mann hat gesagt, sein Name sei Johnny.

– Kennst du einen Johnny?

– Ich kenne nur Johnny Krüger, den Filmschauspieler, doch die Stimme des Mannes, der mich angerufen hat, die klang eben wie die Stimme von diesem Johnny Krüger. Mike sah sie ungläubig an.

– Der Krüger ist doch bei einem Yachtunfall ums Leben gekommen.

– Ja, das weiß ich, das ist es ja gerade. Das stand damals ja in allen Zeitungen. Die gesamte Presse stürzte sich doch auf diesen tragischen Unfall.

– Und du meinst, die Stimme am Telefon war die Stimme von diesem Krüger? fragte Mike.

– Nein, natürlich nicht, aber dieser Unbekannte hat sie täuschend echt imitiert und auch gesagt, er sei Johnny.

– Er hat behauptet, er sei Johnny Krüger? fragte Mike.

– Nein, den Namen Krüger hat er nicht erwähnt, nur Johnny.

– Seltsam, sehr seltsam, sagte Mike und las den Brief aufmerksam durch. Der Kerl tickt doch nicht ganz richtig. Ein Psychopath.

– Oder ein Werbekritiker, fügte Anja hinzu.

– Hm, wäre natürlich auch möglich. Hast du irgendeinen Verdacht? Gibt es da jemanden, der infrage kommen könnte?

– Ich weiß es nicht. Mike, ich weiß nicht, wer das sein könnte. Mike sah sie eine ganze Zeit lang nachdenklich an, dann sagte er: Und ein verletzter Liebhaber, einer, der verrücktspielt, der sich rächen will? Eifersucht und Zurückweisung sind starke Motive.

– Meine letzte Beziehung liegt fast ein Jahr zurück. Zudem lebt Chris seit unserer Trennung in Texas, das heißt, ich bin mir nicht sicher, ob er da noch ist. Ann-Kathrin meinte neulich, ihn in Stuttgart gesehen zu haben.

– Es wäre also möglich, dass er wieder hier ist?

– Ja, sagte Anja.

– Könntest du dir vorstellen, dass er ...? Anja sah an Mike vorbei und starrte auf den See.

– Würdest du es ihm zutrauen? hakte er nach. Für einen kurzen Augenblick gelang es ihr nicht, dies völlig auszuschließen, doch dann schob sie diesen Gedanken vehement zur Seite.

– Nein, sagte sie. Chris würde so etwas niemals tun.

– Wie lange warst du denn mit ihm zusammen? fragte Mike.

– So etwa sechs oder sieben Monate.

– Nun, das ist nicht sehr lange, um einen Menschen wirklich richtig kennenzulernen, zudem kennt man ja doch immer nur die äußere Hülle.

– Mike, Chris war das nicht. Warum behauptete sie das? Warum sagte sie Mike nicht, dass sie immer wieder Diskussionen über Werbung geführt hatten, dass er ihr vorgehalten hatte, die Menschen mit psychologisch ausgefeilten Beeinflussungsmethoden zum Kaufen zu verführen. Was machte sie so sicher, dass Chris nicht dieser Stalker ist? Vielleicht ist sein Traum von der Rinderfarm geplatzt und er versucht jetzt, seinen Frust an ihr abzureagieren.

– Nun, wenn du so überzeugt davon bist, dass er es nicht ist, nur, er sah sie eindringlich an, ich würde es trotzdem nicht ganz ausschließen.

– Ja, vielleicht hast du recht, sagte sie, nachdem sie einige Zeit lang unschlüssig auf den See geblickt hatte, ich sollte es nicht ganz ausschließen. Ich werde ihn anrufen und mit ihm sprechen.

– Das ist eine gute Idee, erwiderte Mike. Und wenn er mit seinen Belästigungen nicht aufhört, werde ich mir etwas einfallen lassen, das verspreche ich dir. Aber jetzt lass uns zurückgehen, lass uns tanzen, lass uns diesen Abend genießen. Ich habe mich so auf diese Einweihungsparty mit dir gefreut. Ich möchte nicht, dass dieser Kerl, wer immer es auch ist, uns diesen Abend verdirbt.

Hand in Hand gingen sie zurück zur Terrasse. Den Mann, der nur ein paar Meter von ihnen entfernt, versteckt hinter den Zweigen der Trauerweide auf einer Bank saß, und ihr Gespräch mitangehört hatte, hatten sie nicht bemerkt. Als die Band wieder anfing zu spielen, tanzten sie. Anja spürte Mikes Nähe, in der sie sich geborgen und gleich besser fühlte, und konnte diesen Stalker etwas zur Seite schieben.

Es war kurz vor Mitternacht, als ein Fremder sie um einen Tanz bat. Mike unterhielt sich gerade mit einem älteren, weißhaarigen Mann, den sie nicht kannte.

– Sie sehen bezaubernd aus, Frau Berger, sagte er lächelnd.

– Sie kennen mich? fragte Anja überrascht und ihr Blick wanderte von seinem kurzgeschnittenen, dunkelblondem Haar über sein markantes, sympathisches Gesicht, seine graublauen Augen, seine schmalen Nasenflügel, seine freundlich lächelnden Lippen und blieb dann für einen kurzen Moment an seinem Grübchen am Kinn hängen.

– Ihr hervorragender Ruf ist Ihnen vorausgeeilt, sagte er mit einem amüsierten, anerkennenden Lächeln. Er trug einen hellen Sommeranzug und ein dunkles Hemd, machte einen sportlichen Eindruck. Mit Ihrer exzellenten Werbekampagne für dieses Wellness-Hotel haben Sie wieder einmal souverän die

Konkurrenz ausgeschaltet, fuhr er fort, so wie vor zwei Jahren beim Internationalen Werbefestival in Cannes, wo Ihnen der goldene Löwe verliehen wurde. Ein Hauch von herbem Rasierwasser streifte ihr Gesicht.

– Sie sind ja bestens informiert, merkte Anja an.

– Nun, ich hatte das Vergnügen, Kai Mertens persönlich kennenzulernen. Wir haben uns zufällig in einem Museum für Moderne Kunst getroffen. Er stand vor einem Bild von Andy Warhol und meinte lächelnd: Andy war ein Ausnahmekünstler. Sehen Sie sich dieses mit dem Siebdruckverfahren erstellte Bild an, diese Suppendose von Campbell Soup. Konsumgüter aus dem Alltag wurden durch seine ästhetische Darstellungsweise zu Bestandteilen der Kunst und in seinen New Yorker Factories zu einem Massengut. Bei Andy war alles kunstwürdig, Produkte aus der Lebensmittelindustrie, ein Comic- und Cartoon-Motiv, wie Micky Maus oder Superman, oder sonstige triviale Gegenstände. Andy schuf eine neue Definition von Kunst und stieg vom Grafiker einer Werbeagentur zur Ikone der New Yorker Kunstszene auf, wurde zum internationalen, schillernden Star der Kunstgeschichte des 20. Jahrhunderts.

Ich hatte einige Wochen zuvor in der Stuttgarter Zeitung von Kais Erfolg beim Werbefestival in Cannes gelesen, fuhr er fort, und habe ihm zu seinem goldenen Löwen, zu seinem sehr originellen und künstlerisch gestalteten Werbespot gratuliert und dabei angemerkt, dass auch er die kreative Kraft der Kunst nütze, um seine Werbekampagnen aufmerksamkeitsstark zu bereichern. Auch ihm gelänge es, durch seine Kreativität, seine ästhetische Darstellungsweise, einem banalen Produkt eine besondere Exklusivität und Wertigkeit zu verleihen, sodass es aus der Masse heraussticht. Mit verhaltener Neugier sah Anja ihn an.

– Darf ich fragen, wer Sie sind?

– Oh, entschuldigen Sie, dass ich mich nicht vorgestellt habe, wie unhöflich von mir. Mein Name ist Jansen, Philip Jansen. Ich bin Immobilienmakler und arbeite viel im Ausland. Falls Sie einmal ein schönes Anwesen suchen sollten, würde ich mich sehr freuen, wenn ich Ihnen dabei behilflich sein könnte.

– Danke, ich werde es mir merken, erwiderte Anja mit einem freundlichen Lächeln. Auch Jansen lächelte und ihre Blicke hielten sich für einen kurzen Moment, dann fragte er: Arbeiten Sie viel für Wellness- und Beauty-Hotels?

– Ja, dieses Jahr hat sich die Auftragslage gebessert und wir haben deutlich mehr Neukundenanfragen als im vergangenen Jahr, vor allem im Beauty- und Wellnessbereich. Urlaub für Körper und Seele wird immer beliebter. Die Wellness- und Beauty-Farmen sind zu einem explodierenden Trend geworden. Viele Menschen fühlen sich unter Dauerstress, die gestiegenen Belastungen am Arbeitsplatz, die Fülle der Informationen, die tagtäglich auf sie einströmen, Hektik, Lärm, Termindruck und oft wird auch noch die Freizeit mit Aktivitäten vollgestopft, um nur ja nichts zu verpassen.

– Ja, da haben Sie recht, erwiderte Philip Jansen und sein Atem streifte ihre rechte Schläfe. In unserer schnelllebigen Zeit stehen die Menschen unter Dauerstrom, können einfach nicht mehr abschalten und sehnen sich deshalb nach so einer Insel der Ruhe, nach Streicheleinheiten für Körper und Seele, nach Zuwendung und Wohlbefinden, die im Alltag häufig zu kurz kommen.

Die Band hatte aufgehört zu spielen und Jansen bedankte sich für den Tanz, hielt sie noch einen Moment in seinen Armen und merkte mit einem charmanten Lächeln an: Es war sehr schön, Sie persönlich kennenzulernen. Ich wünsche Ihnen und Ihrem Begleiter noch einen angenehmen Abend. Er lächelte noch kurz, bahnte sich dann einen Weg durch die herumstehenden Paare und sie sah ihm hinterher, eine Spur zu lang, wie sie irritiert feststellte, und suchte dann in der Menschenmenge nach Mike. Wo war er? Sie entdeckte ihn neben der großen geöffneten Glasschiebetür des Hotels und ging zu ihm.

– Wer war der Mann, mit dem du da eben getanzt hast? Kennst du ihn? fragte Mike.

– Nein, er ist mir heute zum ersten Mal begegnet. Er heißt Jansen und ist Immobilienmakler, arbeitet viel im Ausland.

– Ihr habt euch angeregt unterhalten.

– Ja, wir haben über das Wellness-Hotel gesprochen und über Kai, er hat ihn einmal in einem Museum für Moderne Kunst getroffen.

– Nun, dann lass uns jetzt wieder tanzen. Mike wollte sie in den Arm nehmen, doch sie wehrte ab.

– Mike, ich bin müde, ich habe die letzten zwei Nächte nicht besonders viel geschlafen, ich möchte auf mein Zimmer gehen.

– Ja, verstehe, erwiderte Mike mitfühlend, holte die Schlüssel an der Rezeption und dann gingen sie nach oben in den ersten Stock, wo sie zwei Zimmer nebeneinander gebucht hatten. Mike schloss Anjas Zimmertür auf und gab ihr dann den Schlüssel.

– Danke, Mike. Seit ich mit dir über die Sache gesprochen habe, geht es mir viel besser.

– Das freut mich, Anja, du kannst immer zu mir kommen, wenn du ein Problem hast, ich helfe dir gerne.

– Das ist schön, danke Mike und gute Nacht.

– Gute Nacht Anja, schlaf gut.

Anja hatte ihr Zimmer kaum betreten, da klingelte ihr Handy.

– Hallo Anja, du hast umwerfend ausgesehen bei der Einweihungsparty heute Abend, begehrenswert schön. Dieses raffiniert geschnittene, deinen Körper umschmeichelnde Kleid, das du extra für mich, für unser erstes Date gekauft hast, klasse, einfach klasse.

Er war hier, hier in diesem Hotel und er kannte ihre Handynummer. Ein Schauer lief ihr eiskalt den Rücken hinunter. Woher kannte er ihre Handynummer? Sie stand da wie paralysiert, unfähig irgendetwas zu tun oder zu sagen.

– Ich muss natürlich gestehen, dass ich zuerst ziemlich enttäuscht war, dass du diese Einweihungsparty *Faust 21* vorgezogen hast, fuhr er fort. Doch als ich dann diese exklusive, romantische Wellness-Oase, mit diesem kaum zu überbietenden Luxus und diesen strahlenden, eleganten Leuten, diesen Karrieretypen mit ihren Designerklamotten von Ralph Lauren, Gucci, Lagerfeld und Armani betreten habe, da wusste ich, Junge, hier bist du goldrichtig, das ist genau die exklusive Glitzerwelt, von der du schon immer geträumt hast, wonach du dich schon immer gesehnt hast.

War das Chris? Chris kannte ihre Handynummer.

– Ja, dieser Luxusschuppen war schon die bessere Wahl, so gut wie hier habe ich mich noch nirgends gefühlt, fuhr er fort. Ich war total überwältigt von diesem Ambiente, das mich hier empfangen hat, vor allem von dieser Illusionsmalerei, diese exotischen, traumhaft schönen Inseln an den Wänden, Paradiese von einzigartiger Schönheit und betörender Sinnlichkeit, so, als wären sie wirklich da und man könnte sie gleich betreten, so etwas habe ich noch nie gesehen, das hat mich total fasziniert und zutiefst beeindruckt. Was für ein genialer Künstler, der es schafft, solche Bilder an die Wände zu zaubern, und was für eine außergewöhnlich romantische Frau, die für unser erstes Date so eine traumhaft schöne Location ausgewählt hat.

– Wir hatten kein Date! Was wollen Sie von mir?

– Was ich von dir will, das weißt du doch. Ich möchte mich bei dir bedanken, dass du mich in deine traumhaft schöne Werbe-Wunderwelt entführst und zum Kaufen dieser ganzen glückversprechenden Must-haves verführst. Ja, ich möchte mich bedanken, dass du mir in den Lifestyle- und Modemagazinen diese ganzen mir fehlenden Accessoires der neuesten Trends gezeigt und mich auf meine Defizite aufmerksam gemacht hast, dass du mich, meine geliebte Märchenfee, so psychologisch wirkungsvoll immer wieder von Neuem auf die neuesten Produkte der immer kürzer werdenden Mode- und Modellzyklen hingewiesen hast, die man in unserer heutigen Konsumgesellschaft unbedingt haben muss, um im Strom der Zeit mitschwimmen zu können. Denn das, was heute ‚in‘ ist, ist morgen ja schon wieder ‚out‘, so wie mein Handy, das ich erst vor Kurzem gekauft habe. Natürlich ist es noch voll funktionsfähig, aber eben, durch den technischen Fortschritt nicht mehr auf dem neuesten Stand, überholt, veraltet, ein Wegwerfprodukt. Mir wäre es ja gar nicht so aufgefallen, dass ich ein neues brauche, das habe ich nur dir zu verdanken, dir, die so genau weiß, dass mich so ein altes Handy nicht zufriedenstellen kann, dass selbstverständlich nur das neueste einen

Typen wie mich glücklich machen kann. Und deshalb habe ich es auch sofort gekauft, dieses neueste, top platzierte Smartphone, das gerade auf den Markt gekommen ist. Und auch diese neue, Wunder wirkende Creme für die perfekte Schönheit und ewige Jugend, und diese ganz einzigartige Zahnpasta für ein blendend weißes, strahlendes Siegerlächeln und jetzt, während der WM natürlich auch dieses Trikot der deutschen Nationalmannschaft, denn mit dem richtigen Outfit und ein paar Energy-Drinks kann ich nun auch meine sportlichen Leistungen perfektionieren. Man muss schließlich fit sein, perfekt sein, immer gut drauf sein, man muss mithalten können, muss kaufen, kaufen, immer mehr und mehr in unserer Überfluss- und Wegwerfgesellschaft, sonst wird man doch gnadenlos abgehängt, da hast du völlig recht. Und deshalb ist meine ganze Wohnung inzwischen voll von diesen ganzen glückversprechenden Must-haves mit eingebautem Verfallsdatum. Und gestern, gestern habe ich mir dann auch noch, zu unserem ersten Date, einen Anzug von Armani gekauft, zum ersten Mal in meinem Leben einen Anzug von Armani. Ein ultimativer Kick schoss augenblicklich durch meinen ganzen Körper, als ich mich im Spiegel gesehen habe. Eine Metamorphose, ich konnte es kaum fassen, habe mich kaum wiedererkannt. Ja, dachte ich, es hat sich gelohnt, in dein Erscheinungsbild zu investieren, in ein makelloses Aussehen, in dieses exklusive After-shave, diese Rolex am Handgelenk, in diese ganzen designstarken Markenprodukte, auch wenn du dein Konto völlig überzogen hast, denn jetzt, jetzt hast du es geschafft, jetzt bist du perfekt, jetzt mit deinem durchtrainierten und gestylten Body bist du ein megacooler Typ, der mit diesem Optimum an perfekter Männlichkeit endlich wunschlos glücklich ist. Doch dann, es war nur ein kurzer Blick aus dem Fenster, ein ganz kurzer, der diese ganzen megacoolen Dinge, die ich alle gekauft habe, zu einem Nichts reduziert und das Glück, das ich eben noch empfunden hatte, gnadenlos ausgelöscht und wieder in weite Ferne gerückt hat, der mir gezeigt hat, wie kurz, wie verdammt kurz dieses käufliche Glück doch ist. Wie paralysiert habe ich dagestanden und auf dieses neue Sport-Cabriolet von meinem Freund geblickt und sofort gewusst, dass mir das noch fehlt zu meinem Glück, dass ich so ein Cabriolet unbedingt auch haben muss, dass die Jagd nach dem Glück weitergehen muss, weiter, immer weiter.

– Chris, Chris, bist du das? Der Mann am anderen Ende der Leitung antwortete nicht, drückte das Gespräch weg, und sie stand da und starrte sekundenlang auf ihr Handy. War das Chris? War das wirklich Chris? Völlig aufgewühlt lief sie aus dem Zimmer und klopfte bei Mike an die Tür. Es dauerte eine Weile, bis er ihr aufmachte. Er war schon ausgezogen, war schon im Bett gewesen.

– Was ist denn los, Anja?

– Mike, er hat angerufen.

– Wer hat angerufen?

– Der Stalker, vielleicht Chris, ich weiß es nicht, er kennt auf jeden Fall meine Handynummer und er ist hier, hier in diesem Hotel, er verfolgt mich, ich habe Angst. Mike zog sie in seine Arme.

– Beruhige dich, du musst keine Angst haben, ich bin doch bei dir, hier bei mir kann dir nichts geschehen. Zärtlich und beruhigend strich er über ihr Haar und ihre Schultern.

– Was wollte er denn von dir, was hat er gesagt? fragte er dann.

– Es ging wieder um Werbung, erwiderte Anja und berichtete ihm, soweit sie in ihrer Erregung dazu in der Lage war, was er gesagt hatte.

– Anja, dieser Kerl spielt ein fieses Spiel mit dir und ich weiß nicht, wo dieses Spiel enden wird, was diesem Kerl noch alles einfällt, wenn er hier in diesem Hotel ist, bleib doch heute Nacht einfach hier bei mir. Hier kann dir nichts geschehen. Anja ich ..., ich liebe dich. Er begann sie zu küssen, zuerst behutsam, forschend, dann leidenschaftlicher.

– Mike ich ..., sie versuchte sich aus seiner Umarmung etwas zu befreien. Mike, entschuldige, aber ich glaube, es ist besser, wenn ich wieder zurück in mein Zimmer gehe. Es ist schön, dass du da bist, nur ich ...

– Ich habe schon verstanden, sagte Mike, ist schon in Ordnung. Ich bring' dich kurz rüber in dein Zimmer, aber wenn irgendetwas ist, dann rufst du mich, ich bin für dich da, Tag und Nacht.

– Ja, danke Mike.

– Du musst dich nicht bedanken. Du musst mir nur versprechen, vorsichtig zu sein.

– Ja, ich verspreche es dir.

– Schön, dann gute Nacht Anja, sagte er, strich mit den Fingerkuppen zärtlich über ihr Gesicht und ging dann zurück in sein Zimmer.

Sonntag, 11. Juni 2006

– Wo möchtest du sitzen? fragte Mike, als sie am nächsten Morgen den Speisesaal betraten.

– Oh, vielleicht gleich da drüben. Ist dir das recht?

– Ja, natürlich. Sie setzten sich und gleich darauf kam der Kellner, wünschte ihnen einen guten Morgen und fragte, ob sie Kaffee oder Tee möchten. Sie entschieden sich beide für Kaffee und Mike holte sich von dem reichhaltigen Frühstücksbüfett Brötchen, Schinken und ein Spiegelei und Anja ein Croissant mit Butter und Honig und dann noch eine Schale mit Erdbeeren.

– Mike, ich habe gestern noch lange nachgedacht. Ich glaube nicht, dass es Chris ist. So ein perfides Spiel ist nicht sein Ding, das passt nicht zu ihm. Chris ist mehr der direkte Typ.

Wenn ihm etwas nicht gefällt, dann sagt er es offen und ehrlich und steht auch dazu. Ich werde Anzeige erstatten.

– Eine Anzeige gegen Unbekannt und das jetzt während der WM? fragte Mike. Was versprichst du dir denn davon? Selbst wenn du wüsstest, wer dieser Unbekannte ist, kann die Polizei da wenig tun. Millionen Menschen werden belästigt, am Telefon, mit Briefen oder E-Mails. Aber solange kein Straftatbestand, wie Sachbeschädigung oder Körperverletzung vorliegt, sind der Polizei die Hände gebunden. Die geltende Rechtslage bietet den Opfern bei Stalking bislang wenig Schutz.

– Aber was soll ich denn dann tun? Mike, ich habe Angst.

– Anja, du musst keine Angst haben, ich bin doch bei dir. Und wenn du willst, gehen wir natürlich zur Polizei und erstatten Anzeige gegen Unbekannt. Nur, ich glaube, es wird dir nichts bringen. Sein Blick ruhte ernst und konzentriert auf ihr. Anja, ich habe gestern auch noch über die Sache nachgedacht und denke, wir müssen dieses Problem selbst in die Hand nehmen.

Wir müssen einen Weg finden, wie wir diesem Kerl sein Handwerk legen. Was hältst du von einem Privatdetektiv?

– Ein Privatdetektiv? Du meinst, ich soll einen Privatdetektiv engagieren?

– Ja, ich glaube, das sollten wir tun, und zwar so bald wie möglich, und ich kenne da auch jemanden, einen Jörg Lindner, er ist ein früherer Bekannter von mir. Vor Jahren hat er in Mannheim gewohnt und dort auch in einer Detektei gearbeitet. Ob er da jetzt noch ist, das weiß ich natürlich nicht, aber wenn du möchtest, könnte ich das herausfinden und ihn anrufen.

Ich könnte ihm die Situation schildern und fragen, wie wir uns am besten verhalten sollen, was wir unternehmen können und ob er vielleicht für ein paar Tage nach Stuttgart kommen könnte. Was hältst du davon?

– Viel, sehr viel, das ist eine sehr gute Idee, Mike.

– Jörg ist ein Profi, wenn er kommen könnte, wüssten wir innerhalb kürzester Zeit, wer sich hinter diesem mysteriösen Johnny verbirgt, und er würde diesem Kerl dann auch klarmachen, dass es für ihn ziemlich unangenehm werden könnte, falls er dich weiterhin belästigt, darauf kannst du dich verlassen, einverstanden?

– Ja, natürlich, natürlich bin ich einverstanden, danke Mike, erwiderte sie ganz erleichtert.

– Wir dürfen auf keinen Fall die Gefahr, die von so einem Mann ausgehen kann, unterschätzen, sagte Mike. Ich möchte dir keine Angst machen Anja, aber wir müssen vorsichtig sein, gerade jetzt während der Fußball-WM, wo sich nicht nur Tausende friedliebende, fußballbegeisterte Fans in Stuttgart aufhalten, sondern auch Kriminelle, ausländische Hooligans oder psychisch gestörte Typen. Ich werde gleich nach dem Frühstück versuchen, Jörg zu erreichen. Willst du dich nachher noch ein bisschen verwöhnen lassen? Vielleicht mit einer Massage oder einem Bad? Oder hast du Lust, im Park spazieren zu gehen?

– Ich glaube, ich bin nicht in der richtigen Stimmung dazu. Seit ich weiß, dass dieser Kerl auch hier ist, fühle ich mich hier nicht mehr wohl. Ich möchte lieber nach Hause fahren.

– Verstehe, erwiderte Mike mitfühlend.

Nach dem Frühstück ging jeder auf sein Zimmer. Anja packte ihre Sachen und wartete dann unten an der Rezeption, bis Mike kam.

– Ich habe Jörg erreicht, sagte er sichtlich erleichtert, als er auf sie zukam. Er wohnt noch in Mannheim und will uns helfen. Er kann allerdings erst in etwa zwei Wochen kommen, er hat im Moment viel zu tun.

– Erst in zwei Wochen? Die Enttäuschung stand Anja deutlich ins Gesicht geschrieben.

– Wenn du willst, können wir natürlich auch einen anderen Detektiv anrufen, aber ich glaube, es wird schwierig sein, einen zu finden, der gleich Zeit hat. Vielleicht dauert es bei Jörg ja auch nicht so lange. Übrigens, als ich ihm sagte, dass du allein lebst, meinte er, dass das zu gefährlich sei. Hast du jemanden, zu dem du ziehen könntest, bis Jörg kommt?

– Meine Eltern wohnen am Bodensee und Ann-Kathrin möchte ich eigentlich nicht in diese Sache mit hineinziehen.

– Wenn du möchtest, kannst du bei mir wohnen. Meine Wohnung ist groß genug für uns beide.

– Zu dir? Anja war etwas irritiert, bedankte sich aber für das Angebot. Ich werde darüber nachdenken.

– Aber bitte nicht zu lange, unterschätze die Gefahr nicht, in der du dich befindest. Die Gefahr, wer war die Gefahr? Wer hatte sie für sein Spiel ausgesucht? Und warum?

– Ich möchte dich natürlich zu nichts drängen, fuhr Mike fort, es ist nur so, ich mache mir einfach Sorgen und ich könnte es nicht ertragen, wenn dir etwas zustoßen würde, nur weil ich nicht alles getan habe, um dich vor diesem Kerl zu beschützen. Versprichst du mir, dass du nicht zu lange nachdenkst?

– Ja, Mike, ich verspreche es dir.

Montag, 12. Juni 2006

Das Martinshorn durchfuhr sie, dieser laute, alarmierende Klang der Sirene, der plötzlich durch das geöffnete Fenster in ihre Wohnung drang. Anja trat hinaus auf den Balkon. Ein Polizeiwagen mit Blaulicht und Sirene jagte die Straße hinauf zur Kreuzung, an der schon mehrere Menschen und ein Krankenwagen standen. Ein kalter Schauer lief ihr den Rücken hinunter, als sie auf die Menschenansammlung, auf die blinkenden Lichter des Krankenwagens und des Polizeiautos blickte. Sie konnte jedoch nicht erkennen, was passiert war, und wollte gerade wieder zurück ins Wohnzimmer, als sie plötzlich ein anderes Geräusch, direkt unten vor dem Haus, noch stärker zusammenzucken, sie in ihrer Bewegung erstarren ließ. Der satte Sound einer Harley-Davidson. Der Fahrer mit schwarzer Lederjacke, Jeans und schwarzem Integralhelm sah zu ihr hoch, winkte ihr zu, gab Gas. Der Auspuff röhrte. Chris, durchfuhr es sie. Chris hatte auch eine Harley und er hatte einen schwarzen Integralhelm. Sie sah dem Fahrer hinterher, sah, wie er die Straße hinunterfuhr, und hörte den Nachhall des Dröhnens, der immer leiser wurde. Der Fahrer bog an der zweiten Kreuzung rechts ab und verschwand aus ihrem Blickfeld. Das war nicht Chris. Chris hatte seine Harley, bevor er in die USA geflogen war, noch verkauft. Das war ein anderer Harley-Fahrer mit schwarzem Integralhelm. Aber warum hatte dieser Mann ihr gewunken? Hatte er das? Hatte er wirklich sie gemeint oder jemand anderen, der auch in diesem Haus wohnte. Ihr Blick suchte die Hausfront ab. Kein Fenster war geöffnet und es stand auch niemand auf einem der Balkone. Sie spürte, wie ein Zittern ihren ganzen Körper erfasste.

Wer war dieser Mann? War es dieser Johnny? Wohnte der Kerl vielleicht hier in der Gegend, vielleicht sogar in diesem Haus? Sie hielt sich am Balkongeländer fest. War das möglich? Warum nicht? Vielleicht begegnete sie ihm sogar täglich, ohne ihn wirklich wahrzunehmen, ohne zu merken, dass gerade er dieses perfide Spiel mit ihr spielt. Aber warum? Was hatte sie ihm getan, dass er gerade sie ausgewählt hat? Sie führte sich die Männer, die hier im Haus wohnten, vor Augen, mit denen sie, ihrer Meinung nach, nicht mehr verband als ein freundlicher Gruß im Vorbeigehen. Besaß einer von denen eine Harley? Sie wusste es nicht, aufgefallen war ihr jedoch noch nie eine. Suchend flog ihr Blick über die anderen Häuser in ihrer Umgebung. Der Mann musste nicht hier wohnen, er konnte genauso gut in einem der anderen Häuser wohnen oder auch irgendwo ganz anders. Dieser Harley-Fahrer konnte der Stalker sein, oder auch nicht. Alles war möglich, auch dass jemand von der Konkurrenz sauer auf sie war. Der Wettbewerb ist hart, man wird eingeladen, unverbindliche Präsentationen durchzuführen, Kampagnen zu entwerfen, die viel Zeit und Geld kosten, und dann zieht eine andere Agentur den Auftrag an Land und man hat wieder einmal für den Papierkorb gearbeitet. Das sind dann schon frustrierende Momente, aber damit musste man klarkommen, das ging allen Agenturen so. Anja blickte noch einmal die Straße hinunter, dahin, wo der Harley-Fahrer in der Seitenstraße verschwunden war, und ihre Gedanken gingen unwillkürlich wieder zurück zu Chris. Immer wieder hatte sie mit ihm Diskussionen über Werbung geführt.

– Werbung verführt und manipuliert die Menschen, zwingt ihnen mit unfairen Beeinflussungsmethoden ein Begehren auf, das nicht ihr eigenes ist und bringt sie dazu, Dinge zu kaufen, die sie nicht brauchen, hatte er immer argumentiert.

– Die Werbung ist nicht so allmächtig und der Konsument nicht so naiv und manipulierbar, hatte sie ihm dann entgegengehalten. Die Kunden sind durchaus fähig, sich ihr eigenes Urteil zu bilden. Sie lassen sich nicht gegen ihren eigenen Willen etwas aufzwingen.

– Oh, ihr schafft das schon. So gekonnt, wie ihr eure Botschaften in einem fantasievollen, genießerischen Ambiente in Szene setzt, gelingt es euch immer und immer wieder, die Menschen zum Kaufen zu verführen.

– Es ist völlig legitim Produkte so begehrenswert wie möglich anzubieten, solange wir uns an die auferlegten Gesetze halten. Zudem hat der Kunde die Möglichkeit, sich über Produkte, Dienstleistungen und Unternehmen bei unabhängigen Instituten, zum Beispiel bei der Stiftung Warentest, zu informieren. Er kann somit sehr genau abwägen, was er kauft. Werbung hat nicht die manipulative Kraft, die du ihr unterstellst.

– Ach hör doch auf, wenn die Verhaltensbeeinflussung durch die Werbung nicht funktionieren würde, würden die Anbieter doch wohl kaum bereit sein, für Werbung jährlich Milliarden auszugeben. Eure subtilen, ausgeklügelten Verführungstechniken haben doch einen immensen Einfluss auf die Emotionen der Menschen, auf ihre Wünsche und Sehnsüchte.

– Chris, keine noch so gute Werbung kann einen Kunden dazu verführen, etwas zu kaufen, was er nicht haben will. Trotz optimaler Werbung, bei der oft Millionen von Euro in eine Kampagne investiert werden, können sich viele Innovationen am Markt nicht etablieren und müssen nach kurzer Zeit wieder zurückgenommen werden, das zeigen die vielen missglückten Produkteinführungen. Es ist und bleibt eine Wunschvorstellung, dass man jedes Produkt verkaufen kann, nur weil man es so begehrenswert wie möglich darstellt. Es wird nämlich nicht nur die Werbung wahrgenommen, sondern auch das Produkt, und wenn dieses den Erwartungen des Konsumenten nicht entspricht, wird er es kein zweites Mal kaufen. Ein Produkt muss durch Produktqualität überzeugen, sonst hat es auf dem Markt keine Chance.

– Produktqualität, dass ich nicht lache. Durch den technischen Fortschritt ist das Verfallsdatum doch in jedem eurer Produkte schon eingebaut, sodass die Produktlebenszyklen immer kürzer werden. Das, was heute ‚in‘ ist, ist morgen in unserer Wegwerfgesellschaft doch schon wieder ‚out‘, nicht mehr im Trend und zwingt uns, ständig zu kaufen, immer mehr und mehr. Aber das ist ja so gewollt, das erhöht ja euren Profit.

– Nun, im Mittelpunkt eines jeden Unternehmens steht die Profitmaximierung, da hast du völlig recht, hatte sie ihm geantwortet. Und Werbung ist ein ganz entscheidender Wirtschaftsmotor, der den Wettbewerb ankurbelt, der, durch die gesteigerte Nachfrage viele Arbeitsplätze schafft, Innovationen fördert und die Existenzgrundlage der Medien sichert und dadurch auch die Medienvielfalt. Werbung ist eine der Grundlagen unserer wachstumsorientierten Gesellschaft. Ohne Werbung und Konsum würde unser Wirtschaftssystem zusammenbrechen und das würde erhebliche wirtschaftliche und gesellschaftliche Konsequenzen nach sich ziehen. Werbung ist deshalb für jedes Unternehmen, das in unserer globalisierten Welt unter einem enormen Wettbewerbsdruck steht, ein unverzichtbares, absatzförderndes Muss. *Wer nicht wirbt, der stirbt.* Kein Unternehmen kann es sich leisten, bei einem immer größer werdenden Warenangebot, ein Produkt ohne Werbung auf den Markt zu bringen, dem würde doch keiner auch nur die geringste Beachtung schenken.

– Und wäre das so schlimm, wenn wir nicht jedem Produkt, das auf den Markt kommt, sofort hinterherrennen würden?

– Nein, natürlich nicht. Jeder kann frei entscheiden, ob er ein Produkt haben will oder nicht, diese Freiheit hat der Konsument und die sollte er auch nutzen und sich gut überlegen, ob er dieses oder jenes Produkt wirklich braucht, denn wenn er sich dagegen entscheidet, hat jede noch so gute Werbe- und Marketingmaßnahme einfach keine Chance. Es liegt beim Konsumenten, ob er sich manipulieren lässt oder ob er selbstbestimmt handelt und die Verantwortung für seine Entscheidungen übernimmt.

Anja ging zurück in die Küche, füllte ihre Gießkanne mit Wasser und begann im Wohnzimmer ihre Orchideen zu gießen. Sie waren schon wieder völlig ausgetrocknet, weil sie sie wieder, wie schon öfters, vergessen hatte, aber sie nahmen es ihr nicht übel. Diese exotischen Schönheiten, mit ihren einzigartigen Formen und Farben, waren nicht anspruchsvoll und blühten trotz ihrer minimalen Pflege. Fasziniert und ein bisschen dankbar, dass sie es bei ihr aushielten, betrachtete sie diese bezaubernden, farbenprächtigen Blüten auf ihrer Fensterbank, doch dann gingen ihre Gedanken wieder zurück zu Chris. Seit fast einem Jahr hatte sie nun nichts mehr von ihm gehört. Er hatte damals von seinem verstorbenen Onkel in Amerika eine Ranch im Hill Country, in der Nähe von San Antonio in Texas geerbt und von ihr erwartet, dass sie mit ihm diese Ranch bewirtschaften würde.

– Man muss schließlich auch einmal etwas Neues wagen, hatte er immer wieder betont und versucht, sie vom Ranch-Leben zu überzeugen.

– Chris, du hast mit so einer kleinen Ranch gegen die Großbetriebe, gegen die Massentierhaltung der Corporate Farms keine Chance, hatte sie zu ihm gesagt. Das Schlachtvieh geht an ein paar große Fleischkonzerne und die drücken die Preise. Und das ist nicht nur in Texas so, sondern auch in den anderen Staaten der USA. Viele Rancher können von ihrem Einkommen nicht mehr leben, sie sind hoch verschuldet und müssen ihre Viehzucht aufgeben. Zudem ist das Arbeiten auf einer Ranch hart, weit entfernt vom Mythos des romantischen Rancher- oder Cowboylebens, das Hollywood mit seinen Wildwestfilmen geschaffen hat. Es ist ein ständiger Kampf ums Überleben. Zudem ist die Ranch ziemlich heruntergewirtschaftet und wir müssten erst einmal kräftig investieren. Das Geld dafür haben wir nicht und wir haben auch keine Ahnung von Rinderzucht, können noch nicht einmal reiten.

– Das konnte mein Onkel auch nicht, das kann man alles lernen. Mein Onkel und viele andere deutsche Einwanderer haben es auch geschafft.

– Ja, früher konnten die Rancher von ihrer Arbeit noch leben, aber heute reichen die Dollars eben nicht mehr, die die Rinderzucht einbringt.

– Ich brauche nicht viel, hatte er ihr erklärt, ich bin ein sehr genügsamer Mensch, habe keine großen Ansprüche, brauche diesen ganzen Konsum nicht, diese ständige Steigerung des

Warenangebots, die immer neue Bedürfnisse weckt, Bedürfnisse, die ich mir nur durch immer mehr Arbeit leisten kann. Ich möchte diese ganze Überflussgesellschaft nicht mehr, dieses ständige Mehr und mehr, dieses Anhäufen von Statussymbolen: *Mein Haus, mein Auto, meine Yacht.* Ja ist ein erfülltes Leben denn nicht weit mehr, als die Summe dieser ganzen Statusobjekte, mehr als das, was man kaufen kann? Ist es erstrebenswert, in dieser wachstumsfixierten Welt, diesem ständigen Steigerungsmodus von morgens bis abends durchs Leben zu hetzen, seine To-do-Liste abzuarbeiten und nur noch zu funktionieren? Ist es erstrebenswert, bei diesem allgegenwärtigen Optimierungsdruck, unsere inneren Wünsche und Sehnsüchte einfach zu ignorieren, diese tiefen Sehnsüchte nach einer anderen Art des Lebens? Macht es uns wirklich glücklich, wenn nur noch die Markenwelt unsere Identität definiert und wir nicht mehr so sein dürfen, wie wir sind? Müssen wir uns Tag für Tag diesem Maximierungswahn, diesen ganzen Erwartungszwängen fügen, wenn wir dabei völlig erschöpft und frustriert die Lust am Leben nicht mehr spüren? Ich jedenfalls mache da nicht mehr mit. Ich brauche diese ganzen Must-haves nicht, brauche keinen Luxusschlitten, um mein Image aufzupolieren, nicht diesen ständigen Wettkampf, dieses Messen und Vergleichen, welches Haus, welcher Pool größer ist und wer am meisten auf seinem Bankkonto hat. Es wird immer jemanden geben, der mehr hat als ich. Wenn es ihn glücklich macht, nur zu. Nur ich, ich will das alles nicht mehr und vor allem will ich dieses Sterne-Lokal nicht mehr, diesen ständigen Leistungsdruck, diesen enormen Perfektionismus und diese ewige Jagd nach diesen verdammten Sternen. Ich habe das alles so satt. Mir genügt diese kleine Ranch, das kleine, einfache Glück. Ich will ein freies, selbstbestimmtes Leben, ich will meinen Traum leben. Das ist es, was ich will. Und wenn dieser Traum platzt, dann platzt er eben. *Nenne dich nicht arm, wenn deine Träume nicht in Erfüllung gegangen sind; wirklich arm ist nur, der nie geträumt hat.* Das hat Marie von Ebner-Eschenbach geschrieben, eine der bedeutendsten deutschsprachigen Erzählerinnen des 19. Jahrhunderts, und ich finde, diese Dame hatte recht.

Chris hatte seinen Job als Koch in einem Sterne-Restaurant schon seit Langem satt. Immer wieder hatte er davon gesprochen, wie sehr er diese ewige Jagd nach den Sternen hasse, diesen enormen Leistungsdruck, diese endlosen Arbeitstage und diese ständige Suche nach immer noch perfekteren Genussdarbietungen. Alles muss in diesem Gourmet-Tempel jeden Tag bis ins kleinste Detail stimmen, hatte er ihr vorgehalten. Jeden Tag kann ein Tester des Guide Michelin am Tisch sitzen. Und wenn dann auch nur eine winzige Kleinigkeit das Gesamtkonzept so einer kulinarischen Köstlichkeit, den anspruchsvollen Gaumen dieses Testers stört, dann ist so ein hart erarbeiteter Stern, das Maß aller Dinge in der Küche, schnell weg, dann ist es vorbei mit dem Sterne-Restaurant. Du kannst dir gar nicht vorstellen, was das für unseren Chef, mit seinem wahnsinnigen Ehrgeiz und seiner eisernen Disziplin, dem der eine Stern schon lange nicht mehr genug ist, bedeuten würde. Das wäre für ihn eine Katastrophe, ein Sturz aus dem Olymp der Zunft. Anja, diesen Wahnsinn mache ich nicht mehr mit. Ich will das alles nicht mehr. Diese ständige Hektik, immer schneller, immer besser, noch perfekter. Wie ich das alles hasse. So sehr ich mich auch anstrenge, es ist nie genug. Er findet immer etwas, das sich an diesem Kunstwerk auf dem Teller noch verbessern lässt, etwas, das nicht ganz dem Optimum seiner Gestaltungsperfektion entspricht. Wenn da bei einer Karotte ein minimaler Fehlwuchs zu erkennen ist, sie nicht in ihrer 100-prozentig makellosen Vollkommenheit auf dem Teller liegt, dann rastet dieser Mann aus, tobt durch die Küche und wirft diese Karotte in den Müll. Das ist doch nicht normal. Das tue ich mir nicht mehr länger an.

Chris ist ein hervorragender Koch, seine Gerichte bei ihr zu Hause waren immer ein Genusserlebnis auf ganz hohem Niveau. Doch dieser tägliche Perfektionismus in dem Sterne-Lokal hatte immer mehr die Freude an seiner Arbeit zerstört. Die Begeisterung, die er anfangs für das Kochen empfunden hatte, war völlig verschwunden. Er hatte sich nur noch ausgebrannt und hohl gefühlt. Da war dann dieses Erbe gerade zur rechten Zeit gekommen. Endlich hatte er die Chance, etwas anderes, vollkommen Neues zu machen, sein eigener Herr zu sein, ohne diesen ständigen Leistungsdruck, da hatte es für ihn kein Halten mehr gegeben. Seine Begeisterung hatte keine Grenzen gekannt, ihre schon. Sie war nicht mit ihm gegangen. Sie war hiergeblieben. Ja, sie hatte einfach Angst gehabt, wieder ohne Arbeit und Geld dazustehen, wenn es mit der Farm nicht funktionieren würde, so wie damals, als sie nach ihrem abgebrochenen Psychologie-Studium keinen Job gefunden hatte und sie sich von ihren Eltern hatte unterstützen lassen müssen.

Dienstag, 13. Juni 2006

Als Anja sich dem Schlossplatz näherte, brandete ihr der Lärm der Fußballfans entgegen. Das WM-Spiel Frankreich – Schweiz hatte bereits begonnen. Es wimmelte nur so von Menschen vor den drei großen Videoleinwänden, die für die Liveübertragungen aufgebaut worden waren. Deutsche, Engländer, Franzosen, Schweizer, Brasilianer, Kroaten und viele andere aus verschiedenen Ländern, alle bunt geschmückt und bemalt in den jeweiligen Nationalfarben, viele ein einziges Kunstwerk. Die Stadt war so bunt wie nie zu vor. Seit Freitag rollte der Ball, die Sonne schien, die Fahnen wehten, die Menschen waren in Feierlaune und die Stadt war eine einzige große Partymeile. Die WM versetzte das Land in einen Taumel sommerlichen Glücks. In jeder Kneipe, in jedem Biergarten flimmerte seither eine Leinwand und man hörte die Stimmen der Fernsehkommentatoren und das Rauschen aus den Stadien. Heute aus dem Gottlieb-Daimler-Stadion, das für 135 Millionen für die Weltmeisterschaft auf den neuesten Stand der Technik gebracht worden war und wo das Spiel gerade ausgetragen wurde. Noch nie war das Inte-

resse an einer Fußball-Weltmeisterschaft so groß gewesen. Der
Auflauf der Fernsehjournalisten, die täglich exklusiv über die
Spiele, über die Neuigkeiten von Jürgen Klinsmann und sei-
ner Nationalmannschaft berichteten, war immens, ebenso die
Polizeipräsenz. Bis zu 1800 Polizisten waren allein in der Lan-
deshauptstadt an den WM-Tagen im Einsatz. Videokameras im
Daimlerstadion und auf dem Schlossplatz nahmen jeden Win-
kel ins Visier. Feuerwehr, Rettungsorganisationen, Technisches
Hilfswerk, private Ordnungsdienste sowie die Bundeswehr mit
AWACS-Aufklärern und Spezialeinheiten, wie Bombenentschär-
fungsteams, standen bereit. Es waren alle nur menschenmög-
lichen Vorkehrungen für die Einhaltung der Sicherheit getrof-
fen worden, denn so eine WM zog nicht nur fröhlich feiernde
Fußballfans an, sondern neben in- und ausländischen Hooligans auch Kriminelle, Taschen-, Trick- und Autodiebe, Betrüger,
Bombenleger oder psychisch gestörte Personen mit kriminel-
len Visionen. Die Polizei war bestens gerüstet. Doch wenn der
Schlossplatz während der WM, so wie jetzt, zur Partyzone für
Tausende von Menschen wurde, gab es keine absolute Sicherheit, auch bei noch so viel Polizeipräsenz. Ein Restrisiko blieb.
Gewalttaten ließen sich niemals und an keinem Ort völlig aus-
schließen und verhindern.

Anja erreichte die Königstraße. Der neue Pflasterbelag, an dem
die Bauarbeiter monatelang gearbeitet hatten, war pünktlich fertig geworden, ebenso die Königsbau-Passagen neben dem 2005
fertiggestellten Kunstmuseum. Alles erstrahlte in neuem Glanz,
selbst die Platanen in der Königstraße waren geschmückt wie
Christbäume. Karstadt hatte 3000 Bälle gespendet, die schon
seit Februar im Geäst der Platanen hingen und nach der WM
an Kindergärten, Schulen und Vereine gespendet werden sollen.
   Ein Mann mit schwarz-rot-goldener Irokesenfrisur rempel-
te sie an, entschuldigte sich, grinste, ging weiter. Anja drehte
sich nach ihm um. Auch er drehte sich um. Sein Blick landete
direkt in ihren Augen. Ein eigenartiges, sofort hochschnellen-
des, beunruhigendes Gefühl erfasste sie augenblicklich und ihr

Puls beschleunigte sich. Früher hätte sie so einem harmlosen Vorfall keine Beachtung geschenkt, aber dieses ‚früher' gab es nicht mehr. Ihr Leben hatte sich gravierend verändert. Schnell ging sie weiter, drehte sich dann jedoch noch einmal um, aber er war nicht mehr da, war in der Menschenmenge untergetaucht. Aber was hieß das schon? Sie fühlte sich nicht mehr sicher. Dieser Johnny konnte ihr überall auflauern, ihr überall hin folgen. Dieses Gefühl, dass er in ihrer Nähe war, sie beobachtete, ließ sie nicht mehr los. Am Rotebühlplatz bog sie links ab, fuhr die Rolltreppe hinunter, ging bei C&A vorbei und dann noch die Treppe hinunter zum Kaufhof und zuckte zusammen. Neben dem Eingang stand ein Mann, breitbeinig, lässig, mit Irokesenfrisur. War das derselbe Mann? Sie wusste es nicht. Schließlich liefen hier doch bestimmt Hunderte mit dieser Frisur herum. Und doch, er grinste. Grinste er, weil sie ihn so anstarrte oder weil er es war, der Mann, der sie angerempelt hatte, der Mann, der sich Johnny nannte? Eilig lief sie an ihm vorbei und fuhr auf der Rolltreppe hinunter ins Untergeschoss zum City-Supermarkt. Würde er ihr folgen? Aus den Augenwinkeln heraus beobachtete sie jede Bewegung in ihrer Nähe, drehte sich immer wieder um. Er folgte ihr nicht. Und doch war da dieses kalte, unangenehme Gefühl in ihrem Rücken, das ihr sagte, dass er in ihrer Nähe ist und dass er dieser Stalker sein könnte. Sie holte sich einen Einkaufswagen. An der Verkaufstheke der Bäckerei, gleich neben dem Eingang, herrschte Gedränge. Anja schob ihren Wagen vor sich her, während ihre Augen immer wieder hektisch nach rechts oder links huschten. Sie versuchte die nervöse innere Unruhe zu verdrängen und sich darauf zu konzentrieren, was sie brauchte. Sie legte Milch, Joghurt, Käse und Äpfel in ihren Einkaufswagen, während ihre Blicke immer wieder suchend durch den Supermarkt schossen. Sie ging zur Tiefkühltruhe und überlegte, ob sie eine Pizza mit Schinken oder eine vegetarische nehmen sollte.

– Ich würde mich für Alfredo entscheiden, sagte plötzlich eine tiefe, warme Stimme neben ihr und ließ sie erschrocken zusammenzucken.

– Alfredo? fragte sie und drehte sich zu dem Mann um, der neben ihr stand.

– Entschuldigen Sie, dass ich mich einmische, aber Alfredo ist wirklich der beste Pizzabäcker, den ich hier in Stuttgart kenne. Darf ich Sie zu einer Pizza bei Alfredo einladen? Philip Jansen sah sie mit einem fragenden Lächeln an. Schlagartig durchflutete sie eine prickelnde Erregung. Philip Jansen, ihn noch einmal wiederzusehen, damit hatte sie nicht gerechnet. Seit dem Tanz mit ihm am Samstag hatte sie immer wieder an ihn gedacht, an dieses angenehme Gefühl, das sie in seiner Nähe empfunden hatte.

– Machen Sie das öfters, fragte sie, Frauen, die unentschlossen vor einer Pizza-Tiefkühltruhe stehen, zu einer Pizza bei Alfredo einladen?

– Wenn ich ehrlich sein soll, nein, Sie sind die erste, haben Sie Lust? Lust? Sie versuchte sie zu ignorieren, die augenblicklich hochschnellende Lust, mit ihm essen zu gehen, diese Freude, ihm noch einmal begegnet zu sein. Und doch, das ging nicht, sie konnte nicht mit ihm essen gehen.

– Vielen Dank für die Einladung, aber ich habe im Moment wenig Zeit und zudem kenne ich Sie ja kaum.

– So ein Essen zu zweit wäre doch eine hervorragende Gelegenheit, sich näher kennenzulernen.

– Nein danke, ich habe heute wirklich keine Zeit, ich … sie stockte, starrte an Jansen vorbei auf den Mann mit der Irokesenfrisur. Er stand keine vier Meter von ihr entfernt vor einem Regal, sah zu ihr herüber und grinste unverschämt. Angst erfasste sie. Diesmal war sie sich sicher, es war derselbe Mann, der vor dem Supermarkt gestanden hatte. Es war die gleiche schwarze Lederhose und diese auffälligen schwarzen Nietenstiefel.

– Irgendetwas nicht in Ordnung? fragte Jansen und folgte ihrem Blick.

– Ich … nein, nein, alles in Ordnung. Sie griff nach der vegetarischen Pizza und registrierte, dass ihre Hand leicht zitterte.

– Kennen Sie den Mann?

– Wen?

– Den Mann mit der Irokesenfrisur.

– Nein, ich kenne den Mann nicht. Ich bin etwas in Eile, entschuldigen Sie, ich muss weiter. Hastig schob sie ihren Einkaufswagen zur Kasse. Jansen folgte ihr.

– Was ist los, was ist mit dem Mann?

– Nichts, es ist alles in Ordnung.

– Das stimmt nicht Frau Berger, Sie haben Angst, das sieht man Ihnen an. Kann ich Ihnen irgendwie helfen? Sie blieb stehen, wandte sich noch einmal nach dem Mann um. Er packte gerade ein Flüssigwaschmittel in seinen Einkaufswagen. Helfen, wie sollte er ihr helfen? Und doch, seine Anwesenheit, gerade jetzt, tat ihr irgendwie gut. Sie sah seinen besorgten, fragenden Blick, der auf ihr ruhte, und wusste, dass es nicht nur die Angst war, die sie bewog zu fragen: Würde es Ihnen etwas ausmachen, mich ein Stück zu begleiten? Vielmehr war da plötzlich dieser starke Wunsch, dieses Wiedersehen nicht so schnell zu beenden.

– Nein, natürlich nicht, ich begleite Sie sehr gerne, antwortete er.

– Danke, sagte sie, schob ihren Einkaufswagen zur Kasse und bezahlte.

– Was ist mit dem Mann, hakte er nach, als sie den Supermarkt verlassen hatten.

– Ich ... ich hatte das Gefühl, dass er mich verfolgt.

– Verfolgt? Warum?

– Auf der Königstraße hat mich ein Mann mit Irokesenfrisur angerempelt, dann stand plötzlich vor dem Supermarkt auch ein Mann mit Irokesenfrisur und dieser Mann, der vor dem Supermarkt gestanden hatte, hat mich dann bei der Tiefkühltruhe so unverfroren angegrinst, aber wahrscheinlich habe ich einfach nur überreagiert und das alles hat gar nichts zu bedeuten.

– War das heute das erste Mal oder hat er Sie schon öfter belästigt? fragte Jansen.

– Es war das erste Mal. Entschuldigen Sie, ich bin sonst nicht so ängstlich, ich bin zurzeit nur etwas angespannt. Vielleicht im Moment ein bisschen zu viel Stress.

– Sie müssen sich nicht entschuldigen, bei diesen Menschenmassen jetzt während der WM ist es nicht verkehrt, etwas vorsichtiger zu sein, und falls Sie noch einmal das Gefühl haben, dass dieser Mann Sie verfolgt, wenden Sie sich an die Polizei, nehmen Sie es nicht auf die leichte Schulter. Wenn Sie möchten, können Sie natürlich auch mich anrufen. Es wäre mir ein Vergnügen, Sie ab und zu nach Hause begleiten zu dürfen, sozusagen als Ihr ganz persönlicher Bodyguard.

– Sind Sie denn länger in Stuttgart? fragte Anja.

– Ja, voraussichtlich noch zwei bis drei Wochen.

– Geschäftlich?

– Ja, es geht um eine Immobilie auf dem Sonnenberg.

– Auf dem Sonnenberg? Das ist eine Spitzenlage, da würde ich auch gerne wohnen. Wie hoch ist denn da so der Quadratmeterpreis bei einer Eigentumswohnung?

– Nun, das ist abhängig von der Ausstattung der Immobilie. Eine Neubauwohnung im gehobenen Bereich kostet zurzeit etwa 5.700 Euro pro Quadratmeter.

– Oh, das ist aber schon ein stolzer Betrag.

– Ja, Stuttgart ist ein teures Pflaster, bundesweit die Nummer zwei hinter München. Und trotzdem registrieren wir Makler einen Trend zu städtischem Wohnen. Vor allem das Auslaufen der Eigenheimzulage hat dem Stuttgarter Immobilienmarkt im vergangenen Jahr einen regelrechten Boom beschert. Stuttgart ist als Wohnstadt sehr begehrt. Die Nachfrage, vor allem nach gehobenen Eigentumswohnungen und Häusern, ist enorm hoch, weitaus größer als das Angebot. Speziell die Lagen Killesberg, Sonnenberg, Gänsheide, Hasenberg und Sillenbuch sind sehr gefragt.

– Und wie ist es im Süden, am Meer?

– Auch da sind die Preise stetig gestiegen. Und grundsätzlich gilt, je näher eine Immobilie am Meer ist, umso teurer ist sie. Spanien liegt in der Beliebtheitsskala ganz vorne, speziell Mallorca, aber auch Italien, Regionen wie die Toskana, Umbrien und Ligurien sind sehr begehrt und dementsprechend teuer. Da sind keine Schnäppchen mehr zu finden.

Sie kamen zum Schlossplatz und Anja stellte fest, dass sie sich, seit sie den Supermarkt verlassen hatten, kein einziges Mal mehr nach dem Typen umgedreht hatte. Er war plötzlich nicht mehr wichtig gewesen und auch ihre Angst war, durch Philip Jansens Nähe, völlig verschwunden.

– Sind Sie kein Fußballfan? fragte Anja.

– Warum?

– Weil Sie sich das Spiel nicht ansehen.

– Nun, ich kann mir leider nicht jedes Spiel ansehen, das ist aus beruflichen Gründen einfach nicht möglich. Aber wenn es sich irgendwie einrichten lässt, dann sehe ich mir die Spiele schon an. Und Sie, haben Sie sich schon eine Liveübertragung hier auf dem Schlossplatz angesehen?

– Nein, erwiderte sie, aber morgen, morgen werde ich mir das Spiel Deutschland – Polen mit meinen Arbeitskolleginnen und Kollegen ansehen.

– Und wann gehen Sie mit mir essen? fragte er mit einem charmanten Lächeln. Es muss keine Pizza bei Alfredo sein, es gibt hier in Stuttgart viele Lokale, wo man hervorragend essen kann. Haben Sie am Wochenende schon etwas vor? Wie wäre es mit Samstagabend? Bitte, sagen Sie ‚ja‘. Ihre Blicke trafen sich, hielten sich.

– Ich weiß nicht, ich …, begann sie unschlüssig. Das ging nicht. Sie kannte ihn doch kaum.

– Bitte, Sie würden mir eine große Freude bereiten. Sein erwartungsvolles, so sympathisches Lächeln, dieser plötzlich aufsteigende Wunsch, ihn noch einmal wiederzusehen, vielleicht ein letztes Mal, er würde ja nicht mehr lange hier in Stuttgart sein.

– Ja, einverstanden, Samstagabend, sagte sie.

– Dann hole ich Sie so gegen 19:00 Uhr ab. Ist Ihnen das recht?

– Ja, und vielen Dank, dass Sie mich nach Hause begleitet haben.

– Das habe ich sehr gerne getan, also dann bis Samstag. Er schrieb seine Handynummer auf einen Zettel und gab ihn ihr. Sie können mich jederzeit anrufen, falls Sie jemand belästigt oder Sie das Gefühl haben, dass Sie jemand verfolgt. Ein letztes Lächeln, dann wandte er sich um und ging.

Dezember 2005

Das Müllauto vor seinem Haus riss ihn gewaltsam aus seinem traumlosen Tiefschlaf, Schlaf, der ihm für ein paar Stunden seine schwere Last abgenommen hatte. Er hatte die Augen noch geschlossen, wollte das alles abschottende, beschützende Vakuum dieses Schlafs nicht verlassen, wollte, wenn auch nur für ein paar Minuten, noch länger sorgenfrei in diesem Jenseits verbleiben, zu dem das schreckliche Geschehen in dieser Nacht keinen Zutritt hatte. Doch das laute Entleeren der Mülltonnen ließ das nicht mehr zu und er konnte es nicht verhindern, dass sich die grauenvolle Realität wieder rücksichtslos in sein Bewusstsein drängte.

Nur widerwillig öffnete er die Augen und starrte in die Dunkelheit der Nacht, die langsam grauer Dämmerung wich. Ein neuer Tag drang durch die Schlitze des Rollladens, drang ein in diese beklemmende Stille des Hauses, drang ein mit der erdrückenden Last dieses unfassbaren Unfalls. Unaufhaltsam kroch er auf ihn zu, drängte sich ihm auf, gepaart mit diesem täglich wachsenden Widerwillen gegen dieses Leben, dieses Leben, so hart und erbarmungslos. Wozu dieser neue Tag? Wozu all diese Tage voller Schmerz, Verzweiflung und Einsamkeit? Es fiel ihm immer schwerer, morgens aufzustehen. Wozu? Um sich hinterher stundenlang in seinen Sessel im Wohnzimmer zu setzen und nach draußen auf den grauen, kalten Tag, auf diese ganze graue, kalte Welt und den Liegestuhl zu starren?

– Claus, vielleicht könntest du einmal mit einem Psychotherapeuten sprechen, hatte ihm seine Mutter bei ihrem letzten Besuch vorgeschlagen.

– Mit einem Psychotherapeuten sprechen? Wozu? Damit er in meinem Leid herumstochern kann? Vergiss es! So ein Seelenklempner ist das Letzte, was ich brauche.

– Claus, bitte, ich möchte dir doch nur helfen. Ich kann doch nicht einfach nur zusehen, wie es dir von Tag zu Tag schlechter geht. Ja, sie wollte ihm helfen, alle wollten ihm helfen, nur ihm konnte man nicht helfen. Corinna war tot und daran konnte auch ein Psychotherapeut nichts ändern. Sein Leben würde niemals wieder so sein, wie es war.

Mit kraftlosen Schritten schleppte er sich ins Badezimmer. Er vermied es, in den Spiegel zu sehen. Das Gesicht, das ihm aus diesem Spiegel entgegenstarrte, war ihm fremd, hatte nichts mehr mit ihm zu tun, nichts mit dem Mann, der er noch vor ein paar Monaten war. Er zog den Rollladen hoch. Ein starker Wind peitschte den Regen gegen die Fensterscheibe. Die letzten Blätter des Ahorns, die diesem heftigen Sturm nichts mehr entgegenzusetzen hatten, wirbelten hilflos durch die Luft und der Baum reckte seine Äste nun kahl und anklagend in die dunklen, tief hängenden Wolken.

Im Haus gegenüber ging im Erdgeschoss ein Licht an. Minutenlang starrte er auf dieses Licht, wartete auf die alte Frau Gruber mit dem Rollator. Sie kam nicht. War etwas mit ihr? Es ginge ihr gesundheitlich immer schlechter, hatte ihr Sohn ihm vor einiger Zeit gesagt. Sie müsse starke Schmerzmittel nehmen und könne sich oft kaum noch auf den Beinen halten. Vor Kurzem sei sie gestürzt und stundenlang auf dem Boden gelegen, weil sie nicht mehr alleine aufstehen konnte. Es wäre das Beste, wenn sie bereit wäre, in ein Pflegeheim zu gehen, aber das wolle sie nicht. Er konnte von seinem Fenster aus nicht die ganze Küche einsehen. Vielleicht war sie ja schon da und machte sich ihr Frühstück. Da, der Rollator, Frau Gruber schob ihn leicht vornübergebeugt vor sich her. Langsam setzte sie einen Fuß vor den anderen, bis sie den Küchentisch erreicht hatte, auf den sie dann eine Tasse und einen Teller stellte. Es war alles in Ordnung. Er verspürte eine gewisse Erleichterung und fragte sich, woher diese Frau die Kraft nahm für dieses beschwerliche Leben, bei dem keine Hoffnung auf Besserung bestand. Ein Leben, bei dem Tag für Tag, unmerklich langsam, aber unaufhaltsam, die über jahrzehntelang zur Verfügung gestandenen Fähigkeiten zerstört werden, die Einschränkungen immer größer werden, sodass man das, was früher ganz selbstverständlich war, einfach nicht mehr in der Lage ist zu tun. Was für ein trauriger, schmerzvoller Prozess, wenn zwei Stufen, die in den Garten führen, ein unüberwindbares Hindernis werden, wenn selbst der kürzeste Weg immer wieder zum Innehalten zwingt und so zu einem unendlich langen, kaum noch zu bewältigenden wird, wenn die Schmerzen oft kaum noch auszuhalten sind und man sich trotz allem täglich aufs Neue an das klammert, was noch möglich ist, und weitergeht, die letzte noch verbliebene Kraft mobilisierend einfach weiter, immer weiter, bis zum erlösenden Tod.

Er wandte sich von dem düsteren Regentag ab, schlurfte mit schweren Schritten über den Flur zurück ins Schlafzimmer und zog auch hier den Rollladen hoch. Das Telefon klingelte. Er zuckte zusammen, empfand es als äußerst unangenehme Störung seiner Ruhe. Er ließ es klingeln. Er hatte keine Lust, sich so früh am Morgen mit jemandem zu unterhalten. Er wollte sich überhaupt mit niemandem mehr unterhalten. Er wollte seine Ruhe, nichts als seine Ruhe.

Er legte sich wieder aufs Bett und beobachtete, wie der Westwind die dunklen, graublauen Wolken vor sich hertrieb, die winterkahlen Bäume und Büsche neben der Terrasse aus dem nächtlichen Schatten immer deutlicher hervortraten und sein Schlafzimmer sich langsam mit Tageslicht füllte. Und seine Gedanken kehrten zurück zu jenem Tag, als Corinna zum ersten Mal hier bei ihm gewesen war und freudestrahlend durch seinen Garten lief.

– Für mich, der mitten in der Stadt wohnt, ist diese blühende Oase hier wie ein Paradies, hatte sie euphorisch geschwärmt. Dieser wunderschöne Seerosenteich mit den Fischen, Fröschen und Libellen, die Natursteinmauer mit den malerischen Blühpflanzen und Eidechsen, die die sommerliche Wärme genießen, die filigranen Schönheiten in der Staudenecke, mit ihrer bunten Farbenpracht, die Rosen, die mit ihrem verführerischen Duft und Blütenzauber dem Garten eine betörende Schönheit verleihen, die Vögel, die in den alten, schattenspendenen Bäumen zwitschern oder bei der Vogeltränke ihren Durst stillen und dann noch diese vielen bunten Wildblumen, die den Garten optisch und ökologisch bereichern und den grünen Rasen in einen Blütenteppich verzaubern. Ein Garten Eden, ein Rückzugsort, wo Hektik und Stress in den Hintergrund treten, ein Biotop, das mit seiner Artenvielfalt und Naturschönheit vielen Bienen, Insekten, Schmetterlingen und Vögeln einen Lebensraum bietet.

– Weißt du, hatte sie gesagt, wenn ich in den letzten Jahren draußen in der Natur unterwegs gewesen bin, habe ich kaum noch Wildblumen, Bienen oder Schmetterlinge gesehen, habe festgestellt, dass die Artenvielfalt in unserer Landschaft immer weiter abnimmt. Unsere industrielle Agrarindustrie, mit ihren immer größeren Monokulturen und dem Einsatz von Pestiziden, um die Ernte der Bauern, die unter einem enormen ökonomischen Druck stehen, zu maximieren, verursacht große ökologische Schäden, vernichtet Wildpflanzen und Insekten. Insekten, die die Nahrungsgrundlage für viele Tiere sind, die für das Gleichgewicht der Ökosysteme unentbehrlich sind und auf die auch wir Menschen angewiesen sind, denn ein Großteil aller Pflanzen, die wir für unsere Ernährung brauchen, ist abhängig von ihrer Bestäubung. Vor Kurzem habe ich das Buch *Der stumme Frühling* von Rachel Carson, einer amerikanischen Biologin, gelesen. In ihrem wissenschaftlich fundierten Werk, das 1962 in Amerika erschien und ein Jahr später auch in Deutschland, warnte sie schon damals eindringlich vor den folgenschweren Auswirkungen von Pestiziden auf die Umwelt. Alarmierend und aufrüttelnd beginnt die Autorin in ihrem Bestseller mit einem Zukunftsmärchen. Sie beschreibt eine Stadt in einer blühenden Landschaft, in der sich eine schleichende Seuche ausbreitet. Die Menschen werden krank, sterben, die Bienen summen nicht mehr und auch die Vögel sind verstummt und verschwunden, und ein beängstigendes Schweigen liegt über dem einst so blühenden Land. Ein beunruhigendes, bedrohliches Zukunftsmärchen, ein Märchen, das auf erschreckende Weise mehr und mehr Wirklichkeit wird. Rachel Carson konnte damals mit ihrem Buch die Menschen für die ökologischen Probleme sensibilisieren, alarmieren und löste in den USA eine politische Debatte aus. Sie wurde Wegbereiterin der US-amerikanischen Umweltbewegung und einer ökologischen Revolution weltweit und schaffte es, dass das damals hoch schädliche und weltweit eingesetzte Insektizid DDT mit seinen verheerenden Folgen in den meisten westlichen Ländern in den 1970er Jahren verboten wurde, auch in Deutschland. Ihr Buch ist einer der bedeutendsten, einflussreichsten Umweltklassiker des 20. Jahrhunderts und hat bis heute, aufgrund der weltweit eingesetzten Pestizide, nichts von seiner Aktualität verloren. Rachel Carson widmete ihr Buch Albert Schweitzer, der schrieb: *Der Mensch hat die Fähigkeit, vorauszublicken und vorzusorgen, verloren. Er wird am Ende die Erde zerstören.*

– Corinna, flüsterte er verzweifelt, Corinna. Unendlich sanft strich er mit seinem Zeigefinger über ihr Gesicht auf dem Foto, über ihre so glücklich strahlenden Augen, ihre Wangen, ihre Lippen. Corinna, noch immer konnte er das Glück in ihren Augen sehen, ihre freudige, stürmische Umarmung und ihre leidenschaftlichen Küsse spüren, als er ihr den Ballonfahrt-Gutschein schenkte. Er hätte ihn zerreißen sollen, einfach zerreißen. Aber er konnte doch nicht wissen, dass dieses Geschenk ... das konnte er doch nicht wissen. Und sie, sie hatte sich doch so sehr gefreut, konnte es kaum erwarten, bis es endlich losging. Und es war ja auch so ein schöner Sommertag gewesen, ihr Geburtstag. Die Sonne hatte sich von ihrer besten Seite gezeigt und der Wind war nicht zu stark gewesen, es waren absolut gute Voraussetzungen für eine Fahrt mit dem Heißluftballon. Wer hatte denn da mit einem plötzlichen Wetterumschwung rechnen können, damit rechnen können, dass dieser Tag, der mit so viel freudiger Erwartung begonnen hatte, nur noch von kurzer Dauer sein würde, dass ihr Glück schon bald vorbei sein würde, dass das Leben so hart, so erbarmungslos sein konnte. Immer und immer wieder durchlebte er diesen alles vernichtenden Tag.

– Dass du dich daran erinnert hast, dass ich mir das einmal gewünscht habe, hatte sie überglücklich gesagt, als der Pilot auf den Hebel des Brenners gedrückt hatte und eine große Flamme in das Innere des riesigen Ballons schoss und der Weidenkorb sich vom Boden abhob und höher und höher stieg, in die endlose Weite des Himmels.

– Nun, damals konnte ich dir diesen Wunsch, die Schwäbische Alb einmal von oben zu sehen, nicht erfüllen, mein Taschengeld reichte dafür einfach nicht und deshalb holen wir das heute nach.

– Es ist wunderschön, viel schöner, als ich es mir vorgestellt habe, sagte sie ganz euphorisch, während sie über die Burg Hohenzollern schwebten, dieses imposante Bauwerk, mit seinen vielen Türmen, das einst Stammburg der Hohenzollern war. Fast lautlos glitten sie durch die Luft. Sie hat mir gefehlt, die Schwäbische Alb.

– Mir haben die Ausflüge mit dir gefehlt, erwiderte er. Erinnerst du dich noch daran, als wir auf der Achalm waren?

– Ja, wir waren ganz allein da oben, haben Würste gegrillt, sind im Gras gelegen und haben auf dem Aussichtsturm den großartigen Blick auf das Albvorland genossen. Und du, du hast mich auf diesem Turm zum ersten Mal geküsst. Er hat sich gut angefühlt, dieser erste Kuss, sehr gut sogar, und deshalb konnte ich gar nicht genug davon bekommen. Und du musstest deine geschichtliche Schilderung von der Burg Achalm, die einst der Sitz mächtiger Grafen war und von der nur noch wenige Reste übriggeblieben sind, immer wieder unterbrechen, fügte sie lächelnd hinzu.

– Oh, das habe ich gerne gemacht, sehr gerne sogar. Für einen Kuss von dir verzichte ich gerne auf jedes weitere Wort, auch heute noch, nur im Moment wäre es besser, unsere Blicke auf das Lautertal zu richten, dieses idyllische Tal, mit seinen grünen Wiesen, Hang- und Schluchtwäldern, seinen bizarren Trauffelsen und Kalktuffterrassen.

– Da hast du natürlich recht, sagte sie. Dieser Panoramablick von hier oben auf die Schwäbische Alb ist grandios, so eine Ballonfahrt etwas unbeschreiblich Schönes.

– So unbeschreiblich schön, wie die letzten Wochen mit dir, fügte er hinzu.

– Ja, sie waren wunderschön und ich wünsche mir noch viele solcher Wochen, Monate, Jahre mit dir, sagte sie und fügte dann noch hinzu: *Versuche stets ein Stückchen Himmel über deinem Leben festzuhalten.* Ein Zitat von Marcel Proust. Ich habe es vor ein paar Tagen auf meinem Kalender gelesen. Schön, oder?

– Ja, sehr schön, sagte er und fragte dann: Darf ich dieses Stückchen Himmel für dich festhalten? Für immer?

– Ja, für immer, erwiderte sie, und ihre Augen strahlten vor Glück. Und wenn es geht, vielleicht auch ein Stückchen Sonne, fügte sie mit einem schelmischen Lächeln hinzu.

– Ja, aber selbstverständlich, auch ein Stückchen Sonne. Ich werde alles tun, dass die Sonne immer für dich scheint.

Sie schien nicht mehr, nicht für sie und auch nicht mehr für ihn. Er hatte es nicht geschafft, dieses versprochene Stückchen Sonne für sie festzuhalten. Er hatte es nicht geschafft.

Aufgrund eines Wetterumschwungs sei der Ballon bei der Landung ins Trudeln geraten und abgestürzt, hatte ihm die Polizei dann später mitgeteilt. Der Korb habe sich mehrfach überschlagen und es sei zu einem Brand gekommen. Corinna und der Ballonfahrer hätten schwere Verletzungen und Verbrennungen erlitten und seien noch am Unfallort verstorben. Er sei aus dem Korb geschleudert worden. Er habe Glück gehabt.

Glück gehabt. Mit Tränen in den Augen blickte er auf den beginnenden Tag, von dem er nicht wusste, wie er ihn überstehen sollte, was er mit diesem Leben ohne sie überhaupt noch anfangen sollte. Fast eine Stunde lag er nur da und starrte auf den kalten grauen Himmel, bis er sich endlich schwerfällig aufraffte, ins Wohnzimmer ging und sich in seinen Sessel setzte.

Es klingelte an der Haustür. Er ignorierte es. Tief in seiner Verzweiflung und Einsamkeit eingeschlossen, saß er unbeweglich da, schloss seine Augen und träumte sich weg, weg von diesem kalten Dezembertag, weit weg von diesem so harten, erbarmungslosen Leben. Träumte sich zurück zu jener Leichtigkeit und Wärme des Sommers, zurück zu den glücklichen, unbeschwerten Stunden, als Corinnas Lachen und der Sirtaki die Räume dieses Hauses noch mit Leben füllten und ihr Traum von einer gemeinsamen Zukunft noch lebendig war. Wieder klingelte es an der Haustür, diesmal drängender, mehrmals kurz hintereinander. Doch er konzentrierte sich auf sie, auf ihre Schritte, die näher und näher kamen, ihre Arme, die ihn umfingen, ihre Lippen, die zärtlich über seine Stirn strichen, seine Wangen und dann seine Lippen fanden.

– Claus! Eine Stimme, zunächst nicht mehr als ein weit entferntes, störendes Geräusch, dann lauter, deutlicher: Claus! Sie drängte sich ihm hartnäckig, von lautem Klopfen begleitet auf, verdrängte das Bild glücklich strahlender Augen, riss ihn erbarmungslos von ihr weg. Claus, mach bitte auf! Völlig geistesabwesend starrte er aufgeschreckt auf seine Eltern, die vor seiner Terrassentür standen.

– Mach bitte auf, drängte sein Vater. Er war ganz benommen. Es verstrich einige Zeit, bis er es schaffte, sich aus seinem Sessel zu erheben, und auf Beinen, die ihn kaum tragen konnten, die Terrassentür zu öffnen und sie hereinzulassen.

– Warum machst du denn nicht auf? Wir haben schon ein paar Mal geklingelt und wenn wir anrufen, nimmst du auch nicht ab. Er ließ sich wieder in seinen Sessel fallen, blass, unrasiert.

– Wie geht es dir? Wie sollte es ihm schon gehen, immer diese Fragen. Er war nur noch ein Schatten seiner selbst. Er aß kaum noch etwas, hatte stark abgenommen.

– Claus! So kann es doch nicht weitergehen, sagte seine Mutter, den Tränen nahe. Sie griff haltsuchend nach der Sessellehne in ihrer Nähe und ließ sich dann langsam auf den Sessel gleiten.

– Es geht doch weiter, alles geht weiter. Die Leute fahren jeden Tag zur Arbeit, ihr verkauft jeden Tag eure Antiquitäten, nebenan wurden die Bäume gefällt und es ziehen neue Nachbarn ein, alles geht weiter, sagte er mit gequältem Gesichtsausdruck. Nur für mich, dachte er, für mich ist nichts mehr so, wie es war. Für mich geht es nicht einfach weiter, Corinna ist tot.

– Claus, willst du nicht doch die Einladung von Kai annehmen und nach Kanada fliegen? fragte seine Mutter.

– Nein, ich fliege nicht nach Kanada.

– Claus, du brauchst ein anderes Umfeld. Seit fast drei Monaten sitzt du hier und blickst hinaus in den Garten und wir müssen zusehen, wie es dir von Tag zu Tag schlechter geht. Hast du dir wenigstens inzwischen die Fotos angesehen, die Kai dir von Amerika und inzwischen auch von Kanada geschickt hat?

– Nein, antwortete er.

– Claus, Kai gibt sich so viel Mühe, schickt dir so wunderschöne Landschaftsaufnahmen von seinem Auslandstrip und du, du schaust sie dir nicht einmal an. Völlig verzweifelt stand sie auf, holte die Fotos von der Kommode und drückte sie ihm in die Hand. Bitte, sieh sie dir an!

– Wozu? Sie interessieren mich nicht, sagte er und legte sie auf das kleine Beistelltischchen neben seinem Sessel.

– Claus, Kai weiß, wie sehr dich urwüchsige Landschaften immer fasziniert haben und dass es für dich nichts Schöneres gab, als in solchen Landschaften unterwegs zu sein und sie zu malen, deshalb lädt er dich ein, schickt dir die Bilder. Er will dir helfen in deiner schweren Phase der Trauer und Verzweiflung, will dir helfen, wieder ein wenig ins Leben zurückzufinden. Mit Kai in Kanada wandern, diese wilde Natur hautnah erleben, diese zum größten Teil unberührten riesigen Waldgebiete und die Rocky Mountains mit ihren grandiosen Hochgebirgsregionen, das würde dir bestimmt guttun und könnte deine erloschene Leidenschaft fürs Malen wieder wecken. Claus, Kai wartet auf dich, bitte enttäusche ihn nicht, er will dir doch nur helfen.

Helfen, wie sollte Kai ihm helfen? Claus wandte sich von seinen Eltern ab und blickte hinaus in den Garten. Kai befand sich doch selbst in einer Krise, wusste doch selbst nicht, wie sein Leben weitergehen soll, wusste nicht, ob er die Werbeagentur seines Vaters übernehmen und bei diesem Konsumwahn weiter mitmachen oder ob er alles hinschmeißen soll.

– Bitte, Claus, denk noch einmal darüber nach, bat seine Mutter inständig, Kai wartet auf dich in Kanada.

– Darüber muss ich nicht nachdenken, ich fliege nicht nach Kanada.

– Du fliegst nicht nach Kanada, wiederholte sie tonlos. Sie konnte ihre Tränen kaum noch zurückhalten, wandte sich völlig entmutigt von ihm ab und blickte verzweifelt zum Fenster hinaus. Sein Vater sah ihn lange an, ohne etwas zu sagen, dann griff er nach den Fotos auf dem Beistelltisch und drückte ihm das oberste in die Hand.

– Wenn du schon nicht wegwillst, dann könntest du doch wenigstens versuchen, wieder zu malen. Hier, der Yellowstone, der älteste Nationalpark der Welt, er bietet großartige Motive. Dieses einzigartige Naturphänomen mit seinen Geysiren, heißen Quellen, Canyons von wilder Schönheit und mit tosenden Wasserfällen auf dem weltweit größten, aktiven Supervulkan. Oder der Grand Canyon, dieses grandiose Wunderwerk der Natur im Norden Arizonas, eine der faszinierendsten Urlandschaften der Welt, mit seiner farbenprächtigen, majestätischen Felskulisse und der tiefsten, spektakulärsten Schlucht, die der Colorado River geschaffen hat. Und hier der Glacier-Nationalpark in British Columbia, mit seiner gigantischen Bergwelt, seinen Gletschern und Wasserfällen, eine der schönsten Regionen der Rocky Mountains in Kanada. Sein Vater schaute sich noch ein paar Fotos an und drückte sie dann seinem Sohn in die Hand.

– Bitte, Claus, sieh dir diese Fotos in aller Ruhe an, und du wirst sehen, diese Landschaften werden dich nicht unberührt lassen. Und sie könnten deine Leidenschaft für das Malen, das dir doch immer so viel bedeutet hat, wieder wecken. Ja, das Malen hatte ihm immer viel bedeutet, hatte. Ohne das geringste Interesse blickte er einige Zeit auf diesen Stapel Fotos.

– Ich kann sie mir ja mal ansehen, sagte er dann. Er musste das sagen, er wollte dieses Thema beenden, er wollte seine Ruhe, nichts als seine Ruhe.

Mittwoch, 14. Juni 2006

Tor! Tor! Tor! Diese ohrenbetäubenden Jubelschreie, diese gewaltige Explosion der Freude über das Siegestor in der 91. Minute ließ den Schlossplatz erbeben. Oliver Neuville hat die deutsche Nationalmannschaft, nach einem spannungsgeladenen Spiel gegen Polen, vorzeitig ins Achtelfinale geschossen und die Fans mit seinem erlösenden Tor in letzter Sekunde, nach einem nervenzerreißenden 90 Minuten langen Hoffen und Bangen, in einen wahren Freudentaumel versetzt. Die Gefühle der 70.000 Zuschauer vor dem Neuen Schloss, wo die Behörden ursprünglich nur 40.000 zulassen wollten, explodierten. Sie tanzten, schwenkten Fahnen und lagen sich im kollektiven Glückstaumel in den Armen. Auch Anja wurde von dieser Woge der Begeisterung, die über den Schlossplatz tobte, mitgerissen. Dieses Länderspiel war das emotionalste und packendste, das sie je gesehen hatte. Sie tauchte ein in das schwarz-rot-goldene Jubelmeer und sang euphorisch mit den Massen mit: Berlin, Berlin, wir fahren nach Berlin! Sie zog mit ihren Kolleginnen und Kollegen von der Agentur durch die von hupenden Autos und tausenden, begeistert jubelnden Fans völlig blockierte Theodor-Heuss-Straße, durch überfüllte Lokale und feierte bis tief in die Nacht. Sie war in bester Partylaune und genoss diesen Abend in vollen Zügen, bis Mike sie dann nach Hause begleitete und sich von ihr verabschiedete.

Eilig lief sie die Treppe nach oben und schloss ihre Wohnungstür sofort von innen ab, legte ihren Schlüsselbund und ihre Tasche auf die kleine Kommode in der Diele und erstarrte in der Bewegung, als das Handy in ihrer Tasche klingelte. Er, schoss es ihr sofort durch den Kopf. Den ganzen Abend hatte sie keinen einzigen Gedanken an den Mann verschwendet, der sie seit Tagen belästigte, doch jetzt war er, von einer Sekunde auf die andere, wieder da, und drang skrupellos in ihr Leben ein. Sie begann zu zittern, hielt sich an der Kommode fest. Nach dem sechsten Klingelzeichen öffnete sie ihre Handtasche, wollte das

Gespräch wegdrücken, doch sie kam nicht dazu. Entsetzt starrte sie in ihre Tasche.

– Nein, stammelte sie verzweifelt. Nein, wie war das möglich? Wie war dieser Brief in ihre Tasche gekommen? War er vorhin auch schon da, als sie ihren Schlüssel aus der Tasche geholt hatte? Natürlich, anders konnte es gar nicht sein. Sie hatte ihn nur nicht bemerkt, bei der schwachen Beleuchtung. Aber wie war er in ihre Tasche gekommen? Der Kerl musste neben ihr gestanden haben, ganz dicht neben ihr. Ein kalter Schauer lief ihr den Rücken hinunter. Er musste ihre Tasche geöffnet und den Brief hineingeschoben haben. Und sie hatte es bei diesen Menschenmassen und dem Gedränge nicht bemerkt. Noch immer stand sie wie gelähmt da, starrte auf den Brief und das Handy, das noch immer klingelte. Noch mehrere Sekunden verstrichen, dann drückte sie wie in Trance den Anruf weg. Jetzt war alles ruhig, nur ihr Blut hämmerte in ihren Schläfen. Es dauerte noch eine ganze Weile, bis sie sich aus ihrer Erstarrung gelöst hatte und in der Lage war, den Brief zu lesen.

Hallo Anja, so fröhlich und ausgelassen feiernd wie heute, habe ich dich bisher noch nie erlebt. War es das Spiel, das dich in eine so euphorische Stimmung versetzt hat, oder waren es die Denker und Lenker, die um die Fußball-WM dieses gigantische Marketingspektakel inszeniert haben? Diese Omnipräsenz von Werbe-Klimbim muss eine Werbetexterin wie dich doch in Hochstimmung versetzt haben. Fußball begeistert ein Millionenpublikum und dieses Millionenpublikum darf euren bis ins Letzte knallhart durchgeplanten Werbebotschaften nicht entkommen. Wer zum Spiel will, kommt an euren Werbeaktivitäten nicht vorbei. Beim Treffen der weltbesten Kicker wird nichts dem Zufall überlassen. Der schwarz-weiße Ball rollt und mit ihm eine gigantische Vermarktungswalze. Alle wollen von der Weltmeisterschaft profitieren, vor allem die Toppartner des Fußballweltverbandes FIFA drängen mit ihren effizienten Strategien für ihre Kampagnen mit aller Macht in die Öffentlichkeit, um ihre Produkte ins rechte Licht zu rücken. Ihre Werbebotschaften müssen beim Volk unmissverständlich ankommen, schließlich haben sie eine Menge Geld investiert, um sich bei der WM präsentieren und vermarkten zu können. Niemand darf ihnen entkommen, es geht um ein Milliardengeschäft. Das eigentliche Sportereignis wird da, neben dieser auf Hochtouren laufenden Werbemaschinerie, doch fast zur Nebensächlichkeit. Obwohl, dieses Spiel heute Abend, das ließ auch einen Anti-Kicker wie mich nicht ganz kalt. Es ist schon toll, wie sich unsere Helden für uns ins Zeug legen, wie sie uns jubeln und fröhlich sein lassen, wenn sie uns Erfolge bescheren. Ihr Sieg ist ein Triumph für uns alle. Ja, wir sind stolz auf unsere Jungs. Endlich ist da jemand, der uns Erfolge beschert, Erfolge, die uns selbst oft versagt bleiben. Und deshalb projizieren wir jetzt alle unsere Hoffnungen und Sehnsüchte auf unsere Fußball-Stars. Wir fühlen und fiebern mit ihnen mit, identifizieren uns mit ihren großen Leistungen und fühlen uns plötzlich auch groß und stark. Versagensängste, finanzielle Probleme, grassierende Arbeitslosigkeit sowie die soziale Perspektivlosigkeit schlecht ausgebildeter Jugendlicher treten in den Hintergrund. Jetzt ist Partytime. Wir sind glücklich und völlig losgelöst und wollen von all diesen belastenden Dingen jetzt nichts wissen. Dass die Mehrwertsteuer um drei Prozent erhöht, die Pendlerpauschale gekürzt und die Eigenheimzulage gestrichen wird, interessiert uns jetzt nicht. Der Sport-Event der Superlative hat all unsere Sinne erfasst, nichts anderes dringt mehr in unser Bewusstsein, nichts anderes nehmen wir mehr wahr. Oder hast du mitbekommen, dass ich dir heute Nacht ganz nah war, so nah, dass ich dich ganz genau beobachten konnte, jede deiner Bewegungen, ja jede kleinste Gefühlsregung von dir studieren konnte, um auch deine Wünsche und Sehnsüchte erforschen zu können, um auch dich verführen und glücklich machen zu können, denn ich habe festgestellt, dass du, gerade du, meine zauberhafte Glücksfee, selbst nicht wirklich glücklich bist, dass du abends immer ganz allein in deiner Wohnung bist. Und das, das hat mich traurig gestimmt, sehr traurig. Und ich habe mir gesagt, Johnny, da musst du etwas unternehmen, denn diese Frau, die alles für dich tut, um dich glücklich zu machen, hat es doch nun wirklich verdient, dass man auch sie glücklich macht. Deshalb, meine zauberhafte Verführerin, werde ich, während unsere Fußball-Helden ihr Spiel spielen, Fan-Artikel reißend Absatz finden und der deutsche Sporthandel auf das größte Umsatzplus seit Jahren hofft, dir jeden Wunsch von den Augen ablesen, paradiesische Traumwelten für dich kreieren und dich mit meinen subtilen, psychologisch ausgefeilten Worten unwiderstehlich in meinen Bann ziehen. Und du, du wirst dem poetischen Zauber meiner Worte nicht widerstehen können, wirst meinen suggestiven Einflüssen erliegen, deine Sehnsüchte schon bald nur noch auf mich projizieren und gefangen in deinen Träumen und Illusionen die Realität nicht mehr wahrnehmen, und wir beide werden inmitten dieses ganzen Fußball- und Werbespektakels ein sehr, sehr glückliches Paar werden.

Dein Johnny

Das werden wir nicht! Niemals! Was bildete sich dieser Kerl eigentlich ein? Sie ließ sich doch nicht von so einem fiesen Typen verführen. Du bist nicht mein Johnny und du wirst es auch niemals werden, verlass dich drauf. Wer war dieser Kerl? Und warum griff er gerade sie wegen der Werbung an? Natürlich konnte man, was Werbung anbelangt, anderer Meinung sein, aber das war doch kein Grund, so skrupellos in ihr Leben einzudringen. In der Werbebranche zu arbeiten, ist doch ein Job wie jeder andere auch. Werbung gab es schon immer. Bereits im Mittelalter waren Marktschreier in bunten Kostümen von Markt zu Markt gezogen und hatten die Menschen mit einem aufsehenerregenden Spektakel, mit Zauberkunststücken und faszinierenden Geschichten angelockt, um ihre Waren und Dienstleistungen anpreisen zu können. Noch lange saß sie völlig aufgewühlt da, blickte auf den Brief und las ihn noch ein zweites Mal, um vielleicht einen Anhaltspunkt zu finden, der verriet, wer dieser Kerl sein könnte, aber sie fand keinen.

Donnerstag, 15. Juni 2006

Die Leuchtziffern ihres Radioweckers zeigten 6:10 Uhr. Sie musste aufstehen, doch dazu war sie nicht in der Lage. Sie spürte noch seinen Kuss auf ihren Lippen, spürte die Wärme seiner Fingerkuppen auf ihren Wangen, irritierend und doch schön, gefährlich schön. Warum hatte sie von Philip Jansen geträumt? Warum gerade von ihm, nach dem Brief von diesem Johnny?

Draußen zwitscherten die Vögel. Sie liebte dieses Konzert am frühen Morgen, liebte es, mit diesem Konzert den Tag zu beginnen, doch heute konnte sie es nicht wirklich genießen, ihr Traum ließ das nicht zu, dieser Traum, der sie zutiefst beunruhigte und den sie Revue passieren ließ.

Philip und sie waren in einem Park spazieren gegangen. Nach einiger Zeit hatte er sich ihr lächelnd zugewandt und gesagt: Ich bewundere Sie, wie Sie mit Ihrer unterschwelligen Manipulation, mit Ihren psychologisch ausgefeilten, präzisen und zielsicher platzierten Worten, Wünsche in uns wecken, die wir ohne Sie nie gehabt hätten. Ja, es ist beeindruckend, wie Sie es schaffen, uns so zu beeinflussen, dass wir immer und immer wieder diese ganzen Must-haves kaufen, obwohl wir sie gar nicht brauchen.

– Da übertreiben Sie aber, Herr Jansen, der aufgeklärte, souveräne Konsument lässt sich doch nichts vormachen, er wählt frei und unabhängig zwischen den Kommunikationsangeboten aus. Er analysiert und selektiert und lässt nur solche Botschaften zu, die für ihn von Nutzen sind. Er lässt sich nicht manipulieren und verführen. Er lässt sich von der Werbung höchstens informieren oder anregen, sofern er sie bei der heutigen Informationsflut überhaupt wahrnimmt.

– Oh, ihre Dauerpräsenz sorgt schon dafür, dass er sie wahrnimmt. Ihre verheißungsvollen Botschaften aus dem Reich der Werbe-Wunder-Welt sind doch überall, im Fernsehen, im Radio, auf Plakaten, in Zeitungen, Flughäfen, Bahnhöfen, an jeder Straßenecke. Wer hat denn da die Kraft, dieser ständig massiv auf ihn einwirkenden Berieselung zu widerstehen, diesem Appell: Du musst perfekt sein, schön sein, begehrenswert und erfolgreich sein, sonst gehörst du nicht dazu. Wenn du nicht diese Must-haves kaufst, bist du ein Nichts, ein Niemand, wirst gnadenlos abgehängt. Wenn es nur um das banale, rationale Produkt ginge, hätte man ja vielleicht noch eine Chance. Aber bei der Werbung geht es doch nicht um den auf Funktionalität beschränkten Gebrauchswert einer Ware, da geht es um Träume, Wünsche und Sehnsüchte, die in diese Must-haves hineinprojiziert werden, da geht es um Lifestyle-Lösungen, die uns suggerieren, dass wir gutes Aussehen, Erfolg und Gut-drauf-Sein mit dem Produkt gleich mit kaufen. Und wer würde es nicht gerne kaufen, das Glück, das schöne, erfolgreiche Leben. Sie, Frau Berger, Sie als Profi, Sie wissen es, nichts verkauft sich besser als die Illusion vom Glück. Und wir Konsumenten, wir mit unserem kritischen Verstand, wissen natürlich schon, dass wir Glück und Erfolg nicht einfach kaufen können, dass dieses Versprechen nicht realistisch ist. Wir wissen, dass es euch nur um euren Profit geht, dass ihr gnadenlose, berechnende Geschäftsleute seid. Aber was nützt uns das, wenn unsere Wünsche und Sehnsüchte viel stärker sind und dieses Wissen einfach zur Seite schieben und es ignorieren? Und wir uns, wider besseres Wissen, das gefallen und uns verführen lassen, weil wir gegen unsere Sehnsüchte machtlos sind, gegen diese Sehnsüchte, die diesem tristen Dasein entfliehen wollen, die ein besseres Leben wollen, die glücklich sein wollen, so glücklich wie die perfekten und erfolgreichen Personen in den Werbespots. Wenn Sie behaupten, die Konsumenten handeln immer absolut rational, unterschätzen Sie, wie sehr sie von ihren Wünschen und Sehnsüchten bestimmt werden. Sie unterschätzen die Faszination der Werbung, diesen verführerischen, köstlichen Hauch der Illusionen, der die Emotionen der Menschen in seinen Bann zieht und sehr wohl ihr Verhalten beeinflusst. Die Erkenntnis, Frau Berger, dass wir über unser alltägliches Denken und Handeln sehr viel weniger Kontrolle haben, als wir uns das eingestehen, mag für viele von uns ernüchternd sein, doch wenn es um die nie enden wollende Hoffnung auf Erfüllung unserer Träume und Sehnsüchte geht, hat unser Verstand oft keine Chance, da lassen wir uns alle immer und immer wieder beeinflussen und verführen, auch Sie, Frau Berger.

– Ich? Ich lasse mich nicht beeinflussen und schon gar nicht verführen.

– Ich werde Sie verführen.

– Sie mich? Das ist doch absurd, Herr Jansen, völlig absurd.

– Finden Sie? Er war ganz nah vor ihr gestanden und hatte ihr sehr innig in die Augen geblickt. Sie hatte diesem Blickduell kaum standhalten können, die Erregung, die durch ihren Körper geschossen war, nur annähernd hinter einem abfälligen Lächeln verbergen können.

– Sie überschätzen sich, Herr Jansen, so unwiderstehlich wie Sie glauben, sind Sie nicht.

– Wirklich nicht? hatte er gefragt und behutsam eine Haarsträhne aus ihrem Gesicht geschoben. Sind Sie sich da so sicher?

– Ja, absolut! Ich lasse mich nicht von Ihnen verführen.

– Natürlich nicht, Sie sind immun gegen Verführungen. Sie handeln immer völlig rational. Sie legt keiner so schnell rein. Ein süffisantes Lächeln war über sein Gesicht gehuscht. Frau Berger, ich werde Sie eines Besseren belehren. Ich werde Ihre Illusion der Selbstbestimmtheit wie eine Seifenblase im Wind zerplatzen lassen. Und die Stimme der Vernunft, diese Stimme, die Sie vor meinen einschmeichelnden Worten, meinem verführerischen Lächeln warnt, die Ihnen zuflüstert, dass Gefahr im Verzug ist, diese Stimme, Frau Berger, werde ich zum Schweigen bringen. Er hatte sie behutsam an sich gezogen und sehr zärtlich geküsst und dann gesagt: Selbst wenn Ihr Verstand jetzt noch ein Nein denkt, werden Ihre Lippen schon bald ein Ja formen, ein Ja, getrieben von der Sehnsucht nach Liebe und Glück, getrieben von der Sehnsucht nach mir, Frau Berger. Ein letztes anmaßendes Lächeln, dann hatte er sich von ihr abgewandt und war weggegangen.

Philip Jansen, warum hatte sie von ihm geträumt? War er vielleicht dieser Johnny? War das möglich? Warum nicht? Er hatte gewusst, dass sie sich dieses Spiel mit ihren Kolleginnen und Kollegen anschauen würde, sie hatte es ihm ja gesagt. Er könnte also den Brief in ihre Tasche geschoben haben und sie hatte es bei dem Menschenandrang nicht bemerkt. Aber warum sollte Philip Jansen so ein perfides Spiel mit ihr spielen? Sie kannte ihn doch erst seit Samstagabend, hatte nur einmal mit ihm getanzt und ihn dann zufällig gestern im Supermarkt wiedergesehen. Zufällig? War das wirklich Zufall gewesen oder gehörte dieses Treffen zu seinem hinterhältigen Spiel, um Schritt für Schritt ihr Vertrauen zu gewinnen? Philip Jansen, ja, er könnte dieser Johnny sein, aber auch der Mann mit der Irokesenfrisur, der sie angerempelt hatte, oder der Kerl mit der Harley am Montag oder auch jemand, der ihr bisher überhaupt nicht aufgefallen war. Alles war möglich. Jeder konnte dieser Stalker sein, dieser fiese Typ, der so skrupellos in ihr Leben eindrang. Und Chris? Sie konnte es sich nicht vorstellen, dass er dieser Johnny ist. Nur, sie hätte sich auch nicht vorstellen können, dass sie einmal wegen ihrer Arbeit in der Werbeagentur so gestalkt werden könnte. Doch egal, wer es ist, sie ließ sich nicht so einfach verführen, nicht von Chris und auch nicht von Philip Jansen und schon gar nicht von irgendeinem anderen skrupellosen Typen.

Dezember 2005

Die Temperaturen lagen um den Gefrierpunkt und die erstarrte Landschaft war unter Schnee und Reif verborgen. Claus Hoffmann beobachtete einen Raben, der schon mehrere Minuten still, ohne sich zu rühren, auf einem der kahlen Äste des alten Apfelbaums saß. Ein Streuwagen, mit seinem orangefarbenen Signallicht, kam die Straße heraufgefahren. Langsam schnitten sich die Scheinwerfer durch die hereinbrechende Dunkelheit. Der Rabe rührte sich nicht, ließ sich von dem lauten Geräusch nicht stören. Doch plötzlich, als der Streuwagen schon fast vor dem Haus war, flog er mit einem lauten, krächzenden

Schrei auf und entfernte sich. Claus sah ihm hinterher, auch als er sich schon lange aus seinem Blickfeld entfernt hatte, starrte er noch in das kalte, dunkle Grau, in das er verschwunden war.

– Claus, wir machen uns große Sorgen. Natürlich verstehen wir, dass dich der Tod von Corinna schwer getroffen hat, aber es muss doch irgendwie weitergehen. Versuch es doch wenigstens einmal mit dem Malen, es hat dir doch immer so viel bedeutet. Bitte, Claus! Bitte!

Wie oft hatten sie ihm das schon gesagt. Wie oft hatte er schon in ihre zutiefst besorgten Augen gesehen, Augen so traurig, so verzweifelt. Er konnte das nicht mehr länger ertragen. Er musste es versuchen. Er wusste doch, wie sehr seine Eltern mit ihm litten. Er wandte sich vom Fenster ab und schaute auf seine Bilder. Würde er es schaffen? Besaß er noch diese schöpferische Kraft, solche Landschaften auf die Leinwand zu bringen? War es möglich, wieder so zu malen wie früher, früher, als er das Leben liebte, unbeschwert und lebensbejahend in die Zukunft blickte, als er das Leben noch nicht in seiner ganzen grausamen Härte erlebt hatte? Mit schweren Schritten ging er zur Terrassentür, öffnete sie und trat hinaus ins Freie. Nur mit Jeans, T-Shirt und Socken stand er da und spürte die eisige Kälte. Sein Blick wanderte durch den Garten. Wie oft hatte er ihn schon gemalt, war er Inspiration für poetisch-träumerische Stimmungen gewesen, Stimmungen, die er eingefangen und mit seinen Farben festgehalten hatte. Diese zutiefst beeindruckende, verwandelnde Kraft eines Frühlings, wenn die wärmende Sonne alles zum Leben erweckt, Krokusse, Hyazinthen, Tulpen und Narzissen mit ihrer explodierenden und verschwenderischen Schönheit ihre Blüten öffnen und die ersten zarten Blätter aus den kahlen Ästen der Laubbäume austreiben. Oder die Atmosphäre eines hellen Sommertages mit seiner spürbaren Leichtigkeit, wenn sich die Natur von ihrer besten Seite zeigt und die vielen bunten Wildblumen den grünen Rasen in eine blühende Oase verwandeln, der Wind zärtlich mit den Blüten der filigranen, weißen Wiesenrauten und malerischen, rubinroten Sommerspieren spielt und man sich unwiderstehlich in die königlichen Rosen, mit ihrem verführerischen Duft und Blütenzauber, verliebt, in diesen Blütenzauber von betörender Schönheit, der immer nur von kurzer Dauer ist, denn über jeder Blume, auf dem Gipfelpunkt ihrer Vollkommenheit, liegt bereits der Hauch der Endlichkeit.

– Jeder Augenblick des Lebens ist aufgrund seiner Vergänglichkeit einmalig, er kehrt nie mehr zurück, hatte seine Omi, vor nun fast acht Jahren, zu ihm gesagt und liebevoll seine Hand gehalten. Er hatte auf ihr graues Haar geblickt, die Falten in ihrem Gesicht und ihre müden Augen, hinter denen ein langes Leben lag, Augen, in die plötzlich ein Strahlen getreten war, als sie hinzugefügt hatte: Was bleibt, sind Erinnerungen. Erinnerungen, die dir niemand nehmen kann, kostbare Erinnerungen an die vielen schönen, glücklichen Momente, die das Leben so lebenswert gemacht haben. Erinnerungen, die du jederzeit abrufen kannst, in die du dich verlieren und dieses längst vergangene Glück tröstend spüren kannst, wenn das Leben es wieder einmal nicht so gut mit dir meint, wenn etwas Unvorhergesehenes alles zunichtegemacht hat.

Es war damals für ihn ein sehr bewegender Moment gewesen, wie sie seine Hand gehalten hatte, ihre Augen, jede Falte in ihrem Gesicht, bei diesen Worten gestrahlt hatten, so lange gestrahlt, bis sich langsam ihre Augen schlossen, für immer.

Draußen schwand das letzte Licht dahin. Es hatte wieder angefangen zu schneien. Zitternd vor Kälte stand er da und starrte noch immer auf die Staudenecke und den Schnee, der weich und leise auf die abgestorbenen Blütenstände und die gefrorene Erde fiel, auf die Halme und Ähren des Chinaschilfs, auf die Säulen-Arizona-Zypresse mit ihren blaugrauen Nadeln und ihren kegelförmigen Zapfen und auch auf die schon lange verwelkte Sibirische Iris am Teichrand. Unendlich viele kleine Schneeflocken fielen in dieser dunklen, kalten Stille ganz leise auf die Erde und bedeckten alles mit ihrer schneeweißen Pracht. Sie fielen auf Corinnas Grab auf dem Stuttgarter Waldfriedhof, auf die vor Kälte zitternden letzten Blumen im leicht wehenden Wind und sie fielen auf sein Gesicht, wo sie schmolzen und wie Tränen über seine Wangen liefen, in dieser kalten Stille der Nacht.

– Bitte, Claus, versuch es doch einmal! Bitte!

Er warf einen letzten Blick auf seinen Garten, wandte sich dann ab und ging zurück ins Wohnzimmer, schloss die Terrassentür und betrachtete wieder seine Bilder. Vielleicht war es doch möglich, bei der völligen Konzentration auf die Arbeit, während nichts anderes mehr existiert als das künstlerische Tun, wieder einen Weg zurückzufinden, zurück zu seiner Kunst. Er machte sich in der Küche einen Kaffee, füllte ihn in die Warmhaltekanne, nahm sich noch eine Tasse aus dem Schrank und stieg dann langsam die Treppen zu seinem Atelier hinauf, setzte sich vor seine Staffelei und blickte auf die leere Leinwand. Erinnerungen stiegen in ihm auf. Wie sehr hatte er sie immer geliebt, diese stillen Nächte, wenn er ganz allein mit seiner Leinwand und seinen Farben war. Wie sehr hatte er diese Stunden genossen, diese Ruhe, dieses tiefe Wohlbefinden bei seiner Arbeit, bei der alles andere in den Hintergrund gerückt war, wenn sich Wirklichkeit und Fantasie auf seinem Bild vermischten. Wenn er sein Empfinden, seine ganze Leidenschaft und Sensibilität in jeden Pinselstrich gelegt und sich in seine Arbeit verloren hatte, waren das Stunden gewesen, in denen einfach alles gestimmt hatte. Auch, wenn er die ganze Nacht durchgearbeitet hatte, war das für ihn nie eine Anstrengung gewesen, zu der er sich hätte überwinden müssen, sondern, wenn es mit dem Malen gut lief, pures Glücksempfinden am Gelingen, das ihn beflügelt hatte. Und selbst, wenn er sich ab und zu in einer Schaffenskrise befunden hatte, hatte er nie die Begeisterung und Leidenschaft für seine Kunst verloren, sondern hatte immer unermüdlich und beharrlich weitergearbeitet. Ein Leben ohne sie hätte er sich früher niemals vorstellen können. Sie war ein zentraler Bestandteil seiner Person und Quelle von Lebensfreude gewesen, die er versuchen musste, wenigstens zum Teil zurückzugewinnen. Er musste sich nur Mühe geben, musste daran glauben, dass er es schaffen konnte, auch wenn er tief in seinem Inneren die Aussichtslosigkeit spürte.

Die Stunden vergingen. Es war schon weit nach Mitternacht und auf der Leinwand war noch kaum etwas zu sehen. Immer wieder blickte er auf die Uhr und spürte immer deutlicher seine Unzulänglichkeit, seine fehlende Konzentration auf das Hier und Jetzt. Doch er gab nicht auf, versuchte sich einen letzten Rest von Zuversicht zu erhalten, zwang seine Hand mit dem Pinsel immer wieder auf die fordernde Leinwand und arbeitete entschlossen weiter. Man durfte nicht gleich aufgeben, wenn etwas nicht sofort gelingt, redete er sich gut zu und schob die Zweifel, die von Stunde zu Stunde zunahmen, beiseite. Ausdauer und Konzentration, das war es doch, was ihn zum allseits anerkannten Maler gemacht hatte. Er arbeitete die ganze Nacht durch. Doch je näher der Morgen kam, desto mehr spürte er, dass es vergebens war, dass er nicht mehr in der Lage war, ein Bild zu malen, das seinen Vorstellungen von Kunst entsprach, und auch der letzte Rest von Zuversicht und Willenskraft erlosch und rückte in die Unerreichbarkeit. Er spürte, wie die Enttäuschung von ihm Besitz ergriff, legte seinen Pinsel auf die Palette und betrachtete mit einem bitteren, wehmütigen Blick und einem eigenartigen Gefühl von Distanz sein Werk. Natürlich beherrschte er noch immer die über fast zwei Jahrzehnte erarbeiteten, technischen Fähigkeiten, hatte jeden Pinselstrich mit an Perfektion grenzender Genauigkeit ausgeführt. Ein oberflächlicher Betrachter hätte an seiner Arbeit vielleicht nichts auszusetzen gehabt, doch er war kein oberflächlicher Betrachter, sein Blick ging tiefer und deshalb sah er, dass diesem Bild etwas fehlte, dass dem Mann, der es gemalt hatte, etwas fehlte, etwas sehr Wesentliches. Der Maler der Romantik, Caspar David Friedrich, hat es so ausgedrückt: *Der Maler soll nicht bloß malen, was er vor sich sieht, sondern auch, was er in sich sieht. Sieht er aber nichts in sich, so unterlasse er auch zu malen, was er vor sich sieht. Sonst werden seine Bilder den spanischen Wänden gleichen, hinter denen man nur Kranke oder gar Tote erwartet.*

Ja, das war es. Er sah nichts mehr in sich. Alles in ihm war grau und düster, so grau und düster wie dieses Bild, das er gemalt hatte. Er fühlte nichts mehr für seine Arbeit, hatte keine

Beziehung mehr zu ihr. Dieses Bild, das er wie eine Notwendigkeit auf die Leinwand gezwungen hatte, starrte ihn an wie ein Fremdkörper und hatte nichts mehr mit der Kunst zu tun, die er früher voller Hingabe und tiefer Leidenschaft in vielfältigsten Farbnuancen gestaltet hatte, um den Betrachter in eine magische, faszinierende Bildwelt voller verschwenderischer Schönheit, Leichtigkeit und Harmonie zu entführen. Aber wie sollte er auch eine gerade erblühende Blume in ihrer einzigartigen Schönheit und Farbenpracht gestalten, eine Leinwand mit bunten Farben füllen, wenn um ihn herum alles grau in grau war, wenn aus seinem Leben jegliche Farbe gewichen war? Wie sollte er sich in die Atmosphäre eines heiteren, unbeschwerten, hellen Sommertages einfühlen und durch die Mittel seiner Kunst den Zauber dieses Moments wie ein Juwel leuchten lassen, wenn er selbst nichts mehr empfand, wenn alles in ihm erloschen war? Wie sollte er den Menschen auf der Leinwand Leben einhauchen, ein Leben voller Daseinsfreude, das er selbst nicht mehr besaß? Wie sollte er diesen entsetzlichen Unfall auch nur für ein paar Sekunden vergessen? Corinna war tot, das ließ sich nicht so einfach zur Seite schieben oder mit Farbe übertünchen. Nein, es gab keinen Weg mehr zurück in sein früheres Leben. Er schaffte es einfach nicht. Er konnte diese tiefe Leidenschaft für das Malen, die sein Leben seit seiner frühen Kindheit geprägt hatte, nicht mehr zum Leben erwecken. Es hatte keinen Sinn, sich da noch länger etwas vorzumachen. Seine Welt würde nie wieder so sein, wie sie einmal war. Es war vorbei. Eine tiefe Ergriffenheit erfasste ihn und Tränen traten in seine Augen. Umgeben von einer Atmosphäre von Fremdheit und Beziehungslosigkeit und durchdrungen von dem Bewusstsein, dass er keine Zukunft mehr hatte, keine, für die es sich zu leben lohnte, blieb er noch mehrere Stunden still, in sich versunken, vor seiner Leinwand sitzen und blickte auf das Bild, das offen und schonungslos, in all seinen düsteren Schattierungen sein Innenleben freigab, sein Leben nach diesem entsetzlichen, unfassbaren Unfall.

Auf der Mischpalette waren die Farben inzwischen eingetrocknet. Er hatte sie nicht gereinigt. Auch die Pinsel hatte er nicht ausgewaschen, wozu auch? Er brauchte sie nicht mehr. Schwerfällig erhob er sich von seinem Stuhl, ging langsam zur Tür, drehte sich um und ließ seinen Blick noch einmal durch sein Atelier wandern, schaltete das Licht aus, das noch immer brannte, obwohl die Nachmittagssonne den Raum erhellte, wandte sich dann ab und schloss leise die Tür. Stufe für Stufe stieg er die Treppe hinunter, durchschritt die Stille des Hauses und blickte auf die vielen vertrauten Gegenstände, die antiken Möbel, Skulpturen und Vasen, die er auf Auktionen ersteigert hatte, blickte auf seine vielen Bilder, die er gemalt hatte und auch auf die Fotos, die Kai ihm geschickt hatte. Er hatte sie sich angesehen, alle hatte er sich angesehen, die vom Yellowstone, vom Grand Canyon, vom Redwood-Nationalpark an der kalifornischen Pazifikküste mit den gigantischen, höchsten Bäumen der Welt, die von Utah, diesem Red Canyon mit seiner grandiosen Felslandschaft des Amphitheaters und diesen vielen imposanten Felsbögen von faszinierender Schönheit. Und auch die Bilder von Kanada hatte er sich angesehen, diese weiten Prärien der Great Plains, die riesigen unberührten Waldgebiete und die Rocky Mountains mit ihren gewaltigen Gletschern, wilden Schluchten und Wasserfällen. Und ja, die Faszination, die von diesen Naturkulissen ausging, hatte ihn berührt, und er hatte deshalb die Fotos nicht nur einmal angesehen, sondern mehrmals. Und es hatte Momente gegeben, in denen er sich wünschte, mit Kai in diesen zutiefst beeindruckenden Landschaften unterwegs zu sein, aber er konnte nicht nach Kanada fliegen, er konnte das einfach nicht, auch wenn er Kai damit sehr enttäuschte. Zudem würde er das alles gar nicht durchstehen, hatte gar nicht die Kraft für so einen Trip, wäre doch nur eine Belastung für Kai.

Mit schweren Schritten ging er zur Kommode, auf der noch immer die Flugtickets nach Kreta lagen. Er nahm sie in die Hand und starrte auf den Abflugtermin vom Flughafen Stuttgart, die Ankunft in Heraklion und schluckte schwer. Er legte die Tickets wieder zurück und ging zur Terrassentür. Stundenlang stand er da und blickte auf den Liegestuhl, so lange, bis der Garten und das Nachbarhaus ihre Farben und Konturen verloren und langsam in einem Grau versanken, das immer dunkler wurde.

– Bevor wir nach Kreta fliegen, musst du unbedingt Sirtaki tanzen lernen, hörte er Corinna plötzlich sagen, sah, wie sie vom Liegestuhl aufstand und tanzend aus dem Dunkel der Nacht auf ihn zukam. Er wollte schon die Terrassentür öffnen, doch dann wandte er sich ab und setzte sich in seinen Sessel. Er schaltete den Fernseher ein, blickte geistesabwesend auf den Bildschirm, hörte die sonore Stimme eines Nachrichtensprechers, der berichtete, dass die deutsche Susanne Osthoff, die 23 Tage lang in der Gewalt irakischer Kidnapper war, wieder frei und in der Obhut der deutschen Behörden sei. Worte, Sätze, die ihn kaum noch erreichten, die aus einer anderen Welt kamen, einer Welt, die er verlassen hatte, verlassen vor 108 Tagen und 15 Stunden. Es schaltete den Fernsehapparat aus. Es war inzwischen ganz dunkel im Zimmer.

– Nur noch zwei Tage, dann tanzen wir auf Kreta an der Badebucht von Stavros Sirtaki, da wo Anthony Quinn auch getanzt hat. Unser erster gemeinsamer Urlaub. Ich freue mich riesig. Ihre Stimme war nah, so nah. Sirtaki tanzen, noch einmal mit Corinna Sirtaki tanzen, murmelte er, schloss die Augen und träumte sich weg, weit weg von diesem kalten Dezembertag, träumte sich zu Sonne, Meer und dem grenzenlosen Blau des griechischen Himmels.

– Bitte anschnallen, sagte die Stewardess, die Maschine wird in wenigen Minuten in Heraklion landen.

– Ich freue mich so auf die zwei Wochen Urlaub mit dir auf Kreta, sagte Corinna.

– Ich auch, erwiderte er, konnte das Glück in ihren Augen sehen und drückte zärtlich ihre Hand.

– Morgen fahren wir dann als Erstes nach Knossos und schauen uns den Palast der Minoer an, die Rekonstruktion des Palastes durch den Archäologen Arthur Evans natürlich, verbesserte sie sich.

– Eine Rekonstruktion, die er zum Teil völlig ohne Anhaltspunkte durchgeführt hat, ergänzte er.

– Ja, da gibt es viele kontroverse Meinungen, genauso wie zu seinen Interpretationen dazu, die er unter dem Titel *The Palace of Minos at Knossos* veröffentlicht hat, fügte sie hinzu. Aber ich finde, er hat so die Welt der Minoer, die erste Hochkultur Europas, wieder zum Leben erweckt, und wir können sie uns morgen ansehen.

– Ja, das werden wir, sagte er, verstaute ihre Koffer im Mietwagen und fuhr los.

– Und am Montag gehen wir dann in das archäologische Museum und am Dienstag fahren wir zur Samaria-Schlucht.

– Aber als Erstes, und zwar jetzt gleich, unterbrach er sie, fahren wir zur Badebucht von Stavros und tanzen Sirtaki!

– Jetzt gleich? fragte sie und ihre Augen strahlten vor Freude.

– Ja, jetzt gleich. Es gibt nichts Wichtigeres in meinem Leben, als dir diesen Wunsch noch zu erfüllen. Siehst du da vorne die Bucht? Wir sind gleich da.

– Ja, ich sehe sie. Ich kann es kaum glauben. Ich habe nicht mehr damit gerechnet.

– Ich habe es dir doch versprochen.

– Ja schon, aber ...

– Kein Aber! Er hielt bei der Taverne Christiane, nahm ihre Hand und lief mit ihr zum Strand.

– Es ist wunderschön hier! rief sie überglücklich und wirbelte mit ausgebreiteten Armen über den Sand, so leicht, so unbeschwert, mit wehendem Haar. Er fing sie ein, nahm sie in seine Arme und küsste sie, wollte sie gar nicht mehr loslassen.

– Die Musik, hörst du sie? fragte Corinna. Komm, lass uns tanzen! Sie löste sich aus seiner Umarmung und sie begannen mit den ersten Sirtaki-Schritten.

– Du kannst es ja noch! rief sie ganz begeistert. Ich dachte schon, du hättest es verlernt in der langen Zeit, in der wir uns nicht gesehen haben.

– Ich habe es nicht verlernt und auch nichts vergessen, Corinna, keine einzige Sekunde mit dir habe ich vergessen. Und der Sirtaki, ich hätte nie gedacht, dass mir Tanzen einmal so viel Spaß machen würde. Und sie tanzten und wie sie tanzten, sprühend voller Lebensfreude, wirbelten sie nur so über den Strand, wurden schneller und schneller, atemberaubend schnell. Tanzen, dachte er, ein Leben lang Sirtaki tanzen, völlig entfesselt und losgelöst von der realen Welt, begleitet von Corinnas strahlenden Augen und ihrem hellen, glücklichen Lachen.

– Good, very good! rief plötzlich ein Mann und klatschte begeistert in die Hände. Tanzend und lachend kam er auf sie zu. Es war Anthony Quinn, der Anthony Quinn, der 1964 in dem Hollywood-Klassiker *Alexis Sorbas* als herausragender Protagonist, als Inbegriff von Lebenslust und Vitalität, aber auch gedanklicher Tiefe, brilliert hatte.

– Come on my friends, let's dance together! rief er fröhlich, zog sein Jackett aus, warf es in den Sand, krempelte die Hemdsärmel nach oben und dann legten sie einander die Hände auf die Schultern.

– Let's go! rief er lachend und sie tanzten, tanzten so vergnügt und ausgelassen, so unbeschwert und voller Lebenslust. Was für ein Spaß, was für eine Freude, was für ein überwältigendes Gefühl, mit ihm zu tanzen, mit dem Anthony Quinn, der im Film nach dem weltberühmten Roman von Nikos Kazantzakis als Alexis Sorbas allen Widrigkeiten zum Trotz das Leben liebte und sich nicht unterkriegen ließ. Sie waren schon ganz erschöpft und außer Atem, als Anthony Quinn sich von ihnen löste, sich tanzend und lachend entfernte.

– Good bye my friends, good bye! rief er und winkte ihnen zu. Und Corinna rief ihm in ihrer überschäumenden Freude hinterher: Thank you for the dance, Mr. Quinn, thank you very, very much! Good bye, Mr. Quinn, good bye! Er lachte, winkte noch einmal und war dann so plötzlich, wie er aufgetaucht war, auch wieder verschwunden. Nur die Musik spielte noch weiter, die Musik von Mikis Theodorakis, die durch den Oscar-prämierten Film zum Inbegriff griechischer Lebensfreude geworden war und die Touristen auch Jahrzehnte später noch zu dieser Bucht zieht, wo Anthony Quinn den Sirtaki getanzt hatte, den Tanz seines Lebens, den Tanz, der um die Welt gegangen war und der auch heute noch voller Leidenschaft und Lebenslust getanzt wird.

– Dass ich das noch erleben durfte, sagte Corinna und schmiegte sich überglücklich in seine Arme. Er sah in ihre leuchtenden Augen, spürte ihren erhitzten Körper und zog sie ganz fest an sich. Sie umschlang seinen Hals und küsste ihn voller Leidenschaft und Hingabe und er erwiderte ihre Küsse, konnte gar nicht genug davon bekommen. Sie waren glücklich, so unbeschreiblich glücklich und doch war da plötzlich wieder dieser stechende Schmerz, der tief und erbarmungslos in ihn eindrang. Er versuchte, ihn zu verdrängen, hielt sich verzweifelt an jeder Sekunde fest, an ihrer stürmischen Umarmung, ihren leidenschaftlichen Küssen, ihrer so kostbaren Nähe, doch die Sonne sandte schon ihr letztes Licht auf die Bucht von Stavros, und eine Angst, die ihm den Atem raubte, erfasste ihn, als er sah, wie sie unaufhaltsam unterging.

Freitag, 16. Juni 2006

– Der Weber hat eben angerufen. Er ist nicht zufrieden mit dem Konzept für die neue Bierwerbung. Er meint, unser Layout entspreche nicht wirklich der Corporate Identity, teilte ihr Mike mit, kaum dass er ihr Büro betreten hatte.

– Es geht ja auch um eine Neupositionierung, darüber hatten wir doch mit ihm gesprochen, sagte Anja.

– Natürlich haben wir das, erwiderte Mike, aber der Weber klebt an seiner alten Strategie, kann sich von seinen liebgewonnenen Statussymbolen nicht verabschieden.

– Die Brauerei steckt in der Krise und er ist trotz gravierender Absatzflaute nicht gewillt, die Strategie zu ändern? Warum ist er denn dann überhaupt zu uns gekommen? fragte Anja.

– Ja, es ist immer dasselbe, sagte Mike, da werden von uns bahnbrechende Ideen gefordert, und wenn wir sie präsentieren, dann werden sie abgelehnt, dann fehlt plötzlich der Mut dazu und es soll möglichst alles beim Alten bleiben. Ich habe noch einmal versucht, ihm zu erklären, dass eine Neupositionierung unumgänglich sei, um sich dem immer schwieriger werdenden Konkurrenzkampf auf dem Biermarkt anzupassen. Bei über tausend Biermarken braucht die Marke einen neuen, aus der Masse herausstechenden, emotionalen Mehrwert, der die Menschen anspricht, sie fasziniert und eine nachhaltige Wirkung erzielt.

– Und, hat es was genützt? fragte Anja.

– Er möchte einen Termin, er will noch einmal mit uns sprechen. Er hat ein Problem mit der Assoziation der regionalen Identität und unserer Erlebniswelt. San Francisco würde nicht zu ihrer Marke passen.

– Nicht passen? wiederholte Anja. In unserer heutigen Eventkultur hat sich das Anspruchsniveau der Konsumenten verändert, da wollen die Menschen etwas erleben, wollen auch einmal ausbrechen aus ihrer Heimatidylle, ihrer täglichen Routine, wollen, so wie in Udo Jürgens' Lied *Ich war noch niemals in New York*, allen Zwängen entfliehen und eben auch einmal in zerrissenen Jeans durch San Francisco ziehen und ihr Leben in vollen Zügen genießen. Was spricht denn dagegen, wenn wir die Konsumenten sich für einen kurzen Moment wegträumen lassen, sie ihr Alltagsgrau vergessen lassen und sie zu dieser Traumstadt am Pazifik entführen, um dort das Bier aus der Schwarzwald-Idylle zu genießen? Gute Werbung muss den Zeitgeist treffen, muss sich den veränderten Wünschen und Sehnsüchten der Menschen anpassen, sonst nehmen sie diese doch gar nicht wahr.

– Der Weber ist als Marketing-Direktor völlig fehl am Platz, fuhr Mike fort. Er ist einfach zu konservativ und mit ihm das gesamte Management. Er befürchtet, seine Klientel zu verlieren.

– Natürlich ist eine Neupositionierung immer ein gewisses Risiko, sagte Anja, aber das bestehende Leitbild ist einfach viel zu restriktiv und erlaubt keine flexible Anpassung an die inzwischen gravierend veränderten Marktverhältnisse. Zudem bleibt der Ursprungscharakter der Marke doch erhalten, was ja für die bestehende Klientel sehr wichtig ist. Die Marke soll sich doch nur aus ihrem traditionellen Markenkern heraus zusätzlich mit Inhalten einer attraktiven Erlebniswelt positionieren und profilieren, sie soll ein außergewöhnliches, unverwechselbares Markenbild aufbauen, um sich vom Wettbewerbsumfeld positiv zu differenzieren. Mit der Neupositionierung soll sich die Brauerei im immer schwieriger werdenden Konkurrenzkampf auf dem Biermarkt den veränderten Markt- und Wettbewerbsbedingungen anpassen und eben zusätzlich den erlebnisorientierten Genießer von heute ansprechen, um so neue Wachstumssegmente zu erschließen. Hast du mit ihm einen Termin vereinbart?

– Ja, heute Nachmittag um 15:00 Uhr. Hast du da Zeit? fragte Mike. Es wäre gut, wenn du bei dem Gespräch dabei wärst.

– Natürlich, antwortete Anja, das lässt sich einrichten.

Kaum hatte Mike ihr Büro verlassen, klingelte ihr Telefon. Anja nahm den Hörer ab. Eine Frauenstimme meldete sich, sagte: *Der hat am meisten gelebt, der das Leben am meisten gefühlt hat.* Schweigen.

– Wer sind Sie? fragte Anja.

– Das war Susanne Sanders, hast du ihre Stimme nicht erkannt, diese gefühlvolle Stimme, umhüllt von zärtlicher Sonnenwärme und diesem verführerischen, geheimnisvollen Hauch vibrierender Erotik? Du hast doch fast alle Filme von Johnny und ihr gesehen, da musst du dich doch an sie erinnern können. So habe ich sie mir übrigens vorgestellt, deine Stimme, die Stimme einer Verführerin, als ich dich das erste Mal angerufen habe. Und dann diese Enttäuschung, diese kühle, geschäftsmäßige Stimme. Was für eine Ernüchterung. Dieser Satz, den diese Susanne da gesagt hat, der stammt auch aus diesem Buch *Émile* von diesem Philosophen Jean-Jacques Rousseau, du weißt schon, ich habe ihn schon einmal erwähnt. Ein kluger Mann, er wusste auch, wie wichtig Gefühle in unserem Leben sind, so wie ihr Werbeleute. Ja, ihr kennt sie, die Macht der Gefühle, die es euch leicht macht, uns Konsumenten wie Marionetten zu führen und zum Kaufen zu animieren.

– Wer sind Sie und warum imitieren Sie die Stimme von Krüger. Was soll dieses Theater? Was wollen Sie von mir?

– Was ich will? Ich will dich glücklich machen und die Stimme von Johnny, diesem grandiosen Schauspieler, wird mir dabei helfen. Seine Stimme, die Millionen Frauenherzen höherschlagen ließ, wird auch dein Herz schon bald höherschlagen lassen. Du als Werbetexterin weißt doch, wie wichtig prominente Persönlichkeiten sind, um Konsumenten zum Kaufen zu verführen. Ja, je prominenter, umso wirkungsvoller, da habe ich doch mit Johnnys Stimme die besten Chancen, dich zu verführen.

– Ich lasse mich nicht von Ihnen verführen, das ist doch völlig absurd.

– Absurd? Findest du? Ja glaubst du denn, was du täglich schaffst, schaffe ich nicht? Ich denke, du solltest mich nicht zu sehr unterschätzen. Merkst du denn nicht, wie sich meine unsichtbaren Fäden schon langsam um deinen zarten Körper legen, dich immer enger und enger umschlingen? Verlass dich drauf, auch du, ein absoluter Profi, der die Techniken der Verführung kennt, mit denen man die Wünsche und Sehnsüchte der Menschen weckt, ihren Willen formt und ihr Handeln steuert, du mit deiner ganzen Professionalität wirst auf meine Psychotricks hereinfallen, wirst dich in meinem Netz verfangen, wie ein Insekt in einem Spinnennetz.

– Das werde ich nicht. Ich werde Sie anzeigen.

– Anzeigen, wieso willst du mich denn anzeigen, Anja? Ich tue dir doch nichts. Alles wird völlig freiwillig geschehen. Du weißt doch, wir Verführer zwingen niemanden zu irgendetwas, wir spielen nur ein wenig auf der emotionalen Tonleiter der Menschen, das aber so genial und professionell, wie ein virtuoser Geiger auf seiner Stradivari spielt. Glaube mir, es wird ein sehr schönes Spiel werden.

– Ich will Ihr Spiel nicht. Ich will, dass Sie mich in Ruhe lassen.

– Aber Anja, was soll das denn, fragst du vielleicht die Konsumenten, ob sie dein Spiel wollen? Zeigen sie dich vielleicht an, wenn du ihnen an jeder Straßenecke und bei jeder Sportveranstaltung auflauerst? Wenn du ohne die geringsten Skrupel zu jeder Tages- und Nachtzeit in ihre Wohnungen eindringst, ihre Lieblingsfilme immer an der spannendsten Stelle unterbrichst, dich praktisch mit deiner Dominanz überall dazwischen drängst und ihnen mit deinen glückversprechenden Botschaften, deinen traumhaft schönen Locations den Verstand vernebelst? Nein, die rufen keine Polizei, denn die Sehnsüchte dieser Konsumenten lassen das nicht zu. Sie sind fasziniert von diesen paradiesischen Locations, wo es keinen Hunger und keine Probleme gibt, wo immer nur die Sonne scheint und das Glück zu Hause ist. Ja, wir gutgläubigen, arglosen Konsumenten fallen immer und immer wieder auf eure Psychotricks herein, Psychotricks, die heutzutage ja immer raffinierter und effizienter werden. Denk doch nur an das Duftmarketing, diese verführerischen, verkaufsfördernden Düfte, die aus jeder Ecke des Supermarkts auf dich zu strömen, dein Verlangen, deine Kauflust wecken und du, wie von einer unerklärlichen, starken, magischen Kraft gelenkt, Dinge kaufst, von denen du vorher gar nicht wusstest, dass du sie brauchst. Diese zukunftsweisende Verführung und Verkaufsmethode des Duftmarketings ist schon der Hammer. Ja, diese Düfte haben es in sich, sie sind eine enorme Bereicherung für euer Verführungspotenzial. Ganz subtil schleichen sie sich ins Gehirn der Menschen ein, ohne dass diese auch nur das Geringste bemerken, und lassen sie dann Dinge tun, die sie sonst nicht tun würden. Und deshalb, meine Liebe, deshalb habe ich für dich auch so einen Zauberduft kreiert. Diese einzigartige, auf dich zugeschnittene Duftkomposition, mit ihrem hoch dosierten Pheromon-Anteil und aus dem Orient eingeflogenen, erotischen Lockstoffen, wird eine unwiderstehliche Wirkung auf dich haben. Ganz tief werden diese zärtlich dich umschmeichelnden Duftmoleküle bei jedem deiner Atemzüge in dein Innerstes eindringen, Sehnsüchte in dir wecken und einen bis dahin nie gekannten Gefühlssturm in dir entfesseln. Und dann, meine Liebe, dann wirst du die schönsten Stunden deines Lebens erleben, die Macht der Gefühle spüren, mich leidenschaftlich lieben und die Worte von Jean-Jacques Rousseau verstehen: *Der hat am meisten gelebt, der das Leben am meisten gefühlt hat.* Ja, meine zauberhafte Verführerin, ich freue mich schon riesig auf diese zärtlichen Stunden mit dir, auf dieses berauschende, leidenschaftliche Spiel, das über deine Vernunft und deine

Selbstbestimmtheit triumphieren wird. Bis bald, meine Süße, sagte er noch, dann legte er auf.

Völlig aufgelöst blickte Anja noch mehrere Minuten auf ihr Telefon, dann ging sie zu Mike.

– Dieser Johnny hat eben angerufen.

– Hier im Büro? fragte Mike.

– Ja, er hat gesagt, er hätte für mich einen Duftstoff mit einem hohen Pheromon-Anteil und verführerischen Düften aus dem Orient kreiert und freue sich schon auf die schönen erotischen Stunden mit mir.

– Er freut sich auf was ...? Völlig sprachlos starrte Mike sie an. Das ist doch der Gipfel! Schöne erotische Stunden! Mike war ganz außer sich. Anja, unter diesen Umständen kannst du nicht länger in deiner Wohnung bleiben. Wenn du möchtest, kannst du noch heute bei mir einziehen. Was meinst du?

– Das geht nicht, erwiderte Anja, ich habe Gaby, meiner Nachbarin, versprochen, auf ihre kleine Tochter aufzupassen. Sie fährt heute Abend nach Frankfurt. Sie hat da einen dringenden Termin. Am Sonntagvormittag kommt sie dann wieder zurück und am Nachmittag bin ich bei Stefan eingeladen. Ich könnte frühestens am Sonntagabend zu dir kommen, wenn es dir keine Umstände macht.

– Anja, du machst mir doch keine Umstände. Ich habe Angst um dich. Mir wäre es lieber, wenn du schon heute kommen würdest. Schöne erotische Stunden, Pheromone und verführerische Düfte aus dem Orient. Der Kerl will dich betäuben und willenlos machen, damit er mit dir machen kann, was er will. Gibt es denn außer dir niemanden im Haus, der auf die Kleine aufpassen könnte?

– Nein, ich bin die Einzige, zu der ihre Mutter näheren Kontakt hat.

– Anja, ich habe kein gutes Gefühl. Ich mag mir gar nicht vorstellen, was da alles passieren kann. Du wärst nicht die erste Frau, die man betäubt, um sie dann zu missbrauchen. Ein paar K.-o.-Tropfen in dein Glas, ohne dass du es bemerkst und schon bist du ihm wehrlos ausgeliefert. Später kannst du dich dann an nichts mehr erinnern und der Stoff ist schon nach wenigen Stunden im Blut nicht mehr nachweisbar. Bring das Mädchen doch einfach mit zu mir.

– Mike, Leonie ist gerade mal vier Jahre alt, sie braucht ihre gewohnte Umgebung. Es wird so schon schwer genug für sie sein, wenn ihre Mama von heute Abend bis Sonntag nicht da ist. Mike, ich habe mir ein Pfefferspray gekauft und werde die zwei Nächte bei Leonie schlafen und nicht in meiner Wohnung.

– Anja, ich …

– Mike, es geht einfach nicht anders. Mike blickte auf seine Armbanduhr.

– Anja, tut mir leid, aber ich muss los, ich habe gleich einen Termin. Wir sehen uns dann um 15:00 Uhr, zusammen mit dem Weber.

– Ja, geht in Ordnung, Mike, bis später.

Wer war dieser Johnny? Und woher wusste er, dass sie sich fast alle Filme von Johnny Krüger und Susanne Sanders angesehen hatte? Mit Chris hatte sie sich zwei oder drei Filme von Johnny und Susanne angesehen. War Chris vielleicht doch dieser Stalker? Ratlos, hilflos starrte sie eine ganze Weile zum Fenster hinaus und ihre Gedanken gingen zurück zu diesen immer wieder mit Chris geführten Gesprächen über Werbung.

– Ihr beeinflusst die Menschen mit euren paradiesischen Locations. Ihr verkauft nicht nur eine Harley-Davidson, sondern die Route 66 und den amerikanischen Traum von Freiheit und Abenteuer gleich mit, hatte er gesagt.

– Chris, niemand wird eine Harley-Davidson kaufen, wenn er keinen Spaß am Motorradfahren hat. Zudem sind den Kunden die strategischen Ziele der Werbung durchaus bekannt und deshalb stört es sie auch nicht, wenn wir die Produkte etwas aufpeppen, wenn wir in einem Werbespot nicht nur eine Harley-Davidson zeigen, sondern auch die Biker-Freude am Fahren, dieses berauschende Easy-Rider-Gefühl von Freiheit und Abenteuer auf der Route 66, dem legendären Highway Amerikas. Ja, sie genießen es, wenn wir sie sich ein wenig wegträumen lassen, sie in diese grenzenlose Weite grandioser Natur eintauchen lassen, in diesen Mythos des *American Dreams*.

Bei einer vor Kurzem durchgeführten Befragung von zirka 3.000 Menschen fühlte sich nur ein knappes Drittel der Deutschen durch die Werbung gestört. Die anderen 70 % sahen sie als Entscheidungshilfe oder angenehme Unterhaltung. Zudem findet eine Beeinflussung der Menschen doch nicht nur in der Werbung statt, wo der Konsument die Strategien kennt, sondern überall. Beim Spiel um Macht und Geld wird uns doch überall etwas vorgemacht. Können wir denn zum Beispiel den politischen Parteien, den Medien, den wissenschaftlichen Veröffentlichungen, diesen ganzen Experten vorbehaltlos trauen? Können wir immer glauben, was man uns sagt? Die Informationen, die täglich auf uns einströmen, sind so umfangreich, dass es für uns unmöglich ist, sie alle zu überprüfen. Uns fehlt das nötige Fachwissen und uns fehlen verlässliche Informationsquellen. Wir wissen also nicht, ob die Informationen der Wahrheit entsprechen oder das Ergebnis einer organisierten PR-Kampagne im Sinne politischer oder wirtschaftlicher Interessen sind, die eine gezielte Einflussnahme auf unsere Meinung und unser Verhalten ausüben und diese steuern sollen. George Orwell schrieb in seinem Roman „1984", der zu den Klassikern der modernen Weltliteratur zählt: *Und wenn alle anderen die von der Partei verbreitete Lüge glaubten – wenn alle Aufzeichnungen gleich lauteten –, dann ging die Lüge in die Geschichte ein und wurde Wahrheit.*

Samstag, 17. Juni 2006

Sie waren heute in der Wilhelma gewesen. Leonie hatte sich riesig gefreut über die vielen Tiere, die Löwen, Elefanten, Giraffen, Kängurus und Affen. Doch am meisten begeisterten sie die kleinen Erdmännchen. Fast eine halbe Stunde waren sie vor dem Außengehege gestanden und hatten diesen niedlichen, sehr wachsamen Tierchen zugesehen, wie sie im Sand buddelten, auf Äste oder große Steine kletterten oder sich auf die Hinterbeine stellten und ihre Nasen in die Luft reckten, um zu schauen, ob von irgendwoher Gefahr droht.

– Anja, können wir so ein Erdmännchen mitnehmen, dann könnte ich zu Hause mit ihm spielen? hatte Leonie gefragt. Ich wäre auch ganz lieb zu ihm.

– Nun, das glaube ich schon, hatte sie ihr geantwortet, aber die Tiere hier im Zoo kann man nicht einfach mitnehmen, zudem würde es dem Erdmännchen bei dir nicht gefallen. Es wäre ja den ganzen Tag allein, wenn du im Kindergarten bist, und es wäre auch sehr traurig, wenn es nicht mehr mit den anderen Erdmännchen hier im Freien herumspringen könnte.

– Schade, hatte Leonie ganz enttäuscht geantwortet und sie hatte sie auf den Arm genommen und getröstet.

– Vielleicht finden wir ja bei einem Kiosk ein Plüschtier für dich, das wäre doch auch schön, oder?

– Gibt es da auch Erdmännchen?

– Das weiß ich nicht, aber wir können ja mal schauen.

– Au ja! hatte sie ganz begeistert gerufen.

– Aber jetzt essen wir erst einmal etwas, ich habe nämlich Hunger und du doch sicher auch, oder?

– Ja, ich habe auch Hunger, hatte Leonie erwidert.

Es war kurz vor 13:00 Uhr und im Außenbereich des Restaurants war so ziemlich alles belegt. Unter einem großen Baum fanden sie dann aber doch noch zwei freie Plätze und aßen zusammen eine große Pizza, die Leonie ausgesucht hatte.

– Gehen wir auch noch zum Streichelzoo? hatte Leonie gefragt, kaum dass ihr Teller leer war.

– Ja, klar, das habe ich dir ja versprochen.

– Und dann, dann kaufen wir ein Erdmännchen.

– Wenn es welche gibt, dann kaufen wir eins, hatte sie erwidert. Und sie hatten Glück und Leonie drückte das Erdmännchen ganz fest an sich und Anja blickte ganz gerührt in ihre so glücklich strahlenden Augen.

Inzwischen waren sie wieder zu Hause und es war gleich 19:00 Uhr.

– Geh doch schon mal ins Bad und putze deine Zähne! sagte sie zu Leonie.

– Und dann liest du mir noch eine Geschichte vor, ja?

– Aber natürlich, antwortete Anja.

Kaum war Leonie im Bad, lief sie eilig zum Fenster. Würde er kommen? Anja blickte hinter dem Vorhang auf die Straße hinunter. Ja, Philip Jansen war schon da. Er war pünktlich, stellte sie fest, und blickte angespannt nach unten. Jetzt stand er vor der Haustür und klingelte. Sie wäre gern mit ihm essen gegangen, hätte ihn gern näher kennengelernt. Und doch, es war gut, dass Susanne sie gebeten hatte, auf Leonie aufzupassen, denn konnte sie wirklich sicher sein, dass Philip nicht dieser Johnny ist, dass dieser Anrufer gestern Chris war? Er stand immer noch vor der Haustür. Doch jetzt, jetzt ging er zurück zu seinem Wagen, drehte sich noch einmal um, stieg ein und fuhr weg. Und sie, sie stand da und blickte ihm hinterher, sah, wie er sich immer weiter von ihr entfernte und dann aus ihrem Blickfeld verschwand.

– Warum schaust du zum Fenster raus, Anja? Kommt Mama schon zurück? fragte Leonie.

– Nein, mein Schatz, sie kommt morgen Vormittag und du gehst jetzt ins Bett und ich lese dir eine Geschichte vor.

– Au ja! rief sie begeistert. Sie hatte Leonie schon öfter Geschichten vorgelesen, aber heute musste sie nicht lange lesen, es dauerte keine fünf Minuten und sie war eingeschlafen und hielt das Erdmännchen ganz fest in ihrem Arm. Anja saß neben ihrem Bett und betrachtete sie liebevoll. Sie mochte Kinder, so offen und ehrlich in ihren Aussagen, ihr bedingungsloses Vertrauen und ihre unkomplizierte, impulsive Art ihre Freude zu zeigen. Leonie und Nancy sind sich da in vielen Dingen sehr ähnlich, dachte sie und ihre Gedanken gingen zurück zu ihrer Zeit als Au-pair-Mädchen in Kalifornien. Auch mit Nancy war sie einmal im Zoo gewesen, im Santa Barbara Zoological Garden, und sie hatte sich genauso über die Tiere gefreut wie Leonie. Fast acht Jahre ist das nun schon her und noch immer dachte sie gern an diese schöne Zeit bei ihrer Gastfamilie in Santa Barbara am Pazifischen Ozean. Sie hatte sich dort sehr wohlgefühlt und die kleine Nancy sofort in ihr Herz geschlossen. Nancy, in ihrer spontanen Art, hatte sie damals, kaum dass sie angekommen war, bei der Hand genommen und ihr gleich ihr Zimmer und ihre Spielsachen gezeigt. Und wenn sie am Anfang auch einige Probleme mit ihrem Englisch hatte, war das für Nancy kein Problem gewesen. Sie hatte ihr einfach gezeigt, was sie spielen wollte. Ja, sie hatte dieses Jahr in Kalifornien genossen, die Sonne, das Meer, den Strand und die faszinierende, atemberaubende Natur. Es war immer wieder überwältigend gewesen, auf dem Highway Number One entlang der Pazifikküste nach San Francisco zu fahren, auf einer der schönsten Straßen der Welt. Nach jeder Kurve ein neues Highlight, Landschaften aus schroffen, wilden Felsklippen, tief eingeschnittene Canyons, schwindelerregende Brücken über Schluchten, tosende Brandung, wunderschöne feine Sandstrände und die grandiose Konstruktion der Bixby Bridge bei Big Sur, eine der höchsten Brücken ihrer Art weltweit. Und auch die kalifornischen Nationalparks, die sie mit Nancy und ihren Eltern besucht hatte, hatten sie mit ihrer atemberaubenden Naturschönheit zutiefst beeindruckt und diese Ausflüge zu unvergesslichen Erlebnissen gemacht. Vor allem der berühmte Yosemite Nationalpark, mit seiner majestätischen Gebirgslandschaft von wilder Schönheit, ist einzigartig. *Keine von Menschenhand geschaffene heilige Stätte kann sich mit dem Yosemite-Tal messen. Jeder Stein in seinen Wänden scheint vor Leben zu glühen,* schrieb der 1838 geborene schottisch-US-amerikanische Naturphilosoph John Muir, zutiefst berührt von dieser grandiosen Landschaft, diesen mächtigen, senkrecht aufsteigenden Granitfelsen, den zahlreichen, tosenden Wasserfällen, die Hunderte von Metern in die Tiefe stürzen, den idyllischen Seen und den gigantischen, oft über tausend Jahre alten Mammutbäume. Mehr als ein Jahrzehnt widmete John Muir sein Leben der Erforschung und dem Schutz dieser einzigartigen Natur. Er war einer der ersten Natur- und

Umweltschützer und einer der berühmtesten Persönlichkeiten der amerikanischen Naturgeschichte. Mit seiner tief empfundenen Liebe zur Natur inspirierte er schon damals ganze Generationen, die Natur wertzuschätzen.

Die Natur wertschätzen, dachte Anja, wir Stadtmenschen nehmen die Natur doch kaum noch wahr, sind kaum noch in der Natur unterwegs. Auch sie saß doch die ganze Woche über im Büro und auch das Wochenende verbrachte sie meistens in der Stadt, erledigte ihre Einkäufe, traf sich ab und zu mit Ann-Kathrin in einem Café oder Restaurant oder besuchte mit ihr ein Konzert. Das war in Kalifornien ganz anders gewesen, da war sie mit Nancy und auch in ihrer Freizeit fast jeden Tag in der Natur unterwegs gewesen und sie hatte sie genossen, diese faszinierende Natur, selbst eine karge Wüstenlandschaft, wie das Death Valley in Ostkalifornien, einer der heißesten Orte der Welt, umrahmt von über 3000 Meter hohen Bergen, mit seinen faszinierenden Wanderdünen, farbenprächtigen, bizarren Gesteinsformationen, seinen Kakteen, Agaven und den bis zu 15 Meter hohen Joshua Trees, hatte sie zutiefst beeindruckt und immer wieder zum Innehalten gezwungen, um diese atemberaubende, fast lebensfeindliche Naturlandschaft, mit ihrer diesem Klima angepassten Flora und Fauna zu bewundern. Aber sie war auch gerne nach San Francisco, der Traumstadt am Pazifik, gefahren und hatte das Flair dieser multikulturellen Metropole genossen, das exotische Ambiente von Chinatown, die gemütlichen Restaurants und Cafés in Little Italy, die viktorianischen Holzhäuser mit ihren Türmchen, Erkern und Schnörkeln. Sie war auf der berühmten, kurvenreichen Lombard Street gefahren, zu Fuß über die Golden Gate Bridge gelaufen und war im Golden Gate Park, mit seinen exotischen Bäumen, botanischen Gärten, kleinen Seen und einem wunderschön angelegten Japanese Tea Garden gewesen. Und auf den Twin Peaks, diesen 275 Meter hohen Zwillingsgipfeln, im Südwesten des Stadtgebiets, hatte sie einen atemberaubenden Panoramablick auf San Francisco, die Berge, den Pazifischen Ozean und die malerische Bucht, die von der Golden Gate Bridge überspannt wird, genossen.

Es war eine sehr schöne Zeit gewesen, vor allem auch mit Steven. Sie hatte ihn zwei Wochen nach ihrer Ankunft in Santa Barbara kennengelernt, als sie auf dem breiten, langen Anglersteg aus dicken, alten Bohlen, von Santa Barbara aus hinaus zu den kleinen Restaurants, Geschäften und dem Maritime Museum gegangen war und Steven sie ansprach: Hallo, du bist Anja Berger, habe ich recht? Sie hatte ihn etwas perplex angesehen und gefragt: Woher weißt du das?

– Ich wohne neben deiner Gastfamilie, ich bin Steven, sozusagen dein Nachbar, hatte er erwidert.

– Und warum sprichst du so gut deutsch? Bist du Deutscher?

– Nein, ich bin Amerikaner, ich bin hier geboren. Meine Mutter kommt aus Deutschland.

Steven, er war ihr von Anfang an sympathisch gewesen und er sprach deutsch. Mit Nancy und ihren Eltern hatte sie nur englisch gesprochen. Da war Steven wie ein Geschenk gewesen, ein Stück Heimat und sie hatte sich dann oft mit ihm in ihrer Freizeit getroffen. Er hatte ihr in Santa Barbara die historischen Gebäude gezeigt und in den Antiquitätengeschäften in der Brinkerhoff Avenue die Kostbarkeiten vergangener Zeiten. Er war mit ihr zu der steil in den Pazifik abfallenden Berglandschaft bei Big Sur gefahren und sie hatten, hoch oben in diesem urwüchsigen Küstengebirge, fantastische Panoramablicke auf die grandiose Natur genossen und zutiefst beeindruckt den einst vom Aussterben bedrohten Kalifornischen Kondoren, diesen majestätisch anmutenden Vögeln, mit einer Flügelspannweite von bis zu drei Metern, beim Fliegen zugesehen. Sie waren mit einem Sightseeing-Boot hinaus auf den Pazifik gefahren, um Wale, Schildkröten, Delphine und Seelöwen zu beobachten. Und sie hatte Steven beim Surfen zugesehen. Es war atemberaubend, wenn er auf seinem Surfbrett unter spektakulären, schäumenden Wellenkämmen kurvte, fast senkrecht eine Wellenwand hinunterschoss.

– Du musst dich jedem Aufbäumen der Welle anpassen, hatte er ihr erklärt, musst Richtung und Stärke von Wind und Strömungen erfassen und schnell reagieren, du darfst so eine herannahende Welle unter keinen Umständen unterschätzen und du darfst keine Fehler machen. Er hatte ihr vorgeschlagen, Surfunterricht bei ihm zu nehmen, doch sie hatte dankend abgelehnt. Sie war viel lieber am Strand geblieben und hatte ihm und den anderen Surfern zugesehen, hatte gerne auf diesen Adrenalinkick verzichtet, den man, wie Steven gesagt hatte, verspürt, wenn man es schaffte, wieder einmal einer Gefahr zu entrinnen.

Ja, sie hatte damals diese grandiose landschaftliche Vielfalt und den Zauber der Nationalparks, dieser einzigartigen Naturwunder im Sonnenstaat Kalifornien genossen. Es war eine wunderschöne Zeit gewesen. Doch neben der Schönheit des Landes muss man auch die wirtschaftliche Lage in Amerika sehen. Als sie 1998 in Kalifornien war, boomte die Wirtschaft zwar, doch dieser Aufschwung erreichte große Bevölkerungskreise nicht. Während die Reichen immer reicher wurden, mussten die Ärmeren, um ihren Lebensstandard halten zu können, immer länger und härter arbeiten und der Zwang zum Zweit- oder Dritt-Job nahm zu. Viele wurden arbeitslos oder mussten sich mit schlecht bezahlten Jobs zufriedengeben. Und den schwarzen Amerikanern oder der indigenen Bevölkerung ging es immer noch schlechter. Auf der Suche nach der großen Freiheit und der Erfüllung ihres amerikanischen Traums, im Land der unbegrenzten Möglichkeiten, wird den Menschen im täglich harten Existenzkampf oft schnell die Unerfüllbarkeit ihrer Träume bewusst, denn wenn so ein kleiner Rancher von seinem Einkommen nicht leben kann, dann ist es mit der Cowboy-Romantik eben schnell vorbei.

Chris, war sein Traum in Erfüllung gegangen oder war er geplatzt? Sie musste ihn anrufen, musste mit ihm sprechen, musste endlich wissen, ob er dieser Stalker ist. Entschlossen wählte sie seine Nummer.

– Hallo! Seine Stimme klang gereizt, so, als ob sie ihn bei etwas stören würde.

– Hallo Chris! Wie geht es dir? Ann-Kathrin hat mir gesagt, dass du wieder hier in Stuttgart bist.

– Wie es mir geht, willst du wissen? fragte er. Gut geht es mir, sehr gut sogar, oder hast du erwartet, dass es mir schlecht geht?

– Nein, natürlich nicht. Ich wollte mich nur mal kurz melden und ich, ich wollte … Sie brach ab.

– Was wolltest du mich fragen, wie es mit der Ranch läuft? Bestens, ganz ausgezeichnet und wenn es aus irgendwelchen Gründen einmal nicht mehr so sein sollte, dann biete ich eben den Touristen ‚Cowboyferien‘ auf meiner Ranch an oder ich verkaufe sie und eröffne in San Antonio ein Restaurant. Doch bis jetzt komme ich hervorragend zurecht. War's das?

– Nein Chris, es freut mich natürlich, wenn bei dir alles gut läuft, aber ich rufe aus einem anderen Grund an. Es geht um einen Mann, der mich mit seinen Anrufen und Briefen belästigt und bedroht.

– Ein Mann bedroht dich? fragte er. Ja, dann geh doch zur Polizei! Warum rufst du denn da mich an?

– Chris, ich weiß nicht, wer es ist, deshalb rufe ich dich an.

– Ja, soll ich vielleicht wissen, wer das ist? fragte er.

– Nun ja, es ist so, der Mann weiß zum Beispiel, dass wir uns die Filme von Johnny Krüger angesehen haben.

– Ja und, da kann ich doch nichts dafür, vielleicht war er auch im Kino und hat uns gesehen. Was willst du eigentlich von mir?

– Ich …, ich wollte dich fragen, ob du der Mann bist, der …, sie brach ab, fand die Frage plötzlich völlig absurd, dieses ganze Gespräch unmöglich, geradezu peinlich.

– Der dich belästigt und bedroht? fragte er.

– Nun ja, ich …

– Du glaubst, dass ich dieser Mann bin? Du wirst von irgendeinem Typen gestalkt und da fällt dir kein anderer ein als ich? Vergiss es, ich habe mit dieser Sache nichts zu tun. Ich mache hier Urlaub und dann fliege ich wieder zurück nach Texas. Sie kam nicht mehr dazu, noch etwas zu sagen, er hatte das Gespräch bereits weggedrückt.

Januar 2006

Sydney, Kingsford Smith International Airport. Das Flugzeug setzte auf der Rollbahn auf. Australien, sechs Monate Australien. Schon im Sinkflug hatte Claus Hoffman die Wolkenkratzer dieser Weltmetropole gesehen, die zahlreichen Strände, den Hafen und die zwei der bekanntesten Wahrzeichen dieser schillernden Stadt: das Opernhaus, dieses futuristische, architektonische Meisterwerk mit den segelartigen Dachschalen und die Harbour Bridge mit ihrem imposanten Bogen. Warum hatte er sich nur so umstimmen lassen? Er würde das alles nicht durchstehen. Diese Hitze hier, diese Strapazen, von morgens bis abends bepackt mit einem Rucksack durch die Gegend laufen, was für ein Irrsinn. Worauf hatte er sich da nur eingelassen? Australien, das Abenteuerland. Ihm war nicht nach Abenteuer und doch war er jetzt hier und Kai wartete auf ihn, hatte schon alles geplant, schon festgelegt, wo sie überall wandern würden, was sie sich alles ansehen würden, selbst das Outback hatte er nicht ausgelassen, dieses trostlose, wüstenartige Gebiet in der Landesmitte, wo jetzt im Sommer die Temperaturen auf bis zu 50 Grad steigen können. Die anderen Fluggäste hatten sich schon von ihren Sitzen erhoben, ihre Taschen aus den Gepäckfächern genommen und drängten hinaus, konnten es kaum erwarten, dieses verheißungsvolle Land zu erkunden. Er stand als Letzter auf, griff auch nach seinem Handgepäck und verließ mit kraftlosen, schweren Schritten das Flugzeug. Er könnte doch gleich wieder einen Rückflug buchen, überlegte er, während er auf seinen Koffer wartete. Er hatte sich da auf etwas eingelassen, das er von Anfang an nicht gewollt hatte. Ja, ein Rückflug, das wäre die Rettung. Nur, wie sollte er Kai das erklären? Er war so in seine Gedanken versunken, dass er Kai, mit seinen langen Haaren und dem Bart, gar nicht gleich erkannte, als dieser im Terminal 1 auf ihn zukam, erst als er freudestrahlend direkt vor ihm stand, sonnengebräunt und voller Energie und Tatendrang.

– Es ist schön, Claus, dass du jetzt doch noch gekommen bist, begrüßte er ihn und schloss ihn in seine Arme. Ehrlich gesagt habe ich nicht mehr damit gerechnet, dass du noch kommst.

– Kai, begann Claus vorsichtig, ich weiß nicht, ob das wirklich eine gute Idee war. Ich bin doch nur ein Hindernis für dich. Meine Kondition lässt sehr zu wünschen übrig. Ich …

– Claus, du bist für mich kein Hindernis, unterbrach ihn Kai sofort, ganz im Gegenteil, ich freue mich riesig, dass du gekommen bist. Australien ist ein faszinierendes Land, du wirst es bestimmt nicht bereuen. Nicht bereuen? Er bereute es, und wie er es bereute, vor allem, als sie zusammen das Flughafengebäude verließen und sie eine Temperatur von 40 Grad oder noch mehr empfing. Aus dem kalten Winter in Deutschland war er nach ca. 24 Stunden Flug, mit zwei Zwischenstopps hier mitten im heißen Sommer Australiens gelandet.

– Ich habe in Sydney ein Zimmer für uns reserviert, und wenn du möchtest, könnten wir uns morgen erst einmal die Stadt ansehen, einen Spaziergang durch den Royal Botanic Garden machen, uns in der Kunstgalerie am Ostrand des Domain-Parks die Kunstwerke von der Gotik bis zum 21. Jahrhundert ansehen oder den grandiosen Panoramablick auf Sydney und den Hafen vom 309 Meter hohen Sky Tower genießen.

– Kai, ich weiß nicht, ob ich dieser Hitze hier gewachsen bin. Ich habe natürlich gewusst, was mich erwartet, aber ich … Wie sollte er Kai nur erklären, dass seine Entscheidung, hierherzukommen, falsch war, dass er gleich wieder einen Rückflug buchen wollte, weil ihm für diesen Trip einfach die nötige Kraft und die Motivation fehlten.

– Wir müssen uns nicht die Stadt ansehen, wir können morgen auch zum Blue-Mountains-Nationalpark fahren, der ist gerade einmal eine Fahrstunde von hier entfernt und dort ist es nicht so heiß wie hier in Sydney. Die Luft ist dort frischer und angenehmer aufgrund der riesigen Eukalyptuswälder, sagte Kai. Zudem hat unser Mietwagen eine Klimaanlage, so könnten wir uns erst einmal vom Auto aus diese faszinierende Landschaft ansehen, die steilen Bergketten, die von Felsen gesäumten Täler und die vom Echo Point aus zu sehenden berühmten Felsformationen der Three Sisters, diese drei über 900 Meter hohen Säulen aus Stein, die zum Inbegriff der Blue Mountains geworden sind. Mit einem klimatisierten Wagen durch den Nationalpark fahren, das hörte sich nicht schlecht an, dagegen konnte er im Moment eigentlich nichts einwenden. Zudem war es bestimmt angenehmer als sich gleich wieder 24 Stunden lang in ein Flugzeug zu setzen. Und wenn er nun schon mal hier war, konnte er sich diese Gegend ja einmal ansehen und dann immer noch einen Rückflug buchen. Schließlich konnte er Kai, der sich so über seine Ankunft freute, nicht so enttäuschen. Das konnte er einfach nicht und das mit dem klimatisierten Wagen war ja nun wirklich eine entspannte Angelegenheit. Und das war es dann auch, entspannt und beeindruckend, denn der Blue-Mountains-Nationalpark hat einiges zu bieten. Sie hielten immer wieder an einem Aussichtspunkt an und genossen die spektakulären Ausblicke auf die von Wind und Wetter geformten bizarren Felsformationen und tiefen Schluchten, die von Flüssen durchzogene Hochebene und die unendliche Weite der gigantischen Berglandschaft mit ihren blau schimmernden Eukalyptuswäldern. Und angesichts dieser faszinierenden Landschaft, die sich Claus bot, fand er es gut, dass er nicht gleich wieder zurückgeflogen war. Doch schon der nächste Tag, die Klippenwanderung zu den Wentworth Falls, brachte ihn an seine Grenzen, zeigte ihm, wie wenig Kondition er besaß, aber auch, wie atemberaubend dieser Abstieg auf der in die Felswand gehauenen, längsten Treppe Australiens ist. Auf der einen Seite die Felswand aus farbenprächtigem Sandstein und auf der anderen der steile Abgrund und die grandiose Aussicht über den Blue-Mountains-Nationalpark. Sie legten immer wieder eine Pause ein, blieben, umgeben vom berühmten, bläulichen Dunst des Eukalyptusöls, das die Wälder ausströmen und das diesen Bergen ihren Namen verleiht, einfach völlig überwältigt stehen, um diese großartige Kulisse, die sich ihnen bot, in Ruhe betrachten zu können.

– Verstehst du jetzt, warum ich für ein Jahr aussteigen wollte, fragte Kai, ein anderes Leben wollte, weit weg von unserem stressigen Alltag? Tag für Tag, Woche für Woche diese vielen Termine, Meetings, Präsentationen, oft bis tief in die Nacht und wozu? Um den Strom von immer mehr und mehr Konsum am Laufen zu halten, dieses fanatische Streben nach immer mehr und mehr Wachstum, das unsere Natur rücksichtslos ausbeutet, unsere Umwelt belastet, unsere Lebensgrundlage vernichtet und wir den nachfolgenden Generationen eine Welt hinterlassen, die nicht mehr lebenswert ist?

Ich musste da raus, einfach raus, ich wollte die urwüchsige Natur, wo sie von uns Menschen noch nicht zerstört ist, erleben, wollte sie bewusst wahrnehmen, eintauchen in diese unendliche Vielfalt wilder Schönheit, eine menschenleere Weite, fernab von unserer übertechnisierten Zivilisation, in der Konsum und Markenwelten unsere Identität definieren. Ja, ich wollte ein anderes, einfacheres Leben, wollte die wohltuende Abgeschiedenheit in diesen zutiefst beeindruckenden Urlandschaften genießen, wollte jeden bizarren Felsen, knorrigen Baum oder blühenden Strauch hautnah fühlen und dabei die Lust am Leben wieder spüren. Früher war ich nach einem langen Arbeitstag immer erschöpft und ausgelaugt. In der Natur bin ich abends, wenn ich größere Strecken zurückgelegt habe, oft auch erschöpft, nur ich bin erschöpft und glücklich, ein Glück, das ich für kein Geld der Welt tauschen würde. Ja, ich habe sie schätzen gelernt, diese überwältigende landschaftliche Schönheit unserer Natur, diese Natur, die mich immer wieder in ihren Bann zieht, die mir Kraft und innere Ruhe gibt, die mir zeigt, wie wichtig sie für uns Menschen ist.

Claus hatte ihn die ganze Zeit angesehen und dann seinen Blick über die Landschaft schweifen lassen und geantwortet: Ja, ich verstehe dich, Kai. Zu mehr war er nicht fähig, denn auch ihn berührte dieser atemberaubende Blick auf die steilen Bergketten, tiefen Schluchten und grandiosen Sandsteinklippen, berührte ihn mit einer Intensität, die ihn in diesem Moment den anstrengenden Abstieg, den schweren Rucksack und seinen schmerzenden Rücken vergessen ließ.

In den nächsten Tagen legten sie Kilometer um Kilometer zurück, genossen immer wieder spektakuläre Ausblicke auf farbenprächtige Steilwände und rauschende Wasserfälle und abends kroch Claus völlig erschöpft in seinen Schlafsack. Jeder Muskel tat ihm weh und doch, noch bereute er es nicht, hier in diesem Wanderparadies unterwegs zu sein, in diesem artenreichsten Eukalyptusbestand des gesamten Kontinents. Sie genossen das Zwitschern der Vögel, in den Schatten spendenden Wäldern, begegneten Kängurus, die sich, von ihnen aufgeschreckt, mit fliehenden Sprüngen entfernten, und Claus empfand zum ersten Mal seit langem fast so etwas wie Freude, Wärme in seinem Inneren, als er die ersten Koalas auf den Bäumen entdeckte, spürte, wie ihn das bloße Dasein dieser niedlichen Tierchen mit dem Teddygesicht zutiefst berührte. Was für ein Anblick, wenn eine Koala-Mutter genüsslich Eukalyptusblätter fraß, während ihr Baby, mit seinen kleinen Puschelohren, neugierig aus ihrem Beutel zu ihnen herunterblickte, oder wenn beide in einer Astgabelung friedlich schliefen, ein Anblick, der sie augenblicklich nur noch ganz leise sprechen ließ, um diese putzigen Tierchen nicht zu stören. Diese Koalas, denen er stundenlang hätte zuschauen können, und diese atemberaubende Natur lösten in Claus ein Wohlgefühl aus, das er so nicht mehr für möglich gehalten hatte und das er auch im Moment gegen nichts anderes tauschen wollte. Deshalb buchte er auch jetzt noch keinen Rückflug, sondern fuhr mit Kai weiter zum Flinders Ranges National Park, der 400 km langen Bergkette, die sich von den Ufern des Spencer Gulf bis ins Outback im Norden erstreckt.

– Schade, dass es jetzt nicht Frühling ist, sagte Kai, denn im Frühling, nach den Regenfällen im Winter, sind die Täler hier mit tausenden leuchtend roten, gelben, lilafarbenen und weißen Wildblumen bedeckt. Das ist ein überwältigender Anblick, den ich dir jetzt im Sommer so nicht bieten kann. Aber der Flinders Ranges Nationalpark wird dich auch so in seinen Bann ziehen. Mit seiner spektakulären Naturkulisse ist er einer der beliebtesten Nationalparks in Südaustralien. Schon viele Maler und Fotografen kamen hierher, um das klare Licht, die wechselnden

Farbschattierungen und die subtilen Stimmungen dieser faszinierenden, zerklüfteten und schroffen Landschaft einzufangen. Einer der bekanntesten Maler war der 1877 in Hamburg geborene Hans Heysen, der mit sechs Jahren nach Australien kam und dann hier viele seiner Outback-Landschaften malte.

– Kennst du ihn?

– Ja, natürlich, ich habe schon einige Aquarelle und Ölbilder von ihm gesehen. Er malte überwiegend die südaustralische Landschaft und vor allem die Flinders Ranges und das Outback.

– Ach, da fällt mir etwas ein, fuhr Kai fort. Ich habe vor einigen Wochen mit Sybille aus deiner Künstlergruppe telefoniert und sie hat mir gesagt, dass sie dich alle sehr vermissen. Sie hat mir erzählt, dass sie inzwischen einen neuen Leiter hätten, einen Herrn Lorenz, aber der käme nicht an dich heran. Die meisten würden inzwischen nicht mehr kommen, weil dieser Lorenz versuche ihren künstlerischen Gestaltungsraum einzuengen, ihnen seinen eigenen Stil aufzudrängen. Du dagegen hättest immer die Freiheit jedes Einzelnen in seiner stilistischen Entwicklung, seiner künstlerischen Ausdrucksform gefördert, unabhängig von zeitgebundenen Erscheinungen, Stil- oder Modefragen.

– Die Künstlergruppe, murmelte Claus und spürte, wie ein äußerst angenehmes Gefühl durch seinen Körper strömte. Er hatte die ganzen letzten Monate nicht an sie gedacht.

– Ja, sie vermissen dich. Sie würden sich alle sehr freuen, wenn du die Leitung wieder übernehmen würdest. Die Leitung wieder übernehmen. Ein bitteres Lächeln huschte über sein Gesicht und doch, sein Blick schweifte in die Ferne. Es war immer sehr schön gewesen, mit ihnen zu arbeiten, sie waren immer hoch motiviert gewesen und bei den Studienreisen in den Süden hatte er viele von ihnen auch privat näher kennengelernt, auch Sybille, die alleinerziehende Mutter, die sich nach einem langen, harten Arbeitstag immer sehr aufs Malen einmal in der Woche gefreut hatte, bei dem sie den täglichen Stress und ihre finanziellen Sorgen für kurze Zeit vergessen konnte. Oder der 55-jährige arbeitslose Konrad, dem man nach 35 Jahren, in denen er kein einziges Mal aus gesundheitlichen Gründen gefehlt hatte, gekündigt hatte, und der dann, aufgrund seines Alters, keinen Job mehr finden konnte, dann aber seine ganze Leidenschaft und Energie in seine Bilder legte, die er nun verkaufen und so seinen Lebensunterhalt einigermaßen sichern kann. Aber die Leitung übernehmen, nein, das ging nicht, das war einfach nicht möglich. Corinna, nein, er konnte sein Leben nicht einfach fortführen, als wäre nichts geschehen. *Das Vergangene ist nicht tot;* schrieb William Faulkner, e*s ist nicht einmal vergangen.*

Seine Kondition hatte sich inzwischen spürbar verbessert, seine Muskeln hatten sich Tag für Tag besser an die Anforderungen angepasst und ja, die immer wieder Mut machende Zuversicht von Kai stärkte seine Hoffnung, es vielleicht doch zu schaffen. Und er spürte auch einen gewissen Stolz in sich aufsteigen, dass er bisher durchgehalten hatte, dass er nicht aufgegeben, nicht gleich einen Rückflug gebucht hatte und jetzt, hier in den Flinders Ranges, doch einigermaßen mit Kai mithalten konnte. Und wenn er jetzt ab und zu stehen blieb, war es nicht mehr wegen der Kraft, die ihm fehlte, um weiterzugehen, sondern es war diese überwältigende, Ehrfurcht gebietende Gebirgslandschaft, die ihn mehr und mehr in ihren Bann zog, die ihn zwang innezuhalten, um die Faszination, die von ihr ausging, auf sich wirken zu lassen. Diese zutiefst beeindruckenden, bizarren Felsformationen in farbenprächtigen Gesteinsschichten und das Spiel des Lichts, das die zerklüfteten, verwitterten Gipfel in ein intensives Rot färbte.

Die Tage reihten sich aneinander, Tage, an denen sie im Mount-Remarkable-Nationalpark, mit seinen Steilhängen, Schluchten und einer faszinierenden Flora und Fauna Kilometer um Kilometer zurücklegten, an denen sie zum Wilpena Pound wanderten, diesem großen, natürlichen Amphitheater, umschlossen von schroffen Klippen aus violett-rotem Quarzfels, oder auf schwindelerregenden Pfaden atemberaubende Ausblicke auf die erhabenen Berggipfel und spektakulären Schluchten genossen. Sie beobachteten Gelbfuß-Felskängurus und kreischende

Vogelschwärme auf der Suche nach Nahrung, verloren sich in den Reiz der Wildnis beim Erkunden von Höhlen und urwüchsigem, unwegsamen Gelände und blieben staunend vor einem abgestorbenen, blätterlosen Baum auf einem hohen Felsen stehen. Mit seiner ganzen ihm noch innewohnenden Würde streckte dieser knorrige Totholzbaum seine kahlen Äste dem rot und gelb gefärbten Abendhimmel entgegen, stand da wie ein Kunstwerk von bizarrer Schönheit, während sich schon viele Lebewesen auf ihm angesiedelt hatten, seinen Stamm durchlöcherten, zerfraßen und zersetzten.

Sie legten immer wieder eine Pause ein, setzten sich, abgeschieden von der Welt, aber tief verbunden mit der Natur, auf einen Felsen und blickten zeitvergessen auf diese archaische Landschaft voller Wildheit und Weite, auf diese Gebirgslandschaft, von urzeitlichen Gewalten ausgehöhlt und abgetragen, ohne dass sie ihre majestätische Pracht eingebüßt hatte, und ihnen wurde bewusst, wie klein und unbedeutend der Mensch doch ist, dass seine kurze Statistenrolle nur ein Wimpernschlag der Erdgeschichte ist, angesichts dieser Bergkette, über die mehr als 600 Millionen Jahre unermüdlich der Wind wehte, die Sonne schien und der Regen fiel, wenn er fiel. Australien ist der Kontinent, der am häufigsten von Dürreperioden heimgesucht wird. Dürreperioden, die für die Farmer eine harte Zeit bedeuten, wenn ihre Rinder kaum noch Futter finden und verenden und die Ernte an den Halmen verdorrt. Und wenn dann noch die gewaltigen australischen Buschfeuer hinzukommen, die jedes Jahr über ganze Landschaften hinwegfegen und das Lebenswerk der Menschen vernichten, ist das ein ständiger, harter Überlebenskampf für die Bewohner und auch für die Natur in diesem Land der Extreme, ob nun im trockenen Herz Australiens oder in den Feuchtgebieten des tropischen Nordens, wo das Land von Zyklonen und Überschwemmungen heimgesucht wird. Und doch ist Australien von einer faszinierenden Schönheit, vor allem in den Nationalparks, und es tat Claus gut, mit Kai in diesen Urlandschaften, die ihn in ihren Bann zogen und zutiefst beeindruckten, unterwegs zu sein. Und je länger er sich in dieser Natur aufhielt, ihr mehr und mehr Aufmerksamkeit schenkte, desto öfter verloren seine zermürbenden Gedanken und dieses tiefe Gefühl der Hoffnungslosigkeit etwas von ihrer alles beherrschenden Intensität. Natürlich war Corinna noch immer sehr präsent, die Natur verdrängte sie nicht. Noch immer konnte er sie Sirtaki tanzen sehen, konnte, wenn er nachts in seinem Schlafsack lag, ihren warmen Körper spüren und sich in ihre innige Zärtlichkeit verlieren. Und wenn er, wie hier, in den Flinders Ranges, morgens vom ‚Lachenden Hans‘ geweckt wurde, einem Eisvogel, dessen markanter Gesang wie das laute Lachen von Menschen klingt, dann, ja dann konnte er auch ihr unbeschwertes, fröhliches Lachen hören und blieb dann immer ganz ruhig liegen, um diesen Zauber nicht zu zerstören.

Sonntag, 18. Juni 2006

Anja schaute hinaus auf die Straße. Dieser Blick nach draußen, bevor sie ihre Wohnung verließ, wenn sie die ganze Umgebung nach irgendwelchen verdächtigen Personen absuchte, war schon zur Routine geworden. Dieses angsterfüllte, zermürbende Gefühl, dass hier irgendwo jemand sein könnte, der ihr auflauerte, sie beobachtete, war allgegenwärtig, in einer Form, die sie so in ihrem ganzen Leben noch nicht gekannt hatte. Sie schloss ihre Wohnungstür ab und ging nach unten. Als sie das Haus verließ, sah sie sich wieder um, schaute zu den Autos, die in der Nähe parkten und zu den Fenstern der nahegelegenen Häuser, in der Hoffnung, irgendjemanden zu entdecken, irgendjemanden, der sich als dieser Johnny outet. Jeder war verdächtig, der Mann, der gegenüber an der Hausecke stand, eine Zigarette rauchte und sie unverfroren anstarrte, der Mann, der eilig an ihr vorbeihastete und sie kaum beachtete oder der, der auf dem Balkon stand und seine Blumen goss. Eilig lief sie zu ihrem Wagen und fuhr los. Immer wieder warf sie einen schnellen, prüfen-

123

den Blick in den Rückspiegel. Es schien ihr niemand zu folgen, niemand, außer ihrer eigenen Angst.

Stefan wohnte in Sindelfingen. Er und Laura hatten sich hier vor 15 Jahren ein Haus gebaut.

Als sie ihren Wagen vor seinem Haus parkte, sah sie sich wieder um. Doch es schien ihr niemand gefolgt zu sein. Aber was hieß das schon? Sie konnte sich nicht mehr sicher sein, zu keiner Zeit und an keinem Ort. Zudem musste er gar nicht hier sein, um präsent zu sein. Sie schloss ihren Wagen ab und stieg die Steinstufen hinauf, die in einem leichten Bogen nach oben führten. Sein Garten in leichter Hanglage war sehr gepflegt. Seit Lauras Tod hatte ein Gärtner die Gartenarbeit übernommen.

Stefan hatte sie kommen sehen und wartete schon an der Haustür auf sie.

– Schön, dass du kommen konntest, empfing er sie lächelnd. Ich habe im Wintergarten den Tisch gedeckt, geh doch schon mal vor, ich hole nur noch schnell den Kuchen.

Die große Glasschiebetür zum Wintergarten war weit geöffnet und der Duft von Oleander und Lavendel strömten ihr entgegen. Wie schön es hier war. Anja war jedes Mal aufs Neue von den herrlichen Pflanzen fasziniert, mit denen Laura hier ein kleines Paradies geschaffen hatte. Vor allem der knorrige Olivenbaum brachte zusammen mit der Zwergpalme und einem Orangenbäumchen ein mediterranes Flair in den Wintergarten, in das sich blühende Pflanzen und antike Vasen harmonisch einfügten. Anja setzte sich an den gedeckten Tisch. Stefan brachte den Kuchen und Anja schenkte den Kaffee ein, der bereits in einer Warmhaltekanne auf dem Tisch stand. Stefan hatte seit Lauras Tod nichts verändert, alles war so geblieben, wie sie es liebevoll gestaltet hatte. Auch die Bilder von der Toskana, die Laura vor vielen Jahren gemalt hatte, als das Wort Krebs noch nicht zu ihrem Leben gehört hatte, und die einen wunderschönen Hintergrund zu den Pflanzen des Wintergartens bildeten, hingen noch genau da, wo Laura sie platziert hatte. Farbintensive Bilder voller Harmonie und Leichtigkeit, bei denen es ihr

hervorragend gelungen war, das mediterrane Flair dieser malerischen Landschaft einzufangen und mit ihren Farben festzuhalten. Sanfte Hügel, Säulenzypressen, einsame Gehöfte oder
Dörfer mit malerischen Gassen, die sich idyllisch mit ihren verschiedenen Tages- und Abendstimmungen in das weite Pano-
rama einfügten.

– Laura hatte die Toskana gemocht, sagte Stefan und blickte
auf die Bilder. Sie war mit ihrer Freundin ein paar Mal dort gewesen und war immer wieder fasziniert von dieser Landschaft
und auch von Florenz mit seinen alten Palästen, Museen, Ge-
mäldegalerien und den zahlreichen Skulpturen, die die historische Innenstadt schmücken. Und auch die Uffizien hatte sie öfter
besucht, die berühmteste Gemäldesammlung der Welt. Speziell
die Malerei der Renaissance ist dort in ihrem ganzen Umfang
zu sehen. Florenz ist eine der bedeutendsten Kulturmetropo-
len. Kaum eine andere Stadt hat so viel zum neuzeitlichen Kul-
turerbe beigetragen wie sie. In dieser Metropole lebten die bedeutendsten Künstler vom Mittelalter bis ins 18. Jahrhundert
und durch die mächtige Dynastie der Familie Medici stieg Florenz in der Renaissance zu einer der florierenden Städte Europas auf, wurde 1982 von der UNESCO zum Weltkulturerbe erklärt und zieht bis heute jedes Jahr Millionen von Touristen an.

Als ich Laura kennenlernte, fuhr er fort, machte sie eine Aus-
bildung zur Kunstmalerin und ich hatte gerade mein BWL-Studi-
um abgeschlossen und träumte von einer eigenen Werbeagentur.
Es dauerte dann keine drei Monate, bis wir zusammenzogen. In
dem Haus, in dem wir damals wohnten, stellte uns der Vermie-
ter einen Kellerraum zur Verfügung, in dem wir dann ein Büro
einrichteten. Dort habe ich dann die ersten Werbekampagnen
entworfen und Laura hat mich von Anfang an unterstützt, hat
durch ihre Kreativität den Kampagnen Originalität und Exklusivität verliehen und war immer meine engste und wichtigste
Beraterin gewesen. Ja, das war sie wohl, dachte Anja, eine sehr
gute sogar. Sie war ein Mensch, mit dem man gerne zusammen-
gearbeitet hat, stets freundlich, rücksichtsvoll und mit viel Empathie. Sie förderte den Teamgeist, nahm sich immer Zeit für

ein Gespräch, wenn man ein Problem hatte und blieb in Konfliktsituationen immer ruhig und sachlich. Anja mochte Laura von Anfang an und lernte viel von ihr, nachdem sie als Quereinsteigerin in der Agentur begonnen hatte. Und aus ihrer gegenseitigen Sympathie war Freundschaft geworden, eine Freundschaft, die sie jetzt auch mit Stefan verband.

– Als Kai dann in die Agentur einstieg, zog sich Laura, wie du weißt, mehr und mehr zurück, fuhr Stefan fort. Sie widmete sich wieder vollkommen ihrer Kunst, eine Kunst, wie sie sagte, die sich nicht dem Kommerz unterordnen muss, sondern sich frei entfalten kann. Und dann die Diagnose Krebs. Stefan schluckte schwer. Und während er versuchte, sich nichts anmerken zu lassen und seinen Himbeerkuchen weiter aß, gingen seine Gedanken zurück zu jenem Tag, als das Wort ‚Krebs‘ mit einer alles verändernden, zerstörerischen Wucht in ihr Leben eingedrungen war. Das, was in all den Jahren in seiner Wichtigkeit ihr Leben bestimmt hatte, schob dieses Wort gnadenlos in die Bedeutungslosigkeit. Stefan legte seine Kuchengabel auf den Teller, dann sagte er: Laura hatte gekämpft, die Therapie schlug gut an und die Hoffnung, den Kampf gegen diese Krankheit zu gewinnen, war von Woche zu Woche gestiegen. Und als es ihr dann immer besser ging, schlug Laura vor, noch einmal zusammen in die Provence zu fahren, noch einmal dahin zurückzukehren, wo wir vor fast 35 Jahren unseren ersten gemeinsamen Urlaub verbracht hatten. Unseren ersten gemeinsamen Urlaub. Stefan blickte für einen Moment gedankenverloren hinaus in den Garten, dann fuhr er fort: Wir hatten damals kaum Geld, hatten nur ein kleines, von meinem Freund ausgeliehenes Zelt. Aber wir hatten uns, den Strand, das Meer, die Sonne und diese Leichtigkeit des Seins im Gepäck. Wir waren glücklich, so unbeschwert, so voller Träume und Zukunftspläne. Wir lagen im warmen Sand und sahen zu, wie die Sonne auf- und unterging, grillten abends, was die Fischer morgens mit ihren Netzen eingefangen hatten, diskutierten, lachten und feierten mit den anderen jungen Leuten auf dem Zeltplatz. Wir rockten zu Elvis und Shakin' Stevens oder tanzten sinnlich verträumt bis

tief in die Nacht, wenn Pierre aus der Normandie begann, auf
seiner Gitarre zu spielen und seine sehnsuchtsvoll-romanti-
schen Lovesongs zu singen. Die Welt mit ihrer ganzen Fülle an
Möglichkeiten gehörte uns. Mit meinem alten VW-Käfer fuhren wir an die herrlichen Sandstrände der Côte d'Azur, wir fuhren nach Avignon und Saint-Tropez oder stundenlang durch die
faszinierende, facettenreiche Landschaft der Provence, mit ihrem mediterranen Pflanzenreichtum, ihren intensiven, leuchtenden Farben und ihrem magischen, flirrenden Licht, diesem
legendären *Licht der Provence,* das seit Jahrhunderten Maler fasziniert und inspiriert hat, auch sehr berühmte Maler wie Paul
Cézanne, Vincent van Gogh oder Pablo Picasso. Wir fuhren zur
größten Canyon-Schlucht Europas, die Gorges du Verdon, und
genossen atemberaubende Ausblicke, wir erklommen den Berg
Sainte-Victoire, den Cézanne Dutzende Male, in jedem Licht und
bei jedem Wetter, gemalt hat und fühlten uns oben, beim Gipfel-
kreuz, so unendlich frei und dem Himmel ganz nah. Ja, es war
damals ein sehr schöner Urlaub gewesen. Und deshalb packten
wir die Koffer und fuhren noch einmal der Sonne des Südens
entgegen, zurück in die Vergangenheit, in diese landschaftlich
schönste Region Frankreichs, zurück zu jenem unbeschwerten
Lebensgefühl unserer Jugend, zu all den kostbaren Momenten,
die wir damals erlebt hatten. Wir fuhren zurück zum Duft der
wogenden Lavendelfelder, zu den sich im warmen Sommerwind
wiegenden, gelb leuchtenden Sonnenblumenfeldern, zu den Pi-
nienwäldern und Weinberghängen, zu den sanft geschwungenen Hügeln, malerischen Tälern und urigen Bergdörfern, fuhren zurück zu den herrlichen Sandstränden der Côte d'Azur am
blauen Meer. Wir aßen am Abend in den Restaurants gegrillten
Fisch, der von den Fischern am Morgen an Land gezogen worden war, tanzten in unserem Hotelzimmer zum Song *Rock and
Roll I Gave You the Best Years of My Life* von Kevin Johnson und
schwelgten in unseren Erinnerungen. Und wir genossen hoch
oben bei der Chapelle de la Garoupe diesen grandiosen Panoramablick auf die Côte d'Azur, das Esterel-Gebirge und die majestätischen Seealpen, und waren, wie damals, zutiefst berührt von

der magischen Anziehungskraft dieser atemberaubenden Landschaft. Ja, es war ein Geschenk gewesen, das alles noch einmal erleben zu dürfen, dieses wunderbare Glücksgefühl beim Anblick der überwältigenden Schönheit dieser Region noch einmal spüren zu können.

Als wir dann wieder zu Hause waren, malte Laura die prachtvollen Lavendelfelder, die Kalksteinfelsen mit ihrer kargen, südländischen Vegetation und auch Aix-en-Provence, die Stadt der Kunst und Kultur und Heimat von Paul Cézanne, sie malte diesen zutiefst beeindruckenden Zauber der Provence. Sie fokussierte ihre ganze Energie auf diese Bilder und verströmte eine Zuversicht, die ansteckend war, bis zu diesem alles vernichtenden Tag, an dem sie mir sagte, dass sich wieder Metastasen gebildet hatten.

Stefan senkte seinen Blick. Und während er auf das letzte Stückchen Kuchen auf seinem Teller blickte, sah er sie vor sich, sah, wie sie im Wohnzimmer gestanden und gesagt hatte: Ich habe noch drei oder vier Monate. Es haben sich wieder Metastasen gebildet. Die letzten Strahlen der Nachmittagssonne fielen ins Zimmer, auf ihr Gesicht, ihre Tränen, ihre Hoffnungslosigkeit und Verzweiflung. Und er, wie gelähmt stand er da, brachte kein Wort heraus, sah sie nur völlig fassungslos an. Nur noch drei oder vier Monate. Noch nie in seinem Leben hatte er sich so hilflos gefühlt, nicht gewusst, was er sagen oder tun sollte. Stille umgab sie, kalte, erbarmungslose Stille, nur die antike Standuhr tickte, die Laura bei einer Auktion ersteigert hatte. Sie tickte und tickte, unaufhaltsam. Ihre gemeinsame Zeit lief ab. Sekunde um Sekunde verstrich von ihrer noch verbleibenden, unermesslich kostbaren Zeit. Jede Sekunde ein nicht aufzuhaltender, entsetzlicher Verlust. Ein nie gekanntes Ausmaß von Verzweiflung hatte ihn gepackt. Alles in ihm hatte geschrien, dass das nicht wahr sein durfte, dass das Leben nicht so hart, nicht so erbarmungslos sein durfte. Sie war langsam auf ihn zugekommen und er hatte sie hilflos in seine Arme genommen und an sich gedrückt. Und während die Uhr gleichgültig weiter tickte, waren sie beide einfach nur dagestanden, unfähig, etwas zu sagen oder zu tun.

Völlig verzweifelt hatte er in den Garten hinausgeblickt, auf das letzte Laub, das der Herbstwind von den Bäumen gewirbelt hatte und ihm war schmerzlich bewusst geworden, dass ihnen nur noch sehr, sehr wenig Zeit blieb, entsetzlich wenig. Sie würde womöglich den Frühling mit ihm nicht mehr erleben, nicht die Frühlingsboten, die bei den ersten wärmenden Sonnenstrahlen zaghaft ihre Blätter und Knospen aus der Erde recken, nicht den Magnolienstrauch mit seinen faszinierenden, seidig glatten Blütenblättern und auch nicht den Apfelbaum, eingehüllt in ein hauchzartes Blütenmeer. In ein paar Monaten würde sie nicht mehr bei ihm sein. Wie sollten sie mit dieser gnadenlosen Gewissheit umgehen? Wie sollten sie dieses Leben gestalten, von dem sie wussten, dass es in ein paar Monaten zu Ende sein würde? Bei dem Gedanken an die Begrenztheit ihrer Zeit, dem sich nähernden Ende, hatte ihn eine grenzenlose Verzweiflung gepackt. Er hatte sich eine Welt ohne sie nicht vorstellen können und doch war sie unaufhaltsam näher und näher gerückt und hatte ihn gezwungen, diese kalte Realität, in all ihrer Härte, anzunehmen.

Stefan kämpfte mit den Tränen, stand schnell auf und ging hinaus in den Garten. Anja ging zu ihm. Sie wusste, wie schwer es für ihn immer noch war, dieses Leben ohne Laura. Er drehte sich zu ihr um und sie blickte mitfühlend auf seine traurigen Augen und die schmalen Wangen, die die Backenknochen hervortreten ließen.

– Diese Mittelmeer-Zypressen hat Laura aus der Toskana mitgebracht, lenkte er ab, versuchte zu lächeln und schaffte es beinahe. Bis jetzt haben sie unsere kalten Winter überlebt. Es scheint ihnen hier zu gefallen.

– Ja, sagte Anja, sie sind wunderschön und zusammen mit dem Oleander, Lavendel und den Zwergpalmen, verleihen sie dem Garten ein südländisches Flair, verbreiten eine mediterrane Stimmung, in die man sich gerne verliert und wie im Urlaub fühlt.

– Ja, da hast du recht, sagte Stefan, blickte noch eine Weile auf seinen Garten, dann wandte er sich ihr zu und sagte: Kai hat mich übrigens gestern angerufen.

– Und, hat er sich schon entschieden? fragte Anja, will er die Agentur übernehmen?

– Er hat sich dazu nicht geäußert, auch gestern nicht, und ich wollte ihn am Telefon auch nicht danach fragen, erwiderte Stefan. Aber egal, wie er sich entscheidet, ich werde es akzeptieren. Ich werde ihn nicht drängen, die Agentur zu übernehmen. Es ist sein Leben und alles, was ich möchte, ist, dass er glücklich ist, dass das, was er in Zukunft tun möchte, seinen Vorstellungen und Wünschen entspricht und nicht den meinen. Ich werde ihn aber bitten, so lange in der Agentur zu bleiben, bis wir einen Interessenten gefunden haben, der sie übernehmen will. Wir haben Verantwortung für unsere Mitarbeiter und der müssen wir gerecht werden. Keiner unserer Mitarbeiter darf seinen Job verlieren, dafür werde ich mich einsetzen.

– Möchtest du noch einen Kaffee? fragte Stefan, als sie wieder zurück in den Wintergarten gingen. Anja trank noch einen Kaffee und aß auch noch ein Stück von dem leckeren Himbeerkuchen, und Stefan zeigte ihr Bilder von Australien, die Kai ihm vor ein paar Tagen geschickt hatte.

– Ich bin ja so froh, dass Claus nach den schweren Monaten, nach dem Tod von Corinna zu Kai nach Australien geflogen ist, dass seine Eltern ihn dazu überreden konnten, sagte Stefan. Kai und Claus kennen sich ja schon von klein auf. Wir haben früher auch in Tübingen gewohnt und es gab fast keinen Tag, an dem Kai und Claus nicht zusammen waren. Sie waren einfach unzertrennlich und ich glaube, dass es ihnen beiden guttut, zusammen in Australien zu sein, miteinander über ihre Probleme sprechen zu können und zu spüren, dass keiner von ihnen allein ist, wenn man einen guten Freund hat, einen Freund, der immer für den anderen da ist und Verständnis für seine Situation hat. Und auch der Aufenthalt in der Natur könnte Claus helfen, in sein früheres Leben zurückzufinden. Die Natur hat ihn schon immer zum Malen inspiriert. Ich kann mich noch gut daran erinnern, wie er bereits mit neun oder zehn Jahren Laura beim Malen von Landschaftsbildern zusah, wie ihn die urwüchsige Natur auf Lauras Bildern beeindruckte und wie er dann begann, solche Landschaften auch zu malen. Und wie glücklich er war, wie seine Augen strahlten, wenn Laura seine Bilder lobte.

Als Anja auf ihre Armbanduhr blickte, war es kurz vor 18:00 Uhr. Stefan wollte sich sicher das Spiel Brasilien gegen Australien ansehen. Es wurde Zeit, sich zu verabschieden.

– Wegen des Spiels musst du nicht gehen, sagte Stefan, der ihren Blick auf die Uhr bemerkt hatte.

– Ich weiß doch, was für ein begeisterter Fußballfan du bist, erwiderte Anja lächelnd, stand auf und stellte das Kaffeegeschirr aufs Tablett.

– Lass alles stehen, ich mache das schon, sagte Stefan. Doch Anja ließ sich nicht abhalten und trug es in die Küche. Stefan folgte ihr und begleitete sie dann zur Tür und sie verabschiedeten sich.

Bevor sie in ihren Golf stieg, sah sie sich um. Mehrere parkende Autos, doch nichts Verdächtiges. Sie fuhr los, blickte immer wieder in den Rückspiegel, doch niemand folgte ihr. Die Straßen waren wie leergefegt. Das Spiel hatte schon begonnen und viele saßen jetzt vor ihrem Fernseher oder waren, wie hier in Sindelfingen, beim Public Viewing auf dem Wettbachplatz. Erleichtert atmete sie tief durch und fuhr dann auf der Autobahn zurück nach Stuttgart. Während der ganzen Fahrt wechselte ihr Blick jedoch immer wieder zwischen Rückspiegel und Fahrbahn hin und her, bis sie endlich zu Hause war. Sie parkte ihren Wagen, lief eilig zum Haus, die Treppe hoch, schloss ihre Wohnungstür auf und erstarrte in ihrer Bewegung. Der Titanic-Song *My Heart Will Go On* von Céline Dion, drang in voller Lautstärke aus dem Wohnzimmer zu ihr in die Diele. Wie gelähmt stand sie da und spürte, wie eine unbändige Angst sie erfasste. Sie besaß keine CD von Céline Dion. Fast hätte sie geglaubt, in einer falschen Wohnung, in einem falschen Film zu sein, doch das hier war ihre Wohnung, ihre Diele und als ihr Blick ins Schlafzimmer fiel, stockte ihr der Atem. Auf ihrem Kopfkissen lag ein sehr edler Parfümflakon, umrahmt von roten Rosenblüten. Völlig fassungslos starrte sie auf dieses Fläschchen, suchte Halt an ihrer

Kommode, glaubte den Boden unter ihren Füßen zu verlieren. Johnny! Und plötzlich, wie eine Stichflamme, die in ihr hochschnellende Frage: War er noch hier in ihrer Wohnung? Nacktes Grauen breitete sich augenblicklich in ihr aus. Ihr Blick flog zu der nur einen Spalt breit geöffneten Wohnzimmertür. Saß er da drin und wartete auf sie? Oder stand er im Schlafzimmer hinter der Tür, bereit zum Sprung, sobald sie das Zimmer betreten würde? Hatte er diese selbst kreierte Duftkomposition schon versprüht? Diese zärtlich dich umschmeichelnden Duftmoleküle werden schon bald wie ein wärmender Sonnenstrahl bei jedem deiner Atemzüge in dich eindringen und in dir einen bis dahin nie gekannten Gefühlssturm entfesseln. Fing dieses Teufelszeug schon an zu wirken? Würde sie vielleicht gleich ohnmächtig werden und er könnte mit ihr tun und lassen, was er wollte? Ihre Gedanken liefen Amok und ihr Blick hastete vom Schlafzimmer zum Wohnzimmer und wieder zurück. Ihre Panik steigerte sich ins Unermessliche, nahm ihr die Luft zum Atmen. Und dann, meine Liebe, wirst du die schönsten Stunden deines Lebens erleben, die Macht der Gefühle spüren und mich leidenschaftlich lieben. Nein, niemals! Niemals! Völlig panisch riss sie die Tür wieder auf und rannte die Treppe hinunter, raus aus diesem Haus, weg, nur schnell weg. Sie hastete zu ihrem Wagen. Mike, sie musste zu Mike.

– Mike, Mike, er ist in meiner Wohnung. Zitternd und völlig außer Atem stand sie vor ihm, als er die Tür nach ihrem stürmischen Klingeln geöffnet hatte.

– Wer? Wer ist in deiner Wohnung?

– Dieser Johnny!

– Johnny ist in deiner Wohnung?

– Ja, Mike, ich habe schreckliche Angst. Mike zog sie in seine Arme. Beruhige dich, komm erst mal rein, du zitterst ja ganz. Warum hast du ihn denn hereingelassen?

– Ich habe ihn nicht hereingelassen, er war schon da, als ich von Stefan kam.

– Er war schon da? Und jetzt, ist er jetzt immer noch in deiner Wohnung?

– Das weiß ich nicht. Mike, ich habe ihn nicht gesehen, aber er ist überall. Ich habe schreckliche Angst.

– Beruhige dich, hier ist er nicht. Warum glaubst du denn, dass er in deiner Wohnung ist, wenn du ihn nicht gesehen hast?

– Als ich nach Hause kam, lief eine CD von Céline Dion im Wohnzimmer und auf meinem Kopfkissen im Schlafzimmer lag ein Parfümflakon, umrahmt von roten Rosenblüten.

– Das ist ja entsetzlich. War deine Wohnungstüre aufgebrochen?

– Nein, ich habe sie aufgeschlossen, mir ist nichts aufgefallen.

– Und sonst, gibt es sonst irgendwo Spuren von einem gewaltsamen Eindringen, vielleicht an einem Fenster?

– Mike, das weiß ich nicht. Ich bin ja gleich wieder weggerannt. Ich, ich war ja völlig in Panik.

– Ist ja gut, beruhige dich. Er zog sie fester in seine Arme. Ich bin doch bei dir. Du musst keine Angst mehr haben, hörte sie seine Stimme dicht an ihrem Ohr. Umhüllt von seiner beruhigenden Nähe und Fürsorge spürte sie, wie der Horror in ihr langsam etwas nachließ, ihr Puls wieder eine einigermaßen normale Frequenz erreichte.

– Anja, hast du die Polizei verständigt?

– Nein, Mike, ich bin einfach nur zu meinem Auto gerannt und zu dir gefahren.

– Wenn er in deine Wohnung eingedrungen ist, müssen wir sofort die Polizei verständigen.

Ich werde mich um die Sache kümmern. Du bleibst hier. Hier bist du in Sicherheit und ich gehe in deine Wohnung und rufe die Polizei an, die soll sich das mal ansehen. Bist du damit einverstanden?

– Ja, Mike, ja!

Während Mike in ihre Wohnung fuhr, lief Anja unruhig in Mikes Wohnzimmer hin und her. Es war etwas größer als ihres und die dunkle Ledersitzecke, die Bilder und das Bücherregal neben dem großen Fenster verliehen ihm eine behagliche Atmosphäre. Das Bücherregal zog ihre Aufmerksamkeit auf sich und sie trat einen Schritt näher. Ihr Blick wanderte über die Buchrücken, Fachliteratur über Werbung, Biografien, Belletristik, Geografie und Philosophie. Philosophie, sie hatte gar nicht gewusst, dass Mike sich für Philosophie interessiert. Sie trat noch einen Schritt näher und ihr Zeigefinger glitt langsam über Sokrates, Kant, Hegel, Kierkegaard, Schopenhauer, Descartes, Diderot, Voltaire, Rousseau, Camus, Sartre. Ihr Blick flog augenblicklich zurück zu dem Buchrücken Rousseau und krallte sich an *Émile* fest. Sie griff nach dem Buch, starrte wie hypnotisiert auf die fünf Buchstaben und spürte, wie sich schlagartig erneut Panik in ihr ausbreitete. War Mike der Mann, der sie terrorisierte? War das möglich? Ihre Hand begann zu zittern. War er in ihrer Wohnung gewesen, während sie bei Stefan war? Aber warum sollte er so etwas tun? Dafür gab es doch überhaupt keinen Grund. Er arbeitete doch auch in der Werbebranche, war Kreativdirektor, warum also sollte er sie wegen der Werbung angreifen und so ein perfides Spiel mit ihr spielen? Nein, das konnte sie sich nicht vorstellen, das war doch völlig absurd. Nur weil Mike zufällig dieses Buch hat, konnte sie ihn doch nicht einfach verdächtigen. Langsam drehte sie durch, spielten ihre Nerven verrückt. Sie stellte das Buch zurück ins Bücherregal. Sie musste sich beruhigen, musste versuchen, wieder klar zu denken, dass Mike dieser Stalker war, war völlig abwegig. Sie blickte auf ihre Armbanduhr. Mike war sicher schon in ihrer Wohnung und würde sich um alles kümmern. Sie musste sich keine Sorgen machen. Sie war hier in Sicherheit. War sie das? Oder war der Kerl ihr gefolgt? Hatte er gesehen, dass Mike weggefahren war, und war jetzt schon im Haus, kam die Treppe herauf? Sie lief zur Wohnungstür und lauschte. Alles war ruhig, nur ihr Herz klopfte wie wild, während weitere Szenarien durch ihr Gehirn rasten. Plötzlich hörte sie Schritte. War er das? Völlig panisch sah sie sich um. Das Schuhschränkchen. Eilig schob sie es zur Tür. Es reichte nicht. Sie brauchte noch ein paar Bücher. Sie rannte ins Wohnzimmer, holte Bücher und stapelte sie unter der Türklinke auf das Schränkchen, sodass sich die Klinke nicht mehr nach unten drücken ließ, und lauschte erneut auf die Geräusche im

Treppenhaus. Doch da war nichts mehr. Alles war wieder ruhig. Sie blickte auf ihre Armbanduhr. Hoffentlich kam Mike bald zurück. Ohne Unterbrechung lief sie immer wieder vom Wohnzimmerfenster zur Wohnungstür und wieder zurück und vergewisserte sich, dass keine auffälligen Personen von der Straße zum Hauseingang kamen oder verdächtige Geräusche im Treppenhaus vor ihrer Tür waren.

Endlich kam Mike zurück. Er parkte seinen Wagen auf der Straße, stieg aus und kam zum Haus. Völlig erleichtert lief sie zur Tür, schob das Schränkchen mit den Büchern zur Seite, schloss aber erst auf, als sie seine vertraute Stimme hörte.

– Und, war er da?

– Nein, Anja.

– Und die CD, lief die noch?

– Nein, es war alles ruhig. Und Anja, es war keine CD von Céline Dion in deinem CD-Player und ein Parfümflakon umrahmt mit roten Rosenblüten lag auch nicht auf deinem Kopfkissen im Schlafzimmer.

– Wie bitte? Mike, das kann nicht sein. Völlig entsetzt und ungläubig starrte sie ihn an. Mike, ich habe den Flakon und die Rosenblüten doch gesehen. Und der Song von Céline Dion, Mike, ich habe mir das alles doch nicht eingebildet.

– Das glaube ich dir ja, Anja, aber da war nichts. Es gibt auch keine Spuren von einem gewaltsamen Eindringen, weder an der Wohnungstür noch an der Balkontür oder an irgendeinem Fenster.

– Mike, ich kann das einfach nicht glauben. Ich …

– Wenn du möchtest, dann fahren wir zusammen noch einmal in deine Wohnung, dann kannst du dich selbst davon überzeugen. Anja, ich kann nur das sagen, was ich gesehen habe.

– Ich glaube dir ja, Mike. Ich begreife es nur nicht.

– Sollen wir gleich fahren? fragte er.

– Ja, Mike, antwortete sie.

Anja fand ihre Wohnung genauso vor, wie Mike es ihr berichtet hatte. Da lief kein CD-Player und da war auch kein Parfümflakon, da waren keine Rosenblüten, keine Einbruchspuren, nichts, rein gar nichts. Die Wohnung war genauso, wie sie sie verlassen hatte, als sie zu Stefan gefahren war, so als ob kein Mensch sie nach ihr betreten hätte. Anja stand da und rang um Fassung.

– Er muss alles wieder mitgenommen haben, nachdem ich fluchtartig die Wohnung verlassen hatte, anders kann ich mir das alles nicht erklären.

– So kann es gewesen sein, stimmte Mike ihr zu. Ich habe die Polizei noch nicht verständigt. Möchtest du, dass ich sie anrufe?

– Mike, ich weiß nicht. Ich habe doch keinerlei Beweise, dass hier jemand in die Wohnung eingedrungen ist. Es ist nichts beschädigt, es ist nichts weggekommen und das, was hier war und als Beweis hätte verwendet werden können, ist nicht mehr da. Und wenn er dann noch Handschuhe getragen hat, gibt es auch keine verwertbaren Spuren.

– Ja, die Faktenlage, dass die Polizei da groß etwas unternimmt, ist natürlich sehr dürftig. Es stellt sich aber doch die Frage, wie dieser Kerl hier hereingekommen ist. Hat außer dir noch jemand zu dieser Wohnung einen Schlüssel?

– Nur meine Eltern.

– Und Chris? fragte Mike.

– Chris hatte einen, aber den hat er mir wieder zurückgegeben.

– Vielleicht hat er sich einen Ersatzschlüssel machen lassen, sagte Mike.

– Einen Ersatzschlüssel, das wäre natürlich möglich, erwiderte Anja.

– Nun, dann könnte es doch Chris gewesen sein, fuhr Mike fort.

– Mike, ich habe Chris gestern angerufen und er sagte, dass er mit dieser Sache nichts zu tun hat. Er klang ziemlich überzeugend.

– Also vorerst keine Anzeige?

– Nein, ich muss mir das alles noch einmal durch den Kopf gehen lassen. Ich weiß im Moment nicht, was ich tun soll.

– Ein paar Sachen packen und mit zu mir kommen. Du kannst nicht länger in deiner Wohnung bleiben. Lass uns das Nötigste mitnehmen, was du für die nächsten paar Tage brauchst. Es wäre unverantwortlich von mir, dich hier allein zu lassen, wo dieser Kerl ein- und ausspazieren kann, wie er will. Er berührte sanft ihre Wange. Vielleicht verliert derjenige auch ganz schnell sein Interesse an dir, wenn er bemerkt, dass du bei mir wohnst und keine so leichte Beute mehr bist. Mike hatte recht. Sie konnte hier nicht länger bleiben. Sie hätte keine ruhige Minute mehr. Sie holte eine Tasche und packte das Nötigste ein, goss noch schnell ihre Orchideen und fuhr dann mit Mike zurück zu seiner Wohnung.

– Ich bestelle uns zum Abendessen etwas beim Italiener. Was hättest du denn gerne?

– Nicht viel, ich habe ja bei Stefan Kuchen gegessen,

– Vielleicht einen Salat mit Hähnchen, Thunfisch oder Schinken? fragte Mike.

– Ja, mit Thunfisch.

– Und sonst noch irgendetwas?

– Nein, danke, das reicht.

– Wir können hier draußen essen, wenn du möchtest, schlug Mike vor und öffnete die Balkontür.

– Ja, das wäre schön. Ich könnte doch schon den Tisch decken, sagte Anja.

– Ich mache das schon, erwiderte Mike, lass dich einfach ein bisschen von mir verwöhnen.

Während Mike beim Italiener anrief und das Essen bestellte, trat Anja hinaus auf den Balkon, auf den das warme Licht der Abendsonne fiel, und blickte auf die umliegenden Häuser, doch ihre Gedanken waren bei dem Parfümflakon in ihrem Schlafzimmer. Mike kam auch auf den Balkon, trat so dicht hinter sie, dass sie seinen warmen Atem in ihrem Nacken spürte, der eine augenblicklich hochschnellende Panik in ihr auslöste.

– Ich wusste gar nicht, dass du dich für Philosophie interessierst, für Rousseau, sein Erziehungsroman *Émile* steht in deinem Bücherregal, sagte sie, während sie sich umdrehte und ihn forschend ansah. Johnny hat diesen Philosophen erwähnt, fügte sie dann noch hinzu. War da ein leichtes Zucken in seinen Augen gewesen oder hatte sie sich getäuscht?

– Anja, du glaubst doch nicht, dass ich? Er trat einen Schritt zurück. Das glaubst du doch nicht wirklich? Anja, ich würde dir doch niemals so etwas antun. Ja, ich habe dieses Buch von Rousseau, aber ich habe auch viele andere philosophische Bücher. Rousseaus *Émile* ist ein Klassiker, seine Erziehungstheorie: Zurück zur Natur, zum einfachen Leben, wo Kinder, ohne die negativen Einflüsse der Gesellschaft, ganz nach ihren Neigungen und Bedürfnissen ihre Fähigkeiten ohne Zwänge und Vorschriften frei entfalten können, das ist ein bedeutendes pädagogisches Werk. Seine in der damaligen Zeit revolutionären Ideen, die die Erziehung in der bürgerlichen Gesellschaft angriffen, lösten einen europaweiten Skandal aus, der den großen Erfolg dieses Buches jedoch nicht mindern konnte. Goethe zum Beispiel nannte *Émile* das Naturevangelium der Erziehung.

– Ja, das Naturevangelium der Erziehung, ein großes pädagogisches Werk, nur seine eigenen Kinder brachte er alle in ein Waisenhaus, er soll den Anforderungen einer Vaterschaft nicht gewachsen gewesen sein, sagte Anja.

– Ja, das stimmt, aber das schmälert doch nicht dieses bedeutende Werk.

– Nun, ich finde schon. Aber lassen wir das, entschuldige bitte, ich … meine Nerven, mich hat das alles sehr mitgenommen. Mike zog sie in seine Arme.

– Schon gut. Anja, ich verstehe das ja, sagte er sanft und strich ihr beruhigend übers Haar.

Es klingelte an der Wohnungstür. Ein junger Mann brachte Anjas Salat und Mikes Pizza.

– Ein Glas Prosecco? fragte Mike.

– Ja, gerne, antwortete sie. Mike öffnete die Flasche und schenkte ein.

– Auf unsere neue WG, sagte er lächelnd. Anja hob ihr Glas und lächelte zurück.

– Schmeckt es dir? fragte Mike, als sie schon etwas von dem Salat gegessen hatte.

– Ja, es ist sehr gut, erwiderte sie.

– Ich lasse mir öfter etwas kommen, sagte Mike. Das Restaurant ist nicht weit von hier entfernt und das Essen ist recht gut, fügte er hinzu. Er trank einen Schluck Prosecco, dann richtete er seinen Blick auf sie.

– Anja, du solltest in der Agentur etwas kürzertreten, du arbeitest oft bis spät in die Nacht, du lebst nur noch für die Agentur, das Leben besteht doch nicht nur aus Arbeit, es gibt doch auch noch ein Leben außerhalb der Agentur.

– Ja, da hast du recht, mein Leben hat sich auf die Arbeit reduziert, stimmte sie ihm zu.

– Das ist auf Dauer nicht gut. Du solltest die schönen Seiten des Lebens wieder zulassen, sagte er leise, griff nach ihrer Hand, sah sie eindringlich an und fragte: Darf ich dir dabei helfen?

– Ja, erwiderte sie lächelnd, war ein wenig verlegen und sagte schnell: Und ich helfe dir jetzt beim Tischabräumen. Sie standen beide auf und trugen das Geschirr in die Küche und Mike stellte es gleich in die Spülmaschine. Anschließend machten sie es sich im Wohnzimmer bequem. Mike holte Gläser und eine Flasche Wein und schenkte ein. Der Abend verlief in einer angenehmen Atmosphäre und Anja ging es zunehmend besser. Als es Zeit war, ins Bett zu gehen, holte Mike frische Bettwäsche aus dem Schrank und überließ Anja das Schlafzimmer.

– Ich kann doch auch auf der Couch im Wohnzimmer schlafen, bot sie Mike an.

– Kommt überhaupt nicht infrage, im Schlafzimmer ist es bequemer. Fühl dich hier einfach wie zu Hause.

– Danke Mike, ich gehe dann mal ins Bad. Mike richtete inzwischen sein Bett auf der Couch und stellte dann Anjas Tasche ins Schlafzimmer. Dann ging auch er ins Bad und Anja machte es sich in Mikes französischem Bett bequem.

– Alles in Ordnung? fragte er wenig später, nach einem kurzen Klopfen an der Tür.

– Ja, alles bestens, antwortete sie.

– Na dann, gute Nacht und schlaf gut.

– Ja du auch, gute Nacht Mike.

– Und wenn du etwas brauchst oder irgendetwas ist, dann kannst du mich jederzeit wecken. Er lächelte ihr noch einmal zu und schloss dann die Tür.

Ein warmer Luftzug wehte durch die geöffnete Balkontür ins Schlafzimmer. Sie beobachtete die dünnen Gardinen, die der Wind bewegte und wölbte. Hier war sie in Sicherheit. Ein beruhigendes Gefühl durchströmte sie. Die Entscheidung, für ein paar Tage zu Mike zu ziehen, war das einzig Richtige. Sie schaltete das Licht aus und kuschelte sich zufrieden ins Bett, konnte dann aber doch nicht so schnell einschlafen. Plötzlich zuckte sie zusammen. War da etwas? Ihr Blick schoss zur geöffneten Balkontür. Ein dunkler, huschender Schatten, nur für den Bruchteil einer Sekunde, dann war er wieder aus ihrem Blickfeld verschwunden. Augenblicklich waren ihre Nerven wie elektrisiert vor Angst und versetzten jede Faser ihres Körpers in Alarmbereitschaft. War da jemand draußen auf dem Balkon? Sie lauschte, nichts, nur die Bewegung der Gardinen, mit denen der Wind spielte. Hatten die Dunkelheit und die Vorstellungskraft ihrer Fantasie ein Spiel mit ihr gespielt? War da jemand gewesen oder war das Ganze nur ein Produkt ihrer Einbildungskraft? Mike wohnte im dritten Stock, wie sollte da jemand auf den Balkon kommen? Sie versuchte sich zu beruhigen, doch das Gefühl der Bedrohung, das sich augenblicklich in ihrem ganzen Körper ausgebreitet hatte, wollte nicht weichen, umfing sie, hielt sie fest, raubte ihr den Atem. Ihre Sinne aufs Äußerste geschärft, lag sie im Bett, lauschte auf jede Nuance der Nacht, suchte erneut jeden Winkel der Dunkelheit ab, suchte nach dem Schatten, diesem kräftigeren, satteren Schwarz, das sich kaum merklich von der übrigen Dunkelheit der Nacht abgehoben hatte. Nichts, da war nicht das Geringste, das auch nur im Mindesten die Gegenwart eines Menschen verraten hätte. Und doch spürte sie förmlich seine Nähe, seine dunkle, drohende Präsenz, die in dieser lauernden Stille nach ihr griff, spürte den kühlen Luftzug, der wie eine durch nichts aufzuhaltende Gefahr ins Schlafzimmer wehte. Und wenn es Mike war? Vielleicht konnte er nicht schlafen und war kurz auf dem Balkon gewesen? Leise schob sie sich aus dem Bett, die geöffnete Balkontür nicht aus den Augen lassend, und tastete sich vorsichtig zur Schlafzimmertür, öffnete sie leise und schaute ins

Wohnzimmer. Mike lag auf der Couch und schlief. Sie machte die Tür wieder zu und spürte, wie sie am ganzen Körper zitterte. Beruhige dich, befahl sie sich, du bist hier nicht allein, Mike ist da, er würde sofort zu Hilfe kommen. Vorsichtig, ihren ganzen Mut zusammennehmend, wagte sie sich mit leisen Schritten bis zur geöffneten Balkontür. Mit einem Ruck zog sie den Vorhang zur Seite. Nichts, nur die Dunkelheit der Nacht, die ihr entgegenschlug. Da war absolut nichts, nichts, was ihre schreckliche Angst hätte auslösen können. Sie trat auf den Balkon hinaus und beugte sich über die Balkonbrüstung. Aus der Wohnung unter ihr konnte sie Stimmen hören, über ihr war alles still. Und das Fenster der Wohnung nebenan war viel zu weit weg, von dort konnte man unmöglich auf diesen Balkon gelangen. Blieben also nur die Wohnungen über ihr und unter ihr. Für einen etwas trainierten Mann konnte es doch durchaus möglich sein, vom oberen oder unteren Balkon auf diesen Balkon hier zu kommen. Ein kalter Schauer lief ihr den Rücken hinunter. Schnell ging sie wieder zurück ins Schlafzimmer und schloss die Balkontür. Sie wollte gerade wieder ins Bett, als sie ein Geräusch vernahm. Sie schoss herum, starrte mit weit aufgerissenen Augen zum Balkon. Doch sie hatte sich getäuscht. Das Geräusch kam nicht von draußen, nicht vom Balkon, es war ganz in ihrer Nähe, ganz nah bei ihr. Ihr gehetzter Blick jagte zur Schlafzimmertür und sah, wie sie sich langsam öffnete. Gelähmt vor Entsetzen starrte sie auf die Tür. Als sie in der Dunkelheit die Konturen einer Gestalt erblickte, schrie sie von blankem Entsetzen gepackt auf.

– Anja, was ist denn los? Licht erhellte augenblicklich das dunkle Zimmer. Mit zwei schnellen Schritten war Mike bei ihr. Entschuldige, ich habe ein Geräusch gehört, ich wollte dich nicht erschrecken. Warum bist du denn nicht im Bett? Was machst du denn hier im Dunkeln? fragte Mike. Völlig aufgelöst sank Anja in seine Arme.

– Mike, ich ... ich dachte, es sei jemand auf dem Balkon.

– Beruhige dich Anja, das ist völlig ausgeschlossen, wir sind hier im dritten Stock.

– Ja, ich weiß, aber ich habe etwas gesehen. Er schaute über sie hinweg zum Balkon.

– Anja, da ist niemand.

– Aber vorhin, vorhin war jemand auf dem Balkon.

– Anja, von außen kommt da niemand auf den Balkon, beruhige dich bitte. Es war heute alles ein bisschen viel für dich, du hast dich sicher getäuscht. Getäuscht? Ja, vielleicht. Vielleicht drehte sie schon langsam durch, hörte die Stimme von Céline Dion, sah einen Parfümflakon und rote Rosenblüten auf ihrem Kopfkissen und dunkle Gestalten, die auf dem Balkon auf- und abmarschierten. Anja, du bist hier in Sicherheit, du musst keine Angst haben. Glaube mir, da kann niemand auf dem Balkon gewesen sein, du hast dich geirrt. Seine beschützenden Arme, die sie umfingen, die Wärme seines Körpers, die sie durch ihr dünnes Nachthemd spüren konnte, und die Ruhe, die er verströmte, brachten ihren Puls wieder zurück auf eine normale Frequenz. Mike hatte recht, sie musste sich getäuscht haben. Nur, sie konnte es nicht wirklich glauben. Sie konnte das Gefühl nicht abschütteln, dass da auch jetzt noch irgendjemand war und sich sein Augenpaar in ihren Rücken bohrte, während Mike sie schützend in seinen Armen hielt und beruhigend auf sie einredete.

– Besser? fragte er leise und strich ihr durchs Haar.

– Ja, entschuldige bitte, ich lege mich wieder hin, antwortete sie und befreite sich aus seiner Umarmung.

Montag, 19. Juni 2006

Beim Frühstück am nächsten Morgen fragte Anja: Wer wohnt eigentlich in der Wohnung unter dir?

– Eine junge Familie mit drei Kindern.

– Und über dir?

– Ein älteres Ehepaar. Aber die sind zurzeit nicht da. Sie besuchen ihre Tochter in Spanien. Ich bin ihnen zufällig vor ein

142

paar Tagen begegnet, als sie gerade mit ihren Koffern die Treppe herunterkamen und dann mit einem Taxi zum Flughafen gefahren sind.

– Das heißt, die Wohnung über dir steht leer?

– Ja, vorübergehend. Anja, Mike sah sie über seine Kaffeetasse hinweg an. Du glaubst doch nicht immer noch, dass da gestern jemand auf dem Balkon war?

– Kann man das denn ausschließen, nach all dem, was bisher passiert ist?

– Natürlich nicht, Anja, aber ich glaube, du steigerst dich da in etwas hinein. Du warst gestern Abend ziemlich fertig, da können einem die Nerven schon mal einen Streich spielen. Mike griff nach ihrer Hand. Ich pass' auf dich auf, das verspreche ich dir. Anja lächelte schwach, dann blickte sie auf ihre Armbanduhr.

– Ich glaube, ich sollte mich beeilen. In einer halben Stunde habe ich einen Termin. Anja stand auf, stellte die Teller und Tassen in die Spülmaschine und kurz darauf verließen sie die Wohnung und fuhren zusammen in die Agentur.

Mehrere Tage verstrichen, ohne dass irgendetwas Beunruhigendes geschah. Keine Briefe, keine Anrufe, weder in der Agentur noch in ihrer Wohnung oder hier bei Mike und auch auf dem Balkon gab es nichts, was sie in Panik hätte versetzen können, obwohl sie jeden Abend mehr als eine Stunde im Bett lag und auf diesen dunklen Schatten wartete. Und so verflüchtigte sich ihre Angst etwas. Sie wurde ruhiger, entspannter. In der Agentur wurde inzwischen über sie geredet, man beobachtete sie, wie sie morgens zusammen kamen und abends die Agentur gemeinsam wieder verließen. Man sah in ihnen bereits ein Paar, doch das waren sie nicht. Sie wohnten zwar zusammen, aber mehr war da nicht. Anja empfand für Mike nach wie vor nur freundschaftliche Gefühle und Mike ließ nichts unversucht, ihre Zuneigung zu gewinnen. Sie sah, wie es ihm immer schwerer fiel, sich zurückzuhalten. Sie sah die stumme Erwartung in seinen Augen, eine Erwartung, die etwas Drängendes und Beengendes hatte und die sie im Moment noch nicht erfüllen konnte. Und dann war da noch dieses Buch von Jean-Jacques Rousseau, es gelang ihr einfach nicht, es aus ihrem Kopf zu verdrängen, nicht diesen nagenden Verdacht, dass auch Mike dieser Johnny sein könnte. Im Grunde genommen verrückt und doch: Konnte sie es ausschließen, konnte sie wirklich sicher sein, dass er es nicht ist? Vielleicht sollte sie doch wieder in ihre Wohnung zurückziehen, aber damit würde sie ihn verletzen und das wollte sie nicht. Doch sie wollte auch keine Gefühle vortäuschen, die sie so noch nicht für ihn empfand. Die Situation wurde von Tag zu Tag schwieriger. Auch seine Fürsorge, sein Bemühen, sie keinen Augenblick aus den Augen zu lassen, engte sie ein. Wenn sie in die Stadt wollte, bestand er darauf, sie zu begleiten. Sie verstand ihn ja, er machte sich Sorgen, hatte Angst, dass ihr etwas passieren könnte. Im Grunde genommen müsste sie froh sein, dass er sich so um sie sorgte, einerseits war sie das ja auch, aber andererseits wurde es ihr zunehmend zu viel. Sie brauchte einfach noch etwas Zeit, Zeit, um über ihre Gefühle für Mike in Ruhe nachdenken zu können, und sie brauchte ein anderes Umfeld, um diesen Stalker, soweit das möglich war, aus ihrem Kopf zu verdrängen. Vielleicht könnten da ein paar Tage Urlaub helfen. So wie jetzt konnte es jedenfalls nicht weitergehen. Sie musste mit Mike sprechen, ihm die Situation erklären. Mit ein bisschen Abstand konnte man so manches besser beurteilen. Ja, Urlaub war eine gute Idee. Am späten Nachmittag telefonierte sie dann mit ihrem Reisebüro und hatte Glück. Ein Last-Minute-Angebot an die Algarve. Abflug morgen früh um 7:00 Uhr. Nach dem Abendessen überlegte Anja, wie sie es Mike am besten sagen sollte. Ein ungutes Gefühl beschlich sie. Sie wusste, dass es ihm nicht gefallen würde, und das machte es ihr umso schwerer.

– Mike …, begann sie, ich, ich fliege morgen früh für eine Woche nach Portugal.

– Wie bitte? fragte er völlig konsterniert. Was willst du denn in Portugal?

– Ich will ein paar Tage Urlaub machen.

– Das kommt überraschend. Ich habe in den nächsten Tagen ein paar wichtige Termine.

– Ich fliege allein.

– Allein? Wieso das denn?

– Mike, ich möchte in Ruhe über uns beide nachdenken.

– Und das kannst du hier nicht?

– Es ist doch nur für ein paar Tage, schränkte sie, seine Missbilligung spürend, ein.

– Findest du nicht, dass das zu gefährlich ist, jetzt in dieser Situation? Was ist, wenn dieser Kerl dir folgt?

– Mike, seit mehr als zehn Tagen hat er sich nicht mehr gemeldet. Ich möchte ein wenig ausspannen, mich etwas erholen, das alles hat mich sehr mitgenommen. Bitte, versteh das doch.

Er verstand es nicht, wandte sich, ohne noch etwas zu sagen, von ihr ab und ging in die Küche.

Anja folgte ihm. Er sah zum Fenster hinaus, drehte sich nicht zu ihr um.

– Bitte Mike, ich rufe dich auch jeden Tag an, ich …

– Na schön, wenn du meinst, unterbrach er sie in unterkühltem Tonfall. Du kannst selbstverständlich tun und lassen, was du willst. Er wandte sich vom Fenster ab, verließ mit schnellen Schritten die Küche und redete dann den ganzen Abend kaum noch ein Wort mit ihr.

Sonntag, 2. Juli 2006

Flirrende Sommersonne, strahlend blauer Himmel, die unendliche Weite des Meeres, kilometerlanger, feiner Sandstrand und eine Küstenlandschaft von bizarrer Schönheit, die Algarve. Anja stand dicht am Wasser und atmete tief die Meeresluft ein. Wellen rollten auf sie zu, brachen sich am Strand und liefen sanft aus. Sie hatte ihre Schuhe ausgezogen und genoss das kühle Wasser, das über ihre Füße schwappte. Ein Gefühl von Wohlbehagen durchströmte sie. Der ganze Terror und der Erwartungsdruck von Mike waren weit weg. Hier würde sie endlich wieder ein wenig zur Ruhe kommen. Sie würde in den nächsten Tagen nur das tun, wozu sie Lust hat. Sie würde hier am Strand entlanglaufen, im warmen Sand liegen, dem gleichmäßigen Rauschen des Meeres lauschen und diese herrliche Landschaft und die wärmende Sonne genießen. Schon als Kind hatte sie das Meer gemocht, hatte Sandburgen gebaut, Muscheln gesucht oder die kreischenden Möwen beobachtet. Vielleicht würde sie sich auch einmal ein Auto mieten, an der Küste entlangfahren oder ins Landesinnere.

Sie war gestern angekommen, hatte ihren Koffer einfach nur in eine Ecke gestellt, die Balkontür weit geöffnet, sich aufs Bett gelegt und die frische Meeresluft, die ins Zimmer drang, tief eingeatmet. Irgendwann war sie dann eingeschlafen und später von den Jubelschreien der Portugiesen geweckt worden. Portugal hatte nach seinem 3:1-Sieg im Elfmeterschießen gegen England den Einzug ins Halbfinale geschafft und die Fans hatten bis tief in die Nacht gefeiert. Ein Lächeln huschte über ihr Gesicht. Ja, es war eine gute Idee gewesen, hierher zu fliegen, auch wenn Mike das nicht so sah. Die meisten sonnenhungrigen Touristen lagen auf Handtüchern, Liegestühlen oder Luftmatratzen. Außer den Kindern, die im seichten Wasser spielten, waren weiter draußen kaum Schwimmer zu sehen. Sie ging knapp am Wasser entlang, atmete tief durch und genoss den Wind, der etwas Kühlung brachte. Ein paar braun gebrannte Männer spielten Beachvolleyball. Sie sah ihnen zu, wie sie nach dem Ball hechteten, wie sie aufschlugen, baggerten und pritschten. Ein Mann in einer schwarzen Badehose beherrschte das Spiel perfekt. Es gefiel ihr, wie er immer wieder mit einem perfekten Sprung abhob und den Ball krachend im gegnerischen Feld versenkte. Langsam ging sie weiter, begleitet vom gleichmäßigen Wellenschlag der anrollenden Wellen. Es war der erste Urlaub, in dem sie ganz allein unterwegs war. Ein etwas ungewohntes Gefühl, aber in der jetzigen Situation genau das Richtige. Anja heftete ihren Blick auf ein Pärchen, das eng umschlungen vor ihr den Strand entlang ging und dachte an Mike. Im Grunde genommen wusste sie nicht sehr viel über ihn, nur, dass er keine Geschwister hat, sein Vater vor einem Jahr gestorben war und seine Mutter jetzt in einem Pflegeheim lebt. Als sie ihn vor ein paar Tagen auf frühere Frauenbekanntschaften angesprochen hatte, hatte er ein wenig abweisend reagiert und sie hatte dann auch nicht nachgehakt. Vielleicht eine unglückliche Liebe, über die er nicht sprechen wollte. Sie blickte wieder auf das Pärchen. Sie schienen sehr glücklich zu sein, so wie sie sich ansahen, wie sie lachten und miteinander redeten. Vielleicht ihr erster gemeinsamer Urlaub? Eine Welle spülte eine Muschel direkt vor ihre Füße. Sie blieb stehen, bückte sich und hob sie auf. Sie war hübsch. Sie betrachtete sie eine Weile, dann warf sie sie zurück ins Meer und schaute zu den Kindern, die ein paar Meter von ihr entfernt kreischend im seichten Wasser hüpften. Irgendwann würde sie vielleicht auch welche haben. Ein Lächeln huschte über ihr Gesicht und ihr Blick wanderte verträumt hinaus aufs Meer zu einer Yacht mit weißen Segeln. Gischt spritzte an den steilen Flanken des Bugs bis zur Reling. Für einen Moment stellte sie sich vor, wie es wäre, mit an Bord zu sein und weit hinaus aufs Meer zu fahren, ohne irgendein Ziel, einfach nur der Sonne entgegen.

– Eine schöne Yacht, hörte sie plötzlich jemanden, direkt neben ihr, sagen. Sie zuckte zusammen, drehte sich um und glaubte, den Boden unter den Füßen zu verlieren, als eine größere Welle zurück ins Meer floss.

  – Sie? fragte sie völlig perplex, starrte erschrocken auf Philip Jansen und wich unwillkürlich einen Schritt zurück. Was machen Sie denn hier?

  – Ich wollte Sie fragen, ob Sie vielleicht heute mit mir essen gehen möchten, sagte er und ein schelmisches Lächeln huschte über sein Gesicht. Das letzte Mal haben Sie mich ja versetzt. Sie waren nicht zu Hause, als ich Sie abholen wollte. Sie haben es mir versprochen, erinnern Sie sich? fragte er.

  – Mir ist etwas dazwischengekommen, antwortete sie und versuchte ihre innere, augenblicklich hochschnellende Erregung, die durch seine plötzliche, völlig unerwartete Präsenz ihren ganzen Körper erfasst hatte, in Schach zu halten.

– Und, darf ich hoffen, dass Sie Ihr Versprechen heute Abend einlösen? Sie sah ihn mit einem forschenden, durchdringenden Blick an.

– Was machen Sie hier? Verfolgen Sie mich? Sie sind doch nicht nach Portugal geflogen, um mit mir essen zu gehen.

– Warum nicht? Um mit Ihnen essen zu gehen, wäre mir kein Weg zu weit.

– Herr Jansen, was wollen Sie von mir? Fordernd sah sie ihn an.

– Entschuldigen Sie, Sie haben natürlich recht, ich bin nicht hierhergeflogen, um mit Ihnen essen zu gehen. Ich bin geschäftlich hier.

– Geschäftlich? Und was machen Sie dann hier am Strand, wenn Sie geschäftlich hier sind?

– Es ging um eine Immobilie in Albufeira. Der Interessent hat vor zwei Stunden den Kaufvertrag unterschrieben und ich habe mich spontan entschlossen, noch ein paar Tage hierzubleiben. Der Mann log. Ausgerechnet hier, wo sie Urlaub machte, hatte er geschäftlich zu tun und traf sie dann so ganz zufällig am Strand. Für wie blöd hielt er sie eigentlich?

– Wie schön für Sie, dann wünsche ich Ihnen noch einen erholsamen und angenehmen Aufenthalt, sagte sie abweisend, ließ ihn stehen und ging weiter. Aber so leicht ließ er sich nicht abschütteln. Mit ein paar schnellen Schritten holte er sie wieder ein.

– Darf ich Sie ein Stück begleiten? fragte er betont höflich.

– Ich möchte allein sein, erwiderte sie, die letzten Tage waren ziemlich stressig, ich brauche unbedingt etwas Ruhe, bitte akzeptieren Sie das.

– Warum sind Sie denn so abweisend, ich finde es schön, dass der Zufall mir geholfen hat, Sie hier zu treffen.

– Der Zufall? Ein bisschen viel Zufall, finden Sie nicht?

– Sie glauben mir nicht?

– Nein! erwiderte sie und durchbohrte ihn förmlich mit ihrem Blick. Warum war er hier? Ein plötzliches Gefühl von einer drohenden Gefahr erfasste sie. War er dieser Johnny?

– Geben Sie mir doch wenigstens eine Chance, Ihr Misstrauen zu entkräften. Was spricht denn dagegen, wenn ich Sie ein Stück begleite? fragte er. Weißer Schaum der Brandung umspülte ihre Füße, während sie sich kaum einen Meter voneinander entfernt gegenüberstanden. Bitte, sagte er. War es dieser warme Zug um seinen Mund, dieses sympathische, abwartende Lächeln, dieser offene, ehrliche Blick, der ihre Abwehr bröckeln ließ? Waren es diese gegen jede Vernunft aufsteigenden Gefühle, Gefühle, die sie nicht wollte, die sich jedoch nicht so einfach zur Seite schieben ließen, die sie drängten, eine etwas versöhnliche Tonart anzuschlagen?

– Sie geben wohl so schnell nicht auf, aber ich warne Sie, ich bin im Moment bestimmt keine gute Gesprächspartnerin.

– Das stört mich nicht, ich finde es einfach schöner, zu zweit am Strand spazieren zu gehen.

Man fühlt sich nicht so allein, geht es Ihnen nicht auch so? Sie antwortete nicht. Ihr Blick ging wieder hinaus aufs Meer, zu der Yacht, die sich immer weiter entfernte, und kehrte dann mit einem Motorboot und einem Wasserskifahrer, der im Näherkommen einen Halbkreis beschrieb und immer langsamer wurde, wieder zurück.

– Warum haben Sie mich versetzt? fragte Philip.

– Ich sagte doch schon, dass mir etwas dazwischengekommen ist.

– Darf ich fragen, was? Habe ich irgendetwas getan, das Sie verletzt hat?

– Nein, es ist nur so, ich … Noch immer innerlich angespannt sah sie ihn an, suchte nach einer Erklärung in seinen Augen, einer Erklärung für sein plötzliches Auftauchen hier an der Algarve.

– Sie haben es sich anders überlegt. Sie wollten mich nicht wiedersehen? Verstehen Sie mich bitte nicht falsch, ich möchte mich Ihnen natürlich nicht aufdrängen, es ist nur so, ich habe mich riesig gefreut, als ich Sie da plötzlich stehen sah. Aber wenn Sie möchten, dass ich verschwinde, dann gehe ich jetzt einfach wieder.

– Nein, nein, es ist schon in Ordnung. Entschuldigen Sie bitte, die letzten Tage waren einfach ein bisschen zu viel für mich, antwortete sie.

– Wo wohnen Sie? fragte Jansen nach einer kurzen Zeit des Schweigens.

– Im RIU, gleich da vorn.

– Oh, dann sind wir ja Nachbarn, ich wohne gleich nebenan im Sheraton. Ich war schon öfter hier und diese Steilküsten aus bizarren Kalk- und Sandsteinformationen faszinieren mich immer wieder.

– Ja, da haben Sie recht, erwiderte Anja, diese rötlich-gelb gefärbte Skulpturenlandschaft hat eine magische Anziehungskraft, ein traumhaft schöner Anblick. Sie hatten die Treppe erreicht, die zu ihrem Hotel hoch führte.

– Werden Sie morgen wieder am Strand sein? fragte er.

– Überlassen wir es doch einfach dem Zufall, er ist doch auf Ihrer Seite, antwortete sie.

– Werden Sie kommen? Fragend stand er vor ihr. Ihre Blicke trafen sich, hielten sich. Morgen 10 Uhr? Ich werde hier auf Sie warten. Sie antwortete nicht, drehte sich einfach um und ging, ohne noch etwas zu sagen.

Nach dem Abendessen legte sich Anja aufs Bett. Die Balkontür stand weit offen. Eine kühle Brise wehte vom Meer her in ihr Zimmer. Warum war er hier? War es wirklich Zufall?

Stimmte das mit der Immobilie in Albufeira? Sie wusste es nicht und sie wusste auch nicht, ob Jansen dieser Johnny ist, ob es Chris, Mike oder irgendein anderer Typ ist. Sie wusste nur, dass sich dieser Kerl, während sie bei Mike wohnte, nicht mehr gemeldet hatte, aber das hieß natürlich nicht, dass er sein fieses Spiel beendet hat. Philip Jansen, die Ereignisse der letzten Tage hatten ihn ein wenig verdrängt, aber nun war er hier, hier am Strand der Algarve und auch ihre Gefühle für diesen Mann waren sofort wieder da, waren förmlich in ihr hochgeschossen, als sie seine Stimme gehört und sich zu ihm umgedreht hatte, diese Gefühle für ihn, denen sie nichts entgegenzusetzen hatte, denen sie sich nicht so ohne Weiteres entziehen konnte. Warum war er hier? Gegen jede Vernunft wünschte sie sich, dass das, was er gesagt hatte, alles stimmte, dass es wirklich ein Zufall war und er sich gefreut hatte, sie wiederzusehen. Werden Sie morgen wieder am Strand sein? Nein, das ging nicht, nein, auf gar keinen Fall. Und doch, für einen erregend schönen Moment malte sie sich aus, wie es wäre, morgen mit ihm am Strand im warmen Sand zu liegen, mit ihm essen zu gehen, mit ihm ... Nein, Schluss aus, ihr Verstand zog die Notbremse. Sie durfte solchen Fantasien keinen Raum lassen. Mit Nachdruck zwang sie sich zurück in die Realität, machte sich bewusst, dass er durchaus dieser Johnny sein konnte. Sie musste vernünftig bleiben. Sie durfte diesen Mann nicht wiedersehen. Sie würde sich morgen einen Mietwagen nehmen, nach Lagos zu den spektakulären Grotten und Meereshöhlen fahren oder zum Monchique-Gebirge im Landesinneren.

Von der Terrasse unten drang eine anrührende Frauenstimme zu ihr nach oben. Der Fado-Abend, sie hatte ihn ganz vergessen. Unten in der Empfangshalle, direkt neben der Rezeption, hatte sie ein Bild von der Fadista gesehen. Eine junge, dunkelhaarige Schönheit mit einem melancholischen Charme, der etwas Berührendes, Anziehendes hatte. Sollte sie jetzt noch hinuntergehen? Sie trat hinaus auf den Balkon, lehnte sich über die Balkonbrüstung und schaute hinunter. Und da stand sie in einem roten Abendkleid und sang. Zwei Männer in schwarzen Anzügen begleiteten sie auf ihren Gitarren. Anja hielt den Atem an. Was für eine Stimme. Eine Stimme so berührend schön, so voller Gefühl, eine Stimme, die Bilder malte, Bilder von einer Frau und einer großen Liebe, einer Liebe so wunderschön und hoffnungslos romantisch, so voller Träume und Sehnsüchte. Sehnsüchte, die sie auf einem Schiff hinaus aufs Meer führten, zu einer weit entfernten paradiesischen Insel. Begleitet von der innigen Ausdruckskraft und Klangpoesie der Gitarristen und den wärmenden Strahlen der Sonne, tanzten die Gefühle dieser Frau so federleicht, so losgelöst und erwartungsvoll auf dieser Fahrt zu ihrem Liebesglück. Doch die Sonne der Romantik verfinsterte sich, als der Mann die Insel schon bald wieder verließ und Verzweiflung und Schmerz wehten über dieses glückversprechende Paradies, wehten alles vernichtend über ihr Liebesglück, denn er ließ sie allein zurück, allein mit ihren Sehnsüchten und Träumen, allein mit ihrem verlorenen Glück.

Fast alle Stühle auf der Terrasse waren besetzt. Anja entdeckte Jenny, ihre Zimmernachbarin, die neben einer jungen Familie mit zwei Kindern saß. Sie hatte sie gestern kurz kennengelernt und ein paar Worte mit ihr gewechselt. Sie war auch allein hier. Ihr Freund hatte kurzfristig für einen erkrankten Kollegen einen Termin im Ausland übernehmen müssen. Vielleicht hätte Jenny Lust, mit ihr morgen etwas zu unternehmen. Sie könnte ja mal runtergehen und sie fragen. Die Fadista hatte ihre Ballade beendet und die Hotelgäste klatschten begeistert. Für einen kurzen Augenblick blieb Anja noch auf dem Balkon stehen, blickte hinaus aufs Meer und den Strand entlang bis zu den hell leuchtenden Lichtern von Vilamoura, diesem mondänen Ferienort, wo sich der größte Yachthafen Portugals befindet, und spürte plötzlich wieder diesen Wunsch, einmal mit so einer Yacht hinaus aufs Meer zu fahren. Ja, das wäre schön, dachte sie, das musste sie an einem der nächsten Tage, die sie noch hier war, unbedingt machen. Vielleicht schon morgen, wenn Jenny lieber hier am Strand bleiben wollte. Ja, dann schon morgen, dachte sie und ging dann nach unten. Als sie gerade die Eingangshalle durchquerte, um durch die weit geöffnete Glastür auf die Terrasse zu gehen, blieb sie plötzlich wie angewurzelt stehen.

Philip Jansen stand da und umarmte die Fadista. Wie gebannt starrte Anja auf die beiden, die sich jetzt lachend und angeregt unterhielten. Woher kannte Philip diese Frau und in welcher Beziehung stand er zu ihr? So wie es aussah, in einer ziemlich guten. Und wenn schon. Was ging sie dieser Philip Jansen an? Und doch, es störte sie, störte sie so sehr, dass sie plötzlich keine Lust mehr hatte, auf die Terrasse zu gehen. Abrupt drehte sie sich um und ging zurück in ihr Zimmer. Liebte Philip diese Frau? War er vielleicht ihretwegen hier?

Ihr Handy klingelte. Es war Mike.

– Wie geht es dir, Anja?

– Gut, es ist sehr schön hier, ich habe heute Nachmittag einen langen Spaziergang am Strand gemacht. Ich glaube, die paar Tage hier werden mir sehr guttun.

– Du fehlst mir, Anja, und ich mache mir schon die ganze Zeit Vorwürfe, dass ich dich allein habe fliegen lassen.

– Das musst du nicht, mir geht es hier sehr gut, erwiderte sie.

– Das freut mich natürlich, aber ich habe einfach kein gutes Gefühl. Ich mache mir Sorgen. Der Gedanke, dass du ganz allein in Portugal bist, ist für mich, gerade in der jetzigen Situation, einfach unerträglich.

– Mike, du musst dir wirklich keine Sorgen machen, hier im Hotel bin ich sicher und ich verspreche dir auch, vorsichtig zu sein.

– Na schön, dann rufe ich dich morgen wieder an. Gute Nacht, Anja, und schlaf gut.

– Ja, du auch, gute Nacht Mike. Anja hatte ihr Handy gerade weggelegt, als es erneut klingelte.

– Ja Mike? meldete sie sich.

– Ich bin es, Philip Jansen.

– Herr Jansen? fragte sie perplex und spürte, wie ihr Herz augenblicklich schneller schlug.

– Enttäuscht? fragte er.

– Nein, ich habe nur nicht damit gerechnet, dass Sie anrufen, erwiderte sie.

– Ich möchte Sie fragen, ob Sie Lust haben, auf die Terrasse zu kommen, dann könnten wir gemeinsam den Fado-Abend genießen, sagte Jansen. Den Fado-Abend genießen? Das konnte er doch auch ganz gut ohne sie, das hatte er ihr doch gerade eindrucksvoll bewiesen. Sie hatte jedenfalls keine Lust, noch einmal nach unten zu gehen.

– Tut mir leid, ich warte auf einen Anruf, log sie. Woher haben Sie eigentlich meine Handy-Nummer?

– Von Frau Schneider aus der Agentur. Als ich vor ein paar Tagen in der Agentur anrief und Sie sprechen wollte, waren Sie nicht da. Ich sagte Frau Schneider, dass es sehr dringend sei und ich Sie unbedingt erreichen müsse, und da hat sie mir freundlicherweise Ihre Handy-Nummer genannt.

– Frau Schneider hat Ihnen meine Handy-Nummer genannt? fragte Anja erstaunt. Was gab es denn so Wichtiges, dass Sie mich unbedingt sprechen wollten?

– Ich wollte wissen, warum Sie mich versetzt haben.

– Ach, das war so wichtig?

– Ja, für mich schon. Und Sie haben wirklich keine Lust mehr auf ein Glas Wein, vielleicht nach ihrem Gespräch?

– Nein, Herr Jansen, gute Nacht.

– Schade, ich hätte Ihnen gerne Sofia, die Fado-Sängerin, vorgestellt, ich habe sie vor einem Jahr in Lissabon kennengelernt. Aber wenn Sie nicht mögen, dann bis morgen. Ich werde am Strand auf Sie warten. Gute Nacht, Frau Berger.

– Gute Nacht, Herr Jansen. Sie legte ihr Handy zurück auf den Nachttisch. Da kannst du lange warten. Es wird kein Wiedersehen geben.

Sofia hieß sie also. Anja hatte ihre Balkontür noch immer weit geöffnet und Sofias Stimme drang in ihr Zimmer. Er hatte sie in Lissabon kennengelernt, gut kennengelernt, sonst hätten sie sich doch nicht so innig umarmt. Und wenn schon. Das konnte ihr doch egal sein. Er konnte schließlich umarmen, wen er wollte. Und doch, es war ihr nicht egal. Hatte er sie auch geküsst? Sie wusste es nicht, hatte es jedenfalls nicht gesehen. Und während Sofia weiter ihre sehnsuchtsvollen, so ergreifend schönen, bittersüßen Balladen von hoffnungsvoller Aufbruchstimmung, abgrundtiefer Enttäuschung und Einsamkeit sang, von diesem Weltschmerz, Saudade genannt, kreisten ihre Gedanken immer und immer wieder um Philip Jansen. Kurz nach 23:00 Uhr sang Sofia dann ihre letzte Ballade, kehrte zurück aus dem Reich der unerfüllten Sehnsüchte und Träume und das Publikum empfing sie mit einem nicht enden wollenden Applaus. Dann wurde es still auf der Terrasse vor dem Hotel, nur vereinzelt drangen noch Stimmen oder das Lachen einzelner Hotelgäste zu ihr nach oben und Anja versank kurz darauf in ihr Reich der Träume.

– Komm! flüsterte seine Stimme. Komm, komm zu mir! lockte sie verführerisch.

Regungslos stand Anja da und lauschte wie hypnotisiert der Stimme von Philip Jansen. Langsam, wie durch einen magischen Zauber angezogen, ging sie auf ihn zu.

– Hörst du die Musik? fragte er. Eine betörende, sehr gefühlvolle Musik, eine Klangpoesie, verlockend schön, die das Tor zum Reich der Sinne weit aufstößt, gefällt sie dir?

– Ja, sie gefällt mir, erwiderte Anja und spürte, wie diese zarte, romantisch-verträumte Melodie sie zutiefst berührte und mit einer plötzlichen, unerklärlichen Sehnsucht erfüllte.

– Das freut mich, sagte er lächelnd. Eine Emotionen und Sehnsüchte weckende Stimmung, durch die Magie der Musik, hilft mir, deine Schritte zu lenken, dich in ein Reich zu entführen, nach dem du dich schon lange sehnst, von dem du ganz tief in deinem Innersten träumst.

– Du kennst meine Träume? fragte sie.

– Aber natürlich. Ich weiß alles von dir. Keiner kennt dich so gut wie ich. Ich arbeite Tag und Nacht, um deine Wünsche, Träume und Sehnsüchte zu erforschen.

– Und warum tust du das?

– Weil ich dich glücklich machen will, erwiderte er.

– Du willst mein Glück?

– Ja, deshalb bin ich doch hier. Deshalb muss ich doch deine Schritte lenken und dein Handeln steuern. Komm, tanz mit mir.

– Tanzen? Hier am Strand? fragte sie.

– Warum denn nicht. Ich bin ein guter Tänzer, ich führe dich. Zieh deine Schuhe aus, der Sand ist warm, tanze! Den Blick auf ihn gerichtet, raffte sie ihr bodenlanges Kleid mit einer Hand bis zum Knie, zog ihre Schuhe aus und begann zu tanzen, wiegte ihren Oberkörper rhythmisch zur Musik und spürte bei jedem Schritt den feinen, warmen Sand unter ihren Fußsohlen.

– Bravo! rief Philip erfreut. Bravo! Er fasste nach ihrer Hand und sie drehte sich wie eine Marionette mal nach links, mal nach rechts, so wie er es wollte. Schneller, schneller! feuerte er sie an. Sie warf ihren Kopf in den Nacken und ihre Beine flogen nur so über den Sand. Völlig entfesselt drehte sie sich zum immer schneller werdenden Rhythmus der Musik. Doch plötzlich brach die Musik ab. Erschrocken hielt sie inne. Ihr war ganz schwindlig, alles drehte sich im Kreis.

– Warum hat die Musik aufgehört zu spielen? fragte sie ganz außer Atem.

– Wir müssen weiter, sagte Philip sanft.

– Aber warum denn, es ist doch schön hier.

– Ja, noch ist es schön hier, aber schon bald wird es dir hier nicht mehr gefallen, denn das, was dir heute schön und begehrenswert erscheint, ist morgen, in unserer schnelllebigen Zeit, keines Blickes mehr wert, einfach nicht mehr im Trend. Wenn da die neueste der neuen Erlebniswelten auf dich wartet, eine Erlebniswelt, die die absolute Erfüllung deiner Träume und Sehnsüchte verspricht, die alles bisher Dagewesene übertrifft, dann kannst du dich doch nicht mit so ein bisschen Strandleben zufriedengeben. Du weißt doch, der übersättigte Konsument von heute erwartet da schon etwas mehr, will mehr, immer mehr. Wir dürfen uns nicht zufriedengeben mit dem, was wir haben, dürfen uns keinen Stillstand erlauben, sonst verlieren wir den Anschluss und geraten ins Abseits. Und das, das möchtest du doch nicht.

– Nein, das möchte ich nicht, da hast du recht, erwiderte Anja.

– Dann komm, lockte er und ein verheißungsvolles Lächeln umspielte seinen Mund. Da drüben steht meine Yacht, lass uns hinausfahren aufs Meer, zu einer paradiesischen Insel, wie du sie noch nie gesehen hast, eine Insel, die alles bisher Dagewesene übertrifft und auf der du wunschlos glücklich sein wirst.

– Aber ich kenne dich doch kaum, sagte Anja.

– Du kannst mir vertrauen, ich will nur dein Bestes. Sieh sie dir doch an, diese exklusive Yacht, sie ist doch wunderschön. Ich scheue keine Mühen und Kosten, um deine Wünsche und Sehnsüchte erfüllen zu können.

– Das ist deine Yacht? fragte sie. Sie ist wunderschön. Ich war noch nie auf so einer Yacht.

– Dann komm, komm schnell! Ich bringe dich zu dieser paradiesischen Insel.

Sein unwiderstehlicher Blick zog sie magisch an, hielt sie gefangen, ließ sie nicht mehr los.

Sie spürte die Sehnsuchtsbrise, die über ihre Haut strich, die sie drängte, mit ihm zu gehen, weit hinaus aufs Meer, hörte plötzlich die melancholisch verträumte, so betörend schöne Stimme der Fadista, die in anrührender Innigkeit von einer großen Liebe sang, einer Liebe, so voller Glück und Zukunftsträume, die sie bis ins Innerste berührte und mit einer unwiderstehlichen Sehnsucht erfüllte, einer Sehnsucht, die sie immer weiter und weiter aufs Meer hinausführte, zu dieser glückversprechenden Insel.

Plötzlich tauchte wie aus dem Nichts eine Insel auf, ein schwimmendes, blühendes Paradies im türkisfarbenen Meer unter azurblauem Himmel, das Versprechen von einem unbeschwerten, glücklichen Leben, exotisch und betörend schön. Eine Insel, die jede reale Welt verblassen lässt. Palmengesäumte, herrliche Sandstrände, luxuriöse Bungalows und Hotels, weitläufige, gepflegte Golfanlagen und Vergnügungsparks, herrlich blühende exotische Pflanzen und das leuchtende Rot der Paradiesapfelblüten, so weit das Auge reicht.

– Was ist das für eine Insel? fragte Anja.

– Das ist sie, die Insel, die die Erfüllung deiner Träume und Sehnsüchte verspricht, die alles bisher Dagewesene übertrifft und auf der du mit mir für immer glücklich sein wirst.

– Für immer?

– Ja, für immer, erwiderte er. Hör nur, wie die Menschen fröhlich feiern und das Leben in vollen Zügen genießen.

– Ja, ich höre sie. Fahr, fahr schneller, ich will zu dieser Insel, zu diesem Paradies, das mir ein unbeschwertes, glückliches Leben verspricht. Voller freudiger Erwartung schaute sie auf die Insel, sah sich schon mit Philip feiern und tanzen, das Leben mit ihm in vollen Zügen genießen. Doch plötzlich war die Insel weg, von einer Sekunde zur nächsten einfach weg. Sie hörte kein fröhliches Lachen mehr und auch die letzten Töne der so betörend schönen Ballade waren verklungen, weggetragen vom Wind.

– Die Insel, wo ist die Insel? Ich sehe sie nicht mehr, rief sie völlig verzweifelt. Philip lächelte milde.

– Diese paradiesische Insel aus dem Reich der Werbe-Wunderwelt ist wie eine Fata Morgana, zum Greifen nah und doch so fern. Aber sei nicht traurig, ich werde dich immer und immer wieder zu solchen glückversprechenden Inseln führen, Inseln, die die reale Welt, mit ihren Kriegen, Naturkatastrophen und sozialen Missständen, so kaum zu bieten hat. Und irgendwann, du darfst die Hoffnung nicht aufgeben, irgendwann wirst du sie vielleicht betreten, so eine Insel, irgendwann werde ich deine Sehnsüchte und Träume erfüllen können und dir das jetzt noch in der Zukunft verborgene Glück für immer zu Füßen legen. Irgendwann wird dein Traum von einem unbeschwerten, glücklichen Leben unter Palmen in Erfüllung gehen, wird unsere Liebe über alles siegen und eine wunderbare, romantische Liebesgeschichte wird beginnen, irgendwann, irgendwann. Träume, mein Mädchen, träume.

Montag, 3. Juli 2006

Ein Tag, so strahlend schön. Sie trug eine weiße Leinenhose und ein dunkelblaues, bauchfreies Träger-Top, als sie nach dem Frühstück gegen 10:30 Uhr über die hoteleigene Treppe hinunter zum Strand ging. Sie spürte eine beflügelnde Leichtigkeit, die ihre Schritte immer schneller werden ließ, als könnte sie es kaum erwarten, ihn wiederzusehen.

Ihre Bedenken, die sie gestern noch hatte, waren wie weggeblasen.

Jansen saß unten neben der Treppe auf einem Felsen. Als er sie sah, kam er gleich auf sie zu.

– Ich freue mich, dass Sie gekommen sind. Ich hatte schon Angst, Sie würden mich wieder versetzen und mich hier den ganzen Tag warten lassen.

– Hätten Sie das denn gemacht? fragte sie mit einem amüsierten Lächeln.

– Wenn Sie mich hinterher gepflegt hätten, wenn ich hier in der prallen Sonne einen Sonnenstich bekommen hätte, schon, konterte er mit einem übermütigen Lächeln.

– Darf ich? fragte er und griff, ehe sie etwas sagen konnte, nach ihrer Badetasche und warf sie sich lässig über die Schulter. Haben Sie einen bestimmten Lieblingsplatz?

– Nein, eigentlich nicht.

– Dann suchen wir uns doch einen. Sie haben die Wahl.

Der Strand war schon ziemlich belebt. Die Liegestühle waren alle besetzt und es dauerte eine Weile, bis sie einen geeigneten Platz gefunden hatten. Anja breitete ihr Handtuch aus und Philip legte seines daneben. Der Himmel war wie am Tag zuvor tiefblau und wurde nur noch von ein paar kleinen, weißen Wölkchen verschönert. Anja zog ihre Leinenhose und ihr Träger-Top aus, holte dann die Illustrierte aus ihrer Badetasche, die sie in dem Kiosk neben dem Hotel gekauft hatte, und setzte sich auf ihr Handtuch. Philip lag bereits, auf seinen Ellbogen gestützt, neben ihr. Sie spürte seinen Blick im Rücken und augenblicklich einen Anflug von Unsicherheit. Sie hätte nicht kommen dürfen. Noch gestern hatte sie sich vorgenommen, ihn nicht wiederzusehen. Warum war sie jetzt hier? Warum traf sie sich mit ihm? Ein nagendes Unbehagen breitete sich in ihr aus. Sie versuchte, den Tumult in ihrem Inneren zu besänftigen, begann in ihrer Illustrierten zu blättern und richtete dann ihren Blick wahllos auf die Zeilen eines Artikels. Doch an Lesen war gar nicht zu denken. Gut, sie kannte diesen Mann kaum, wusste nichts von ihm, aber sollte man denn nicht zunächst an das Gute in einem Menschen glauben, zumindest so lange, bis einem das Gegenteil bewiesen wird?

– Hat Sie eigentlich dieser Mann mit der Irokesenfrisur noch einmal belästigt? Philip hatte sich aufgerichtet und sah sie fragend an. Der Mann mit der Irokesenfrisur? Eine innere Anspannung breitete sich schlagartig in ihr aus.

– Nein, ich habe diesen Mann seitdem nicht mehr gesehen.

– Wirklich nicht? Wenn es da ein Problem gibt, können Sie gerne mit mir darüber sprechen.

Mit ihm darüber sprechen? Sollte sie ihn etwa fragen, ob er der Mann ist, der sie terrorisiert? Er würde ihr mit Sicherheit nicht die Wahrheit sagen.

– Nein, wirklich nicht, erwiderte sie, wandte sich von ihm ab und blickte hinaus aufs Meer.

Schweigend saßen sie nebeneinander, dann fragte Philip: Wie stehen Sie eigentlich zu Mike Schäfer? Mike? Irritiert blickte sie ihn an.

– Warum wollen Sie das wissen?

– Nun, nennen wir es persönliches Interesse. Ich habe Sie beobachtet, wie Sie getanzt haben, lieben Sie ihn?

– Wir sind gute Freunde. Er arbeitet seit ein paar Monaten in der Agentur.

– Nur Freunde? Sein Blick ließ sie nicht los. Sie ertrug diesen Blick nicht, nicht diese Frage. Das, was zwischen Mike und ihr war, ging ihn nichts an.

– Warum sind Sie allein nach Portugal geflogen? Hatten Sie Streit? hakte er nach.

– Hören Sie, ich bin Ihnen keine Rechenschaft schuldig, nicht über Mike und auch nicht darüber, warum ich hier allein Urlaub mache, das ist meine Privatsache. Anja wandte sich von ihm ab und blickte demonstrativ auf das Strandleben.

– Entschuldigen Sie bitte, Sie haben ja recht, sagte er, es tut mir leid. Ich wollte Ihnen nicht zu nahe treten.

Zwei Teenies flanierten Hand in Hand an ihnen vorbei und Anja sah ihnen eine Weile hinterher, dann wandte sie sich ihm wieder zu und sagte: Sie sind ja auch allein hier. Leben Sie allein oder warten zu Hause Frau und Kinder auf Sie?

– Auf mich wartet niemand, keine Frau und auch keine Kinder. Möchten Sie noch mehr von mir wissen?

– Ja, erwiderte sie.

– Ich habe mich vor zwei Jahren von meiner Frau getrennt. Sybille und ich hatten nach acht Jahren Ehe einen Punkt erreicht, wo unsere Lebensplanungen nicht mehr zusammenpassten. Sybille hat Jura studiert und war mit den Jahren eine erfolgreiche Anwältin geworden. Doch mit dem Erfolg wuchsen auch die Überstunden und wir hatten kaum noch Zeit für uns. Ich spürte, dass wir uns langsam immer mehr voneinander entfernten. Sie steckte in einer Erfolgsspirale, aus der sie nicht aussteigen wollte, und ich, ich wollte ein Kind. Ich glaubte, ein Kind könnte unsere Beziehung retten. Und so begannen wir in der wenigen Zeit, die wir zusammen zu Hause verbrachten, lange Gespräche zu führen, Gespräche, die uns immer weiter voneinander entfernten. Es war ein schwieriger Prozess, bis wir merkten, dass es einfach nicht mehr geht. Das war für uns beide sehr schmerzlich. Wir haben dann beschlossen, uns nur vorübergehend zu trennen. Wir wollten kein sofortiges und endgültiges Aus. Wir hatten ja an die ewige Liebe geglaubt und hofften, eine vorübergehende Trennung würde uns helfen, unsere Probleme zu lösen. Wir hatten so vieles gemeinsam erlebt, hatten eine wunderbare, schöne Zeit während des Studiums und auch danach in den ersten Jahren, als Sybille noch nicht so erfolgreich war. Das kann man nicht von heute auf morgen plötzlich aus seinem Leben streichen. Ja, es war trotz unserer Differenzen immer noch eine tiefe, innere Verbundenheit, die uns nach einer gewissen Trennungszeit auf einen Neuanfang hoffen ließ. Diese Verbundenheit ist bis heute geblieben. Aber aus unserer Liebe ist Freundschaft geworden. Wir haben, auch wenn es uns schwergefallen ist, respektiert, dass jeder seinen Weg geht. Und ich glaube, es war die richtige Entscheidung, wir wären beide zusammen nicht glücklich geworden.

Er wandte sich von ihr ab und blickte eine ganze Weile auf die am Strand spielenden Kinder, dann fragte er: Arbeiten Sie schon lange in der Agentur?

– Ja, schon einige Jahre und auch sehr gerne, obwohl der ständige Kampf um den originellsten, faszinierendsten Slogan, eine herausstechende Werbeidee, nicht immer ganz einfach ist. Manchmal sitzt man da und kämpft gegen die eigene Unzulänglichkeit, wenn sich der zündende Funke, der Geistesblitz nicht auf Kommando einstellt. Es ist ein ständiges Jagen nach ungewöhnlichen, bahnbrechenden Ideen, denn das Gewöhnliche hat keinen Neuigkeitswert und deshalb keine Chance, im Verdrängungswettbewerb überleben zu können. Es ist nicht immer einfach, banale Produkte auf den Markt zu pushen, Produkte, die sich von den anderen kaum noch unterscheiden, wo kaum noch sachliche Qualitätsunterschiede bestehen. Um da eine Differenzierung zu erreichen, braucht man einen emotionalen, außergewöhnlichen Mehrwert, der das Produkt aus seiner Gleichförmigkeit und Banalität herausholt, der es einzigartig macht. Zum Beispiel eine exotische Location oder die Verbindung zu einer prominenten Persönlichkeit, die dem Produkt ein Flair von Erfolg vermittelt, die Blicke auf sich zieht und so das Produkt begehrenswert macht. Sie stockte, sah ihn an. Johnny. Eine augenblickliche Erregung erfasste sie.

– Ist etwas? fragte Philip.

– Nein, nein, alles in Ordnung, erwiderte sie hastig. Besorgt sah er sie mehrere Sekunden an, dann schob er behutsam eine Haarsträhne aus ihrem Gesicht und sagte: Das glaube ich Ihnen nicht, wovor haben Sie Angst? Völlig überrascht von der Vertrautheit dieser Geste versuchte sie, ihre innere Erregung zu verbergen.

– Ich habe keine Angst, sagte sie schnell.

– Wirklich nicht? Die Eindringlichkeit seiner Augen bedrängte sie, machte sie unsicher und nervös.

– Nein, wirklich nicht, erwiderte sie, wandte sich hastig von ihm ab, holte die Flasche mit Mineralwasser, die sie mitgebracht hatte, aus ihrer Tasche und trank ein paar Schlucke, dann fragte sie: Was halten Sie eigentlich von Werbung? Uns Werbetreibende nennt man die geheimen Verführer, die die Konsumenten manipulieren und verführen. Sehen Sie das auch so?

– Ich? Warum fragen Sie mich das?

– Ich möchte wissen, wie Sie darüber denken. Lassen Sie sich von Werbung verführen?

– Wahrscheinlich öfter, als ich mir das eingestehe, meinte er lächelnd. Wayne McLaren, der wohl berühmteste Darsteller des *Marlboro Man*, hat es zum Beispiel geschafft, mich zum Rauchen zu verführen. Ich hatte fast alle Bücher von Karl May gelesen und war fasziniert, wie Millionen andere Jungs, von diesen fiktiven Geschichten, von dieser Welt der unbegrenzten Freiheit und Abenteuer in den fantastischen Landschaften des Wilden Westens und des Orients. Und da die Stadt, in der ich lebte, und die Schule, in die ich täglich gehen musste, mir diese Welt nicht bieten konnten, träumte ich mich einfach weg. Weg von Physik, Chemie und Mathematik, weg aus meinem einengenden Klassenzimmer, weit weg in den Wilden Westen zu Abenteuer und Lagerfeuer-Romantik, zu den wilden Mustangs und einem Ritt durch die endlose Weite der Prärie. Und als dann dieser Marlboro-Cowboy überall auf Plakaten und in Werbespots zu sehen war, dieser coole Typ, frei und unabhängig, mit einer Marlboro im rechten Mundwinkel, da flammte diese Sehnsucht nach den unendlichen Weiten des Wilden Westens, die Karl May in mir wachgerufen hatte, wieder auf und ich verlor mich beim Rauchen dieser Zigaretten noch einmal in diese Welt der unbegrenzten Freiheit und Abenteuer, noch einmal in diese Sehnsüchte und Träume meiner Jugend.

– Nun ja, die Marke Marlboro gehört wohl zu den erfolgreichsten Kampagnen, sagte Anja. Dieser Cowboy, als Repräsentant des amerikanischen *Way of Life*, eine hochgradig wunschbesetzte Antithese zu der Enge und den Zwängen unserer Zivilisation, wurde zum weltweiten Zeitgeist und die Marlboro zur meist-gerauchten Zigarette der Welt.

– Nun, Marlboro griff äußerst wirkungsvoll einen geradezu archaischen Traum der Menschheit mit seiner Kampagne auf, fügte Philip hinzu, den Traum von Freiheit und Selbstbestimmtheit, den Traum von einem anderen, besseren Leben, eine uralte Sehnsucht, die jeder von uns in sich trägt, ein Traum, der natürlich auch in der Literatur immer wieder auftaucht. Literarische Utopien schildern ein glückversprechendes Anderswo, sie projizieren das, was im Hier und Jetzt nicht ist, wohl aber erstrebenswert und möglich erscheint, auf einen anderen Ort. Bereits Platon in der Antike träumte von seinem Idealstaat und entwarf in einer Erzählung die utopische Insel Atlantis mit einem von Philosophen gelenkten Herrschaftssystem, das er für besser hielt als die damalige Staatsverfassung Athens, die historische Grundlage unserer heutigen Demokratie.

In Francis Bacons Utopie Nova Atlantis, im 17. Jahrhundert, waren es dann die Wissenschaftler, die mit ihren naturwissenschaftlichen Entdeckungen und technischen Erfindungen den besten, erstrebenswertesten Staat kennzeichneten.

– Und Daniel Defoe, unterbrach Anja ihn, schickte Robinson Crusoe in seinem Abenteuerroman im 18. Jahrhundert in die wilde Natur auf eine unbewohnte Insel in der Karibik, wo er als einziger Überlebender eines Schiffbruchs in dieser Wildnis ums Überleben kämpft, alle Schwierigkeiten und Gefahren überwindet und damit die Leser fasziniert, auch den Schriftsteller und Philosophen Jean-Jaques Rousseau. Er bezeichnet dieses Buch in seinem Erziehungsroman Émile als beste Lektüre für Kinder, denn nur in der Natur, fernab von gesellschaftlichen Zwängen, könnten die Jugendlichen ihre Talente zur freien Entfaltung bringen. Sie taxierte ihn scharf. War da irgendeine Reaktion? Nein, sie konnte keine erkennen.

– Nun, Rousseau war einer der bedeutendsten Vertreter der französischen Aufklärung und wichtiger Wegbereiter der Französischen Revolution, merkte Philip an. Er wandte sich gegen die gesellschaftliche Ordnung und Zwänge des städtischen Lebens, wünschte sich, dass die Menschen zur Einfachheit der Natur zurückkehren. Er schrieb: *Das Bild einer schönen Landschaft, die Stille der Einsamkeit in natürlicher Umgebung enthalten das köstliche Gut, dessen die moderne Welt dringend bedarf.* Die Wertschätzung der Natur, die Rousseau im 18. Jahrhundert angesichts der negativen Begleiterscheinungen des Fortschritts aufgriff, ist heute aktueller denn je, sie ist eines der wichtigsten Themen unserer Gesellschaft geworden. Nur, dieser von Rousseau gerühmte Naturzustand in Daniel Defoes Erzählung war für Robinson ein harter Überlebenskampf, bei dem er sich auch gegen Kannibalen verteidigen musste. Er war nicht glücklich auf dieser Insel. Diese Wildnis war für ihn kein Paradies, das hat Rousseau ausgeblendet. Die Begeisterung für die karibische Insel von Robinson

Crusoe besteht nur beim Leser. Utopische Inseln, Robinsonaden oder Schlaraffenland-Erzählungen sind magische Projektionsflächen für unsere Wünsche, Sehnsüchte und Träume, faszinieren uns immer wieder, ziehen uns in ihren Bann, führen uns hinaus in die Ferne, weit weg von unseren eingeschränkten Lebensbedingungen, zu einem fernen paradiesischen Irgendwo auf der Erde, wo unsere Wünsche erfüllt werden und alles besser werden könnte. Doch der schöne Schein solcher Fantasiegebilde verblasst, je näher wir ihnen kommen, und die Wirklichkeit ist oft mehr als ernüchternd. Über die Jahrhunderte hat es immer wieder Kritik an der Gegenwart gegeben und seit der Antike beschäftigt das Mögliche im Anderswo die Fantasie, ob nun bei den klassischen Utopien, den Robinsonaden oder der fantastischen Literatur. Oscar Wilde zum Beispiel schrieb im Jahr 1891: *Eine Weltkarte, in der das Land Utopia nicht verzeichnet ist, ist keines Blickes wert, denn sie unterschlägt die Küste, an der die Menschheit ewig landen wird. Und wenn die Menschheit da angelangt ist, hält sie Umschau nach einem besseren Land und richtet ihre Segel dahin.* Solange es Menschen auf der Erde gibt, fuhr er fort, wird es immer neue Sehnsüchte geben. Sehnsüchte nach paradiesischen Inseln oder wie in unserer heutigen Überflussgesellschaft nach immer mehr und mehr Konsum. Konsum, der unsere wachstumsorientierte Wirtschaft auf Hochtouren laufen lässt, Arbeitsplätze schafft, unser Leben angenehmer macht und uns einen noch nie da gewesenen Wohlstand beschert hat, der aber auch die rücksichtslose Ausbeutung der Natur vorangetrieben hat, der immer mehr Ökosysteme vernichtet und unsere Lebensgrundlage gefährdet.

– Dafür kann man uns Werbetreibende aber nicht alleine verantwortlich machen, merkte Anja an.

– Das möchte ich auch nicht, erwiderte Philip, denn wer flaniert nicht gern durch die Einkaufsmeilen der Städte? Wer verzichtet schon gern auf die Annehmlichkeiten und Erleichterungen des Lebens durch den Fortschritt? Seit der Nachkriegszeit, den Jahren des Verzichts, haben sich mit dem wachsenden Wohlstand das Anspruchsniveau und Konsumverhalten der Menschen verändert und Werbung greift diese gesellschaftliche Veränderung natürlich auf.

– Nun, Werbung muss auf alle gesellschaftlichen Entwicklungen reagieren, sagte Anja, muss im gesellschaftlichen Trend liegen, um die Aufmerksamkeit der Konsumenten für Produkte zu wecken. Doch die Entscheidungsfreiheit, ein Produkt zu kaufen oder auch nicht, liegt beim Konsumenten. Ohne die entsprechende Nachfrage wäre dieser Konsum, so wie wir ihn heute haben, trotz aller Werbe- und Marketingmaßnahmen nicht möglich. Denn kein Unternehmen kann es sich leisten, Produkte auf den Markt zu bringen, die der Kunde nicht bereit ist zu kaufen.

Früher war der Marlboro-Cowboy eine Kultfigur, ein Symbol für Männlichkeit, Freiheit und Unabhängigkeit, und bediente, wie auch alle anderen Zigarettenmarken, die jeweiligen Sehnsüchte der Zeit, fuhr Anja fort. Heute, durch die Gesundheitsdebatte, aufgrund der gesundheitsgefährdenden Stoffe in den Zigaretten, haben diese ihre gesellschaftliche Bedeutung verloren, die Werbung musste sich dieser negativen Produktbewertung anpassen und der Absatz geht seitdem zurück.

Der Konsument hat Macht, er muss sie nur nutzen. Er muss nicht jedem Trend hinterherlaufen. Es liegt bei jedem Einzelnen von uns, ob er sich manipulieren lässt oder ob er selbstbestimmt handelt und die Verantwortung für seine Kaufentscheidungen übernimmt. Bei Kindern ist es allerdings anders. Sie kennen die Strategien der Werbung nicht, sie sind noch bereit, alles zu glauben, was die Werbung ihnen verspricht. Sie wachsen in eine Welt hinein, die von Konsum und Verlockungen aller Art geprägt ist, und deshalb müssen Eltern und Schulen so früh wie möglich mit Kindern über Werbung sprechen, damit sie frühzeitig lernen, kompetent und kritisch mit Werbung umzugehen. Sie müssen Schritt für Schritt lernen, die Werbestrategien zu durchschauen, um so den Verlockungen besser widerstehen und den Einfluss der Werbung kritischer bewerten zu können. Das ist natürlich nicht immer einfach, vor allem, wenn der Gruppendruck dann noch hinzukommt. Plötzlich spürt man, in unserer heutigen Überflussgesellschaft, die grausame Macht der fehlenden Dinge, eine fehlende Playstation oder ein Fotohandy, das die anderen alle haben, nur man selbst nicht, und schon gehört man nicht mehr dazu. Man wird zum Außenseiter, wenn man keine Sportschuhe von Nike oder Adidas hat, keine Jeans mit Marken-Etikett oder T-Shirt mit Ronaldo drauf. Der Markenwahn kennt keine Grenzen und deshalb wäre es sehr wünschenswert, wenn die Politik in Deutschland handeln und ein komplettes Werbeverbot für Kinder unter 12 Jahren einführen würde, so wie in Schweden. Denn je kleiner die Kinder sind, desto leichter kann man sie zum Konsum animieren. Sie sind die schutzbedürftigsten Mitglieder unserer Gesellschaft und brauchen deshalb werbefreie Räume.

– Ich glaube, ich könnte jetzt eine kleine Abkühlung gebrauchen, kommen Sie mit? fragte Philip.

– Ja, gerne, erwiderte Anja. Sie standen beide auf und gingen zwischen den Sonnenschirmen, Liegestühlen und den von der Sonne gebräunten Menschen zum Wasser. Philip hechtete hinein, tauchte, kam dann wieder nach oben und schwamm mit kräftigen Armschlägen ein Stück weit hinaus ins Meer. Anja stand noch im seichten Wasser, ging dann ein paar Schritte weiter, kühlte sich ab und schwamm ihm hinterher. Die Meeresfläche glitzerte im Sonnenlicht. Philip drehte sich auf den Rücken und wartete auf sie.

– Meine Kondition lässt zu wünschen übrig, sagte sie lächelnd, als sie ihn eingeholt hatte. Ich bin schon lange nicht mehr geschwommen und mein tägliches Joggen habe ich in den letzten Wochen auch sehr vernachlässigt.

– Falls Ihre Kräfte versagen, bringe ich Sie wieder sicher zurück zum Strand, das verspreche ich Ihnen, sagte Philip.

– Das klingt ja beruhigend, erwiderte sie. Sie schwammen eine Weile nebeneinander, dann drehte sich Anja auf den Rücken und ließ sich einfach treiben. Die Menschen und die Sonnenschirme am Strand wurden immer kleiner und das Wasser kühler und dunkler.

– Ich glaube, wir sollten umkehren, sonst schaffe ich es womöglich doch nicht mehr zurück bis zum Strand und müsste auf Ihr Angebot zurückkommen, sagte Anja.

– Ich hätte nichts dagegen. Es wäre eine Ehre für mich, Sie aus den Wellen des Atlantiks zu retten, erwiderte er lachend.

Sie schwammen zurück und Philip legte sich, ohne sich abzutrocknen, auf sein Handtuch und sah Anja beim Abtrocknen zu. Als sie fertig war, legte sie sich neben ihn. Zahllose Wasserperlen glitzerten auf seinem Körper in der Sonne und sie beobachtete, wie sie von seinen Schultern über die Brust, wie kleine Rinnsale, nach unten liefen, dann wanderte ihr Blick zu seinem Gesicht. Er lächelte, sagte aber nichts. Wie ertappt wandte sie sich von ihm ab.

Die Sonne brannte immer heißer und Anja holte ihre Sonnencreme aus der Badetasche und begann sich einzucremen.

– Darf ich Ihnen helfen? fragte Philip, als sie versuchte, die Creme auch auf ihrem Rücken aufzutragen.

– Gerne, sagte sie lächelnd und reichte ihm die Tube. Wenn Sie möchten, kann ich Sie nachher auch eincremen, bot sie ihm an.

– Sehr gerne, erwiderte er und begann mit rotierenden Bewegungen, die Creme auf ihrem Rücken einzumassieren. Für ein paar Sekunden schloss sie die Augen, verlor sich in dieses erregend schöne Gefühl, seine Hand auf ihrer Haut zu spüren, diese Hand, die gerade die Träger ihres Bikini-Oberteils etwas zur Seite schob, nach unten bis zu ihrem Bikini-Höschen glitt und dann wieder nach oben zu ihrem Nacken, den Schultern und dann viel zu schnell ihre Arbeit beendete und ihr die Tube zurückgab. Wie ein Liebespaar dachte sie, als kurz darauf ihre Hand über seinen Rücken strich, und sie fragte sich, was er empfand, wenn er ihre Hand spürte. Fühlte er wie sie? Sie wünschte sich, es wäre so, und verteilte die Sonnencreme ausgiebig auf seinem Rücken, bis sie merkte, dass sie seine Haut fast ertränkte mit der vielen Creme. Abrupt hörte sie auf.

– Ich glaube, ich habe ein bisschen zu viel aufgetragen, sagte sie mit einem verlegenen, entschuldigenden Lächeln und packte die Tube zurück in ihre Badetasche.

– Oh, das finde ich nicht, ich würde meinen Rücken gerne noch eine Weile zur Verfügung stellen und wenn die Tube leer ist, hole ich auch eine neue, sagte er mit einem schelmischen Grinsen. Irritiert wandte sie sich von ihm ab, spürte plötzlich wieder dieses unbehagliche Gefühl, das sie einfach nicht ganz abschütteln konnte. Sie sollte aufstehen und gehen, noch war es nicht zu spät, doch etwas in ihr weigerte sich aufzustehen und zu gehen, weigerte sich, diesen Tag mit ihm zu beenden und ihn dann vielleicht nie wiederzusehen. Zudem, was sollte ihr hier am Strand mit diesen vielen Menschen schon geschehen?

– Irgendetwas bedrückt Sie, vor irgendetwas haben Sie Angst, das spüre ich, sagte Philip, während sein prüfender Blick auf ihr ruhte, aber Sie wollen nicht mit mir darüber sprechen, Sie vertrauen mir nicht.

– Kann ich Ihnen denn vertrauen? Ich kenne Sie doch kaum.

– Nun, es ist immer ein Risiko, sich auf einen anderen Menschen einzulassen. Ich finde, man sollte sich da einfach auf sein Gefühl verlassen.

– Ich glaube nicht, dass es gut ist, sich ausschließlich auf seine Gefühle zu verlassen, ihnen blindlings zu folgen, erwiderte Anja.

– Nun, im Leben ist nichts berechenbar und man weiß vorher nie, ob es richtig oder falsch ist, diesen oder einen anderen Weg zu gehen. Aber ist es nicht auch gut so? Wenn man immer alles schon vorher wüsste, wäre das Leben doch uninteressant und langweilig. Ich glaube, man sollte das Hier und Jetzt genießen. Oft beschert uns doch gerade das Unerwartete, nicht geplante, die schönsten Stunden, und die sollte man dann nicht einfach achtlos an sich vorbeiziehen lassen, sondern festhalten, sich freuen, dass es jetzt so ist, jetzt, an diesem Ort, dass man es erleben darf, dieses Glück, denn es läuft uns ja schließlich nicht jeden Tag über den Weg, meistens geschieht es doch dann, wenn man am wenigsten damit rechnet. Für mich gibt es im Moment jedenfalls nichts Schöneres, als hier, neben Ihnen, im Sand zu liegen, die Wärme der Sonne zu spüren und diesen Tag mit Ihnen verbringen zu dürfen. Ein wohliger Schauer durchflutete sie und der blaue Himmel mit seinen weißen, flauschigen Wölkchen erschien ihr plötzlich noch schöner, die Sonne strahlender und der Wind, der mit ihrem Haar spielte, zärtlicher. Wenn Sie dann heute Abend noch mit mir zum Essen gehen, ist mein Glück perfekt. Gehen Sie heute Abend mit mir essen? Bitte, sagen Sie ja! Sein inniger, erwartungsvoller Blick, ihre drängenden Gefühle ...

– Um wie viel Uhr? fragte sie und spürte, wie ihr Herz schneller schlug.

– Neunzehn Uhr, ist Ihnen das recht? Ich hole Sie ab.

– Ja, neunzehn Uhr, wiederholte sie und legte sich zurück auf ihr Handtuch. Sie spürte die sanfte Brise, die über ihre Haut strich, und plötzlich seine Hand auf ihrer Hand und alles, was sie fühlte, reduzierte sich augenblicklich auf diese Berührung, auf diese alle Bedenken und Ängste beiseiteschiebende Hand, diese Hand, die plötzlich alles war, alles, was wichtig war, weil sie sich einfach so gut anfühlte, seine Hand auf ihrer Hand.

Sie hatten einen kleinen Zweiertisch, direkt neben einem großen Fenster gewählt. Es war sehr gemütlich hier, das Mobiliar rustikal und äußerst geschmackvoll. Wände und Decke waren weiß getüncht, die Holztische mit terrakottafarbenen Tischtüchern bedeckt und mit Blumen geschmückt.

– Ich hoffe, dass ich Sie mit meiner Restaurant-Wahl nicht enttäusche, sagte Philip. José ist ein guter Koch, ich habe hier schon ein paar Mal gegessen. Kulinarisches Raffinement, wie in einem Sterne-Restaurant, darf man bei ihm allerdings nicht erwarten. Seine Küche besticht durch ihre geschmackvolle und deftige Einfachheit und unüberbietbare, fangfrische Meerestiere. Anja blickte in sein markantes Gesicht, seine graublauen Augen, die intensiv auf sie gerichtet waren, auf die kleinen Fältchen um seine Augenwinkel und sein warmes, sympathisches Lächeln und sagte: Ich bin mit Ihrer Restaurant-Wahl sehr zufrieden und fühle mich in diesem Ambiente hier sehr wohl. Aber mit ihm hätte sie sich auch in jedem anderen Lokal wohlgefühlt. Unwillkürlich erinnerte sie sich an einen Ausflug mit Chris. Sie hatten spät abends in einer Gaststätte nur noch ein paar belegte Brötchen zum Essen bekommen. Aber es hatte sie nicht weiter gestört. Du kannst in einem sündhaft teuren Gourmet-Tempel speisen, hatte Chris damals gesagt, das Essen ist vorzüglich, lässt keine Wünsche offen und doch kannst du es nicht richtig genießen. Es liegt an deinem Gegenüber, er nervt dich, langweilt dich zu Tode, doch mit der richtigen Begleitung, so wie mit dir, kann ein kleines Abendessen in einem einfachen Landgasthof zu einem wahren Genuss, zu einem unvergesslichen Erlebnis werden. Er hatte den Arm um sie gelegt, sie an sich gedrückt und zärtlich auf den Mund geküsst. Die Vorspeise, hatte er mit einem liebevollen Grinsen gemeint, auf den Nachtisch musst du allerdings noch ein bisschen warten, jetzt kommt erst das Hauptgericht, diese kulinarische, einzigartige Köstlichkeit. Er hatte zwei belegte Brötchen vom Tablett genommen, ihr eins gereicht und mit einem schelmischen Lächeln gemeint: Sieh nur, wie kunstvoll diese Gürkchen auf den Schinkenbrötchen drapiert sind, eine Gestaltungsperfektion auf ganz hohem Niveau, so einer Genussdarbietung kann man einfach nicht widerstehen, oder? Er hatte vergnügt in sein Brötchen gebissen und lachend hinzugefügt: Hm, ein Geschmackserlebnis par excellence.

Ein Kellner kam an ihren Tisch und beendete ihren gedanklichen Exkurs. Er brachte die Speisekarte und sie bestellten beide die Seezungenspieße mit Räucherlachs und Rotweinbutter auf Blattspinat und als Vorspeise luftgetrockneten Schinken des Landes mit Melonenstücken und Käse sowie den hauseigenen Portwein, den er ihnen dazu empfahl. Als der Kellner gegangen war, sah Philip sie liebevoll an und sagte mit unverhohlener Bewunderung: Die Bluse steht Ihnen vorzüglich. Die Wirkung, die er auf sie ausübte, wenn er sie so ansah, irritierte sie und es gelang ihr immer weniger, ihre wachsenden Gefühle für ihn, vor ihm zu verbergen. Philip nahm sein Glas, hob es hoch und sagte: Darauf, dass wir uns begegnet sind. Anja sah ihn nur an, trank einen Schluck und stellte dann ihr Glas wieder zurück.
– Waren Sie schon einmal in Lissabon? fragte er dann.

– Nein, Sie?

– Vor zwei Jahren, gleich nach der Scheidung. Ich musste einfach ein paar Tage weg. Da habe ich übrigens Sofia kennengelernt. Ich hatte außerhalb von Lissabon eine Autopanne und kein Handy dabei, ich hatte es im Hotel liegen lassen. Mehrere Autos waren einfach an mir vorbeigefahren, bis Sofia kam. Sie hielt an und rief für mich beim Abschleppdienst an, der dann meinen Wagen in die Werkstatt brachte. Als sie mich dann mit ihrem Auto zurück zu meinem Hotel gefahren hatte, lud sie mich zu einem ihrer Fado-Abende ein. Und gestern haben wir uns zufällig wiedergetroffen. Einer der Gitarristen ist ihr Mann und der andere ihr Bruder. Sie sind jetzt im Sommer viel unterwegs, jeder Abend ist bei ihnen ausgebucht. Sofia ist verheiratet. Die Umarmung gestern Abend war also rein freundschaftlich. Ein angenehmes Gefühl durchflutete sie.

– Lissabon, die Siebenhügelstadt an der breiten Atlantikmündung des Rio Tejo ist eine der schönsten Städte Europas, fuhr Philip fort. Sie bietet eine Fülle kultureller Attraktionen, ausgezeichnete Restaurants und Cafés, großzügig angelegte Flaniermeilen, aber auch diesen unwiderstehlichen, morbiden Charme vergangener Zeiten. In den engen Gassen der Altstadt liegt noch heute der Geist der ehemals mächtigsten Seefahrernation der Welt. Obwohl ich große Städte, bis auf wenige Ausnahmen, nicht besonders mag, habe ich mich in dieser Metropole sofort wohlgefühlt. Man kann sie erkunden, das pulsierende Leben genießen und sich immer wieder in die vielen grünen Oasen zur Erholung und Entspannung zurückziehen.

Der Kellner kam und brachte die Vorspeise. Der luftgetrocknete Schinken mit den Melonenstücken und dem Käse war auf großen rustikalen Tellern appetitlich angerichtet und Anja merkte plötzlich, wie hungrig sie war.

– Und, schmeckt es Ihnen? fragte Philip, nachdem sie ein paar Bissen gegessen hatte.

– Ja, es ist köstlich.

– Das freut mich, erwiderte er und fuhr dann fort: Von den sieben Hügeln hat man eine herrliche Aussicht über das Häusermeer, den Hafen und den Rio Tejo. Den schönsten Ausblick über die gesamte Stadt und das Umland hat man jedoch vom Castelo de Sâo Jorge, einer historischen Festungsanlage, die auf dem höchsten Hügel thront. Sie zählt zu den beliebtesten Sehenswürdigkeiten und ist das älteste Bauwerk der Stadt, in dem bis ins 16. Jahrhundert die portugiesischen Könige lebten. 1755 wurde die Festung dann bei einem Erdbeben stark beschädigt, befindet sich jedoch heute, nach ihrer Restaurierung, wieder in einem sehr guten Zustand. Sie beobachtete ihn. Seine Art zu erzählen gefiel ihr, diese Begeisterung, die er in jedes seiner Worte legte, wenn er von Lissabon sprach. Seine angenehme Stimme, seine entspannten Gesichtszüge unter leicht gebräunter Haut, sein Lächeln und seine Augen, die so viel Wärme ausstrahlten und sie unwiderstehlich anzogen.

– Unterhalb der Burg liegt das malerischste Viertel Lissabons, die maurische Altstadt, die Alfama, mit ihrem seit dem Mittelalter kaum veränderten Gewirr von Häusern, an denen der Zahn der Zeit kräftig genagt hat, fuhr er fort. Es riecht dort in den schmalen Gassen nach Fisch und Gewürzen, Gewürze, die einst die Seefahrer im Laufe der Jahrhunderte aus den Kolonien in Südamerika, Afrika und Asien mitbrachten.

In der vergangenen halben Stunde hatten die Zahl der Gäste und das Stimmengewirr deutlich zugenommen. Doch Anja nahm das alles kaum wahr. Sie genoss es, ihm zuzuhören, sah Lissabon förmlich vor sich, die Altstadt mit ihrem steilen, kopfsteingepflasterten Gassen-Labyrinth, die malerischen verwinkelten Treppchen, die Gemüse- und Krämerläden, die Vogelkäfige in den geöffneten Fenstern und die Wäsche, die zwischen den Balkongittern im Wind flattert. Er erzählte alles so anschaulich, dass sie zunehmend das Gefühl hatte, mittendrin zu sein, in Lissabon, in einer der kleinen Tavernen in der Altstadt, in der abends der Fado erklingt.

Als er mit seiner Vorspeise fertig war, lehnte er sich entspannt zurück, betrachtete sie mit unverhohlener Zärtlichkeit und fragte dann: Hätten Sie nicht Lust, mit mir zwei, drei Tage nach Lissabon zu fahren? Ich würde Ihnen gerne die Stadt zeigen, sie würde Ihnen bestimmt gefallen. Nach Lissabon? Ihre Finger schlossen sich fester um die Gabel, mit der sie gerade das letzte Melonenstück aufgespießt hatte. Mit ihm nach Lissabon. Nein, das ging nicht, auf gar keinen Fall. Und doch, mit ihm nach Lissabon.

– Ich bin nur noch ein paar Tage hier, antwortete sie zögernd, mit ihren widerstreitenden Gefühlen kämpfend. Sie schob das Melonenstück in ihren Mund, legte das Besteck auf den Teller und tupfte mit der Serviette ihre Lippen ab.

– Sie können es sich ja noch überlegen, sagte er. Sie versuchte, den Tumult in ihrem Innern zu besänftigen, ihre Gefühle, die sich schon für Lissabon entschieden hatten, in Schach zu halten.

Der Kellner eilte herbei, räumte ab, servierte gleich darauf die Seezungenspieße mit Räucherlachs und wünschte guten Appetit.

– Ein ganz besonderes touristisches Highlight, sagte Philip, ist eine Fahrt mit der nostalgischen Straßenbahn, die wie vor hundert Jahren die Hügel rauf und runter durch die Häuserschluchten rumpelt. Und auch der Botanische Garten, mit seiner subtropischen Vegetation, seinen Teichen, kleinen Brücken, verschlungenen Pfaden und einem Brunnen aus dem 18. Jahrhundert, ist sehr sehenswert. Und falls Sie sich für die Azulejos interessieren, könnten wir uns das Kachel-Nationalmuseum im Osten von Lissabon ansehen. Dort wird auf zwei Etagen die Entwicklung portugiesischer Fliesenkunst präsentiert. Mit ihren Motiven aus dem täglichen Leben, ihren sozialen und historischen Darstellungen sind die Azulejos wertvolle Zeugen der Zeitgeschichte und ein fester Bestandteil der portugiesischen und insbesondere der Lissabonner Kultur. Es ist eine einzigartige Sammlung, die die Kunst der Keramikfliesen von den Anfängen, den geometrischen Mustern der Mauren, über barocke Motive bis zu den modernen Designs unserer Tage chronologisch dokumentiert. Eines der bedeutendsten Exponate ist ein vierzig Meter langer Wandfries, der Lissabon vor dem Erdbeben 1755 zeigt. Das Epizentrum des Bebens lag damals mitten in Lissabon und zerstörte nahezu die ganze Stadt. Über 50.000 Menschen kamen dabei ums Leben. Wohnhäuser, Paläste und Kirchen stürzten ein. Der Stadtkern von Lissabon bot ein Bild der totalen Zerstörung. Nur das mittelalterliche Stadtviertel Alfama am östlichen Rand des Burghügels war weitgehend verschont geblieben. Ganz Europa stand unter Schock angesichts dieser verheerenden Naturkatastrophe. Der französische Philosoph Voltaire schrieb, unmittelbar nach dem Erdbeben, in einem Brief an seinen Bankier Tronchin: *Welch trauriges Spiel des Zufalls ist doch das Spiel des menschlichen Lebens!* Die Welt ist kein Ort, an dem es gerecht zugeht. Das Leben kann manchmal sehr grausam und unberechenbar sein. Denken Sie doch nur an den Tsunami im Dezember 2004 an den Küsten Südostasiens. Weit mehr als 200.000 Menschen verloren da ihr Leben. Rund 1,7 Millionen Menschen wurden obdachlos. Diese riesigen Flutwellen, ausgelöst von einem starken Erdbeben im Indischen Ozean, am zweiten Weihnachtstag hinterließen in 14 Ländern ein noch nie dagewesenes Maß an Zerstörung. Die Menschen liefen um ihr Leben und nur wenige schafften es, dieser verheerenden Naturkatastrophe zu entkommen, sie wurden vom Treibgut erschlagen oder vom Sog der ins Meer zurückströmenden Flut mitgerissen und in die Tiefe des Indischen Ozeans hinabgezogen. Es gibt kein lebenslanges Abonnement für die Sonnenseite des Lebens. Man weiß nie, was der nächste Morgen bringt. Es kann etwas Unvorhergesehenes geschehen, das das Leben jedes Einzelnen von uns, von einer Sekunde auf die andere, grundlegend verändert, es völlig zerstört, aber es kann auch etwas geschehen, das uns zeigt, dass das Leben sehr schön sein kann, so schön, dass wir diese Stunden gerne für immer festhalten möchten, dieses Glück ganz intensiv spüren und uns in ihm verlieren möchten. Ich habe mich schon lange nicht mehr so wohlgefühlt, sagte er, griff nach ihrer Hand und umschloss sie zärtlich. Sie würden es bestimmt nicht bereuen, wenn Sie mit mir nach Lissabon fahren würden. Sein erwartungsvoller Blick, diese unverhohlene Zärtlichkeit, seine Hand, die noch immer die ihre hielt und doch, das ging nicht.

– Wie gesagt, ich bin nur noch ein paar Tage hier.

– Verstehe, erwiderte er, dann vielleicht ein anderes Mal.

– Ja, vielleicht ein anderes Mal.

Als dann die Drei-Mann-Band den Hit *San Francisco* von Scott McKenzie spielte, fragte Philip: Möchten Sie tanzen? Ja, gerne, sagte sie, stand auf und ging mit ihm auf die Tanzfläche vor dem Lokal. Er nahm sie in seine Arme und zog sie an sich.

– Wissen Sie, dass dieser Song von Scott McKenzie, der von John Phillips, dem Songwriter und Sänger von The Mamas & The Papas, geschrieben wurde, ursprünglich Werbung für das Monterey-Pop-Festival im Jahr 1967 machen sollte?

– Ja, antwortete Anja. Und dann wurde diese Hymne der Flower-Power-Bewegung ein Welthit und zum Soundtrack des Lebensgefühls einer ganzen Generation. Kein anderer Song hat das Image von San Francisco als Hippie-Metropole mehr geprägt als diese Hymne des *Summer of Love* von Scott McKenzie. Sie wurde zu einem der größten One-Hit-Wonder der Popgeschichte und zum Song seines Lebens.

– Ja, auch ein Song kann eine sehr starke psychische Wirkungskraft haben, sagte Philip lächelnd. Mit seiner Aufforderung, doch bitte mit Blumen im Haar nach San Francisco zu kommen, weckte er die Sehnsucht nach dieser Stadt, die Sehnsucht nach Freiheit der Liebe und des Geistes, nach einem anderen, besseren Leben, einem utopischen Traum. Und eine halbe Million junger Menschen kam mit ihren Sehnsüchten zu diesem einzigartigen *Summer of Love*. Die Hippies lehnten sich damals gegen die spießbürgerlichen Zwänge auf, fuhr Philip fort, gegen die Leistungsgesellschaft und auch gegen den Konsumrausch. Und sie protestierten, geprägt von der studentischen Antikriegsbewegung der Universität Berkeley, gegen das sinnlose Morden während des brutalen Vietnamkriegs, gegen den amerikanischen *Way of Life*. *Make Love, not War,* lautete ihr Slogan. Sie wollten ein Leben voller Liebe, Mitmenschlichkeit, Freiheit und Toleranz. Doch dieser Traum ging nicht in Erfüllung. Der Zauber dieses anderen, besseren Lebens verblasste und der *Summer of Love* fand schon bald durch wachsende Gewalt, Drogenmissbrauch und begleitet von Rassenkrawallen ein jähes Ende. Der Krieg in Vietnam jedoch ging weiter. Der Protest der Hippies hatte nichts bewirkt, doch der Geist von *Love, Peace and Happiness* lebt bis heute weiter. Noch immer reisen Menschen aus der ganzen Welt nach San Francisco, auf der Suche nach dem Mythos der 60er-Jahre.

– Nun, ich denke, es ist nicht nur der Mythos jenes *Summer of Love*, der die Menschen nach San Francisco zieht, sondern auch die außergewöhnliche Schönheit dieser Stadt, sagte Anja. San Francisco ist eine Weltmetropole, eine Queen, schon allein ihre Lage auf den vierzig Hügeln der schmalen Landzunge zwischen dem Pazifik, der Bucht von San Francisco und der grandiosen Berglandschaft des Marin County, ein Traum. Man muss sich einfach in diese Stadt verlieben.

– Waren Sie schon einmal in San Francisco? fragte Philip.

– Ja, ich war als Au-pair-Mädchen in Santa Barbara in Kalifornien und in meiner Freizeit öfters in San Francisco und auch in Haight-Ashbury, dem ehemaligen Stadtviertel der Hippies. Und ich war im Golden Gate Park, wo sie ihre großen Open-Air-Konzerte veranstalteten, protestierten und einen Sommer lang mit Blumen im Haar tanzten und feierten.

Die Wärme dieses südländischen Sommerabends umfing sie und getragen von diesem Sehnsuchtssong kamen sie sich immer näher. Seine Lippen glitten über ihr Haar, verharrten zögernd auf ihrer rechten Wange, fanden ihre Lippen und küssten sie. Sie spürte die leichte Brise des Atlantiks und erwiderte seinen Kuss. Und obwohl die Band aufgehört hatte zu spielen, die anderen Paare bereits die Tanzfläche verließen, küsste er sie noch einmal, länger, leidenschaftlicher. Sie schloss die Augen und verlor sich an diesen überwältigenden Augenblick, an die so kostbaren Sekunden dieses Kusses, in dieser traumhaft schönen Atmosphäre am Strand der Algarve, über die sich langsam der Abend senkte.

April 2006

Das Outback. Schon vom Mount Painter aus hatten sie die unendliche Weite der Wüste, im Norden der Flinders Ranges, mit ihren Salzseen gesehen, diese unwirtliche, trostlose, mit niedrigen Salzbüschen überzogene Ebene, in diesem von der Sonne ausgedörrten Land. Bisher hatten sie sich immer während der Mittagshitze in die Wälder und Schluchten zurückgezogen, doch heute wollten sie zum über 60 Millionen Jahre alten Wüstenmonolith Uluru im trockenen, roten Herzen Australiens und waren deshalb schon sehr früh aufgestanden. Es waren schon viele Touristen auf der staubigen Straße unterwegs. Etwa eine viertel Million Menschen kommen jährlich zu diesem weltberühmten Wahrzeichen Australiens, dem Heiligtum der Aborigines, den Ureinwohnern dieses Landes, zu diesem magischen Ort mit so viel Geschichte. Sie hatten mehrere Flaschen Mineralwasser im Rucksack, es würde ein heißer Tag werden. Doch noch waren die Temperaturen angenehm und ein leichter Wind wehte. Sie hatten den rostroten 300 Meter hohen Monolithen schon lange gesehen, bevor sie überhaupt im Nationalpark angekommen waren. Und jetzt, als sie nur noch ein paar hundert Meter von ihm entfernt waren, trafen die ersten Sonnenstrahlen auf den Felsen und tauchten ihn in ein faszinierendes oranges Licht, ein Licht, das sich im Laufe des Tages, wie sie gelesen hatten, je nach Sonneneinstrahlung immer wieder verändert, bis zu einem glühenden Karminrot bei Sonnenuntergang. Aber so lange wollten sie nicht bleiben. Sie wollten so bald wie möglich wieder zurück zu ihrem klimatisierten Wagen und dann weiter nach Alice Springs fahren. Aus der Ferne sah der riesige Sandstein ziemlich glatt aus, doch als sie näherkamen, entdeckten sie die Verwitterung, die in Jahrmillionen durch Erosion entstandenen tiefen Rillen in den Wänden. Auf dem zehn Kilometer langen Wanderweg, der um den Felsen führt, legten sie immer wieder eine kleine Pause ein, um sich die vielen eindrucksvollen Felsmalereien in den zahlreichen Höhlen und Felsspalten anzusehen, dieses unschätzbare Erbe der Aborigines. Claus war fasziniert von diesen Kunstwerken, diesen beeindruckenden Bildern der Traumzeit der indigenen Bevölkerung, ihrer mystischen Vorzeit, noch bevor die Menschen erschaffen waren und die Geister ihrer Vorfahren auf der Erde lebten. Er konnte sich kaum trennen von diesem gigantischen Bilderbuch aus einer vergangenen Zeit, das Einblicke in das Leben dieser Ureinwohner, ihrer jahrtausendealten Kultur und Naturverbundenheit gibt.

Es war inzwischen extrem heiß geworden. Kein Lüftchen regte sich, der Schweiß drang ihnen aus jeder Pore und lief ihnen übers Gesicht. Die T-Shirts klebten an ihren Körpern und die Hitze schien mit jedem Schritt größer zu werden und die Fliegenschwärme auch. Sie hatten zwar Insektenschutzmittel auf jede freie Stelle ihres Körpers aufgetragen, doch so wirklich ließen sich diese aggressiven Stechfliegen davon nicht abhalten. Völlig erschöpft erreichten sie ihr Auto, öffneten die Türen und eine gefühlte Temperatur von 60–70 Grad strömte ihnen entgegen. Kai ließ den Motor laufen und schaltete die Klimaanlage an, doch es dauerte, bis sich diese Backofenhitze etwas abgekühlt hatte. 450 Kilometer waren es bis zur Wüstenstadt Alice Springs zwischen den Gebirgszügen der MacDonnell Ranges. Hoffentlich versagt die Klimaanlage nicht, sagte Kai. Doch alles lief gut.

In den nächsten zwei Wochen wanderten sie dann in dieser bis zu 600 Millionen Jahre alten Bergwelt, durchzogen von zahlreichen Flussbetten, Schluchten, tief eingeschnittenen Tälern, lebensspendenden Wasserlöchern und grünen Savannen. Sie erkundeten die von Touristen überfüllte, farbenprächtige Ormiston Gorge, westlich von Alice Springs, eine der schönsten Schluchten der MacDonnell Ranges, blieben immer wieder völlig überwältigt stehen und blickten auf dieses Meisterwerk der Natur, auf die hoch aufragenden, rostroten Felswände, die sich an diesem windstillen Tag im Wasser des Ormiston Creek spiegelten. Und im Finke-Gorge-Nationalpark wanderten sie, in der von Spinifex-Gras, Wüsteneichen und fotogenen Ghost-Gum-Bäumen bewachsenen Wüstenlandschaft bis zur Palmenoase, ein grünes Tal, wie ein Paradies, mit der weltweit letzten Population der urzeitlichen, geschützten Marienpalmen, die schon vor ungefähr einer Million Jahre hier im Zentrum Australiens wuchsen.

Ihre nächsten Ziele waren der Kakadu-Nationalpark und anschließend der Daintree-Nationalpark, mit seinem Regenwald im tropischen Norden, ein urzeitliches Gebiet, das auch „Top End" genannt wird. Sie fuhren von Alice Springs auf dem Stuart Highway weiter nach Darwin, der Hauptstadt des Northern Territory, benannt nach Charles Darwin, einem britischen Naturwissenschaftler, Theologen und Begründer der Evolutionstheorie, der im Jahr 1836 in Australien war und wie viele andere Naturschützer von der Einzigartigkeit der Pflanzen und Tiere auf diesem Kontinent zutiefst beeindruckt war, von diesem Kontinent, der die Blicke auf sich zieht, der Abenteurer, Urlauber, Fotografen und Maler in seinen Bann zieht. Vor allem der Kakadu-Nationalpark, dieses riesige, artenreiche Naturschutzgebiet, mit seinen Feuchtgebieten, Schwemmlandebenen, Mangroven und spektakulären Wasserfällen, die sich von Sandsteinklippen stürzen, zählt zu den schönsten Nationalparks der Welt und wurde von der UNESCO als „Welterbe der Menschheit" eingestuft. In diesem Garten Eden, mit seinen etwa 1600 Pflanzenarten, viele selten oder nur hier zu finden, seinen vielen Vogelarten, Säugetieren, Reptilien und Amphibien, befinden sich auch Tausende Felswände mit bis zu 40.000 Jahre alten Zeichnungen der Aborigines, eine der eindrucksvollsten Felsgalerien weltweit.

Vor einer der Felswände saß ein alter Mann, ein Aborigine mit tiefbrauner Haut und grauem Haar. Freundlich, aber auch mit einer gewissen Reserviertheit, blickte er Kai und Claus an. Sie grüßten ihn und er lächelte und zeigte auf seine Bilder, fragte, ob sie eines kaufen möchten. Sie blieben stehen und betrachteten seine eindrucksvollen Landschaftsimpressionen.

– Die Kunst, sagte der Aborigine, ist das Einzige, was uns noch geblieben ist. Kunst, die uns bisher noch niemand weggenommen hat, denn sie ist populär geworden, die Kunst der Aborigines, sie hat nichtindigene Liebhaber gefunden, auch im Ausland. Ich habe einmal 1000 Dollar für ein Bild bekommen, fuhr er dann fort und für ein paar Sekunden strahlten seine dunklen Augen, doch dann senkte er seinen Blick. Das ist schon lange her, fügte er leise hinzu. Diese hier, sagte er und zeigte auf seine Bilder, diese kosten nur 120 Dollar das Stück.

Claus blickte auf die Bilder und merkte an: Sie malen nicht nach der traditionellen Punktmaltechnik der Ureinwohner, sondern im westlichen Stil, so wie Albert Namatjira, der berühmte australische Aboriginal-Künstler, malte.

– Sie kennen Albert? fragte der alte Mann.

– Ja, ich habe schon einige Bilder von ihm gesehen. Ich bin auch Maler und bin sehr beeindruckt von Ihren Bildern. Man sieht sofort, dass Sie die Landschaften, die Sie malen, lieben, sich in sie einfühlen und sie wertschätzen, man sieht Ihre tiefe Verbundenheit zur Natur. Und ja, Sie beherrschen die Kunst, das Licht in all seinen Farben und Schattierungen in Ihren Landschaftsimpressionen einzufangen, die Schönheit der Natur so lebendig zu gestalten, dass sie den Betrachter magisch anzieht, fasziniert und berührt und er nur zu gerne für immer in dieser Natur verweilen würde. Wieder trat ein Strahlen in seine Augen und hielt an, als er sagte:

– Albert war ein großes Vorbild für mich. Ich habe mein ganzes Leben lang versucht, so zu malen wie er. Aber nicht nur ich, auch viele andere Aborigines. Doch nur wenige werden so berühmt wie Albert, sodass ihre Bilder in die großen Kunstgalerien nach Sydney, Melbourne oder Perth gelangen, internationale Anerkennung gewinnen und für viel Geld verkauft werden können. Obwohl das Interesse für unsere Kunst gewachsen ist und wir unsere Bilder in Souvenirläden verkaufen können, hat dieses Einkommen unsere Armut kaum gemindert. Doch wir setzen unsere Hoffnung weiter auf unsere Kunst und füllen unsere Wellblechhütten in den Reservaten oder in den Randgebieten der Städte mit bunten Bildern, mit den Farben des Landes, das einmal uns gehörte, dieses Land, das inzwischen immer mehr bedroht ist, das immer weiter zerstört wird, weil die Menschen in den Städten die Natur nicht mehr wertschätzen. Claus blickte auf ein Bild, das eine paradiesische Landschaft zeigte, aus der bedrohliche dunkle Dämpfe aufstiegen.

– Ist das der Kakadu-Nationalpark? fragte er.

– Ja, antwortete der alte Mann, das ist er. Dieses Bild zeigt die Radioaktivität, die 1988 hier unkontrolliert ausgetreten ist, verursacht von der Ranger Mine. Sie ist die zweitgrößte, aktive Uranmine der Welt. Sie wurde 1981 eröffnet und ist bis heute in Betrieb. Mit dem Uranoxid aus dem Kakadu-Nationalpark werden Reaktoren in der ganzen Welt betrieben. Im Kakadu bleibt nur der radioaktive Müll, mit all seinen gesundheitlichen Konsequenzen für uns Menschen. Der alte Mann blickte sie mehrere Sekunden lang resigniert an, doch dann sagte er mit fester, überzeugender Stimme: *Wenn man die Erde verwundet, verwundet man sich selbst. Und wenn andere die Erde verwunden, verwunden sie dich.* Wir haben gekämpft, haben auf die Gefahren und langfristigen Folgen des Uranabbaus hingewiesen, doch wir mussten, zugunsten wirtschaftlicher Interessen der Agrar- und Bergbau-Lobby, zurückstecken.

Für einen kurzen Moment senkte er seinen Blick, dann zeigte er auf die Felswand vor der er saß, und sagte: Hier wurde von meinen Vorfahren unser komplexes Wissen über Natur und Geografie dieses Landes in künstlerischer Form aufgezeichnet und von Generation zu Generation weitergegeben. Wir waren Nomaden, Jäger und Sammler, lebten im Einklang mit der Natur, haben sie wertgeschätzt, denn der Reichtum der Natur war für uns immer ein Lebensquell, war unser Supermarkt und unsere Apotheke. Doch dieses enorme Wissen ist in der modernen Welt nicht mehr gefragt und da unsere Aufzeichnungen in den Felsspalten der Verwitterung ausgesetzt sind, dem Ruß von Buschfeuern und dem Pilzbefall, wird unser Wissen über die Natur mehr und mehr verschwinden, so wie unser traditionelles Leben immer mehr verschwindet, da uns die Lebensweise der Weißen übergestülpt wird. Wieder war da diese Resignation, die Hilflosigkeit in seinem Blick, bevor er fortfuhr: Doch einige von uns haben noch nicht aufgegeben, kämpfen weiter um unsere Rechte, um Autonomie und Lebensraum, kämpfen gegen die Ignoranz und Vorurteile gegenüber Naturvölkern und gegen die Zerstörung der Natur. Auch Albert Namatjira hatte gekämpft, für das Recht, in Alice Springs ein Haus bauen zu dürfen, für die Bürgerrechte, die Australier besaßen, die den Aborigines, den Ureinwohnern Australiens, jedoch nicht zustanden. Und er hat den Kampf gewonnen. Aufgrund seiner Popularität und der vielen Proteste der Öffentlichkeit erhielt Namatjira 1957 als erster Ureinwohner des Northern Territory diese Bürgerrechte und zehn Jahre später bekamen sie alle Aborigines.

– Möchten Sie eines kaufen? fragte er dann noch einmal und zeigte wieder auf seine Bilder, die nicht nur die Schönheit der australischen Landschaft zeigten, sondern auch ihre fortschreitende Zerstörung.

– Ja natürlich, antworteten sie beide gleichzeitig und blickten auf das Bild von der Geisterstadt Wittenoom, wo bis 1966 Asbest abgebaut wurde, auf die klimaschädlichen Kohlekraftwerke und entschieden sich dann für das vom Korallensterben gefährdete Great Barrier Reef und den bedrohten Kakadu-Nationalpark. Und auch für das Bild, das die Briten zeigt, wie sie 1788 in die Bucht von Sydney mit ihren 11 Schiffen der First Fleet einliefen und ab diesem Tag das Leben der Aborigines so gravierend veränderten. Sie gaben dem alten Mann mehr als er verlangte. Er bedankte sich und seine Augen strahlten noch einmal für den Bruchteil einer Sekunde, dann senkte er seinen Blick wieder auf seine Bilder.

– Uran wird weltweit abgebaut, sagte Kai, als sie weitergingen. Uran, dieser begehrte Brennstoff für Nuklearkraftwerke und Sprengstoff für Atombomben. Auch in Deutschland wurde von der Wismut AG von 1946 bis 1990 im Erzgebirge Uran abgebaut. Zehntausende Bergleute starben an Silikose, Tausende an Lungenkrebs und die Schäden für die Umwelt waren und sind bis heute immens. Doch der Uranabbau ist nur eine der vielen umweltschädigenden Handlungen, mit denen wir unsere Lebensräume und die Artenvielfalt gefährden. Mit diesem ständigen Steigerungsmodus, diesem fanatischen Streben nach immer mehr und mehr Wachstum und der rücksichtslosen Ausbeutung der Natur, der systematischen Vernichtung von Ökosystemen, wie der Verschmutzung der Meere und Flüsse, der Überdüngung der Felder und der Rodung unserer Wälder, zerstören wir unsere Lebensgrundlage. Ich habe in den zurückliegenden

Monaten viel darüber nachgedacht. Zuerst wollte ich alles hinschmeißen, die Agentur nicht übernehmen, wollte bei diesem Konsumwahn nicht mehr mitmachen, wollte nicht länger für Produkte mit ihren kurzlebigen, immer schneller werdenden Mode- und Modellzyklen werben, die immense Ressourcen verbrauchen und die Müllhalden füllen. Doch inzwischen habe ich mich entschlossen, die Werbung in unserer Agentur umzugestalten. Anstelle von diesen kurzlebigen Billigprodukten werde ich für qualitativ hochwertige, langlebige Produkte werben und versuchen, die Konsumenten und auch die Unternehmer zum Umdenken zu bewegen. Ob es mir gelingt, weiß ich nicht, aber ich muss es wenigstens versuchen. Ich kann nicht weiter einen Weg gehen, von dem ich nicht überzeugt bin. Natürlich ist mir bewusst, dass es ein Risiko ist. Was, wenn ich die Agentur meines Vaters an die Wand fahre und unsere Mitarbeiter ihren Job verlieren, weil die Menschen nicht bereit sind, ihren konsumorientierten Lebensstil zu ändern? Weil sie nicht bereit sind, für nachhaltige Produkte etwas mehr zu zahlen und auch die Unternehmen nicht das geringste Interesse daran haben, auf ihren Profit zu verzichten, den sie, bei steigenden Umsätzen, aufgrund einer kürzeren Lebensdauer der Produkte, erzielen?

– Nun, etwas Neues zu wagen, ist immer ein Risiko, doch was wäre unser Leben, wenn wir nicht den Mut dazu hätten? sagte Claus. Ich denke, wenn man von dem, was man tun möchte, zutiefst überzeugt ist und die Willenskraft und Ausdauer dazu hat, dann kann man es schaffen. Du hast es bei mir doch auch geschafft, dass ich hierher nach Australien gekommen bin, dass ich nicht gleich wieder zurückgeflogen bin, obwohl ich es mir sofort nach der Ankunft vorgenommen hatte. Du mit deiner beharrlichen, immer wieder Mut machenden Zuversicht hast es geschafft, die Leere in mir mit der Schönheit der Natur zu füllen. Ich kann die Natur im Hier und Jetzt wieder wahrnehmen und nach all den schweren Monaten wieder etwas fühlen, fühlen, wie gut es mir tut, mit dir hier unterwegs zu sein. Warum also solltest du es dann nicht schaffen, die Menschen von einem umweltfreundlichen Lebensstil zu überzeugen, sie davon zu überzeugen, dass wir auf die Umweltschäden reagieren müssen, die ökologischen Grenzen akzeptieren müssen, dass wir nicht einfach so weitermachen können, sondern neue Wege gehen müssen, dass jeder von uns, seinen Möglichkeiten entsprechend, seinen Beitrag dazu leisten muss. Ich glaube, dass du es schaffen wirst, und wenn du dabei meine Hilfe brauchst, bin ich für dich da, immer, zu jeder Zeit.

Sie suchten sich ein Motel und ließen sich dann, nachdem sie geduscht und etwas gegessen hatten, völlig erschöpft in ihre Betten fallen. Kai schlief sofort ein, doch Claus war noch lange wach und dachte an den alten Mann, an den Glanz in seinen Augen, als er von der Kunst, von seinen Bildern und vom Leben im Einklang mit der Natur gesprochen hatte, bis er dann endlich auch einschlief.

Wüste, überall Wüste, endlose, lebensfeindliche Wüste und flirrende Mittagshitze. Weit und breit kein Mensch, keine Straße, kein Haus, kein schattenspendender Baum. Claus war ganz allein in dieser unendlich weiten, rötlich flimmernden Landschaft, mit stacheligem Spinifex-Gras, niedrigen Salzbüschen und struppigen Akaziensträuchern, mit ausgetrockneten Wasserlöchern und einem alten abgestorbenem Baumstamm, dessen Äste von Termiten übersät waren, allein in einer Landschaft, die kein Erbarmen kennt. Mücken surrten um seinen Kopf und heißer Wind, der über die karge Landschaft fegte, füllte seinen Mund mit Wüstenstaub. Völlig hilflos und verlassen stand er da, ohne jeglichen Orientierungspunkt. Die erbarmungslose Sonne mit ihrer brennenden Energie senkrecht über ihm. Er wusste nicht, wo Westen, Osten, Süden oder Norden ist, in welche Richtung er laufen sollte. Seine Kehle war wie ausgetrocknet und eine Flut von Angst überschwemmte ihn. Kilometerweit gab es nichts und niemanden, niemanden, der ihm in dieser Gluthitze helfen könnte. Ameisen krochen an seinen Beinen hoch, Schlangen, Skorpione, Spinnen und Tausendfüßler kamen auf ihn zu und plötzlich tauchten auch noch Dornteufel und Riesenwarane auf. Völlig panisch und betäubt von der Hitze schrie er so laut er konnte, ohne die geringste Erwartung, dass ihn jemand hören könnte. Eine Krähe antwortete ihm, kreiste krächzend über seinem Kopf. Und plötzlich auch eine Stimme aus der flirrenden Ferne, eine Stimme, die er kannte, sie rief seinen Namen: Claus! Claus! Wie von Sinnen rannte er dieser Stimme entgegen, bis sie plötzlich vor ihm auftauchte, die Frau, die seinen Namen rief. Sie saß in einem grünen Tal, umgeben von tausenden, blühenden Wildblumen. Wie angewurzelt und völlig überwältigt von diesem Anblick blieb er kurz stehen, doch dann rannte er los.

– Corinna, Corinna! rief er außer sich vor Freude und sank völlig erschöpft vor ihren Füßen auf diesen Teppich von Wildblumen. Corinna strich zärtlich über sein von Schweiß überströmtes Gesicht, dann sagte sie: Es ist schön, dass du gekommen bist, dass ich dir zeigen kann, was die Natur vollbringen kann, wie sich die Flora hier im Outback an die extremen Wetterbedingungen angepasst hat.

– Diese Blumen, diese vielen wunderschönen bunten Blumen, murmelte er fassungslos.

– Ja, diese fragilen, faszinierenden Schönheiten haben eine erstaunliche Widerstandskraft. Sie können eine längere Dürreperiode überstehen, doch wenn dann der Regen fällt, lässt er die Samen im Boden keimen und innerhalb weniger Tage erwacht neues Leben, die Blumen beginnen zu blühen. Bäume und Gräser präsentieren sich in frischem Grün und es entstehen solche Paradiese wie hier, Paradiese, die uns staunen lassen, die uns berühren und glücklich machen. Aber es müssen nicht immer so viele Blumen sein, um Menschen glücklich zu machen. Manchmal reicht schon eine einzige Blume, so wie in Wolfgang Borcherts *Die Hundeblume,* eine seiner meisterhaften Kurzgeschichten, die er nach dem Zweiten Weltkrieg schrieb. Sehr einfühlsam beschreibt er in dieser Erzählung die Gefühle und das Glück eines Gefangenen, dem es bei seinem täglichen Rundgang im Hof gelingt, heimlich eine Hundeblume, einen Löwenzahn, zu pflücken und in seine kalte Gefängniszelle zu bringen. *Er trug sie behutsam wie eine Geliebte zu seinem Wasserbecher, stellte das erschöpfte kleine Wesen da hinein, und dann brauchte er meh-*

rere Minuten – so langsam setzte er sich, Angesicht in Angesicht mit seiner Blume. Er war so gelöst und glücklich, daß er alles abtat und abstreifte, was ihn belastete: die Gefangenschaft, das Alleinsein, den Hunger nach Liebe, die Hilflosigkeit seiner zweiundzwanzig Jahre. Ja, die Natur kann uns wunderschöne Glücksmomente bescheren, kann uns wieder Kraft und Zuversicht geben, wir müssen es nur zulassen, müssen uns von der Großartigkeit unserer Natur berühren lassen, auch von einer noch so kleinen, unscheinbaren Blume, denn sie ist Teil eines großen Ganzen. Sie pflückte eine Wildblume und reichte sie ihm. Ich schenke sie dir, male sie, sagte sie liebevoll. Male auch die faszinierenden, urwüchsigen Landschaften, die du gesehen hast, aber male auch die Umweltschäden, die wir Menschen unserer Natur zufügen, nicht nur hier in Australien, sondern weltweit. *Der Maler ist das Auge der Welt. Der Maler lehrt die Menschen sehen, das Wesentliche sehen, auch das, was hinter den Dingen ist,* sagte Otto Dix. Und das musst auch du Claus, du musst diese Umweltschäden auf deinen Bildern zeigen, du darfst nicht länger die Augen davor verschließen. Bilder sind eine sehr machtvolle Sprache, können starke Reaktionen auslösen und du bist ein renommierter Maler, hast Einfluss, du musst zeigen, wie dieses fanatische Streben nach immer mehr und mehr Wachstum, ohne Rücksicht auf die ökologischen Folgen, unsere Lebensräume zerstört, solange es noch nicht zu spät ist.

Er wollte es ihr versprechen, wollte sie in seine Arme nehmen, doch seine Hände griffen ins Leere.

– Corinna, Corinna! rief er ganz außer sich. Plötzlich eine Hand, er griff nach ihr, hielt sie fest.

– Corinna, Corinna, flüstert er überglücklich.

– Claus, Claus, wach auf, wach auf, du hast geträumt. Völlig benommen öffnete er seine Augen und starrte auf Kai, der neben seinem Bett stand, und brauchte eine Weile, bis er in die Realität zurückfand. Als Claus ihm seinen Traum erzählte, grinste Kai und sagte: Dann haben wir beide doch jetzt eine Aufgabe.

– Ja, antwortete Claus, die haben wir. Ich werde wieder malen. Ich werde sie wieder malen, die Schönheit, Einzigartigkeit urwüchsiger Natur, diese zutiefst berührende Schönheit, die den Betrachter magisch anziehen wird, ein wohltuendes Gefühl und Sehnsucht in ihm auslösen wird, Sehnsucht nach dieser Natur, die die Seele braucht, die ihr wieder Kraft und Zuversicht gibt und deshalb so wichtig für uns Menschen ist. Aber ich werde auch die rücksichtslose Ausbeutung unserer Natur malen, diese weltweiten Umweltschäden, die ein beklemmendes, alarmierendes Gefühl auslösen werden, sich ins Gedächtnis brennen und zum Nachdenken zwingen werden, die zeigen werden, wie weit die Vernichtung unseres Planeten schon fortgeschritten ist. Und wenn die Künstlergruppe mich wiederhaben möchte, werde ich auch für sie wieder da sein.

Dienstag, 4. Juli 2006

Es war weit nach Mitternacht, als sie zum Hotel zurückkamen.

– Ich begleite dich noch kurz bis zu deinem Zimmer, sagte Philip, als er den Mietwagen vor dem Hotel parkte. Schweigend gingen sie hinein. Anja holte ihren Schlüssel an der Rezeption und dann fuhren sie mit dem Aufzug nach oben. Vor ihrer Zimmertür wandte sie sich ihm zu und sagte: Also dann gute Nacht und danke für den schönen Abend.

– Es war ein wunderschöner Abend, ergänzte Philip. Er stand dicht vor ihr. Sie berührten sich fast. Sein männlich herber Duft umfing sie und seine Augen hielten sie gefangen. Der schönste seit langem, fügte er dann noch hinzu. Getragen von einer Welle des Glücks gestand sie leise: Auch für mich war es der schönste seit langem. Seine Hände umschlossen zärtlich ihr Gesicht. Reglos stand sie da, sah ihn nur an.

– Ich bin sehr froh, dass du mit mir zum Essen gegangen bist, sagte er.

– Ich auch, erwiderte sie kaum vernehmlich und ein Lächeln umspielte ihren Mund. Behutsam, seine Augen zärtlich auf sie gerichtet, zog er sie an sich. Sie spürte seinen Atem, den sanften

Druck seiner Hände, ihr Verlangen, und die Zeit schien stillzustehen. Ein paar Schritte von ihnen entfernt hielt der Aufzug und die Tür öffnete sich. Stimmen und Gelächter waren zu hören. Philip schob Anja ins Zimmer, stieß mit dem Fuß die Tür hinter sich zu und küsste sie leidenschaftlich. Doch plötzlich schob er sie von sich weg, sah sie eindringlich an und fragte: Möchtest du, dass ich gehe?

– Nein, erwiderte sie, nein, ich möchte nicht, dass du gehst. Sie spürte seine Hände, die über ihr Haar und ihren Rücken strichen.

– Ich liebe dich, sagte er sehr ernst. Ich denke Tag und Nacht nur noch an dich. Er nahm ihren Kopf in seine Hände und küsste sie sehr behutsam auf ihre Lippen. Und du, magst du mich auch ein bisschen?

– Ja, hauchte sie überglücklich und schmiegte sich in bedingungslosem Vertrauen in seine Arme. Sie hätte nicht annähernd ausdrücken können, was sie für ihn empfand, wie sehr sie ihn liebte. Sie fuhr mit den Fingerkuppen über seine rechte Wange, seine Lippen und dann zu dem Grübchen am Kinn.

– Vom ersten Augenblick an, fuhr sie fort. Und weißt du, warum?

– Nein, erwiderte er, sag es mir.

– Es ist dieses Grübchen, sagte sie mit einem schelmischen Lächeln. Ihr Zeigefinger umkreiste es zärtlich, dann küsste sie es. Es hat mich magisch angezogen. Ich konnte ihm nicht widerstehen. Verrückt, oder? Er wollte etwas sagen, doch er konnte nicht. Ihre Lippen verschlossen seinen Mund. Aber es ist nicht nur das Grübchen, murmelte sie. Ich mag alles, einfach alles an dir. Völlig überwältigt drückte er sie an sich und sagte: Ich bin dem Zufall sehr dankbar, dass er uns zusammengeführt hat. Er küsste ihre geschlossenen Augenlider, ihre Lippen, ihren Hals. Seine Hände glitten über ihre Bluse und begannen, die Knöpfe zu öffnen. Sie trat einen kleinen Schritt zurück, schob sein T-Shirt nach oben und strich zärtlich über seine behaarte Brust. Hastig zerrte er das Shirt über seinen Kopf. Ihre Bluse und ihr Rock fielen auf den Boden. Alles ging jetzt sehr schnell. Sie spürte seinen warmen Körper, seine Hände, seine Lippen, drängte sich an ihn und erwiderte seine Küsse. Küsse, die so zärtlich und leidenschaftlich waren, die alles waren, alles wonach sie sich sehnte. Es gab keine Stimme mehr, die sie warnte, nur noch dieses brennende Verlangen nach ihm, nach seiner Nähe, seiner Liebe, dieses brennende Verlangen, in dieser Liebe zu versinken, vollkommen, für immer und ewig. Erst in den frühen Morgenstunden schlief sie in seinen Armen ein.

– Guten Morgen, sagte er zärtlich, als sie ein paar Stunden später aufwachte und sich schlaftrunken eine Haarsträhne aus dem Gesicht strich. Er lag auf seinen Ellenbogen gestützt neben ihr und schaute sie liebevoll an.

– Hast du gut geschlafen?

– Ja, wunderbar, nur ein bisschen wenig, erwiderte sie mit einem glücklichen Lächeln und kuschelte sich an ihn. Wie spät ist es denn?

– Kurz vor elf, viel zu früh, um aufzustehen, sagte er, beugte sich über sie und küsste ihre Nasenspitze.

– Das sehe ich auch so, erwiderte sie und schlang ihre Arme um seinen Hals. Jede Minute, jede Sekunde mit dir, ist einfach zu schön, zu kostbar, um sie ungenützt verstreichen zu lassen. Sie strich mit ihren Fingern über sein zerzaustes Haar, die winzigen Bartstoppeln und dann zärtlich über seine Lippen. Obwohl, fügte sie mit einem schelmischen Grinsen hinzu, ein bisschen Hunger hätte ich schon. So ein schönes Frühstück draußen auf dem Balkon ...

– Ich habe auch Hunger, unterbrach er sie grinsend, Hunger nach dir, und er biss sie zärtlich in ihr Ohrläppchen, küsste ihren Hals und dann ausgelassen ihren ganzen Körper, wohin er gerade traf.

Ihr Handy klingelte, drang ein in ihre Liebe, in die Zärtlichkeit seiner Küsse und Hände. Sie schaute aufs Display, legte es wieder zurück auf ihr Nachtschränkchen und ließ es weiter klingeln.

– Mike? fragte Philip.

– Ja, sagte sie. Seine Hand glitt sanft über ihren Hals und schmiegte sich dann an ihre Wange.

– Ich rufe dann mal unten in der Rezeption an und frage, ob wir noch ein Frühstück bekommen können.

– Ja, das wäre schön, erwiderte sie und wollte aufstehen, doch er hielt sie fest. Seine Hand glitt sanft über ihr Haar, ihr Gesicht und verharrte dann an ihrer Wange.

– Ich liebe dich, sagte er und sah sie sehr zärtlich an. Ich hätte nicht gedacht, dass ich mich noch einmal so verlieben könnte. Er zog sie in seine Arme und küsste sie sehr innig und sie erwiderte völlig überwältigt und überglücklich seine Küsse, bis er sie schließlich losließ und das Frühstück bestellte.

Anja stand auf, trat ans Fenster und zog die Vorhänge zur Seite. Die Sonne strahlte ihr entgegen und als sie die Balkontür öffnete, drang das Rauschen der Meeresbrandung ins Zimmer. Der Himmel war strahlend blau. Was für ein wunderschöner Tag. Alles war so vollkommen, so unfassbar schön, wie man es dem realen Leben kaum zutraut. Sie trat hinaus auf den Balkon. Unten am Pool waren die Liegestühle schon alle belegt und ein paar Kinder hüpften und kreischten ausgelassen im Wasser. Sie sah ihnen eine Weile zu, dann ging sie zurück ins Zimmer. Philip war schon im Bad. Unter dem Stuhl, auf den er in der Nacht seine Jeans geworfen hatte, lag seine Brieftasche, sie musste herausgefallen sein. Anja bückte sich und hob sie auf. Philips Ausweis war ein Stück herausgerutscht. Sie zog ihn ganz heraus und betrachtete liebevoll sein Passbild. Zärtlich strich sie mit dem Zeigefinger über sein Gesicht, doch plötzlich stockte sie und blickte völlig irritiert auf den Namen Lindbergh. Wie paralysiert starrte sie auf den Namen und dann wieder auf das Bild von Philip. Das, was sie sah, erschien ihr so unwirklich. Lindbergh. Die Buchstaben schwirrten vor ihren Augen, drangen in sie ein, wie ein gefährlicher Virus. Unfähig, einen Gedanken zu fassen, stand sie einige Sekunden, wie erstarrt, einfach nur da. Philip hieß nicht Jansen, er hieß Lindbergh. Er hat sie belogen. Kälte griff nach ihr und umschlang ihren ganzen Körper. Warum hat er ihr einen falschen Nachnamen genannt? Einer inneren Eingebung folgend durchsuchte sie fieberhaft die Fächer seiner Brieftasche und fand einen Presseausweis mit dem

Namen Philip Lindbergh. Was hatte das alles zu bedeuten? Ihr Gehirn arbeitete auf Hochtouren. Philip war kein Immobilienmakler, er war Journalist. Er … erschrocken zuckte sie zusammen, das Prasseln des Wassers aus der Dusche hatte aufgehört. Panik schnellte in ihr hoch. Philip konnte jeden Moment ins Zimmer kommen. Schnell schob sie alles wieder in seine Brieftasche und legte sie zurück unter den Stuhl. Was sollte sie jetzt nur tun, wie sollte sie sich verhalten? Sollte sie ihn zur Rede stellen? Und dann? Wie würde er reagieren? Die wildesten Spekulationen rasten durch ihren Kopf.

Es klopfte an der Zimmertür. Ein Kellner brachte das Frühstück. Wie in Trance quittierte sie flüchtig die Rechnung und drückte ihm ein Trinkgeld in die Hand.

– Das sieht ja lecker aus, sagte Philip. Er stand hinter ihr, umfasste ihre Taille und hauchte einen Kuss auf ihren Nacken. Anja zuckte zusammen. Sie hatte ihn nicht kommen gehört. Bei seiner Berührung setzte ihr Herz einen Schlag lang aus und dann lief es ihr eiskalt den Rücken hinunter.

– Was ist denn los, warum siehst du mich so entsetzt an? Habe ich dich erschreckt?

– Ich …, sie schluckte schwer, entschuldige, ich war ganz in Gedanken, begann sie zu stottern und wandte sich schnell von ihm ab, hatte Angst, seine Augen, die sie prüfend musterten, könnten ihre panische Erregung, die ihren ganzen Körper erfasst hatte, von ihrem Gesicht ablesen.

– Alles in Ordnung? fragte er.

– Ja, alles in Ordnung, erwiderte sie schnell. Philip nahm das Frühstückstablett und trug es nach draußen auf den Balkon. Wie apathisch folgte sie ihm und setzte sich ihm gegenüber an den Tisch. Nichts anmerken lassen, nur ja nichts anmerken lassen, dachte sie in einem Gefühl der totalen Unwirklichkeit und Angst, angesichts dieser kaum fassbaren, schmerzhaften Realität, die gnadenlos in ihr Glück und ihre Liebe eindrang. Der Himmel war so blau wie vor ein paar Minuten, die Sonne strahlte wie vor ein paar Minuten, die Kinder am Pool kreischten und lachten wie vor ein paar Minuten. Anja richtete ihren

Blick auf Philip, forschte in seinem Gesicht nach einer Veränderung, doch auch Philips Lächeln war so zärtlich und liebevoll wie vor ein paar Minuten. Und doch war nichts mehr so wie es war. Lindbergh. Dieser Name vernichtete alles, riss sie jäh von ihm weg, trennte die so unbeschreiblich schönen Stunden mit ihm brutal vom Jetzt und Hier, wie ein scharfes Messer. Er war Journalist, hatte sie von Anfang an angelogen und ihr die ganze Zeit etwas vorgemacht. Sie spürte, wie diese bittere Tatsache, die kaum auszuhalten war, durch ihren Körper jagte und ihr die Luft zum Atmen nahm.

– Du bist plötzlich so verändert, geht es dir nicht gut? fragte er einfühlsam. Sie sah Philip über den Tisch hinweg an, sah in seine Augen, die warm und besorgt auf sie gerichtet waren und für einen kurzen Moment beschlich sie die Hoffnung, dass das alles ein Irrtum ist, ein Irrtum sein musste. Es durfte einfach nicht wahr sein. Sie konnte sich doch nicht so in ihm getäuscht haben. Doch, hatte sie. Eine Immobilie in Albufeira, der Interessent hat vor zwei Stunden den Kaufvertrag unterschrieben, gelogen, alles gelogen.

– Kann ich irgendetwas für dich tun? fragte er, nahm ihre Hand in seine und hielt sie zärtlich fest. Ein kalter Schauer jagte durch ihren Arm, schoss durch ihren ganzen Körper, begleitet von einem stechenden Schmerz. Lindbergh. Wie gelähmt starrten ihre Augen auf seine Hand, die makellos gepflegten Fingernägel, den Sekundenzeiger seiner Armbanduhr, der sie Sekunde um Sekunde weiter von diesen so unbeschreiblich glücklichen Stunden mit ihm entfernte. Langsam tastete sich ihr Blick an dem gebräunten Arm nach oben zu seinem besorgten Gesicht. War er dieser Johnny? War er der Mann, der sie terrorisierte, der diesen Duftlockstoff ...? Bei jedem Atemzug werden diese zärtlich dich umschmeichelnden Duftmoleküle, wie ein wärmender Sonnenstrahl, in dein Unterbewusstsein eindringen, Wünsche und Sehnsüchte wecken und in dir einen Gefühlssturm entfesseln. Ein stechender Schmerz ging mitten durch sie hindurch. War das möglich? War Philip zu so etwas fähig? War dieser Mann, der ihr gegenübersaß und dessen Blick so sanft und mitfühlend auf ihr ruhte, dieser skrupellose Stalker? Diese Fragen, die sie alle kaum zu formulieren wagte, rasten verzweifelt durch ihren Kopf, schnürten ihr die Kehle zu, brachten sie fast um den Verstand. Mit einem Ruck zog sie ihre Hand zurück, die noch immer unter seiner lag.

– Ich … entschuldige, ich habe fürchterliche Kopfschmerzen, ich kann jetzt nichts essen. Sie schob den Teller mit dem Spiegelei zurück. Ich glaube, ich muss mich noch ein wenig hinlegen, sagte sie tonlos und stand auf. Philip sah sie irritiert an.

– Soll ich einen Arzt holen? fragte er besorgt. Nein, nein, das ist nicht nötig. Ich glaube, es wird am besten sein, wenn du mich ein paar Stunden allein lässt. Ich werde eine Tablette nehmen und mich noch ein bisschen hinlegen, dann wird es mir bis heute Abend wieder besser gehen und ich melde mich dann bei dir, erwiderte sie mit einer Stimme, die nicht besonders überzeugend klang, die einfach so war, wie sie sie in ihrer Verfassung hinbekam.

– Kann ich nicht einfach hierbleiben? fragte er liebevoll und stand auch auf. Ich könnte dir ein bisschen den Nacken massieren, vielleicht hilft es ja. Er folgte ihr ins Zimmer, trat hinter sie und begann ihren Nacken zu massieren. Völlig überwältigt, von den rotierenden Bewegungen seiner zärtlichen Hände, überließ sie ihm ihre Schultern, ihren Nacken und schloss für einen kurzen, bitterschönen Moment ihre Augen, bevor sie sich dann abrupt umdrehte.

– Nein, lass nur, ich lege mich hin und versuche, noch etwas zu schlafen.

– Und ich kann dir wirklich nicht helfen?

– Nein, nein, ich komme schon zurecht.

– Soll ich wirklich gehen? fragte er leise. Ihre Blicke trafen sich. Diese bittende Intensität in seinen Augen. Ich könnte mich doch solange auf den Balkon setzen, ich würde dich bestimmt nicht stören. Seine Worte so mitfühlend und liebevoll abwartend.

– Nein, es ist besser, wenn du mich allein lässt. Sie schaffte es, sich ein Lächeln abzuringen. Er zog sie in seine Arme und strich ihr zärtlich übers Haar. Gedemütigt und vernichtet ließ sie es völlig apathisch geschehen, während ein unermesslicher Schmerz durch ihren Körper jagte.

– Ich lasse dich nur ungern allein, aber wenn du es unbedingt möchtest. Er wirkte ein wenig hilflos, enttäuscht und doch war da diese Geste liebevollen Verständnisses, war da dieser warmherzige, innige Blick, der er ihr fast die Tränen in die Augen trieb.

– Aber wenn ich dir doch irgendwie helfen kann, wenn du etwas brauchst, dann rufst du mich sofort an, versprochen? Meine Nummer hast du doch noch, oder?

– Ja, ich habe deine Nummer, antwortete sie. Er nahm sie noch einmal in die Arme und küsste sie sehr behutsam und liebevoll.

– Ich wünsche dir gute Besserung, sagte er dann, strich noch zärtlich eine Haarsträhne aus ihrem Gesicht und verließ dann ihr Zimmer.

Reglos, hilflos stand sie da. Tränen schossen in ihre Augen, liefen über ihre Wangen und eine unendliche Leere breitete sich in ihr aus, während sie noch minutenlang auf die Tür starrte, die sich hinter ihm geschlossen hatte, sie allein zurückgelassen hatte. Doch dann riss sie den Kleiderschrank auf und warf wahllos alles, was sie dabeihatte, in ihren Koffer. Sie musste weg, so schnell wie möglich weg. Doch zunächst musste sie versuchen, möglichst heute noch, eine Maschine zu bekommen. Sie rief unten in der Rezeption an und ließ sich die Telefon-Nummer vom Flughafen in Faro geben und sie hatte Glück. Um 19:10 Uhr war heute Abend noch ein Platz frei. Völlig erleichtert atmete sie auf. Sie musste Mike anrufen und ihm sagen, dass sie heute Abend zurückflog. Mike, sie hatte gestern Abend völlig vergessen ihn anzurufen und vorhin sein Gespräch nicht angenommen. Er machte sich bestimmt Sorgen. Tränen traten in ihre Augen. Sie hatte ihn einfach zur Seite geschoben und sich in die Arme dieses skrupellosen Mannes geworfen. Sie hörte ihre Mailbox ab. Hallo Anja, wie geht es dir? Du fehlst mir, ruf mich doch bitte zurück! Anja, wo bist du denn? Melde dich bitte! Anja, ich mache mir Sorgen, was ist denn los? Warum rufst du nicht zurück? Anja, es ist jetzt 23:45 Uhr und ich kann dich immer noch nicht erreichen. Ich habe im Hotel angerufen und die Dame von der

Rezeption sagte mir, dass du nicht auf deinem Zimmer bist. Wo bist du? Ich bin schon ganz verrückt vor lauter Angst. Mike, wie hatte sie ihm das nur antun können. Sie wählte seine Nummer in der Agentur. Das Wahlzeichen erklang nur kurz, dann hörte sie seine vertraute Stimme.

– Mike, entschuldige bitte, es tut mir schrecklich leid, ich …

– Anja, wo warst du denn? Ich habe die halbe Nacht versucht, dich zu erreichen. Was ist denn los? Warum hast du nicht zurückgerufen? Ich komme hier fast um vor lauter Angst.

– Es tut mir sehr leid, Mike, ich war gestern Abend nicht im Hotel, ich habe außerhalb in einem Restaurant zu Abend gegessen und das Handy im Hotelzimmer liegen gelassen.

– Du warst bis Mitternacht in einem Restaurant zum Essen?

– Mike, ich fliege heute Abend zurück.

– Du kommst heute schon zurück? fragte er. Warum das denn? Du wolltest doch erst am Samstag kommen. Anja, ist etwas passiert?

– Nein, Mike, es ist alles in Ordnung, ich habe nur keine Lust, noch länger hierzubleiben.

– Das kommt etwas überraschend. Ich muss morgen für zwei Tage nach Frankfurt. Stefan ist erkältet und hat mich gebeten, seinen Termin in Frankfurt zu übernehmen. Frankfurt, er musste für zwei Tage nach Frankfurt, sie spürte förmlich die Erleichterung, die diese Worte in ihr auslösten. Aber ich kann ja noch einmal mit ihm reden, vielleicht können wir den Termin ja verschieben. Verschieben?

– Auf gar keinen Fall Mike. Ich möchte nicht, dass du meinetwegen deine Termine verschiebst, erwiderte sie sofort. Diese zwei Tage waren wie ein Geschenk. Er durfte den Termin nicht verschieben. Zwei Tage allein, ohne seine Fragen, warum sie den Urlaub abbrach. Etwas Besseres konnte ihr doch im Moment gar nicht passieren. Sie brauchte unbedingt noch etwas Zeit, um mit dieser verheerenden, alles vernichtenden Situation klarzukommen.

– Anja, ich möchte nicht, dass du hier allein bist.

– Und ich möchte nicht, dass du so viel Rücksicht auf mich nimmst, erwiderte sie.

– Ich mache mir aber Sorgen, verstehst du das nicht?

– Doch natürlich, aber das musst du nicht. Ich komme gut ein paar Tage allein zurecht. Ich war hier in Portugal doch auch allein. Und sie war prima zurechtgekommen, ganz ausgezeichnet. Sie spürte die Tränen, die ihr in die Augen stiegen.

– Schön, wie du meinst, dann fahre ich morgen nach Frankfurt. Wann kommt deine Maschine heute Abend in Stuttgart an?

– So gegen 22:00 Uhr. Ich werde mir ein Taxi nehmen, sagte Anja.

– Das kommt überhaupt nicht infrage. Ich hole dich ab und da lasse ich mich jetzt nicht umstimmen. Anja, ich freue mich, dich wiederzusehen. Du hast mir so gefehlt. Er hatte ihr nicht gefehlt, keine einzige Sekunde. Mike, es tat ihr alles so schrecklich leid.

– Ich muss jetzt Schluss machen, sagte er, ich habe gleich einen Termin mit Herrn Hohlmeier, von der Drogeriemarktkette Faber.

– Ja, natürlich Mike, also dann bis heute Abend.

– Bis heute Abend, Anja.

Sie musste hier weg, so schnell wie möglich weg. Wenn Philip heute Abend anrufen würde, durfte sie nicht mehr hier sein. Sie wollte und konnte ihn nicht mehr sehen, unter keinen Umständen und bat deshalb die Dame an der Rezeption, keine Auskunft zu geben, falls jemand nach ihr fragen sollte.

Die Stunden, die sie bis zu ihrem Abflug auf dem überfüllten Flughafen von Faro verbrachte, waren endlos. Ungeduldig lief sie im Terminal auf und ab, drängte sich durch die vielen braun gebrannten, lachenden Menschen mit ihren Taschen und Koffern. Es fiel ihr schwer, den Anblick dieser gut gelaunten, lärmenden Menschenmasse zu ertragen. Immer wieder blickte sie auf ihre Armbanduhr. Langsamer hätte die Zeit nicht vergehen können. Endlich konnte sie die Ausweiskontrolle passieren und ins Flugzeug steigen. Sie hatte einen Fensterplatz bekommen. Sie verstaute ihre Tasche im Gepäckfach, drückte sich in ihre Ecke und versteckte sich, zutiefst verletzt und völlig verzweifelt, hinter einer Illustrierten, die sie mitgebracht hatte. Sie wollte keine Konversation, mit niemandem und schon gar nicht mit einem ihr völlig unbekannten Menschen. Sie wollte ihre Ruhe, einfach nur ihre Ruhe. Ihr Kopf dröhnte. Sie fühlte sich wie in Trance, benützt, gedemütigt, vernichtet. Sie hatte das Bedürfnis, sich vor aller Welt zu verkriechen. Philip war dieser Johnny, er war dieser skrupellose Typ, der mit ihr sein perfides Spiel gespielt hat. Die Triebwerke heulten auf und das Flugzeug rollte langsam in Startposition. Mit den Tränen kämpfend blickte sie hinaus auf das Flughafengelände und die Sonne, die mehr und mehr hinter einer großen, dunklen Wolke verschwand. Es war vorbei. Ihr Traum ausgeträumt, zerplatzt wie eine Seifenblase im Wind, zerschellt an den Fakten der Realität. Die glücklichen Stunden mit ihm, die ihr so viel bedeutet hatten, waren untergegangen in einer grenzenlosen Ernüchterung und Verzweiflung. Sie spürte die Schubkraft, als das Flugzeug beschleunigte und abhob, blickte noch ein letztes Mal auf die Wolke, hinter der die Sonne ganz verschwunden war und schloss dann ihre Augen.

In Stuttgart angekommen, wartete sie auf ihr Gepäck. Würde Mike merken, dass mit ihr etwas nicht stimmte? Würde er merken, wie schlecht es ihr ging? Sah man es ihr an? Sie musste sich zusammenreißen, er durfte nichts merken. Ihr Koffer kam. Sie hob ihn vom Laufband, klappte den Griff heraus und zog ihn hinter sich her. Sie war müde, erschöpft, konnte sich kaum auf den Beinen halten.

– Anja! Freudestrahlend kam Mike mit schnellen Schritten auf sie zu. Anja, wie schön, dass du wieder hier bist. Er nahm sie in seine Arme, küsste sie und drückte sie ganz fest an sich. Du siehst blass aus, sagte er dann, als er sie wieder losließ.

– Ich habe schreckliche Kopfschmerzen, es geht mir nicht besonders gut, erwiderte sie. Und diesmal stimmte es, diesmal war es keine Lüge, so wie heute Morgen. Die Schmerzen in ihrem Kopf waren kaum noch auszuhalten.

– Du Ärmste, sagte er mitfühlend. Komm, dann lass uns gleich gehen, ich habe zu Hause etwas gegen deine Kopfschmerzen.

– Zu Hause? Du meinst zu dir?

– Ja, natürlich. Du kannst doch bei mir wohnen, solange ich in Frankfurt bin. Ich habe schon alles eingekauft für die nächsten Tage. Das ging nicht, nein, das war unmöglich. Sie wollte heute Abend nicht mehr zu ihm. Mike hatte ihr den Koffer abgenommen und gemeinsam gingen sie nach draußen zum Parkplatz. Sie wollte in ihre Wohnung, wollte allein sein, einfach nur allein sein.

– Mike, ich brauche dringend frische Wäsche, ich …

– Die können wir doch schnell holen, das ist doch kein Problem, erwiderte er. Mike bezahlte die Parkgebühr und verstaute wenig später ihr Gepäck im Kofferraum.

– Mike, es ist doch schon spät und du musst morgen früh aufstehen.

– Um mich musst du dir keine Gedanken machen, ich brauche nicht viel Schlaf. Zudem möchte ich nicht, dass du allein in deiner Wohnung bleibst. Hast du vergessen, dass dieser Kerl einen Schlüssel zu deiner Wohnung hat?

– Nein, das habe ich nicht vergessen, aber ich verspreche dir, dass ich gleich morgen früh das Türschloss auswechseln und mir eine Sicherheitskette an die Tür machen lasse. Einverstanden?

Er antwortete nicht.

– Mike, was soll ich denn zwei Tage lang allein in deiner Wohnung machen? Mein Wäschekorb zu Hause ist randvoll und ich habe auch noch ein paar andere Dinge, die ich erledigen möchte, das kann ich doch alles machen, solange du weg bist. Bitte versteh das doch. Er verstand es nicht. Er hatte sich den ganzen Abend abgehetzt, eingekauft, die Wohnung aufgeräumt, Blumen gekauft, ein paar Häppchen vorbereitet, falls sie noch etwas essen wollte, und jetzt, jetzt wollte sie in ihre Wohnung.

– Na schön, wie du willst, sagte er knapp. Die Enttäuschung stand ihm ins Gesicht geschrieben. Er hielt ihr die Wagentür auf und ließ sie einsteigen, ging dann um den Wagen herum, setzte sich hinters Steuer und fuhr los, ohne ein weiteres Wort zu verlieren.

– Mike, du musst keine Angst um mich haben, ich passe schon auf mich auf, ich habe doch auch noch das Pfefferspray, sagte sie, nachdem er eine ganze Zeit lang verbissen geschwiegen hatte.

– Ich habe aber Angst um dich. Warum begreifst du das nicht? Auch als du in Portugal warst, hatte ich Angst. Da allein hinzufliegen, war mehr als leichtsinnig. Ich habe mir die ganze Zeit Vorwürfe gemacht, dass ich dich nicht davon habe abhalten können. Ja, sie hätte auf ihn hören sollen, hätte hier bei ihm bleiben sollen, dann wäre das alles nicht passiert.

– Ich habe übrigens mit Jörg telefoniert. Er wird ab morgen hier sein. Wenn das nicht geklappt hätte, hätte ich den Termin in Frankfurt abgesagt, auch auf die Gefahr hin, dass dann der Auftrag geplatzt wäre. Du bist mir wichtiger als die Agentur.

– Er wird ab morgen hier sein? fragte Anja.

– Ja, ich muss ihm nur noch sagen, dass du die nächsten zwei Tage nicht bei mir wohnst, und ihm deine Adresse durchgeben. Auch das noch. Sie brauchte keinen Detektiv. Sie brauchte niemanden, der jetzt hinterher noch in der ganzen Sache herumschnüffelte. Aber wie sollte sie das Mike erklären, ohne zu sagen, was in Portugal geschehen war?

– Der Kerl hat sich übrigens in den letzten Tagen nicht gemeldet. Es war kein Brief von ihm bei deiner Post dabei. Natürlich nicht, der hatte Besseres zu tun als Briefe zu schreiben, dachte Anja.

– Aber dann muss Jörg doch gar nicht mehr kommen, sagte sie.

– Anja, nur weil der Kerl sich ein paar Tage nicht gemeldet hat, heißt das noch lange nicht, dass er kein Interesse mehr an dir hat, dass die Gefahr vorbei ist. Anja, ich bin sehr froh, dass Jörg kommen kann und auf dich aufpasst. Sie war es nicht, aber es war zwecklos, da jetzt noch weiteres zu sagen. Sie wollte ihn nicht noch mehr verärgern. Zudem würde er in diesem Punkt nicht nachgeben, da hatte sie keine Chance. Sie musste diesen Detektiv kommen lassen und dann vielleicht in ein paar Tagen, wenn Mike wieder hier war, versuchen, ihn irgendwie wieder loszuwerden. Sie wollte nicht, dass dieser Jörg herausbekam, dass Philip dieser Stalker ist. Das, was zwischen Philip und ihr geschehen war, ging niemanden etwas an, das war ihre Sache, ganz allein ihre Sache. Mike hielt vor ihrem Haus, holte ihr Gepäck aus dem Kofferraum und trug es nach oben in ihre Wohnung.

– Manchmal bist du ein richtiger Dickkopf, weißt du das?

– Ja, Mike, ich weiß, sagte sie beschwichtigend. Sei mir bitte nicht böse.

– Sollte ich aber. Manchmal denke ich, du bist dir der Gefahr, in der du dich zurzeit befindest, gar nicht richtig bewusst.

– Vielleicht hast du ja recht.

– Ich habe recht, aber du hörst ja nicht auf mich.

– Ich werde in Zukunft mehr auf dich hören, sagte sie, stellte sich auf die Zehenspitzen und drückte ihm einen Kuss auf die Wange. Er hielt sie fest.

– Versprichst du mir das?

– Ja, ich verspreche es dir. Ich werde versuchen, mich zu bessern.

– Anja, sagte er leise und zog sie an sich. Anja, ich könnte es einfach nicht ertragen, wenn dir irgendetwas zustoßen würde. Ich liebe dich. Du hast mir in den letzten Tagen so sehr gefehlt. Anja kämpfte mit den Tränen. Er hatte ihr nicht gefehlt, keine einzige Sekunde lang hatte er ihr gefehlt. Er küsste sie zärtlich und sie ließ es geschehen. Mike, würde sie es je schaffen, ihn so zu lieben wie Philip?

– Was machen deine Kopfschmerzen? fragte er, als er sie wieder losließ.

– Da hat sich nichts geändert, ich werde gleich etwas nehmen.

– Gut, dann lasse ich dich jetzt allein und wünsche dir gute Besserung. Und sobald ich dann morgen in Frankfurt angekommen bin, rufe ich dich kurz an. Gute Nacht, Anja.

– Ja, gute Nacht, Mike. Er küsste sie noch einmal, strich liebevoll über ihr Haar und verließ dann ihre Wohnung. Anja trat ans Fenster und sah hinaus in die dunkle Nacht, auf die Straße, wo Mike gerade in seinen Wagen stieg und wegfuhr.

Sie zog die Vorhänge zu, nahm zwei Tabletten gegen ihre Kopfschmerzen, schaltete das Licht aus und legte sich aufs Bett. Völlig am Ende ihrer Kräfte lag sie reglos da und starrte in die Dunkelheit, in die sich ihre Verzweiflung fraß. Tränen liefen über ihre Wangen. Eiskalt und berechnend hatte dieser skrupellose Typ sein Spiel mit ihr gespielt, und sie war in ihrer Verliebtheit auf ihn hereingefallen. Wie hatte das alles nur geschehen können? Warum hatte sie ihre Bedenken, die sie ja hatte, als er plötzlich am Strand aufgetaucht war, einfach zur Seite geschoben und sich am nächsten Tag mit ihm getroffen? Warum war sie mit ihm essen gegangen, hatte mit ihm getanzt und dann auch noch die Nacht mit ihm verbracht? Ich freue mich schon riesig auf die schönen erotischen Stunden mit dir, auf dieses berauschende, leidenschaftliche Spiel der Emotionen, das über deine Vernunft triumphieren wird. Da reiste ihr dieser Kerl hinterher und sie, in ihrer durch nichts zu überbietenden Naivität, fiel auf ihn herein, ignorierte einfach die Gefahr, dass er der Mann sein könnte, der sie terrorisierte, als hätte sie völlig den Verstand verloren. Wie demütigend diese Situation war, wie verletzend. Ja, sie hatte einfach nicht wahrhaben wollen, dass Philip dieser Johnny sein könnte. Und selbst jetzt noch weigerten sich ihre Gefühle zu akzeptieren, dass er dieser Stalker ist.

Philip, völlig verzweifelt kehrten ihre Gedanken zurück zu ihm an die Algarve. Jede Sekunde ihres Zusammenseins ließ sie aufleben, jeden seiner liebevollen Blicke, seine Worte, die zärtliche Berührung seiner Hände und die noch zärtlichere Berührung seiner Lippen. Ihre Erinnerung, so unauslöschlich, projizierte Bilder in die dunkle Nacht, Bilder von den schönsten und glücklichsten Stunden ihres Lebens. Übermannt von der Intensität ihrer Gefühle schloss sie die Augen und versuchte sie festzuhalten, festzuhalten gegen jede Vernunft. Sie war mit ihm so glücklich gewesen, wie mit keinem anderen Mann je zuvor. Und jetzt war alles vorbei. Ihr Verstand wusste das, aber ihre Gefühle waren weit davon entfernt, das zu akzeptieren. Und je mehr ihr Verstand versuchte, ihn aus ihrem Leben zu verdrängen, desto stärker wurde seine alles beherrschende Präsenz, und ihre Sehnsucht führte sie nur noch zwingender zu ihm.

Ihr Handy klingelte, zerriss die Stille der Nacht, brach ein in ihre aufgewühlten Gedanken. Sie schaltete das Licht an. Das Display zeigte seine Nummer. Der Duft von Sonne und Meer strömte augenblicklich ins Zimmer und ihr Herz begann zu rasen. Vor Erregung konnte sie das Handy kaum halten. Sollte sie das Gespräch annehmen? Wie gebannt starrte sie auf ihr Handy. Drängende Sehnsucht, seine Stimme zu hören, strömte durch ihren Körper. Beharrliches, forderndes Klingeln. War es überhaupt richtig gewesen, so Hals über Kopf abzureisen? Sie spürte das Aufkeimen eines schlechten Gewissens. War das alles vielleicht doch ein furchtbares Missverständnis? Vielleicht könnte ein Gespräch das alles klären. Dieses Vielleicht jagte durch ihren Kopf und ein winziger Funke Hoffnung in ihrem Inneren flammte auf und spannte sehnsüchtig einen Bogen zu ihm. Ich liebe dich. Worte, an denen sich ihre Gefühle immer noch verzweifelt festhielten. Sie wollte, doch dann, in letzter Sekunde, drückte sie das Gespräch weg und ließ diesen Funken Hoffnung verglühen, als wäre ihr die Aussichtslosigkeit von diesem Vielleicht plötzlich doch noch bewusst geworden. Bestimmt hätte er irgendwelche Erklärungen gehabt, noch mehr Lügen, die ihren naiven Glauben, dass er sie wirklich liebt, weiter genährt hätten. Es war vorbei. Er hatte sie belogen, hatte ein eiskaltes Spiel mit ihr gespielt. Sie musste den Tatsachen ins Auge sehen. Ja, sie war auf ihn hereingefallen und hatte für die paar glücklichen Stunden dieser Sommernacht einen hohen Preis bezahlt. Ein sanfter Nachtwind strich durch ihr Zimmer. Sie musste jetzt schlafen. Sie war todmüde. Schlafen war die einzige Möglichkeit, um für kurze Zeit dieser zermürbenden Realität zu entfliehen. Einfach nicht mehr an ihn denken und weggleiten in einen Traum, in eine andere, bessere Welt, in ein erlösendes Vergessen.

Mittwoch, 5. Juli 2006

Das Meer, diese unendliche Weite und nur er und sie. Immer weiter und weiter schwammen sie hinaus, der Sonne entgegen. Eigentlich war sie noch nie so weit hinausgeschwommen. Sie hatte immer ein wenig Angst vor dieser oft unbezähmbaren Wildheit des Meeres, diesen Urkräften, diesen unberechenbaren auf sie zurollenden Wellen, aber neben Philip, mit seinem durchtrainierten Körper, mit seinen kräftigen, geschmeidigen Armschlägen, neben ihm fühlte sie sich sicher. Der Himmel war strahlend blau und die Sonnenstrahlen tanzten auf dem Wasser, der Strand war inzwischen weit entfernt und die Menschen so klein wie Spielzeugfiguren.

Leicht und mühelos glitt sie durchs Wasser und fühlte sich eins mit der Sonne, dem Meer und Philip. Plötzlich hörte Anja den Song *My Heart will go on*. Die Stimme von Céline Dion umfing sie, trug sie immer weiter und weiter hinaus, dem flirrenden Horizont entgegen.

Sie hatte das Gefühl, über dem Wasser zu schweben, fühlte sich frei, schwerelos und glücklich, so unbeschreiblich glücklich.

– Philip, Philip, sieh nur, ein Schiff!

– Ein Schiff? Ich sehe kein Schiff!

– Doch, da vorn, es ist die Titanic.

– Die Titanic? lachte Philip. Die Titanic, dieses Wunderwerk des Schiffbaus, das als unsinkbar galt, ist am 15. April 1912 gleich bei ihrer ersten Fahrt von Southampton nach New York südöstlich von Neufundland mit einem Eisberg kollidiert und untergegangen, und mit ihr etwa 1500 Menschen mit all ihren Träumen und Hoffnungen auf ein besseres, glücklicheres Leben in Amerika.

– Aber ich sehe ...

– Was siehst du? unterbrach er sie. Siehst du die Träume, die in den dunklen Tiefen des Atlantiks herumirren, Träume, die die Hoffnung auf eine bessere Zukunft noch immer nicht aufgegeben haben, die einfach nicht wahrhaben wollen, dass ihr erhofftes Glück an einem Eisberg zerschellte?

– Philip! schrie sie entsetzt auf. Von einer Sekunde auf die andere kam plötzlich ein orkanartiger Sturm auf und peitschte die Wellen in die Höhe. Die Stimme von Céline Dion sang weiter, lauter, immer lauter. Philip, das Schiff, es geht unter. Wo bist du?

– Hier, hier bin ich! rief er zurück. Sie kämpfte gegen dieses aufgewühlte Meer, diese sich aufbäumenden Wellen und schwamm zu ihm. Er hatte sich auf den Rücken gedreht und wartete auf sie. Als sie ihn eingeholt hatte, zuckte sie erschrocken zurück. Wer war dieser Mann, der sie mit diesem eiskalten, abfälligen Lächeln taxierte?

– Ich habe nicht gedacht, dass es so leicht sein würde, dich zu verführen, dich, einen Profi, der die Techniken der Verführung kennt wie kein anderer. Es dauerte ein paar Sekunden, bis sie die entsetzliche Bedeutung seiner Worte erfasste.

– Ich habe dir doch gesagt, dass ich dich verführen werde. Das hast du doch gewusst, oder hast du wirklich geglaubt, dass du mir etwas bedeutest? War ich so gut? Er lachte schallend auf. Wie ein Peitschenhieb traf sie dieses widerliche, abstoßende Lachen. Völlig fassungslos starrte sie ihn an, starrte auf die Lippen, die diese grausamen Worte ausgespuckt hatten, und suchte verzweifelt in dem Stahlgrau seiner Augen den Philip, den sie kennengelernt hatte, den sie liebte.

Doch dieser Mann hatte mit ihrem Philip nichts mehr zu tun. Dieser Mann war eiskalt und gefühllos.

– Du bist Johnny? würgte sie entsetzt hervor. Sie war nicht mehr fähig, ihre Arme und Beine zu bewegen. Ihr ganzer Körper war wie gelähmt, ihre Kehle wie zugeschnürt, das Meer schwarz und zerstörerisch. Eine bedrohlich auf sie zu rollende Welle warf sie nach oben und ließ sie wieder fallen, wie ein Stück Treibholz. Und gleich darauf kam die nächste Welle und noch eine. Sie bekam keine Luft mehr, glaubte zu ertrinken. Völlig panisch und nach Atem ringend begann sie, mit den Armen im Wasser hilflos zu rudern.

– Was ist denn los, meine süße Verführerin? Hast du ein Problem? hörte sie ihn rufen, während sie verzweifelt versuchte, sich über Wasser zu halten. Wo war er? Sie hörte seine Stimme, aber sie konnte ihn nirgendwo sehen, dafür aber die nächste Welle, die sich zu einer riesigen Wand auftürmte und immer näher und näher kam. Ihre Panik steigerte sich ins Unermessliche.

– Philip! Philip! schrie sie in ihrer Todesangst.

– Brauchst du meine Hilfe? Kaum einen Meter von ihr entfernt war er vor ihr aus dem Wasser aufgetaucht.

– Ja! schrie sie verzweifelt gegen das Tosen der heranrollenden Welle und streckte eine Hand nach ihm aus.

– Aber gerne doch. Er griff nach ihrer Hand und zog sie zu sich.

– Komm mein Fischlein, komm auf den Teller eines hungrigen Mannes, der schon darauf wartet, dich wieder vernaschen zu können. Komm in meine Arme und lass dich wärmen in der Kälte unserer Zeit, und meine verführerischen Worte werden dich ganz schnell wieder vergessen lassen, wie skrupellos und berechnend ich bin. Sie war doch schön, die Nacht mit mir, diese Illusion, von mir geliebt zu werden, oder? Du hast es doch auch genossen. Gib es ruhig zu. Und wir werden noch viele solcher schönen Nächte haben. Da bin ich mir ganz sicher. Ganz freiwillig wirst du dich immer und immer wieder in meine Arme werfen. Ich werde dich dazu nicht zwingen müssen. Du weißt doch, wir Verführer zwingen niemanden zu irgendetwas, wir spielen nur ein bisschen auf der Klaviatur der Emotionen, das aber so genial und professionell, wie ein virtuoser Geiger auf seiner Stradivari spielt. Du kennst doch dieses Spiel. Du hast es doch oft genug gespielt. Ja, du kennst sie, diese Techniken der Verführung, das Ergebnis jahrzehntelanger intensiver Forschung, mit denen man die Sehnsüchte und Wünsche der Menschen weckt, ihren Willen formt und ihr Handeln steuert. Selbst du, mit deiner ganzen Professionalität, hattest gegen diese Techniken keine Chance und bist meinen suggestiven Einflüssen erlegen. Nicht den geringsten Widerstand hast du mir entgegengesetzt, du, ausgerechnet du, die Anja Berger, die behauptet, immun gegen Verführungen zu sein. Die Anja, die es völlig absurd findet, dass man sie verführen könnte. Was für eine Fehleinschätzung, nicht wahr? Was für eine Fehleinschätzung. So eine Sehnsucht, erst einmal geweckt, setzt ungeahnte Kräfte frei, lässt sich von nichts und niemandem aufhalten, gnadenlos fegt sie alles zur Seite, was sich ihr in den Weg stellt. Mit aller Macht drängt sie auf ihre Erfüllung, selbst auf die Gefahr hin, dass sie dich ins Verderben treibt. Wenn es darum geht, das zu bekommen, was sie will, lässt sie sich keine Fesseln anlegen, duldet nicht den geringsten Widerspruch und ignoriert alle Bedenken. Du hattest doch Bedenken, oder? Natürlich hattest du sie, du bist doch eine intelligente Frau. Aber deine Sehnsucht nach mir war stärker, dieser Sehnsucht konntest du nicht widerstehen. Ja, *das Ich ist nicht Herr im eigenen Haus*, das wusste schon Sigmund Freud, der Verstand ist machtlos, wenn unsere Sehnsüchte, Wünsche und Träume auf ihre Erfüllung drängen. Es ist ein Genuss zu sehen, wie sich dein Körper an mich drängt, wie sehr du dich nach mir sehnst, wie sehr du diese Illusion von Glück brauchst, in einem Leben, das die oft kaum zu ertragende Realität in all ihrer Härte in sich trägt. Wenn du sie nicht bräuchtest, würdest du doch versuchen wegzuschwimmen, weit weg, zurück zum Strand. Ich halte dich nicht auf. Aber du tust es nicht. Du bleibst hier, hier bei mir, und klammerst dich völlig panisch an mich. Da kann ich dich doch nicht einfach von mir stoßen und dich diesen unberechenbaren Urkräften des Meeres überlassen. Nein, so skrupellos bin ich nicht. Zudem gefällt mir dieses Spiel mit dir viel zu sehr und deshalb werden wir es weiterspielen, so wie die Musiker auf der Titanic weitergespielt haben, bis zum bitteren Ende. Ich muss natürlich gestehen, dass ich es noch nie so genossen habe wie mit dir. Vielleicht lag es ja an meiner einzigartigen, ganz auf dich abgestimmten, verführerischen Duftkreation, dass die Nacht mit dir so umwerfend war. Diese Gefühle, diese Leidenschaft, fantastisch, einfach phänomenal, wie dieser Duftstoff bei dir gewirkt hat. Diese Lockstoffe sind schon eine geniale Sache, eine enorme Bereicherung für unser Verführungspotenzial, ob nun im Supermarkt oder in einem portugiesischen Bett. Ganz subtil schleichen sich diese Düfte ins Gehirn der Menschen ein, ohne dass sie auch nur das Geringste bemerken, und lassen sie dann Dinge tun, die sie sonst nicht tun würden. Nicht wahr, meine Liebe? Ja, du warst großartig, du bist der begehrenswerteste, süßeste Fisch, der mir je ins Netz gegangen ist, und da kommst du mir auch nicht mehr heraus. Es gibt für dich kein Entkommen mehr, kein Entkommen mehr! schrie seine das Rauschen der Wellen übertönende Stimme in einem immer schneller werdenden Tempo, einem hämmernden Stakkato. Nie mehr, nie mehr. Er packte sie und riss sie an sich. Die riesige schwarze Welle war jetzt ganz nah, brach über sie herein wie ein Tsunami, gnadenlos zerstörend, alles vernichtend, und die Stimme von Céline Dion brach abrupt ab.

Sie schrie auf und schoss nach Atem ringend und mit jagendem Puls aus ihrem Bett hoch.

Schweißgebadet und am ganzen Körper zitternd saß sie da, starrte benommen in die Dunkelheit und ihr schmerzendes Hirn kämpfte sich langsam zurück in die Realität, zurück in die rettende Erkenntnis, dass dieses grauenvolle Geschehen, diese tödliche Gefahr nur ein Traum, ein schrecklicher Albtraum gewesen war. Erleichtert und völlig erschöpft sank sie zurück in ihr Kissen und blickte auf ihren Radiowecker, es war 1:50 Uhr. Der Schock und die Angst bebten noch in ihr nach. Sie fuhr mit der Hand über ihre schweißnasse Stirn und atmete ein paar Mal tief durch.

Es war alles gut, sie hatte nur geträumt. Es war alles gut. Alles gut? Was war denn noch gut in ihrem Leben? Ihr Leben war doch inzwischen auch ein einziger Albtraum. Mit Eiseskälte bahnte sich diese bittere Erkenntnis ihren Weg durch ihre aufgewühlten Gedanken. Der Albtraum von eben war vorbei, aber wie sollte sie diesem entsetzlichen Albtraum Leben entkommen? Vielleicht lag es ja an meiner einzigartigen, ganz auf dich abgestimmten, verführerischen Duftkreation, dass die Nacht mit dir so umwerfend war. Hatte er wirklich diesen Duftlockstoff benützt, um sie ins Bett zu bekommen? Sie kämpfte mit den Tränen. Was war er nur für ein Mensch, dass er ihr so etwas antun konnte, dass er ihr so übel mitspielen konnte? Verzweifelt fuhr sie sich mit den Händen durchs Haar. Philip, warum?

– Ich liebe dich. Seine vertraute Stimme, nah, so nah, und ihre Sehnsucht, die sie nicht wollte, aber nicht verhindern konnte, malte sein Bild in das Dunkel der Nacht, führte sie zurück in das portugiesische Hotel am Meer.

– Und du, magst du mich auch ein bisschen?

– Ja, hatte sie überglücklich geantwortet und sich in bedingungslosem Vertrauen in seine Arme geschmiegt. Ihre Fingerkuppen waren über seine rechte Wange geglitten, seine Lippen und dann zu seinem Grübchen am Kinn.

– Vom ersten Augenblick an. Und weißt du, warum?

– Nein, sag es mir.

– Es ist dieses Grübchen, hatte sie mit einem schelmischen Lächeln geantwortet. Ihr Zeigefinger hatte es zärtlich umkreist und dann geküsst. Es hat mich magisch angezogen. Ich konnte ihm einfach nicht widerstehen. Ja, sie hatte gegen jede Vernunft ihren Gefühlen einfach freien Lauf gelassen. Der Tag mit ihm am Strand, das Essen im Restaurant, der warme Sommerabend, der Song *San Francisco* von Scott McKenzie, sein Kuss, seine Nähe, seine Arme, in denen sie sich beim Tanzen so geborgen gefühlt hatte. Völlig überwältigt schloss sie die Augen. – Ich bin dem Zufall sehr dankbar, dass er uns zusammengeführt hat.

Der Zufall hat uns zusammengeführt? Du Lügner, du verdammter Lügner! Dein teuflischer Plan hat uns zusammengeführt, nicht der Zufall. Ihr Herz begann erneut zu rasen und ihr völlig verschwitztes T-Shirt klebte an ihrem Körper. Sie hatte es gestern Abend nicht ausgezogen, hatte sich so, wie sie vom Flughafen gekommen war, einfach aufs Bett gelegt, und musste dann wohl eingeschlafen sein. Ihr war plötzlich schrecklich kalt. Sie musste das nasse Zeug loswerden. Sie ging ins Bad, zog alles aus und stellte sich, am ganzen Körper zitternd, unter die Dusche. Sie konnte sich kaum auf den Beinen halten, fühlte sich entsetzlich elend. Die Kopfschmerzen hatten nachgelassen, doch der Schmerz tief in ihrem Inneren brannte noch immer wie Feuer. Er hat sie benützt, skrupellos benützt und das, das brachte sie fast um den Verstand. Der warme Wasserstrahl vermischte sich mit ihren Tränen, die über ihre Wange liefen und im Ausguss verschwanden.

– Du bist plötzlich so verändert, geht es dir nicht gut? Sie konnte seine Hand noch förmlich spüren, die über den Tisch hinweg beim Frühstück auf dem Balkon nach ihrer gegriffen hatte. Wie gelähmt hatte sie auf diese sehnige Hand gestarrt, auf die makellos gepflegten Fingernägel, auf die Hand eines eiskalten, skrupellosen Mannes. Nicht gut? Ihr ging es blendend. Reduziert auf eine Spielfigur, mit der man sein Spiel gespielt und seinen Spaß gehabt hatte, ging es ihr einfach nur blendend. Abrupt drehte sie den Wasserhahn zu. Noch nie in ihrem Leben hatte ihr jemand so übel mitgespielt. Verzweifelt starrte sie auf den letzten Rest Wasser, der ihre Füße umspülte und wünschte sich, er könnte, wenn auch nur annähernd, fühlen, wie weh es tat, so gedemütigt, so skrupellos benützt zu werden. Ich werde dich verführen, mit deinen Gefühlen spielen und du wirst dich sehnsüchtig in meine Arme schmiegen und mich leidenschaftlich lieben.

– Nein! schrie sie. Nein! Sie stieß hastig die Tür der Duschkabine auf und schnappte nach Luft. Niemals hätte sie es für möglich gehalten, dass Philip und Johnny ein und dieselbe Person sind. Niemals. Philips offener, ehrlicher Blick, sein warmes, zärtliches Lächeln, seine rücksichtsvolle, liebevolle Art, das alles passt einfach nicht zu diesem Johnny. Und doch, er war ein Schauspieler, ein skrupelloser Mensch, der alles daransetzte, ihr Leben zu zerstören. Und wenn diese Brieftasche nicht aus seiner in der Nacht achtlos auf den Stuhl geworfenen Hose herausgefallen wäre und sie nicht seinen Ausweis und Presseausweis mit dem Namen Lindbergh gesehen hätte, würde er sein Spiel noch immer mit ihr spielen und sich auf ihre Kosten köstlich amüsieren. Sie griff nach ihrem Badehandtuch, trocknete sich ab und schlüpfte in ein frisches Nachthemd. Warum war sie nur nach Portugal geflogen? Sie hätte bei Mike bleiben sollen, dann wäre das alles nicht passiert. Aber nein, sie hatte, alle Bedenken ignorierend, sich diesem skrupellosen Philip an den Hals geworfen. Sie kehrte zurück ins Schlafzimmer und kroch völlig verzweifelt wieder unter ihre Decke. Doch an Schlaf war nicht zu denken. Der Albtraum ließ sie nicht los, dieser Traum, in dem sich das reale Bild des Schreckens, das ihr Leben beherrschte, widerspiegelte. Sie versuchte, ihn zu verdrängen, diesen schrecklichen Traum, diesen Philip Lindbergh, diese unermessliche Enttäuschung und Demütigung, diesen ganzen Horrortrip, der nicht mehr ihr Leben war. Aber sie schaffte es nicht, gewaltsam drängte sich alles wieder und wieder zurück in ihr Bewusstsein, ließ sie nicht los, hielt sie gefangen. Erst in den frühen Morgenstunden fiel sie in einen unruhigen, oberflächlichen Schlaf.

Ein breiter Sonnenstrahl drang zwischen den nicht ganz zugezogenen Vorhängen in ihr Schlafzimmer. Wie gelähmt lag sie in ihrem Bett und starrte auf dieses grelle Licht, diese strahlende Helligkeit des neuen Tages. Alles in ihr sträubte sich gegen dieses Licht, gegen diesen neuen Tag, von dem sie nicht wusste, wie sie ihn überstehen sollte. Sie schloss die Augen wieder. Sie konnte jetzt noch nicht aufstehen, war nicht in der Lage, auch nur das Geringste zu tun. Diese zermürbenden, demütigen Gedanken raubten ihr alle Lebenskraft. Erst als sich die Ziffern auf ihrem Radiowecker bis fast 12:00 Uhr vorgearbeitet hatten, schaffte sie es unter Aufbietung ihrer ganzen Willenskraft aufzustehen und schleppte sich ins Bad. Sie zog sich aus und stellte sich wieder unter die Dusche, ließ den Wasserstrahl über ihren Körper laufen, zuerst warm, dann kalt und wartete mit geschlossenen Augen darauf, wieder einen klaren Kopf zu bekommen, etwas Lebensenergie und Kraft, um in ihren gewohnten Alltag zurückkehren zu können. Aber es nützte nichts. Schmerz und Verzweiflung hatten jede noch so kleine Stelle in ihrem Körper besetzt und ließen sich nicht so einfach mit ein bisschen kaltem Wasser wegspülen. Sie stieg aus der Dusche, trocknete sich ab, ging ins Schlafzimmer und zog ein frisches T-Shirt und eine Jeans an. Dann ging sie in die Küche, machte sich einen Kaffee und öffnete den Kühlschrank. Es herrschte gähnende Leere. Sie hatte die Lebensmittel, damit sie nicht verderben, zu Mike mitgenommen, erinnerte sie sich. Nur etwas Gemüse und Fleisch im Gefrierfach waren noch da und eine Packung Knäckebrot im Küchenschrank. Sie riss die Packung auf, würgte ein Knäckebrot runter und trank den Kaffee dazu. Anschließend ging sie zurück ins Schlafzimmer, zog die Vorhänge auf, öffnete das Fenster, legte sich wieder aufs Bett und schaltete das Radio ein. Sie musste versuchen, sich ein wenig abzulenken. Doch das war nicht so einfach. Nur ganz am Rande bekam sie mit, dass der Traum vom vierten WM-Titel, nach der Verlängerung in der 119. Minute gestern geplatzt war. Die deutsche Mannschaft, die über drei Wochen lang eine grandiose WM gespielt und weltweit hohe Sympathien erworben hatte, war nach einem leidenschaftlichen Kampf an Italien gescheitert, hatte mit 0:2 verloren.

Gescheitert, der Traum geplatzt, ihre Liebe aus und vorbei, doch für ihre Gefühle war es noch lange nicht vorbei, ihre Sehnsucht ließ alles immer und immer wieder aufleben, sie konnte Philip nicht zur Seite schieben, konnte seine zärtlichen Blicke und Hände einfach nicht aus ihrem Bewusstsein verdrängen. Wie in einer Endlosschleife liefen die Erinnerungen an die letzten Tage immer und immer wieder in ihr ab und endeten bei der Frage: warum? Was habe ich dir getan, dass du mir das angetan hast? Verzweifelt fuhr sie sich mit der Hand durchs Haar. Wie hatte sie diesem Mann, den sie kaum kannte, nur so vertrauen können? Worin bestand die starke Wirkung, die er auf sie ausgeübt hatte? War es sein unwiderstehlicher Charme, gegen den sie sich nicht hatte wehren können? War es dieser warme, zärtliche Blick, der ... ihr Telefon klingelte. Sie zuckte zusammen und Erregung breitete sich augenblicklich in ihr aus. Wie paralysiert lag sie auf ihrem Bett und rührte sich nicht, ließ mehrere Minuten verstreichen, dann schaltete sie den Anrufbeantworter ein.

– Hier ist Philip. Es war inzwischen sein fünfter Anruf. Drei auf ihrem Handy, zwei auf ihrem Festnetztelefon.

– Anja, wo bist du? Warum meldest du dich nicht? Warum bist du abgereist? Anja, warum? Ruf mich bitte zurück! Bitte! Ich mache mir große Sorgen. Anja, ich liebe dich. Bei jedem Anruf überschwemmte sie ein Wechselbad der Gefühle und jedes Mal redete sie sich für einige kostbare Augenblicke ein, dass er sich wirklich Sorgen machte, dass das alles ein Missverständnis war, ein Missverständnis sein musste, redete sich ein, dass er sie wirklich liebt. Sie musste mit ihm sprechen, musste Klarheit haben, so konnte das nicht weitergehen. Entschlossen griff sie nach ihrem Handy und begann, seine Nummer zu tippen. Doch schon bei den ersten Zahlen spürte sie eine augenblicklich hochschnellende Angst. Angst, diesem Gespräch nicht gewachsen zu sein. Angst, ihre Gefühle nicht unter Kontrolle halten zu können. Angst, bei diesem Gespräch völlig zu versagen. Wie paralysiert starrte sie auf ihre zitternde Hand, die das Handy vor Erregung kaum noch halten konnte, auf ihren Zeigefinger, der so sehr zitterte, dass er gar nicht mehr in der Lage war, die letzten Zahlen, die sie noch von ihm trennten, zu drücken. Sie saß einfach nur völlig hilflos da und sah zu, wie ihr das Handy aus der Hand entglitt.

Donnerstag, 6. Juli 2006

Auch am nächsten Tag hatte die Verzweiflung noch nichts von ihrer Kraft verloren. Das erste Grau des Morgens löste die nächtliche Dunkelheit ab und Anja starrte auf ihren Koffer, den sie noch immer nicht ausgepackt hatte. Sie musste sich heute um ihre Wäsche kümmern, musste die Wohnung aufräumen und einkaufen gehen. Mike hatte sie gestern spät abends noch angerufen. Sie hatten es geschafft, beim Präsentationswettbewerb in Frankfurt den Auftrag an Land zu ziehen. Sie hatte es sofort an seiner Stimme gemerkt. Er war richtig gut drauf gewesen.

– Unsere Präsentation hat die Herren des Kosmetikunternehmens voll überzeugt, hatte er gesagt. Wir besprechen morgen noch ein paar Details und sind dann voraussichtlich morgen Abend so gegen 18:00 Uhr wieder in Stuttgart. Morgen Abend schon? Sie war zusammengezuckt.

– Anja, ist irgendetwas, du bist so reserviert? Hat sich dieser Johnny wieder gemeldet?

– Nein, Mike, nein, er hat sich nicht gemeldet, mach dir keine Sorgen, es ist alles in Ordnung.

– Schön, das klingt ja beruhigend. Freust du dich auch ein bisschen, dass wir den Abend morgen wieder zusammen verbringen können?

– Ja natürlich Mike, ich werde etwas für uns kochen. Hast du irgendeinen Wunsch, ein Lieblingsgericht, das ich für dich machen kann?

– Nein, das überlasse ich ganz dir. Ich mag alles, was du kochst. Ich lasse mich da einfach überraschen.

– Schön, dann werde ich mir etwas einfallen lassen, bis morgen Mike.

– Bis morgen Anja.

Unruhig wälzte sie sich in ihrem Bett hin und her. Wie sollte sie das alles nur durchstehen? Wie sollte sie in der kurzen Zeit, die ihr noch blieb, die Kraft finden, die sie für heute Abend brauchte? Was geschehen war, war einfach noch viel zu präsent und sie war nicht in der Lage, es einfach zur Seite zu schieben, locker und unbeschwert mit Mike einen harmonischen Abend zu verbringen. Aber sie musste, sie musste jetzt aufstehen, musste sich einfach zusammenreißen, sie hatte doch gar keine andere Wahl. Und deshalb raffte sie sich dann irgendwann auf und erledigte wie in Trance alles, was erledigt werden musste, auch die Einkäufe in der Stadt.

Als sie auf dem Rückweg am Marktplatz vorbeikam, der sich während der WM in eine ‚Action Arena' verwandelt hatte, blieb sie stehen und blickte auf die Kinder, die sich ganz begeistert in einer Hüpfburg vergnügten, und verlor sich für ein paar Minuten in ihre Freude, in ihre so glücklich strahlenden Augen, und ließ dann ihren Blick zu den Jugendlichen wandern, die auf Torwände schossen oder auf dem Kunstrasenfeld voller Begeisterung kickten. Wie gerne hätte sie mit diesen Jungs Fußball gespielt, alles verdrängend und vergessend, bis tief in die Nacht, sich nur auf diesen Ball konzentriert und voller Leidenschaft, wie in ihrer Jugend, mit der Mannschaft für den Sieg gekämpft. Doch sie musste weiter und wenn ihr Abend auch nicht so unbeschwert und fröhlich verlaufen würde, wie hier auf dem Marktplatz, musste sie sich ihm stellen.

Zu Hause packte sie dann alles aus, legte die Filetsteaks und den grünen Spargel in den Kühlschrank und stellte sich anschließend unter die Dusche. Am Mittwoch hatte sie ihre Kopfschmerzen vorgeschoben, aber heute? Spätestens heute würde er doch merken, dass irgendetwas nicht stimmte mit ihr. Er würde nachhaken und dann? Sie war keine gute Schauspielerin, nicht so professionell wie Philip. Und doch, sie durfte sich nichts anmerken lassen, musste sich einfach zusammenreißen, musste nach vorne schauen, das mit Philip war vorbei, endgültig vorbei. Sie wusch sich noch schnell ihre Haare, öffnete die Duschkabine und ihr Atem stockte. Hatte sie schon Halluzinationen? War das ein Trugbild ihrer Fantasie? Hatte er sie schon so weit gebracht? Direkt vor ihr, an den Türrahmen der geöffneten Badezimmertür gelehnt, stand er. Wie paralysiert, mit weit aufgerissenen Augen, starrte sie ihn an, tropfnass und völlig seinem durchdringenden Blick preisgegeben, unfähig sich zu bewegen. Sie öffnete den Mund, um etwas zu sagen, doch kein Laut kam über ihre Lippen. Das Inferno, das sich explosionsartig bei seinem Anblick in ihr ausgebreitet hatte, erstickte jedes Wort in ihrer Kehle. Auf so ein Wiedersehen war sie nicht vorbereitet. Sein Blick glitt über ihren nassen, nackten Körper, über ihr schmales, blasses Gesicht und blieb dann an ihren Augen hängen, die starr und entsetzt auf ihn gerichtet waren.

– Verzeih bitte, ich weiß, dass es nicht gerade rücksichtsvoll ist, wenn ich in deine Wohnung eindringe, aber du hast mir keine andere Wahl gelassen, sagte Philip. Seit zwei Tagen versuche ich dich telefonisch zu erreichen. Ich habe mehrere Nachrichten auf deine Mailbox gesprochen, doch du hast nicht darauf reagiert, hast mich nicht zurückgerufen. Und als ich vorhin an deiner Wohnungstür geklingelt habe, hast du mir nicht aufgemacht. Er griff nach dem Badehandtuch und reichte es ihr. Ich muss mit dir sprechen, sagte er, dann verließ er das Badezimmer. Wie gelähmt und noch immer völlig fassungslos stand sie da und starrte auf die Tür, die sich hinter ihm geschlossen hatte. Wie war er in ihre Wohnung gekommen? Was fiel ihm eigentlich ein, hier einfach einzudringen? Ihr Puls raste und das Chaos, das seine unverhoffte Präsenz in ihr ausgelöst hatte, tobte durch ihren Körper. Was sollte sie jetzt nur tun? Hastig begann sie sich mit dem Handtuch, das er ihr gegeben hatte, abzutrocknen. Sie verließ völlig kopflos, mit zittrigen Beinen, die sie kaum tragen konnten, die Duschkabine und schlüpfte in ihren weißen Bademantel. Ich muss mit dir sprechen! Wie sollte sie sich ihm gegenüber verhalten, konfrontiert mit der Erkenntnis, dass sie sich einfach aus der Realität, mit all den Fakten, die gegen ihn sprachen, weggeträumt hatte und sich in ihrer durch nichts zu überbietenden Naivität eingebildet hatte, er würde sie wirklich lieben? Sie stützte sich auf das Waschbecken und hielt sich fest, bis der Ansturm ihrer Erregung etwas abebbte, der Tumult in ihrem Inneren etwas nachließ. Als sie in den Spiegel sah, erschrak sie vor sich selbst, vor diesem panischen Gesichtsausdruck und den dunklen Ringen unter den Augen. Die letzten Tage und Nächte waren nicht spurlos an ihr vorübergegangen, sie hatte kaum geschlafen, sah erbärmlich aus, so erbärmlich wie sie sich fühlte. Verzweifelt fuhr sie mit ihren Händen durch die nassen Haare, die an ihrem Kopf klebten. Aber es konnte ihr ja schließlich egal sein, wie sie aussah, wie sie auf ihn wirkte, das spielte doch keine Rolle mehr. Ich muss mit dir sprechen! Worüber wollte er denn mit ihr sprechen? Was wollte er denn noch? Reichte ihm diese Nacht nicht? Wollte er seinen Triumph genießen und sich noch weiter auf ihre Kosten amüsieren? Wollte er sie völlig fertigmachen? Viel brauchte es dazu nicht mehr. Ihre Nerven lagen blank. Sie stand da und suchte in ihrem Spiegelbild einen Rest von ihrer früheren Selbstsicherheit, suchte die Anja, die immer alles im Griff hatte, die sich durch nichts und niemanden aus der Ruhe bringen ließ. Aber sie fand sie nicht. Da war nur diese fremde, jämmerliche Frau, die ihr hilflos entgegenblickte, die unfähig war, auch nur einen einzigen klaren Gedanken zu fassen. Wie sollte sie das alles nur durchstehen? Die Gefühle für ihn, die sie versucht hatte zu verdrängen, seit sie zu Hause war, hatten nichts von ihrer Intensität verloren. Allein sein Anblick reichte schon aus, um sie völlig aus der Fassung zu bringen. Er war der Mann, der ihr mehr bedeutete als je ein anderer zuvor. Aber das durfte er nicht erfahren. Sie durfte ihm nicht zeigen, was sie für ihn fühlte, diese Genugtuung sollte er nicht bekommen. Sie musste ihm die Stirn bieten, diesem Philip Jansen, oder Philip Lindbergh, oder wie auch immer. Sie straffte ihre Schultern, warf den Kopf zurück und atmete ein paar Mal tief durch. Sie durfte jetzt keine Schwäche zeigen, sonst war sie verloren, für immer verloren, das Opfer eines skrupellosen Mannes, der sie rücksichtslos für sein perfides Spiel benützt. Reiß dich zusammen, verdammt noch mal, nur für ein paar Minuten, das müsste doch zu schaffen sein. Sie kämmte flüchtig ihre Haare, zog den Gürtel ihres Bademantels enger und ging zur Tür. Die Hand schon auf der Klinke, spürte sie plötzlich einen stechenden Schmerz in der Brust und eine lähmende Angst, Angst ihm gegenüberzutreten, Angst vor ihren eigenen Gefühlen und ihrer Reaktion, Angst dieser Konfrontation nicht gewachsen zu sein. Reiß dich zusammen, befahl sie sich noch einmal. Sie atmete nochmals tief durch, mobilisierte sämtliche ihr verbliebenen Kräfte und öffnete die Tür. Mit einer oberflächlich gespielten Gelassenheit und dem letzten bisschen Selbstwertgefühl, das sich verzweifelt dagegen wehrte, vor seinem überlegenen, triumphierenden Blick völlig zu versagen, betrat sie das Wohnzimmer. Er stand am Fenster, mit dem Rücken zu ihr.

– Wie sind Sie hier hereingekommen? fragte sie scharf und erschrak selbst über den frostigen Klang ihrer eigenen Stimme.

– Ist das wichtig? fragte er, drehte sich um und sah sie unverwandt an. Sie versuchte, seinem durchdringenden Blick standzuhalten.

– Warum bist du abgereist, ohne ein Wort zu sagen? fragte er sanft, aber mit Nachdruck. Warum? Er nagelte sie mit seinem Blick fest und kam langsam auf sie zu. Unrasiert, blass, übernächtigt, was seiner Attraktivität jedoch keinen Abbruch tat, ganz im Gegenteil, er sah noch begehrenswerter aus, als sie ihn in Erinnerung hatte. Eine aufflammende Panik breitete sich augenblicklich in ihr aus, angesichts der Fülle ihrer Emotionen, die sie überflutete, und sie wich einen Schritt zurück.

– Ich wüsste nicht, weshalb ich Ihnen über mein Tun und Lassen Rechenschaft ablegen sollte, sagte sie. Ihr Herz hämmerte wie wild und nur mit äußerster Mühe gelang es ihr, das Chaos, das in ihr tobte, zu beherrschen, und ihrer Stimme einen einigermaßen überlegenen, kühlen Ton zu verleihen. Wir haben uns zufällig an der Algarve-Küste getroffen, hatten einen netten One-Night-Stand und dann bin ich wieder abgereist. Das ist doch so üblich bei der Liebe für eine Nacht. Man hat ein paar schöne Stunden und dann trennt man sich wieder.

– Liebe für eine Nacht, murmelte er fassungslos. Um seine Mundwinkel zuckte es und sein Gesicht war plötzlich aschfahl. Für einen kurzen Moment verspürte sie etwas wie Triumph, eine bittere Genugtuung. Lief das Spiel nicht mehr so, wie er sich das gedacht hatte? Brachte ihn die neue Choreografie aus der Fassung? Sie hatte ihn verletzen wollen und das war ihr offenbar gelungen. Oder war er ein so virtuoser Schauspieler, das Ganze wieder eine filmreife Szene? Sie sah ihn an. Konnten diese Augen sie so täuschen? Ja, sie konnten. Sein schauspielerisches Talent hatte ihr das doch in den letzten Tagen eindrucksvoll bewiesen. Warum in aller Welt wollte sie nicht wahrhaben, dass dieser Mann nur eiskalt und berechnend mit ihr gespielte hatte, sie in diese demütigende Situation gebracht hatte. Doch damit war jetzt definitiv Schluss. Er sollte sich nur nicht einbilden, dass er mit ihr dieses Spiel weiterspielen konnte.

– Anja, für mich war das kein One-Night-Stand, für mich war das mehr.

– Mehr? fragte sie in einem leicht spöttischen Ton und um ihre Mundwinkel zuckte ein geringschätziges Lächeln. Ich glaube nicht, dass Sie der Mann sind, der mir mehr geben kann. Sie sah, wie er zusammenzuckte. Getroffen? Verletzt? Konnte man einen Mann überhaupt verletzen, dem es nur um sein perfides Spiel ging? Für Sekunden stand er wie versteinert da, doch dann war er plötzlich mit zwei sehr entschlossenen Schritten bei ihr. Riss sie in seine Arme und presste sie unnachgiebig an sich, sodass sie es nicht schaffte sich loszureißen. Ihr Puls begann zu rasen.

– Anja, ich liebe dich und ich habe mir Sorgen gemacht, als du plötzlich weg warst und dich dann auch nicht gemeldet hast. Ich hatte schreckliche Angst, dir könnte etwas passiert sein.

–Nein, bitte nicht, bitte hör auf. Ich will das nicht hören, dachte sie verzweifelt und versuchte erneut ihn wegzustoßen, aber er hielt sie fest.

– Ich kann das nicht glauben, was du da eben gesagt hast. Das ist nicht wahr. Du liebst mich, fuhr er sanft, inständig fort. Ich weiß das und du weißt das auch. Worte, Sätze, die alle ihre

Wirkung nicht verfehlten, die sie schwächten, sie wehrlos machten. Unendlich zärtlich nahm er ihr Gesicht in seine Hände und zwang sie ihn anzusehen.

– Sag, dass das alles nicht wahr ist, sagte er beschwörend leise. Ihr Blick bohrte sich in seinen, versuchte zu erraten, was sich hinter diesen Augen verbarg. Aber sie konnte seinem innigen Blick nicht standhalten, ihre Gefühle kaum noch in Schach halten, Gefühle, so stark und ungeschmälert, gegen jede Vernunft. Das alles überschritt das Maß des Erträglichen, kostete sie unendlich viel Kraft und sie hatte Mühe, nicht in Tränen auszubrechen. Sie konnte das alles nicht länger aushalten, nicht diesen Schmerz, diese vernichtende Gewissheit, dass er nur mit ihr spielte und sie nichts für ihn empfinden durfte. Sie musste sich zusammenreißen und dieses Schauspiel beenden.

– Anja, diese zwei Tage mit dir haben mir so viel bedeutet. Ich kann nicht glauben, dass du mich nicht liebst, dass ich mich so in dir getäuscht habe. Ich auch nicht, dachte sie bitter und befreite sich hartnäckig aus seiner Umarmung.

– Ja, es ist nicht einfach, feststellen zu müssen, dass man sich nicht auf seine Intuition verlassen kann, das kann ich gut nachvollziehen, sagte sie mit einem sarkastischen Lächeln. Sie musste dafür sorgen, dass er jetzt endlich ging. Sie war nicht mehr in der Lage, diese äußerst zerbrechliche Fassade von kühler Distanz und Ablehnung noch länger aufrechtzuerhalten. Sie war kurz davor, die Beherrschung zu verlieren.

– Ich habe eine Verabredung mit Mike und bitte Sie deshalb, jetzt zu gehen.

– Anja! Er sah in ihr distanziertes, blasses Gesicht. Irgendetwas ist geschehen, das spüre ich, warum willst du nicht mit mir darüber sprechen?

– Da gibt es nichts mehr zu besprechen. Es tut mir leid, wenn Sie in diesem kleinen Urlaubsflirt mehr gesehen haben, das lag nicht in meiner Absicht. Ein schöner Sommerabend, eine angenehme Stimmung, man kommt sich beim Tanzen etwas näher, da kann so etwas schon einmal passieren. Belassen wir es doch einfach dabei. Bitte gehen Sie jetzt. Ihr Blick war auf ihn gerichtet, wie auf einen lästigen Fremden, doch innerlich liefen ihre Gefühle Amok und ihr so mühsam aufgebautes Abwehrsystem bröckelte immer mehr, stand kurz vor dem Zusammenbruch. Bitte, sagte sie mit Nachdruck. Bitte, gehen Sie jetzt! Sekundenlang stand er mit hängenden Schultern vor ihr, mit diesem Blick voller Unverständnis und sichtlich um Haltung bemüht, dann nickte er resigniert.

– Verstehe, sagte er schließlich tonlos, drehte sich auf dem Absatz um und ging. Die Tür fiel hinter ihm ins Schloss. Und während seine Schritte im Treppenhaus verhallten, stand sie reglos da, allein mit ihrem Schmerz und ihrer Verzweiflung und ihre Gefühle tobten in stummem Protest. Sie trat ans Fenster, sah, wie er sich vom Haus entfernte, und spürte, wie sich eine Träne ganz langsam ihren Weg über ihre rechte Wange bahnte.

Es klingelte an der Wohnungstür. Erschrocken zuckte sie zusammen. Philip, schoss es ihr sofort durch den Kopf. Philip, er kommt zurück. Aufgeregt lief sie zur Tür, öffnete sie und erstarrte.

– Hallo Anja, warum siehst du mich so entsetzt an? Ich bin ein bisschen zu früh, ich weiß, ist das so schlimm? Völlig aufgelöst rang sie um Fassung, versuchte das Chaos in ihrem Inneren mit einem aufgesetzten Lächeln zu überspielen und erwiderte: Nein, nein natürlich nicht Mike, entschuldige bitte, komm rein. Warum musste er nur jetzt schon kommen? Warum in aller Welt gerade jetzt? Philip, er war noch so präsent, beherrschte noch mit seinen Worten und Blicken den Raum.

– Ich habe mich so nach dir gesehnt, deshalb habe ich mich etwas beeilt und bin jetzt etwas früher hier. Ich habe es einfach nicht mehr ausgehalten, ohne dich. Du hast mir so gefehlt. Er nahm sie in die Arme und küsste sie. Mike, dachte sie verzweifelt und erwiderte seinen Kuss.

– Du freust dich doch?

– Natürlich freue ich mich, sagte sie so überzeugend wie nur möglich. Ich, ich muss mir nur schnell etwas anziehen.

– Meinetwegen musst du dir nichts anziehen, du gefällst mir auch im Bademantel. Du siehst hinreißend aus. Er wollte sie wieder an sich ziehen, doch sie wich schnell einen Schritt zurück.

– Ich muss auch noch kurz meine Haare föhnen, sagte sie entschuldigend. Sie war völlig fertig. Das war definitiv alles zu viel. Sie konnte nur hoffen, dass es ihm nicht auffiel, wie aufgewühlt sie war. Setz dich doch! sagte sie. Ich beeile mich, ich bin gleich so weit. Wenn du möchtest, kannst du dir inzwischen aus der Küche etwas zum Trinken holen.

– Anja! Er griff nach ihrem Arm. Das eilt doch alles nicht. Lauf doch nicht gleich wieder weg.

Ich habe mich so auf dich gefreut. Ich habe mich in den letzten Tagen so allein gefühlt. Wie gelähmt stand sie da. Die Sanftheit seiner Stimme, seine Nähe, sie kämpfte mit den Tränen, versuchte ihre Gefühle in Schach zu halten. Er zog sie zu sich, nahm ihr Gesicht in seine Hände und sagte: Du wolltest über uns nachdenken.

– Mike ich … lass uns bitte nachher über alles reden, du hast doch sicher Hunger und ich möchte uns erst etwas zum Essen machen. Ich habe Filetsteaks und grünen Spargel gekauft. Sein Lächeln, mit dem er sie gerade noch umfangen hatte, erlosch.

– Filetsteaks und grüner Spargel, wiederholte er tonlos und seine Hände glitten enttäuscht von ihr ab. Das klingt gut, schob er dann aber lächelnd nach und versuchte, ein wenig Begeisterung in seine Stimme zu legen. Ich muss gestehen, ich habe seit heute Morgen nichts mehr gegessen.

– Dann wird es aber höchste Zeit, dass ich etwas für dich koche, sagte sie schnell und wandte sich erleichtert von ihm ab. Doch schon die nächsten Worte, die er sagte, trieben ihren Adrenalinspiegel erneut nach oben.

– Ich habe da eben einen Mann vor dem Haus getroffen, der kam mir irgendwie bekannt vor. Ich weiß nur nicht, wo ich ihn schon einmal gesehen habe. Doch, warte, jetzt fällt es mir wieder ein, es war bei der Einweihungsparty von Weinhardt. Ja, es war der Mann, mit dem du getanzt hast. Erinnerst du dich an ihn? Anja drehte sich langsam um, sah ihn an.

– Ja, ich erinnere mich, sagte sie knapp, in einem möglichst beiläufigen Tonfall.

– Wohnt er hier in diesem Haus? fragte er. Sie begegnete seinem schwer zu deutenden Blick. War da etwas Lauerndes oder bildete sie sich das nur ein? Sie überlegte fieberhaft. Vielleicht hatte er Philip ja gar nicht vor dem Haus gesehen, sondern gesehen, wie er aus ihrer Wohnung kam, da konnte sie doch nicht … entschlossen sah sie ihn an, sah keinen anderen Ausweg.

– Nein, er wohnt nicht hier, er war kurz hier bei mir.

– Er war bei dir? Ein Ausdruck der Verwunderung glitt über sein Gesicht und seine Augen verengten sich kaum merklich. Was wollte er denn von dir?

– Ach, nichts Besonderes, sagte sie abwehrend. Er war nur zufällig hier in der Stadt und wollte mal kurz ‚Hallo' sagen. Sie gab sich Mühe, so lässig und unbeschwert wie möglich zu klingen, doch innerlich vibrierte sie vor Anspannung. Sie schenkte ihm ein knappes Lächeln, wandte sich dann eilig ab und ging ins Bad.

– Was wollte dieser Mann von dir? Mike war ihr ins Bad gefolgt, so einfach ließ er sich nicht abwimmeln. Er stand direkt hinter ihr und sie sah die misstrauische Wachsamkeit in seinen Augen, als ihre Blicke sich im Spiegel trafen.

– Mike bitte, ich … Er packte sie am Arm, fast grob, drehte sie zu sich und zwang sie ihn anzusehen.

– Kennst du diesen Mann schon länger? Ihr Herz begann zu rasen. Der Raum wurde enger, schien plötzlich viel zu klein für sie beide.

– Nein, wir sind uns bei Weinhardt zum ersten Mal begegnet.

– Ach, und da empfängst du diesen Mann, den du mal eben kurz auf einer Party kennengelernt hast, hier im Bademantel? Argwohn drang aus jeder Pore, während er sie mit einem forschenden, durchdringenden Blick bedachte. Hilflos stand sie vor ihm, registrierte ein kaum merkliches, unheilvolles Zucken um seinen Mund. Anja, da stimmt doch etwas nicht. Ich spüre das, du bist so ganz anders. Du verschweigst mir doch etwas, das sehe ich dir doch an. Sie standen sich in dem kleinen Badezimmer gegenüber. Anja, was ist zwischen dir und diesem Jansen, so heißt er doch? Seine Stimme war eindringlich, fordernd. Er wartete auf eine Antwort.

– Wir haben uns zufällig in Portugal wiedergesehen, begann sie widerstrebend.

– In Portugal? Ach, was es doch für Zufälle gibt. Die Ironie in seinen Worten war nicht zu überhören.

– Mike bitte, es war ein Zufall.

– Na schön, und was wollte er jetzt von dir?

– Mike, das ist doch nicht wichtig.

– Nicht wichtig? Für mich schon. Anja sah an ihm vorbei.

– Ich möchte nicht darüber reden, nicht jetzt. Ihre ängstlich flehenden Augen begegneten den seinen.

– Ich möchte aber darüber reden, und zwar jetzt gleich. Ich möchte wissen, was hier gespielt wird.

– Mike ich ... ihre Stimme bebte.

– Du hast ihn in Portugal getroffen und dann? drängte seine Stimme gereizt.

– Wir sind zusammen essen gegangen.

– Oh, zum Essen gegangen, was für eine Ehre für diesen Jansen. Bei mir hat es Wochen gedauert, bis du endlich einmal mit mir essen gegangen bist. Sein missbilligender Blick traf sie hart. Am liebsten hätte sie sich aus seinem Gesichtsfeld entfernt, irgendwohin, nur weit weg, weg von diesen anklagenden Augen, die schonungslos in sie eindrangen. Und dann? fragte er scharf. Ihr Blick irrte hilflos durch den kleinen Raum. Sie war völlig überfordert mit diesem Gespräch, das sie nicht führen wollte, fühlte sich mehr und mehr in die Enge getrieben. Sie konnte ihm doch nicht sagen, was dann passierte. Fluchtartig schob sie sich an ihm vorbei, zurück ins Wohnzimmer, und starrte hilflos und verzweifelt hinaus auf die Straße, die Autos, die Ampeln, die Menschen, flüchtete zu der warmen Sommernacht an der Algarve, zum Song von Scott McKenzie, zu Philip.

– Anja, was ist dann passiert? Er war hinter sie getreten und seine energische Stimme katapultierte sie zurück in die Gegenwart, setzte dem Auflisten ein Ende. Ich möchte, dass du mir jetzt die Wahrheit sagst! Erschrocken von der Schärfe seiner Stimme, drehte sie sich um und ihr Blick landete einen Herzschlag lang direkt in seinen Augen, die hart und kalt auf sie gerichtet waren. Sie spürte, wie die Angst in ihr hochstieg, die Angst, es ihm zu sagen. Sie war blass und angespannt und ihr unruhiger Blick floh wieder von ihm weg, weg von den Lippen, die zu einem schmalen Strich zusammengeschmolzen waren. Sie konnte ihm doch nicht sagen, dass sie ..., das konnte sie einfach nicht.

– Was ist dann passiert? fragte er noch einmal energisch, griff nach ihrem Arm und zog sie unsanft ganz nah zu sich heran. Sie brachte kein Wort heraus. Ihre hilflos jagenden Gedanken suchten nach einem Ausweg. Warst du mit ihm im Bett? Seine Stimme war messerscharf und laut, viel zu laut. Erschrocken zuckte sie zusammen. Entschlossen und unbarmherzig stand er vor ihr. Er wollte es wissen, um jeden Preis. Sie schluckte und versuchte verzweifelt, Kraft zu sammeln, Kraft für das Unausweichliche.

– Anja, sieh mich an! Nur widerwillig trennten sich ihre Augen vom Parkettboden und huschten panisch zu ihm hoch, weigerten sich dann aber, ihm bei ihrer Antwort in die Augen zu sehen.

– Anja! drang seine Stimme erneut messerscharf in sie ein und ihr Blick floh sofort wieder von ihm weg. Hast du mit ihm geschlafen? Weitere quälende Sekunden verstrichen, bis schließlich ein ‚Ja' über ihre Lippen kam. Am liebsten hätte sie es sofort wieder zurückgenommen, bereute sofort, dass sie es ausgesprochen hatte. Es schmerzte sie, ihn so verletzen zu müssen.

– Du hast mit diesem Jansen geschlafen, mit einem Mann, den du gerade mal ein paar Stunden kennst? Er schluckte schwer, war weiß wie eine Wand. Sein Blick eine einzige unverhohlene Verachtung.

– Es tut mir sehr leid Mike, es war ein Fehler und es ist vorbei, ich habe ihm das unmissverständlich gesagt, als er vorhin hier war.

– Du hast also tatsächlich mit ihm geschlafen, presste er sichtlich gedemütigt hervor. Du, die immer auf Distanz bedachte Anja, die mir immer erklärt hat, sie brauche noch etwas Zeit, diese Anja geht so mir nichts, dir nichts, mit einem Mann, den sie kaum kennt, ins Bett? Seine Augen bohrten sich voller Abscheu in ihre.

– Es ist nun mal passiert. Ein One-Night-Stand, mehr nicht. Die richtige Stimmung, man tanzt, kommt sich etwas näher, wie das eben manchmal so ist. Mike, ich wünschte, ich könnte es ungeschehen machen und ich kann nur noch einmal sagen, dass es mir sehr leidtut.

– Leidtut, blaffte er sie an, hättest du dir das nicht früher überlegen können? Sie sah noch kurz die vernichtende Kälte in seinem Blick, bevor er sich mit einer brüsken Drehung von ihr abwandte.

Die letzten Sonnenstrahlen hatten das Zimmer verlassen. Stille lag zwischen ihnen, beklemmende Stille. Keiner sprach mehr ein Wort. Eine angespannte Atmosphäre erfüllte den Raum, die ihr fast die Luft zum Atmen nahm. Nur die Geräusche des Verkehrs drangen durch das geöffnete Fenster herein, drängten sich in diese bedrückende, kaum auszuhaltende Stille. Anja stand da, starrte hilflos auf seinen Rücken und wusste nicht, was sie sagen sollte. Was hätte sie auch noch sagen sollen? Das bereits Gesagte hatte eine Kluft aufgerissen, die unüberbrückbar schien. Vielleicht hätte sie ihm sagen sollen, dass Philip dieser Stalker ist, der Mann, der sie terrorisiert hatte, der nur mit ihr gespielt hatte. Vielleicht hätte das die Situation schlagartig geändert, hätte alles in ein völlig anderes Licht gerückt, den Fehltritt gemildert. Aber sie konnte ihm das nicht sagen, unter keinen Umständen. Die Situation dehnte sich ins Unerträgliche. Sie wusste nicht, wie lange sie so gestanden hatten, wie viele quälend lange Sekunden oder Minuten, es kam ihr vor wie eine Ewigkeit. Schließlich, als sie dieses Schweigen nicht mehr länger ertrug, sagte sie: Ich mache uns jetzt etwas zum Essen.

– Das kannst du dir sparen, mir ist der Appetit vergangen, zischte er unwirsch und ging mit ein paar schnellen Schritten zur Tür.

– Bitte bleib! sagte sie. Er drehte sich zu ihr um. Eisige Verachtung wehte ihr entgegen.

– Wozu? fragte er.

– Mike, ich weiß, ich habe dich sehr verletzt, aber lass uns jetzt nicht mehr darüber sprechen, es ist vorbei. Sie ging auf ihn zu. Bitte, Mike, du bedeutest mir sehr viel. Starr und reglos stand er da. Seine Lippen angewidert zusammengepresst, sein Blick ein einziges feindseliges, eiskaltes Taxieren. Bitte, du musst mir das glauben. Er rührte sich nicht, schwieg verbissen und machte nicht ansatzweise auch nur einen Schritt ihr entgegen. Bitte! setzte sie noch einmal an. Die Sekunden verstrichen, doch schließlich, als sie es kaum noch für möglich gehalten hatte, entspannten sich seine Gesichtszüge etwas. Ein Anflug von Weichheit, Wärme schlich sich in sein Gesicht. Sie ging noch einen Schritt auf ihn zu. Mike, es ist vorbei, verzeih mir bitte. Sie stand jetzt ganz dicht vor ihm, berührte ihn fast.

– Anja, ich …, begann er stockend, brach hilflos ab und riss sie an sich, unbeherrscht, fast grob presste er sie an sich. Sie spürte seinen Körper, seinen Atem, seine Küsse und erschauderte, wusste augenblicklich, dass sie ihn nie so würde lieben können wie Philip. Zum Teufel mit Philip. Sie durfte nicht mehr an ihn denken. Mike war der Mann, der sie wirklich liebte. Sie schlang ihre Arme um seinen Hals. Es musste ja nicht die ganz große Liebe sein, Zuneigung, Sympathie, eine Liebe, auf die man sich verlassen konnte, das war es, was sie brauchte, und da war Mike genau der Richtige. Sie erwiderte seine Küsse, die immer leidenschaftlicher und besitzergreifender wurden. Doch als sich seine Hände unter ihren Bademantel schoben und er versuchte, sie ins Schlafzimmer zu drängen, erstarrte sie förmlich, spürte, wie sich ihre Muskeln in einer instinktiven Abwehrhaltung verhärteten, wie alles augenblicklich in ihr rebellierte, sich dagegen sträubte, bei dem Gedanken, mit ihm … Nein, das ging nicht. Sie war noch nicht so weit. Sie konnte das nicht, nicht heute, nicht jetzt. So sanft wie nur möglich drückte sie ihn von sich.

– Entschuldige bitte, aber ich … ich kann jetzt nicht.

– Du kannst jetzt nicht? sagte er langsam, mit gefährlich leiser Stimme, jedes Wort betonend und um Beherrschung kämpfend. Ach so ist das. Sie spürte sofort, dass sie ihn mit dieser Zurückweisung noch mehr verletzt hatte als vorher. Aber sie konnte nicht anders. Es ging einfach nicht.

– Aber mit ihm, da konntest du, da konnte es dir gar nicht schnell genug gehen! blaffte er sie an, warf ihr noch einen letzten vernichtenden Blick zu, schnappte sich sein Sakko, verließ mit schnellen Schritten ihre Wohnung und knallte die Tür hinter sich zu.

Juli 2006

Claus stand mit Kai auf dem 309 m hohen Sky Tower und blickte auf Sydney, die Wolkenkratzer, die hereinbrechende Dunkelheit und die Lichter der Stadt, und auch zu den Blue Mountains, mit ihren riesigen Eukalyptuswäldern, wo ihr gemeinsamer Abenteuertrip begonnen hatte. Ein Trip, den er nicht gewollt hatte, der ihm viel abverlangt und ihn immer wieder an seine Grenzen gebracht hatte, ein Trip, der dann aber wider Erwarten sein Leben auf eine Art und Weise veränderte, wie er es nicht für möglich gehalten hätte. Heute war ihr letzter Tag, der Rückflug für morgen schon gebucht.

In den zurückliegenden Monaten hatten sie Australien kennengelernt, dieses Land der Extreme, diesen ältesten, trockensten Kontinent der Erde, wo Wasser eine rare Ressource ist. Sie waren viele hunderte Kilometer gelaufen und Tausende Kilometer gefahren, und es hatte sich ihnen immer wieder eine, über Jahrmillionen entwickelte, einzigartige und faszinierende Tier- und Pflanzenwelt präsentiert, der bei allen Überlebenstechniken das Äußerste abverlangt wird. Sie hatten im Northern Territory den Kathedralen-Termiten, diesen grandiosen Baumeistern, zugesehen, wie sie meterhohe Termitenhügel, mit einem ausgeklügelten System aus Zellen und Gängen, errichteten, hatten die gnadenlos brennende Sonne erlebt, die den gigantischen Kings Canyon, die tiefste und spektakulärste Schlucht des roten Zentrums, in alle möglichen Rot- und Gelbtöne färbte und diese surreal anmutende Schönheit des Kings Canyon leuchten ließ. Und trotz des herrschenden Wüstenklimas hatte sich ihnen am Boden dieser Schlucht, inmitten dieser Felswildnis, eine üppige Vegetation, ein Garten

Eden präsentiert. Und bei einer geführten Wanderung mit einem Aboriginal Guide hatten sie im Daintree-Regenwald, dem ältesten Regenwald der Welt, den Reichtum von Flora und Fauna kennengelernt, eine grandiose Biodiversität mit ihren urzeitlichen Pflanzen und einer einzigartigen Tierwelt, die ihnen wie eine geheimnisvolle Traumwelt vorgekommen war. Sie waren einem vom Aussterben bedrohten Helmkasuar begegnet, einem exotisch anmutenden, flugunfähigen, scheuen Laubvogel, der fast so groß war wie sie, hatten Baumkängurus und fliegende Füchse beobachtet und auch viele Krabbeltiere in dieser wilden Natur voller Leben. Immer wieder waren sie stehengeblieben und hatten staunend auf diese zutiefst beeindruckende Artenvielfalt des Waldes geblickt, auf die faszinierenden Baumfarne und Flaschenbäume, die Würgefeigen mit ihren Wirtsbäumen, auf die betörende Schönheit der Orchideen und Bromelien hoch oben im Geäst des Regenwaldes, auf die vielen Heilpflanzen, die Medikamente der Aborigines und auch auf die jahrhundertealten Mammutbäume, diese gigantischen Urwaldriesen, die nur wenig Sonnenstrahlen auf den Boden fallen lassen. Durch Klimaveränderungen und Rodungen der Menschen ist dieser Regenwald, der früher den ganzen tropischen, nördlichen Kontinent bedeckte, inzwischen stark geschrumpft. Dieser Wald, der einen immensen Wert als CO_2-Speicher für uns Menschen hat und dessen fortschreitende Vernichtung zu einem massiven Anstieg der atmosphärischen Kohlendioxidkonzentration führen wird. Und auch das Great Barrier Reef, das größte Korallenriff der Erde an der Ostküste Australiens, diese einzigartige Unterwasserwelt von atemberaubender Schönheit und Artenvielfalt, mit faszinierenden, farbenprächtigen Korallen, hatte sie zutiefst beeindruckt. Dieses größte lebende Bauwerk, von kleinsten Organismen, den Korallen geschaffen, das so wertvoll für unser Ökosystem ist und durch schleichende Verschmutzung und den globalen Treibhauseffekt gefährdet ist.

Und wenn die Strapazen Claus auch oft an seine Grenzen gebracht hatten, war es für ihn immer wieder aufs Neue beeindruckend und überwältigend gewesen, in dieser rauen, verschwenderischen Schönheit der Natur Australiens unterwegs zu sein. Unterwegs mit Kai, der sich schon im Vorfeld so viel Mühe gegeben hatte, ihn von diesem Trip zu überzeugen, Kai, der immer Verständnis für seine Situation gehabt und ihm immer wieder Mut gemacht hatte, Mut in der schwersten Krise seines Lebens. Sein Blick ruhte auf Kai und ein warmes Gefühl von Dankbarkeit durchströmte ihn, als er sagte: Danke Kai, danke für jeden Tag, den ich hier in Australien mit dir verbringen durfte, dass ich das alles mit dir erleben durfte. Danke, dass du mit diesem Trip meinem Leben wieder eine Perspektive, eine zweite Chance gegeben hast.

Dann blickte Claus ein letztes Mal von der Aussichtsplattform des Sky Towers auf Sydney, auf das bunte, grelle Lichtermeer dieser turbulenten, extrovertierten Weltmetropole, in der das Nachtleben begonnen hatte. Was für ein atemberaubender Panoramablick, was für eine schillernde Stadt, eine Stadt, die plötzlich verdrängt wurde, verdrängt von einem einfachen Baumhaus hoch oben in den grünen Gipfeln des Regenwaldes. Dieses Baumhaus, in dem sie ein paar Mal übernachtet hatten, schob die Weltmetropole Sydney gnadenlos zur Seite und löste in Claus plötzlich eine Sehnsucht aus, eine so überwältigende Sehnsucht nach dieser wohltuenden Abgeschiedenheit, die sie dort erlebt hatten. Sehnsucht nach diesem nachtblauen Himmel, so weit, so unendlich, übersät mit tausenden funkelnden Sternen, Sehnsucht nach dieser faszinierenden Wildnis, ohne turbulentes Nachtleben, ohne das bunte, grelle Lichtermeer der Zivilisation, ohne Konsumtempel und künstlich geschaffene Erlebniswelten, dafür aber hunderte, zauberhafte Glühwürmchen, die ihnen nach Einbruch der Dunkelheit eine zutiefst beeindruckende, grandiose Lightshow geboten hatten.

Freitag, 7. Juli 2006

Was war er nur für ein Idiot gewesen, zu glauben, dass das Leben, die Liebe ihm noch einmal eine Chance gewähren würde, zu glauben, diesmal würde es funktionieren. Was für eine irrsinnige Illusion. Sie liebte ihn nicht. Völlig außer sich lief er im Zimmer hin und her. Was sollte er nur tun? Die Ausweglosigkeit und Schwärze, in die er blickte, war bodenlos. Von seinen hochfliegenden Träumen zurückgeworfen in ein Inferno, von dem er nicht wusste, wie er es überstehen sollte. Anja, er konnte sich noch gut an den Tag erinnern, als er sie in Stuttgart zum ersten Mal gesehen hatte. Sie war auf der anderen Straßenseite neben der Ampel gestanden. Wie hypnotisiert war er stehengeblieben und hatte sie über die Straße hinweg angestarrt. Sylvia, der Schock, der ihn augenblicklich erfasst hatte, und der Hass, der wie ein Stromschlag durch seinen Körper gejagt war, als er die blonde Frau mit der roten Bluse gesehen hatte, in der er glaubte, Sylvia wiedererkannt zu haben, hatten ihn erstarren lassen. Sylvia. Die Zeit war zurückgeschnellt, die Jahre, die seit ihrer Begegnung vergangen waren, hatten sich augenblicklich in Nichts aufgelöst. Als dann die Ampel auf Grün gesprungen war, hatte sie die Straße überquert und war direkt auf ihn zugekommen, ohne ihm auch nur die geringste Beachtung zu schenken. Auf dem Gehweg war sie dann in Richtung Innenstadt gelaufen und er ihr hinterher. Mehrere Minuten war er ihr gefolgt, bis sie vor einem Schaufenster stehengeblieben war und er erkannt hatte, dass das nicht Sylvia war, sondern eine fremde Frau, aber eine Frau, die Sylvia frappierend ähnlich sieht. Der Schreck hatte langsam nachgelassen und sein Puls hatte wieder zum Normalwert zurückgefunden. Als die Frau sich dann vom Schaufenster abgewandt hatte und weitergegangen war, war er ihr einfach hinterhergelaufen. Wenn ihn jemand gefragt hätte, warum, er hätte es in diesem Moment nicht sagen können, doch dann, Schritt für Schritt, hatte in seinem Kopf eine Idee Gestalt angenommen. Er musste diese Frau unbedingt haben, musste sich an ihr für das rächen, was Sylvia ihm angetan hatte. In seiner gedanklichen Inszenierung hatte er dann festgelegt, wie das alles ablaufen könnte, und als er dann bei seinen Erkundigungen, die er über sie eingeholt hatte, erfahren hatte, dass sie mehrere Semester Psychologie studiert hatte und in einer Werbeagentur arbeitet, gab es für ihn kein Halten mehr. Und dann, dann hatte er sich in sie verliebt, ausgerechnet in die Frau, die Sylvia so frappierend ähnlich sieht. Dass das schiefgeht, hätte er sich doch denken können, aber er hatte nicht gedacht, genauso wenig gedacht wie bei Sylvia. Sylvia, die Erinnerung an sie katapultierte ihn zurück, zurück zur Max Bar in Heidelberg, wo er sie kennengelernt hatte und völlig überrollt von ihren Komplimenten nicht gecheckt hatte, was für ein perfides Spiel sie mit ihm spielte, bis zu jenem alles vernichtenden Tag.

Paris! Er fuhr zu Sylvia nach Paris. Fenster runter, Drehzahl rauf und den Song von Peter Maffay *Und es war Sommer* eine Drehung lauter. Sylvia, ich komme. Diese überschäumende Freude, dieses noch immer kaum fassbare Glück, das jede Faser seines Seins erfasst hatte. Sylvia wartete auf ihn in Paris. Die schönsten zwei Wochen seines Lebens lagen vor ihm. Sylvia und er in Paris. Sie würden jeden Tag zusammen sein und auch in der Nacht.

Am Montagabend hatte Sylvia ihn angerufen.
 – Hast du Lust, nach Paris zu kommen? hatte sie gefragt.
 – Nach Paris? Er hatte schon geschlafen, es war kurz nach 23:00 Uhr gewesen. Wieso nach Paris?
 – Nun, ich bin in Paris und würde mich freuen, wenn du kommen könntest. Gina fliegt mit ihrem Freund für zwei Wochen nach Mallorca und ich wäre dann ab Samstag in ihrem Appartement ganz allein und sehr einsam. Hast du Lust zu kommen? Lust? Plötzlich war er hellwach gewesen. Natürlich hatte er Lust, wahnsinnige Lust. Zwei Wochen mit Sylvia in Paris. Sein Puls hatte sich augenblicklich beschleunigt.
 – Du hast doch ein Cabriolet? hatte sie gefragt.
 – Ich? Nein, ich habe kein Auto.
 – Aber du hast doch neulich von einem Golf Cabriolet gesprochen.

– Ja, schon, aber da ging es darum, dass Lars sein Cabriolet verkaufen wollte.

– Ach, dann habe ich da etwas missverstanden, entschuldige bitte. Schade, mit dir in einem Cabriolet, mit offenem Verdeck durch Paris fahren, das wäre es gewesen. Ich habe letzte Nacht sogar schon davon geträumt, wie du und ich auf der Avenue des Champs-Élysées ... Aber wenn du kein Cabriolet hast, schade, wirklich schade, wäre so schön gewesen. Nun ja, c'est la vie. Entschuldige bitte, dass ich dich so spät noch gestört habe.

– Nein warte, hatte er gesagt, ich ... ich könnte mir doch den Golf von Lars für zwei Wochen ausleihen. Ich spreche gleich morgen mit ihm.

– Das würdest du tun?

– Na klar, zwei Wochen Paris mit dir, dafür würde ich alles tun.

– Das wäre ja fantastisch, wenn das möglich wäre. Du kannst dir gar nicht vorstellen, wie glücklich du mich damit machen würdest. Rufst du mich gleich an, wenn Lars dir den Wagen leiht?

– Ja klar! hatte er ganz enthusiastisch erwidert.

Lars hatte seinen Golf nicht verleihen wollen, er hatte ihn verkaufen wollen. Und deshalb hatte er ihn gekauft, so schnell wie möglich alle Formalitäten erledigt und sie dann angerufen.

– Sylvia, Lars wollte seinen Wagen nicht verleihen und da habe ich ihn einfach gekauft. Am Samstagnachmittag bin ich bei dir. Wir beide werden mit offenem Cabriolet durch Paris fahren.

– Du hast den Wagen gekauft? Das ist ja großartig, hatte sie ganz euphorisch gesagt. Ich liebe dich. Ich freue mich auf dich!

Noch 480 Kilometer. Er trat das Gaspedal ganz durch. Paris, ich komme. Er hatte zwar für dieses Cabriolet von Lars einen Kredit aufnehmen müssen, aber er würde den Wagen nach den zwei Wochen sofort wieder verkaufen und das Geld zurückzahlen. Das war alles kein Problem, eine Kleinigkeit, nicht der Rede wert.

Noch 350 Kilometer. Sylvia wartete auf ihn in Paris. Was konnte es Schöneres geben? Schon bald würden sie mit offenem Verdeck durch Paris fahren, würden Hand in Hand auf der Avenue des Champs-Élysées, vorbei an den Luxusgeschäften, den vielen

Restaurants, Cafés und Kinos flanieren, sich das Künstlerviertel Montmartre ansehen, das Nachtleben in den Clubs, Diskotheken oder im Moulin Rouge genießen und natürlich auch am Quai des Bernadines an der Seine unterm Sternenhimmel tanzen. Aber zuallererst, und zwar gleich morgen nach dem Frühstück, würde er mit Sylvia zur Liebesmauer fahren, würde sie in die Arme nehmen und ganz zärtlich zu ihr sagen: *Je t'aime,* so wie das der Freund von Gina auch gemacht hatte. Vor der Liebesmauer auf dem Montmartre, das ist doch sowas von romantisch, hatte sie zu ihm gesagt. Ein besseres Ambiente kann man sich für diese drei schönsten Worte doch gar nicht vorstellen. Ja, ein besseres Ambiente konnte auch er sich nicht vorstellen.

Je t'aime. Nicht so laut, er musste das leiser und gefühlvoller sagen. Je t'aime. Ja, genau so, so musste er es sagen.

Noch 170 Kilometer. Zärtlich strich seine Hand über das Schloss aus Edelstahl auf dem Beifahrersitz, das er im Baumarkt gekauft hatte. Es hätte eigentlich eine Überraschung sein sollen, aber als er Sylvia heute Morgen angerufen hatte, da hatte er es einfach nicht für sich behalten können und es ihr erzählt. Und sie, sie hatte sich riesig gefreut und versprochen, gleich einen roten, wasserfesten Stift zu besorgen, dann könnten sie als Beweis ihrer Liebe ihre beiden Vornamen und darunter ‚forever' auf das Schloss schreiben, zur Brücke Pont des Arts laufen, es an das Brückengeländer hängen und den Schlüssel in die Seine werfen. Für immer und ewig wäre er dann in ihrem Herzen eingeschlossen und sie in seinem. Sylvia, bisher hatte sie ja immer ein wenig zurückhaltend auf seine Annäherungsversuche reagiert, als sie sich noch ein paarmal auf der Neckarwiese in Heidelberg getroffen hatten, vielleicht auch, weil Lars und die anderen Typen aus der Bar immer dabei gewesen waren. Aber jetzt, jetzt wartete sie ganz allein auf ihn in Paris.

Noch 25 Kilometer. Schon bald würden sie sich beim Eiffelturm treffen und oben im Restaurant einen Begrüßungscocktail trinken. Was für eine tolle Idee von Sylvia. Was für ein Empfang.

– Und falls du Lust hast, könnten wir nach dem Begrüßungscocktail die Stufen der eisernen Dame bis zur obersten Plattform hochlaufen, zusammen den atemberaubenden Blick auf Paris genießen und bis zum Einbruch der Dunkelheit warten, bis die 20.000 Lampen den Eiffelturm in ein gigantisches, funkelndes Lichtermeer verwandeln, hatte sie ihm gestern vorgeschlagen. Lust, natürlich hatte er Lust. Auf alles, was Sylvia ihm vorschlug, hatte er Lust.

– Und dann, dann fahren wir zu dir ins Appartement, hatte er in freudiger Erwartung hinzugefügt.

– Ja, dann fahren wir mit deinem Cabriolet zu mir ins Appartement, mit offenem Verdeck, versteht sich.

– Aber selbstverständlich mit offenem Verdeck, hatte er überglücklich erwidert.

Die Sonnenstrahlen brachen sich auf der Motorhaube und die Sommerwiesen neben der Autobahn leuchteten in den schönsten Farben. Er musste sie jetzt anrufen. Das Appartement ist nicht weit weg vom Eiffelturm, hatte sie ihm erklärt, und sobald du kurz vor Paris bist, rufst du mich an und ich laufe dann gleich los und warte bei der eisernen Dame auf dich. Und damit du mich in der Menschenmenge schneller finden kannst, werde ich ein rotes Kleid anziehen. Ja, Sylvia dachte einfach an alles. Er wählte ihre Handy-Nummer. Doch sie meldete sich nicht. Er versuchte es noch ein paarmal, jedoch ohne Erfolg. Vielleicht hatte sie ja ihr Handy in der Wohnung vergessen und wartete schon beim Eiffelturm auf ihn. Ja sicher, so könnte es sein. Sie freute sich doch auch so sehr auf die zwei Wochen Paris, da war sie eben schon früher losgelaufen. Er drückte aufs Gaspedal. Nur noch wenige Kilometer trennten ihn von Sylvia, von den zwei schönsten Wochen seines Lebens, mit all den noch kaum fassbaren, überwältigenden und traumhaft schönen Möglichkeiten, die ihn in der Stadt der Liebe erwarteten.

Und dann endlich, Paris! Er war da. Die romantischste Stadt der Welt lag von der Sonne überflutet vor ihm. Ein Kick, euphorisch und atemberaubend schön, schoss durch seinen Körper. Er öffnete das Verdeck. Flirrende, heiße Luft strömte ins Wageninnere.

– Und es war Sommer, sang er lautstark, der schönste Sommer meines Lebens!

Der Fahrtwind zerzauste sein Haar und das Glück pochte aufgeregt und erwartungsvoll in seiner Brust. Er parkte seinen Wagen in der Nähe des Eiffelturms, kämmte kurz seine Haare und schloss dann das Verdeck. Er war ganz aufgeregt. Schnell nahm er seine Umhängetasche, in der er seine Papiere und sein Geld hatte, und lief eilig los.

Sylvia hatte recht. Es waren sehr viele Touristen hier. Er suchte die Menschenmenge nach ihrem roten Kleid ab. Aber er fand es nicht. Er entdeckte zwar immer wieder ein rotes Kleidungsstück, dem er sofort hinterherlief, und suchte dann zwischen den Passanten nach ihrem Gesicht, aber es waren immer nur fremde Gesichter, ihres war nicht dabei. Eine gefühlt unendlich lange Zeit lief er zwischen der Menschenmenge hin und her und suchte nach ihr. Doch er konnte sie nirgends finden. Der Schweiß brach ihm aus. Vielleicht war sie schon oben im Restaurant und wartete dort auf ihn. Ja, bestimmt. Bestimmt wartete sie im Restaurant auf ihn. Eilig lief er zum Aufzug.

– Suchst du jemanden? Wie erstarrt blieb er stehen und blickte völlig geschockt auf Lars und die anderen Typen aus der Bar. Was wollten die denn hier? Schlagartig erfasste ihn ein ahnungsvolles Unbehagen.

– Ich suche Sylvia! erwiderte er.

– Der Junge sucht Sylvia, habt ihr das gehört? sagte Lars, fing an zu lachen, und die anderen stimmten mit ein. Hast du denn wirklich geglaubt, dass sie hier auf dich wartet?

– Was soll das, Lars? Wo ist sie?

– Nicht hier, wie du siehst, und sie wird auch nicht kommen.

– Sie wird nicht kommen? Warum? Wir sind hier verabredet.

– Für Sylvia ist die Sache erledigt, sagte Lars. Sie hat ihre Wette gewonnen.

– Ihre Wette gewonnen? Was redest du denn da? Was denn für eine Wette? fragte er.

– Es ging um meinen Wagen, sagte Lars. Seit Monaten habe ich einen Käufer für mein Cabriolet gesucht. Aber keiner wollte dieses gute, alte Stück haben. Da hatte Sylvia die Idee, dich so zu beeinflussen, dass du diesen Wagen kaufst. Wir hielten das für völlig ausgeschlossen, vor allem, nachdem du mir in der Bar gesagt hattest, dass du dir ein Auto gar nicht leisten kannst. Doch Silvia blieb dabei. Und da schlossen wir dann eine Wette ab. Und diese Wette hat sie nun gewonnen. Du hast dieses Cabriolet gekauft. Was redete Lars denn da, Sylvia liebte ihn. Sie hatte ihm doch gesagt, wie sehr sie sich auf diese zwei Wochen in Paris mit ihm freue.

– Du lügst, sagte er.

– Ich lüge nicht, widersprach Lars. Die Sache ist für Sylvia erledigt. Für sie war es ein Experiment, um zu zeigen, wie sehr man Menschen beeinflussen kann. Ja, dein Feedback war hervorragend. Sylvia hat dich ein bisschen von Paris träumen lassen und schon hast du dich wie eine Marionette führen lassen. Lars' Worte stießen kalt und messerscharf in ihn ein. Fassungslos starrte er ihn an, während sich seine Gefühle weigerten, zu begreifen, was hier ablief. Das konnte doch nicht wahr sein. Das durfte einfach nicht wahr sein.

– Wo hast du denn das Liebesschloss, das du gekauft hast? Zeig doch mal her, sagte Lars. Wir könnten alle unsere Namen draufschreiben und es dann gemeinsam ans Brückengeländer hängen und den Schlüssel in die Seine werfen. Einen roten, wasserfesten Stift haben wir mitgebracht. Schallendes Gelächter. Er hielt das nicht mehr aus. Er konnte sich nicht länger Lars' Lügen anhören, die zielbewusst und gnadenlos alles zerstören wollten.

– Sylvia liebt mich! sagte er energisch.

– Sie liebt dich nicht! Wenn sie dich lieben würde, wäre sie doch hier. Oder siehst du sie hier irgendwo? Ich kann sie jedenfalls nirgends sehen, sagte Lars. Und ihr, seht ihr sie irgendwo? wandte er sich an seine Kumpels. Die drehten sich suchend um. Nö, sagte einer, und die anderen stimmten ihm lachend zu. Sie ist nicht da. Aber wenn du uns nicht glaubst, dann kannst du ja weiter hier auf sie warten. Vielleicht kommt sie ja doch noch und fährt mit dir im offenen Cabriolet durch Paris. Mal ehrlich, hast du denn nicht gecheckt, dass bei dieser ganzen Sache etwas faul ist? So wie Sylvia sich an dich herangemacht hat, hätten bei dir doch alle Alarmglocken klingeln müssen.

Unfähig, auch nur ein einziges Wort zu artikulieren, stand er wie gelähmt da, wäre am liebsten im Erdboden versunken oder hätte sich in Luft aufgelöst, um aus dem Blickfeld dieser abscheulichen Typen, mit ihrem überheblichen, hämischen Grinsen zu verschwinden, die sich auf seine Kosten amüsierten. Er musste Sylvia anrufen. Er konnte sich das nicht mehr länger gefallen lassen. Das alles war nicht wahr. Er lief zu seinem Wagen, holte sein Handy aus seiner Umhängetasche und tippte mit zitternden Fingern ihre Nummer. Diesmal meldete sie sich sofort.

– Sylvia, wo bist du? Warum bist du nicht hier?

– Ich werde nicht kommen. Ich fahre mit Lars und den anderen morgen an die Atlantikküste.

– Du fährst an die Atlantikküste? Das kannst du doch nicht machen! schrie er sie an. Ich habe das Cabriolet von Lars gekauft, bin hierher nach Paris gefahren, weil du gesagt hast, dass du hier auf mich wartest, weil du gesagt hast, dass du mich liebst. Und jetzt willst du mit diesen Typen … Sylvia sag, dass das alles nicht wahr ist.

– Es ist wahr. Alles, was sie dir gesagt haben, ist wahr, sagte sie völlig ungerührt und drückte das Gespräch weg. Er rief sie gleich noch einmal an, aber sie meldete sich nicht mehr.

– So, glaubst du uns jetzt endlich? Sie waren ihm gefolgt und standen jetzt in ihrer ganzen Überheblichkeit vor seinem Wagen. Vernichtet, degradiert zum Wettobjekt und der Lächerlichkeit preisgegeben, saß er wie gelähmt auf seinem Autositz und starrte auf sein Lenkrad, unfähig auch nur irgendetwas zu sagen oder zu tun. Die Menschen und den Lärm um sich herum nahm er kaum wahr. Fahr weg, fahr endlich weg! Begreif doch, sie hat dich nie geliebt, meldete sich seine innere Stimme. Das alles war ein abgekartetes Spiel. Sie hat dir die ganze Zeit nur etwas vorgemacht und du in deiner Naivität bist auf sie hereingefallen. Ich werde nicht kommen. Alles, was sie dir gesagt haben, ist wahr. Nur mit betäubender Langsamkeit näherte er sich dem Augenblick des Begreifens, näherte sich den Fakten, die seine Welt, die noch vor Kurzem voller Lebensfreude und Glück, so euphorisch und schwindelerregend schön war, wie ein Kartenhaus zusammenbrechen ließ. Mit schmerzhafter Klarheit wurde ihm bewusst, dass es die zwei Wochen Paris mit Sylvia, auf die er sich so sehr gefreut hatte, nicht geben würde. Die Realität, in die man ihn hinein katapultiert hatte, ließ das nicht mehr zu. Seine Träume und Erwartungen hatten darin keinen Platz mehr. Fahr weg, fahr endlich weg, drängte seine innere Stimme. Siehst du denn nicht, wie sie über dich lachen, sich über dich lustig machen? Er blickte von seinem Lenkrad auf, direkt in das grinsende Gesicht von Lars. Hass kochte in ihm hoch. Sie hat ihn benützt, skrupellos benützt. Abrupt startete er den Wagen, ließ den Motor aufheulen und schoss los. Weg, nur schnell weg von diesen schrecklichen, widerlichen Typen, weg von diesem Eiffelturm, diesem riesigen Monster aus kaltem Stahl. Weg, weit weg. Wie ein Irrer raste er davon, ohne zu wissen, wohin. Getrieben von seiner grenzenlosen Verzweiflung fuhr er in viel zu schnellem Tempo, völlig ziellos, kreuz und quer durch die Stadt. Sie hat ihn nie geliebt. Bremsen quietschten und Autos hupten, weil er ihnen die Vorfahrt nahm. Doch er nahm das alles kaum wahr. Sie hat ihn nie geliebt. Es ging ihr nur um eine Wette. Für diese Wette hatte sie ihn skrupellos benützt und der Lächerlichkeit preisgegeben. Völlig verzweifelt war er weiter durch die Stadt gerast, wie eine tickende Zeitbombe. Beim Arc de Triomphe hatte es dann gekracht. Er war von einer Fahrspur auf die andere gewechselt und hatte dabei den Wagen eines Franzosen übersehen. Beide Autos waren Schrott und er hatte zwei Wochen lang in Paris im Krankenhaus gelegen.

Wie hatte das damals alles nur geschehen können? Wieso hatte er nicht gecheckt, was für ein perfides Spiel sie mit ihm spielte? Natürlich hätte er sich denken können, dass bei dieser Anmache etwas faul ist. Aber er hatte nicht gedacht. Er war so fasziniert von dieser Frau gewesen, so völlig überrollt von ihren Komplimenten und ihrem Interesse an ihm, dass er einfach nicht gemerkt hatte, was da ablief. Auch, als sie ihm von ihrer Studie berichtet hatte, an der sie gerade arbeitete, hätten bei ihm die Alarmglocken klingeln müssen. Bei so einer Verführung darf man nichts dem Zufall überlassen, hatte sie ihm erklärt. Man muss vorab eine Strategie festlegen. Man muss sich überlegen, wie wecke ich die Aufmerksamkeit meiner anvisierten Zielperson, wie entfache ich ihr Begehren, welche Fantasiewelt muss ich kreieren, um ihr rationales Denkvermögen zu schwächen. Wie muss ich auf ihre spezifischen Bedürfnisse und Sehnsüchte eingehen, um sie in die Richtung zu bewegen, wohin ich sie haben will. Auf die Idee, dass er eine dieser Zielpersonen sein könnte, dass ihr ganzes Verhalten nur darauf ausgerichtet sein könnte, ihn emotional in den Griff zu bekommen, um ihn skrupellos für ihre Zwecke benützen zu können, war er nicht gekommen. Er war ja so naiv, so unglaublich naiv gewesen. Erst viel später, mit der Klarheit der Distanz, war ihm so manches dieser doch recht offensichtlichen Anmache bewusst geworden, dem er an diesem Abend in der Max Bar und auch in den darauffolgenden Tagen jedoch keinerlei Bedeutung beigemessen hatte. Aber da war es schon zu spät gewesen, viel zu spät.

Wochen später hatte er dann vor ihrer Uni auf sie gewartet, sich ihr in den Weg gestellt und sie am Arm gepackt.

– Warum hast du mir das angetan? Erschrocken hatte sie ihn angeblickt und sofort gesagt: Lass mich los, du tust mir weh! Ach, ich tu' dir weh? Und was hast du gemacht? Du hast mich benützt, skrupellos benützt, damit du deine Wette gewinnst! Er hatte dann noch fester zugedrückt, wollte, dass sie den Schmerz spürt, den er in Paris erlitten hatte, wollte, dass sie begriff, was sie ihm angetan hatte.

– Lass mich endlich los, hatte sie ihn angeschrien. Es ging mir nicht um die Wette, sondern um wissenschaftliche Erkenntnisse für meine Studie. Zudem habe ich dich zu nichts gezwungen. Alles geschah völlig freiwillig.

– Wie viel haben sie dir gezahlt für dieses perfide Spiel, das du da abgezogen hast?

– Niemand hat etwas gezahlt, es ging, wie gesagt, um wissenschaftliche Erkenntnisse und in deinem Fall ging es darum, zu untersuchen, wie reagierst du, wenn ich dir sage, dass ich mich mit der Thematik der Manipulation beschäftige, wenn ich ganz offen mit dir über die gezielte Einflussnahme auf das Verhalten von Menschen spreche? Wirst du hellhörig und durchschaust meine doch recht offensichtliche Anmache oder ignorierst du dieses Wissen, getrieben von den Sehnsüchten, die ich in dir wecke.

– Ach, und diese wissenschaftlichen Erkenntnisse rechtfertigen es, mich zum Gespött zu machen. Wie fühlt man sich eigentlich, wenn man einem Menschen so übel mitspielt? Hat es Spaß gemacht? Hast du dich auch so köstlich amüsiert wie deine netten Freunde?

– Es ging mir nicht darum, mich zu amüsieren, sondern darum, die psychologischen Komponenten dieser Verführung und deiner Verhaltensweise zu analysieren. Wie sie dagestanden hatte, sachlich, überheblich, kalt, während die Sonnenstrahlen des Spätnachmittags auf sie gefallen waren, sie in warmes Licht gehüllt hatten, so als wollten sie ihre Worte etwas mildern, ihnen etwas von ihrer erbarmungslosen Kälte nehmen.

– Die meisten Menschen glauben doch, dass sie immun gegen Verführungen sind, und unterschätzen dabei, wie sehr sie von ihren Gefühlen bestimmt werden. Sie unterschätzen diesen verführerischen, köstlichen Hauch der Illusionen, der die Emotionen der Menschen in seinen Bann zieht und sehr wohl ihr Verhalten beeinflusst. Auch du hast mich immer nur ausgelacht, als ich dir von meinen Experimenten erzählt habe. Erinnerst du dich zum Beispiel an dieses Experiment des Supermarkts? Da habe ich dir doch berichtet, wie es uns gelungen ist, das Handeln relativ vieler Kunden, die nur mal schnell eine Kleinigkeit kaufen wollten, durch gezielte Einflussnahme so zu steuern, dass sie weit mehr kauften, als sie vorgesehen hatten. So naiv ist doch kein Mensch, dass er sich so beeinflussen lässt, das glaube ich einfach nicht, hast du mir da entgegengehalten und dann hast du noch hinzugefügt: Mir könnte so etwas jedenfalls nicht passieren. Und dann, dann ist es dir eben doch passiert. Du hast das Cabriolet von Lars gekauft, dieses Auto, das du noch vor ein paar Tagen nicht haben wolltest und auch nicht gekauft hättest, wenn ich nicht die Sehnsucht nach Paris in dir geweckt hätte, der du nicht widerstehen konntest. Ja, wir glauben nicht, dass uns jemand manipulieren, zum Kaufen verführen kann. Doch die Vorstellung, dass Träume und Sehnsüchte erfüllt werden, ist für die meisten Menschen viel zu verlockend. Die Illusion vom Glück hat eine zu starke Verführungskraft, man kann ihr einfach nicht widerstehen, wenn sie erst einmal geweckt auf Erfüllung drängt. Gefangen in dieser Illusion will man dann die Realität nicht wahrhaben, will um jeden Preis an seine Illusion glauben und lässt sich dabei nur zu gerne etwas vormachen. Sigmund Freud zum Beispiel schrieb in seiner Massenpsychologie und Ich-Analyse: *Die Menschen haben nie den Wahrheitsdurst gekannt. Sie fordern Illusionen, auf die sie nicht verzichten können.* Auch du wolltest an jenem Abend in der Bar nicht so genau wissen, warum ich mich dir so offensichtlich an den Hals warf. Du musst doch gemerkt haben, dass bei dieser Anmache irgendetwas faul ist. Ganz sicher hast du es gemerkt, aber es hat dich nicht interessiert, nicht im Geringsten. Die Aussicht auf einen amourösen Abstecher war zu verlockend. Die Illusion, von mir begehrt zu werden, war zu stark, du konntest ihr nicht widerstehen. Nur zu gerne wolltest du glauben, dass deine Sehnsüchte, die ich in dir weckte, erfüllt werden, und hast dich dann wie eine Marionette führen lassen. Dieser sachliche, überhebliche Blick, ohne die geringste Empathie.

– Hör auf! hatte er geschrien. Hör endlich auf! Ich kann das alles nicht mehr hören, du widerst mich an. Abrupt hatte er sich von ihr abgewandt und war weggegangen, gedemütigt und zutiefst verletzt, mit schnellen Schritten einfach weg, so weit weg wie möglich.

Und jetzt, was sollte er tun? Er konnte sich diese Zurückweisung von Anja doch nicht gefallen lassen. Nein, dieses Mal durfte er sich nicht so einfach zur Seite schieben lassen, dieses Mal nicht. Er musste etwas unternehmen, musste sich eine wirkungsvolle Strategie überlegen und sie wieder zurück in seine Arme führen, und zwar so schnell wie möglich. Und während die Dunkelheit langsam sein Zimmer eroberte, arbeiteten seine Gedanken auf Hochtouren.

Samstag, 8. Juli 2006

Schlagartig war Anja hellwach. Irgendetwas hatte sie geweckt. Ihr Blick schoss in alle Richtungen und suchte die Dunkelheit ab. Nichts, besser gesagt, sie konnte nichts erkennen. Sie sah auf das Leuchtzifferblatt ihres Radioweckers. Es zeigte 1:53 Uhr. Sie lag in ihrem Bett und wagte kaum zu atmen. Da, da war doch etwas, oder täuschte sie sich? Sie lauschte in die Finsternis. Ihre Nerven waren aufs Äußerste angespannt, jede Faser ihres Körpers war in Alarmbereitschaft versetzt. Sie hörte nichts, nur ihren Atem und das rasende Pochen ihres eigenen Herzens, laut, viel zu laut in dieser dunklen, unheimlichen Stille. Da ist nichts, versuchte sie sich zu beruhigen. Sie atmete tief durch, um der Angst, die sie augenblicklich erfasst hatte, entgegenzuarbeiten. Doch da, da war es wieder, dieses Geräusch, dieses leise Knarren, diesmal ganz deutlich. Jemand war in ihrer Wohnung. Panik erfasste sie. Sie bekam kaum noch Luft. Wie gelähmt lag sie in ihrem Bett und starrte auf die geschlossene Schlafzimmertür, deren Konturen sie undeutlich erkennen konnte. Das Geräusch kam aus dem Wohnzimmer. Das Pfefferspray, schoss es ihr durch den Kopf, es lag in der obersten Schublade ihres Nachtschränkchens. Sie musste sich zusammenreißen. Sie durfte ihrer Angst nicht so weit nachgeben, dass sie jetzt völlig durchdrehte. Vorsichtig und ganz langsam richtete sie sich in ihrem Bett auf, zog die Schublade leise auf und tastete im Dunkeln nach dem Pfefferspray. Eine Welle der Erleichterung durchströmte sie, als sich ihre Hand um die Sprühdose schloss. Ganz langsam schob sie sich aus ihrem Bett. Nur nicht die Nerven verlieren. Sie versuchte, ihre Panik zurückzudrängen. Wenn es ihr gelang, bis zur Schlafzimmertür zu kommen, konnte sie den Eindringling von hinten überraschen, damit würde er nicht rechnen. Nur so hatte sie, wenn überhaupt, den Hauch einer Chance. Verzweifelt kämpfte sie gegen die Angst, die ihre Beine lähmte. Vorsichtig und darauf bedacht, nur ja kein Geräusch zu verursachen, tastete sie sich Schritt für Schritt durch die Dunkelheit, blieb stehen, lauschte, gespenstische Stille, doch dann leise Schritte auf dem Flur, direkt hinter der Schlafzimmertür. Ihre Angst steigerte sich ins Unermessliche. Unfähig, sich zu bewegen, stand sie da. Ihre zittrigen Finger umklammerten die Pfefferspraydose, funktionierte die? Sie hatte sie gekauft und in ihre Schublade gelegt, ohne sie überhaupt auszuprobieren. Ein Fehler, ein unverzeihlicher Fehler. Ihre Gedanken rasten wie wild durch ihr Gehirn. Sie zwang sich, tief durchzuatmen, um die Panik irgendwie in den Griff zu bekommen. Aber es half nichts. Sie konnte diesem schrecklichen Inferno, das in ihr ausgebrochen war und sich in Höhen empor schraubte, die sie bisher nicht einmal ansatzweise gekannt hatte, nichts entgegensetzen. Alles drehte sich, sie glaubte ohnmächtig zu werden. Tastend suchte ihre Hand nach dem Schrank, der neben ihr stand, und sie wartete darauf, dass er hereinkam, sich auf sie stürzte. Doch nichts dergleichen geschah. Die Schritte entfernten sich wieder, wurden leiser. Sie hörte, wie die Eingangstür ihrer Wohnung ins Schloss fiel, dann war alles ruhig. War er gegangen? Sie wagte kaum zu atmen, während sich ein schrecklicher Verdacht in ihr regte. Könnte das Philip gewesen sein? Besaß er so viel Unverfrorenheit, auch noch nachts in ihre Wohnung einzudringen? Vollkommen reglos stand sie da und lauschte in die Stille. Nichts rührte sich. Ganz langsam, mit Beinen, die sie kaum tragen konnten, bewegte sie sich vorsichtig bis zur Schlafzimmertür, noch immer darauf bedacht, nur ja kein Geräusch zu verursachen. An der Tür blieb sie stehen, lauschte, wartete. Nichts, alles blieb ruhig. Sie nahm ihren ganzen Mut zusammen, streckte ihre zitternde Hand nach der Türklinke aus und drückte sie langsam nach unten. Vorsichtig öffnete sie die Tür einen schmalen Spalt. Alles war dunkel. Entschlossen stieß sie die Tür auf und drückte auf den Lichtschalter. Helles, grelles Licht ergoss sich über den engen Flur. Es war niemand da. Sie ging zum Wohnzimmer und machte auch hier das Licht an. Das nackte Entsetzen packte sie. Mit weit aufgerissenen Augen starrte sie auf ein Plakat, das auf dem Boden lag, ein Werbeplakat von Johnny Krügers Film in den Rocky Mountains. Johnny groß und stark vor einer Holzhütte und neben ihm auf dem Plakat ein Foto von ihr und ein

Liebesschloss, umrahmt von roten Rosenblüten, auf dem stand: Johnny and Anja forever.

– Nein, stammelte sie, nein. Sie suchte Halt an der Wand. Ihre Knie knickten ein. Sie sackte zusammen. Wie gelähmt saß sie minutenlang da, zu keinem einzigen klaren Gedanken fähig, und starrte auf ihr Foto, auf diese strahlenden Augen, dieses unbeschwerte, fröhliche Lächeln, krallte sich fest an dieser glücklichen Frau aus einer anderen Zeit, einer Zeit, in der Angst und Terror noch nicht ihr Leben dominierten. Warum, warum machte er das? Warum spielte er ihr so übel mit? Die Minuten vergingen, fünf, zehn Minuten. Sie saß einfach nur da, ohne sich zu rühren, hatte jedes Zeitgefühl verloren.

Schließlich löste sie sich aus ihrer Erstarrung und, wie einem inneren Zwang gehorchend, stand sie auf, ging ins Schlafzimmer, nahm ihr Handy und tippte mit zitternden Fingern seine Nummer. Das Wahlzeichen erklang nur kurz. Philip meldete sich sofort.

– Anja? Sie zitterte am ganzen Körper, brachte keinen Ton heraus. Anja! Anja! Ihre Finger schlossen sich fester um das Handy. Anja! Ist etwas passiert? fragte er.

– Warum? Warum, machst du das? Es war nur ein Flüstern, kaum vernehmbar.

– Anja, was meinst du?

– Ich möchte wissen, warum du das machst.

– Anja, ich bin gleich bei dir. Es dauerte keine zehn Minuten, dann klingelte es an ihrer Wohnungstür. Sie rührte sich nicht, saß zusammengekauert auf ihrem Bett, die Decke über die angezogenen Beine gezogen. Er öffnete die Wohnungstür. Anja? Sie gab keine Antwort. Schnelle Schritte zum Wohnzimmer. Anja? Er verstummte abrupt, dann stieß er die Schlafzimmertür auf, blieb kurz stehen und kam dann mit schnellen Schritten auf sie zu.

– Rühr mich nicht an! schrie sie völlig außer sich. Ihre sofort hochschnellende Panik, als er zu ihr ans Bett kam, bahnte sich ihren Weg. Rühr mich bloß nicht an! Sie bestand nur noch aus blanker Angst. Sie hatte ihn angerufen und er, er war gekommen. Jetzt saß sie in der Falle, hatte keine Chance mehr, ihm zu entkommen.

– Was habe ich dir getan? Warum tust du mir das an? Warum? Ich … Aufsteigende Tränen erstickten ihre Stimme.

– Wenn du das Plakat im Wohnzimmer meinst, das war ich nicht, fiel er ihr mit Bestimmtheit ins Wort.

– Lüg mich nicht an! schrie sie schrill. Ihre Nerven lagen blank, sie hatte sich kaum noch unter Kontrolle. Warum hörte er nicht endlich auf mit seinen Lügen? Warum spielte er sein Spiel weiter? Er hatte doch bekommen, was er wollte. Oder reichte ihm das nicht? Was wollte er denn noch?

– Ich lüge nicht.

– Ach ja, Sie lügen nicht Herr Lindbergh, Journalist Philip Lindbergh! höhnte sie. Um seine Mundwinkel zuckte es kaum merklich.

– Woher weißt du das? fragte er knapp und durchbohrte sie förmlich mit seinem Blick.

– Ihre Brieftasche, Herr Lindbergh, sie ist Ihnen bei unserem netten One-Night-Stand aus der Tasche gefallen. Ich habe sie aufgehoben, wollte sie auf den Stuhl legen und dabei ist dann Ihr Ausweis herausgerutscht, ärgerlich, nicht wahr? War so in Ihrer Planung nicht vorgesehen. Ihre Schultern bebten und ihre Unterlippe zuckte. Ohne ein Wort zu sagen, sah er sie sekundenlang eindringlich an.

– Bist du deswegen abgereist? fragte er dann. Sie fixierte ihn mit einem harten, enttäuschten Blick.

– Hast du es genossen? Hat es Spaß gemacht, mich so zu demütigen, mit mir dieses perfide Spiel zu spielen?

– Anja, ich habe nicht mit dir gespielt.

– Ach, hör doch endlich auf mit deinen Lügen. Du hast mich skrupellos benützt. Was bist du nur für ein Mensch? Hast du deine Story schon fertig?

– Was für eine Story? fragte er.

– Die Story darüber, wie gut deine Duftkomposition bei Frauen funktioniert. Los sag schon, ist sie schon fertig? Das stecke ich auch noch weg.

– Was denn für eine Duftkomposition? fragte er, wie kommst du denn auf so etwas?

– Wie ich darauf komme? Das fragst du noch? Ihr Körper bebte vor Erregung.

– Ja, das frage ich mich, erwiderte er.

– Jetzt tu doch nicht so scheinheilig, gib doch endlich zu, dass du mich seit Wochen terrorisierst und diesen selbst kreierten Duftlockstoff benützt hast, um mich ins Bett zu bekommen.

– Ich soll einen Duftlockstoff benützt haben, um dich ins Bett zu bekommen? Anja, was redest du denn da? Er lachte bitter. Glaubst du denn wirklich, dass ich zu so etwas fähig wäre? Anja, ich bin nicht der Mann, für den du mich hältst.

– Ach nein? Wer bist du dann? Und was willst du von mir? Sie nagelte ihn mit ihrem Blick fest und fragte sich, was sich hinter diesen undurchdringlichen Augen verbarg, die ungerührt ihrem Verfall zusahen.

– Anja, wir müssen die Polizei verständigen. Du bist in großer Gefahr.

– Ach, was du nicht sagst. Und seit wann bin ich in Gefahr? schleuderte sie scharf zurück.

Seit du in mein Leben spaziert bist, seitdem bin ich in Gefahr, seitdem lebe ich in Angst und Schrecken. Ich …, sie stockte, versuchte verzweifelt den schmerzenden Kloß in ihrem Hals hinunterzuschlucken. Ich halte das alles nicht mehr aus, ich bin schon halb verrückt vor lauter Angst. Sie versuchte sich zu beruhigen, ihre Angst niederzukämpfen, aber es gelang ihr nur ansatzweise.

– Anja, es tut mir leid, ich …

– Es tut dir leid? schrie sie völlig außer sich. Ihre Nerven lagen blank.

– Anja, bitte glaube mir, ich bin wirklich nicht der Mann, für den du mich hältst. Es war Zufall, dass wir uns kennengelernt haben. Ich habe an jenem Abend bei der Einweihungsfeier des Wellness-Hotels auf einer Bank unter der Weide gesessen und euer Gespräch mitbekommen. Ich habe mitbekommen, dass du von einem Mann belästigt wirst. Und ja, es war am Anfang mein Journalismus, meine Neugier, die du geweckt hast, deshalb habe ich dir einen falschen Namen und auch einen falschen Beruf gesagt. Aber als ich dich dann in diesem Supermarkt wiedergesehen habe, die Angst in deinen Augen gesehen habe, da wollte ich dich beschützen, dein Vertrauen gewinnen und deshalb bin ich auch nach Portugal geflogen, aber nicht nur deshalb. Ich liebe dich Anja, ich liebe dich wirklich, das musst du mir glauben.

– Ich muss gar nichts. Ich war schon blöd genug, dir deine Story von dieser Immobilie in Albufeira zu glauben. Hör endlich auf mit deinen Lügen, fiel sie ihm ins Wort. Ihre Augen waren starr und voller Verachtung auf ihn gerichtet. Du hast mich von Anfang an belogen, hast mir etwas vorgemacht!

– Anja, sagte er beruhigend. Ein paar kleine Details entsprachen nicht ganz der Wahrheit, das ist alles.

– Ein paar kleine Details, schleuderte sie ihm völlig hysterisch entgegen. Verschwinde! Verschwinde aus meinem Leben. Ich möchte dich nicht mehr sehen.

– Ich werde nicht gehen, ich bleibe hier, insistierte er. Ich lasse dich jetzt nicht allein. Ich fühle mich für dich verantwortlich, auch wenn es dir nicht gefällt. Du bist hier nicht sicher. Das Schloss deiner Wohnungstür ist völlig nutzlos. Jeder kann es mit einer Kreditkarte aufmachen. Ich werde mich morgen darum kümmern, du brauchst dringend ein Sicherheitsschloss und eine Kette.

– Alles, was ich brauche, ist meine Ruhe, verstehst du? Meine Ruhe. Ich halte diesen ständigen Terror nicht mehr aus. Und jetzt verschwinde endlich. Du hast bekommen, was du wolltest, hattest deinen Spaß und jetzt geh! Mit einer Geste der Verachtung wandte sie sich von ihm ab.

– Ich bleibe. Ich werde vielleicht in ein paar Tagen gehen, wenn wir wissen, wer hinter dieser ganzen Sache steckt, aber nicht heute, nicht jetzt.

– Ich möchte aber, dass du … Sie versuchte, die nötige Festigkeit, Schärfe in ihre Stimme zu legen. Doch sein entschlossener Gesichtsausdruck und die Einsicht in die Nutzlosigkeit, ihm zu widersprechen, erstickten jeden weiteren Widerspruch im Keim und ließen sie verstummen.

– Hast du mir eine Decke? Ich werde im Wohnzimmer auf der Couch schlafen und du musst keine Angst haben, ich werde dir nicht zu nahe treten, nicht, wenn du es nicht willst. Wenn ich es nicht will, dachte sie bitter und in ihren Augen lag ein angespannter und gequälter Ausdruck. Was wollte sie denn? Warum hatte sie ihn angerufen? Sie hätte die Polizei anrufen sollen oder Mike. Aber nein, sie hatte ihn anrufen müssen.

– Anja, bitte vertrau mir, ich bin nicht der Mann, der dich terrorisiert! sagte er eindringlich. Sie begegnete seinem offenen Blick. Und wenn er die Wahrheit sagte? Wenn er es wirklich nicht war? Und plötzlich war da wieder dieser winzige Funken Hoffnung, der sich tief in ihrem Innern eingenistet und sich die ganzen letzten Tage hartnäckig dagegen gewehrt hatte, zu akzeptieren, dass Philip dieser Johnny ist. Dieser Funke Hoffnung, der nicht aufgehört hatte zu glimmen und jetzt, genährt durch Philips Worte, wieder begann, ein Feuer in ihr zu entfachen.

– Im Schrank oben ist eine Decke. Philip öffnete den Schrank, holte sich die Decke, die im obersten Fach lag, und ging zur Tür.

– Gute Nacht Anja, wenn irgendetwas ist, kannst du mich jederzeit wecken, sagte er und ging ins Wohnzimmer.

Ich bin nicht der Mann, der dich terrorisiert. Er log. Sie hätte darauf bestehen sollen, dass er ging, aus ihrer Wohnung, aus ihrem Leben. Aber dazu war sie nicht fähig, aus schlichtem Unvermögen war sie einfach nicht in der Lage, dieses Spiel zu beenden. Dieses Spiel, das sie nur verlieren konnte. Sie war nicht in der Lage, das zu tun, was die Vernunft gebot. Ihre Gefühle für ihn ließen das nicht zu. Ein paar schöne nette Worte und schon konnte er sein verlorenes Terrain mit spielerischer Leichtigkeit zurückerobern. Sie hatte gegen ihn keine Chance. Sich das einzugestehen war bitter, aber es war die Wahrheit. Sie konnte ihm nicht widerstehen, hatte es von Anfang an nicht gekonnt und konnte es selbst jetzt nicht, wo sie spürte, dass die Situation, in die sie sich hineinmanövrierte, von Stunde zu Stunde unhaltbarer wurde, dass sie mit auswegloser Sicherheit auf einen Abgrund zusteuerte. Sie kroch unter ihre Decke. Sie fühlte sich erbärmlich. Sie versuchte zu schlafen, aber sie konnte nicht. Zu wissen, dass er in ihrer Wohnung war, nur ein paar Schritte von ihr entfernt, dieser Gedanke ließ ihr keine Ruhe. Sie wälzte sich in ihrem Bett hin und her. Bis vor Kurzem war diese Wohnung wie ein Refugium für sie gewesen, ein gemütliches Nest, zu dem nur sie Zutritt hatte, jetzt ging hier jeder ein und aus, wie er gerade wollte, und sie musste jede Sekunde mit einem Angriff rechnen, jede Sekunde konnte etwas geschehen. Verzweiflung kroch ihr den Rücken hoch und ihre Augen hasteten ruhelos durch den Raum. Sie setzte sich auf und lauschte auf die nächtlichen Geräusche der Stadt. Im Wohnzimmer nebenan war alles ruhig. Was sollte sie nur tun? Nichts, sie war doch gar nicht in der Lage, auch nur das Geringste zu tun, am Stand der Dinge etwas zu ändern. Wie gelähmt ließ sie die Minuten verstreichen. Gefühle, Erinnerungen, Angst und Verzweiflung, alles strömte wild durcheinander, und im Mittelpunkt immer wieder er. Seine Worte, sein Lächeln, sein zärtlicher Blick, Bilder randvoll von den schönen Stunden mit ihm. Sie hielt das nicht aus. Sie konnte nicht länger im Bett bleiben. Sie stand auf und ging zum Fenster. Die Straße war menschenleer, nur hin und wieder ein vorbeifahrendes Auto. Ich war das nicht! Er log sie an, und sie in ihrer Unfähigkeit ließ sich das gefallen, ließ ihn hier in ihrer Wohnung übernachten. Völlig aufgelöst lief sie im Zimmer hin und her. Das durfte sie nicht zulassen. Sie musste dafür sorgen, dass er aus ihrer Wohnung verschwand, aus ihrem Leben, und zwar jetzt, jetzt sofort. Mit energischen Schritten ging sie zum Wohnzimmer, schob die nur angelehnte Tür auf, hinter der noch Licht brannte, und blieb ruckartig wie angewurzelt stehen. Ihre Augen weiteten sich vor Entsetzen und ließen sie für den Bruchteil einer Sekunde an ihrer Wahrnehmung zweifeln. Philip hatte sich ausgezogen. In T-Shirt und Boxershorts saß er auf der Couch und vor ihm auf dem Tisch lag griffbereit eine Pistole. Ihre Augen flogen zwischen ihm und der Pistole hin und her. Sie konnte es nicht glauben, hätte es nie für möglich gehalten, dass er ihr wirklich jemals etwas antun würde. Mit ihr spielen ja, aber erschießen? Die Angst, die sie ansatzweise zurückgedrängt hatte, kehrte mit neuer, grauenvoller Wucht zurück und übertrug sich auf jede Faser ihres Körpers. Er blickte zu ihr rüber und fragte: Brauchst du noch etwas? Sie antwortet nicht, sah ihn nur an, ihre Kehle war wie zugeschnürt. Langsam, von diesem dominierenden Gefühl des Entsetzens wie betäubt, ging sie auf ihn zu, blieb vor ihm stehen und sah ihm unverwandt in die Augen.

– Schieß! würgte sie dann leise hervor, schieß, das ist es doch, was du willst, also drück einfach ab. Ihr war auf erschreckende Art und Weise plötzlich alles egal. Er stand sofort auf.

– Anja, was redest du denn? Niemand wird dich erschießen.

– Du hast die Pistole doch schon mitgebracht, also schieß, ich will dir in die Augen sehen, wenn du schießt, oder bist du dazu zu feige? Wolltest du warten, bis ich eingeschlafen bin?

– Anja, ich bitte dich, beruhige dich, glaubst du denn, ich könnte dir etwas antun? Traust du mir das zu? Nur einen Meter voneinander entfernt standen sie sich gegenüber.

– Glaubst du wirklich, dass ich dich erschießen könnte? Sein offener, liebevoller Blick brachte sie sofort wieder ins Wanken. Sie schluckte.

– Ich weiß nicht, was ich noch glauben kann. Ihre Augen waren starr und hilflos auf ihn gerichtet. Ich …, ihre Stimme begann verräterisch zu beben und sie musste sich anstrengen, sie unter Kontrolle zu halten, nicht den letzten Rest Fassung zu verlieren. Ich … ich war mir ziemlich sicher, dass es kein Zufall war, als wir uns an der Algarve-Küste begegnet sind. Der Gedanke, dass du dieser Johnny sein könntest, der mich seit Wochen terrorisiert, war sehr präsent. Und doch bin ich am nächsten Tag an den Strand gekommen, bin mit dir zum Essen gegangen. Es war ein Fehler, ich weiß.

– Anja, das war kein Fehler.

– Ich habe mich wie eine Idiotin benommen, sprach sie unbeirrt weiter. Aber ich … ich wollte es nicht wahrhaben, ich konnte es einfach nicht glauben, dass du dieser Mann bist, der mich mit seinen Briefen und Anrufen in Angst und Schrecken versetzt hatte. Sie zitterte am ganzen Körper, versuchte krampfhaft ihre Tränen zu unterdrücken, wehrte sich verzweifelt dagegen, vor seinen Augen völlig zu versagen, vor ihm zusammenzubrechen. Du hast gewonnen. Du hast bekommen, was du wolltest. Ja, ich bin auf dich hereingefallen. Ich habe dir geglaubt, dass du mich liebst. Ich habe es geglaubt, weil ich es glauben wollte, weil es einfach so schön war, es zu glauben. Wieder brach sie ab, presste die Lippen hart aufeinander. Es kostete sie so viel Kraft, so unendlich viel Kraft. Aber jetzt, jetzt ist es vorbei, bring es zu Ende, dein Spiel, ich kann nicht mehr. Ich halte das alles nicht mehr aus. Ihre Stimme versagte fast bei den letzten Worten. Sie konnte die Tränen, die plötzlich ungehemmt über ihr Gesicht liefen, nicht mehr aufhalten. Ihre Knie gaben nach, der Boden unter ihr und alles um sie herum geriet ins Wanken. Sie konnte sich nicht mehr auf den Beinen halten, sackte zusammen. Rettende Arme fingen sie auf, hielten sie behutsam fest.

– Anja, ich liebe dich, ich würde dir niemals etwas antun, das musst du mir glauben, bitte, sagte er beschwörend eindringlich. Vollkommen übermannt von seinen Worten, von diesem wunderbaren, überwältigenden Gefühl seiner Umarmung, seiner vertrauten Nähe, klammerte sie sich hilflos, von tausend widersprüchlichen Gedanken gepeinigt, in stummer Kapitulation an ihn. Die Erregung, die Erschöpfung und dieses nicht mehr zu unterdrückende Verlangen nach ihm, das sich gegen jede Vernunft hartnäckig zurückkämpfte, das alles machte sie empfänglich für diese besänftigende Geborgenheit in seinen Armen. Unfähig und auch ohne den geringsten Wunsch, sich gegen diese Umarmung, dieses fragile Glück zu wehren, was die Vernunft geboten hätte, stand sie da, rührte sich nicht, überließ sich seinen Händen, die zärtlich über ihr Haar und ihr Gesicht strichen, und verharrte reglos an seiner Brust, bis er sich schließlich sanft von ihr löste.

– Wir müssen jetzt schlafen, hörte sie ihn ganz nah an ihrem Ohr leise sagen. Komm, ich bring' dich zurück ins Bett. Widerstandslos folgte sie ihm, tat, was er ihr sagte, und ließ sich von ihm ins Bett bringen. Ich bin gleich wieder da, sagte er, machte das Licht im Wohnzimmer aus und kam dann zurück zu ihr ins Schlafzimmer. Er legte sich zu ihr, zog die Decke über sie beide und nahm sie dann sehr behutsam in seine Arme. In bedingungsloser Zustimmung ließ sie es geschehen, rührte sich nicht, lag vollkommen still da, als könnte schon die geringste Bewegung alles zerstören. Nur noch eine Nacht, diese eine Nacht ohne gestern, ohne morgen, ihn spüren, nichts als spüren, seine Wärme, seine Nähe, die Geborgenheit in seinen Armen. Noch einmal für ein paar Stunden in diesem fragilen Glück versinken, ganz und gar, ein letztes Mal, wider jede Vernunft. Jede weitere Sekunde mit ihm war nur demütigend und würdelos, aber daran wollte sie nicht denken, nicht jetzt. Sie spürte seine Hand, die zärtlich und besänftigend über ihr Haar strich, und hörte seine beruhigende, alle Ängste beiseiteschiebende Stimme, die flüsterte: Es wird alles gut. Sein Atem strich warm über ihre Schulter. Es wird alles gut. Was für ein überwältigendes, wunderbares Gefühl, noch für ein paar kostbare Stunden, alles verdrängend und vergessend, in diesem Glauben auszuruhen, noch ein letztes Mal ihm ganz nahe sein, nur noch dieses eine Mal. Die letzten, schrecklichen Tage verloren mehr und mehr ihre zermürbende Kraft, rückten in weite Ferne, wurden bedeutungslos, lösten sich auf in Nichts. Sie schloss die Augen. Er war hier, hier bei ihr, nur das zählte. Geborgen in seinen Armen, seiner Nähe und seinen beruhigenden, zärtlichen Worten, breitete sich eine wunderbare Ruhe in ihr aus.

– Es wird alles gut. Seine Stimme wurde leiser und leiser, entfernte sich immer mehr und sie versank in einen tiefen, alles abschottenden Schlaf, in den sie sich widerstandslos fallen ließ.

Kurz vor 8:00 Uhr morgens zerstörte das profane Klingeln ihres Handys den Zauber der letzten Stunden. Nur allmählich nahm sie es wahr. Es drang durch die tiefen Schichten ihres Unterbewusstseins, wurde lauter und lauter. Widerstrebend öffnete sie ihre Augen. Philip lag neben ihr, sein rechter Arm lag auf ihre Taille. Schlaftrunken griff Anja nach ihrem Handy.

– Berger, meldete sie sich. Sie war noch so müde, so schrecklich müde. Doch es dauerte nur ein paar Sekunden und sie war hellwach.

– Anja, Jörg Lindner hat eben angerufen. Er weiß jetzt, wer der Mann ist, der dich terrorisiert.

Kannst du so bald wie möglich kommen? fragte Mike. Lindner will uns das Beweismaterial zeigen. Sie spürte, wie ihre Hand, die das Handy hielt, zu zittern begann. Sie war während des Telefonats aufgestanden.

– Ist dein netter Philip noch bei dir? Sie zuckte zusammen, drehte sich um. Philip lag auf seinen Ellenbogen gestützt im Bett und lächelte ihr zu. Ist er noch bei dir? Sie wandte sich schnell von ihm ab und verließ das Schlafzimmer.

– Ja, sagte sie knapp.

– Dann hör mir jetzt bitte gut zu. Dieser Mann hat dich belogen, er heißt nicht Jansen, sondern Lindbergh. Er ist der Mann, der dich terrorisiert hat. Du bist in großer Gefahr. Sag ihm deshalb bitte nichts von Lindner, sag ihm, dass du dringend zu einer Besprechung in die Agentur musst. Hast du das verstanden? Anja stand im Wohnzimmer und starrte auf das Plakat von Johnny, auf ihr Foto und das Liebesschloss: Johnny and Anja forever.

– Anja, hast du mich verstanden?

– Ja, sagte sie wieder, zu mehr war sie nicht fähig. Forever, forever! Es gab kein Forever mehr, es war vorbei, für immer vorbei.

– Gut, dann komm jetzt gleich ins Büro. Wir fahren dann von hier aus zu Lindner, sagte er und beendete das Gespräch.

– Wir sollten die Polizei verständigen, hörte sie Philips Stimme dicht hinter sich. Sie drehte sich erschrocken um.

– Nein, nein, ich muss dringend in die Agentur, ich werde das dann vom Büro aus machen. Entschuldige, ich gehe schon mal ins Bad.

– Soll ich uns inzwischen das Frühstück machen? fragte Philip.

– Nein, nein, das ist nicht nötig, ich muss gleich los. Sie begegnete seinem Blick. Hatte er etwas gemerkt? Sie wusste es nicht. Sie huschte eilig an ihm vorbei ins Bad und als sie wieder herauskam, stand Philip fertig angezogen im Wohnzimmer.

– Ich finde, wir sollten die Polizei jetzt gleich informieren, drängte Philip.

– Ich sagte doch, dass ich jetzt keine Zeit habe, antwortete sie kurz und ging eilig zur Wohnungstür. Er hielt sie am Arm fest, zog sie an sich.

– Wer hat dich angerufen?

– Stefan hat mich angerufen, log sie. Es ist wichtig, ich muss in die Agentur.

– Rufst du mich an, wenn du mit der Polizei gesprochen hast?

– Ja, ja, das mache ich.

– Anja, ich liebe dich, das musst du mir glauben. Ich wollte dir an dem Morgen im Hotel sagen, dass ich Journalist bin, aber als du dann Kopfschmerzen hattest und noch schlafen wolltest, nahm ich mir vor, erst am Abend mit dir darüber zu sprechen. Und dann, dann warst du verschwunden und ich habe mir wirklich große Sorgen gemacht. Anja, du musst mir vertrauen. Bitte! Es wird alles gut. Sie nickte stumm, schluckte das bittere Gefühl, das angesichts der Unerfüllbarkeit seiner schönen Worte in ihr aufgestiegen war, hinunter und befreite sich aus seiner Umarmung.

– Ich muss jetzt wirklich, entschuldige bitte. Sie verließen beide die Wohnung. Anja schloss die Tür ab und fuhr dann mit ihrem Wagen in die Agentur.

– Schön, dass du gleich gekommen bist. Können wir gehen? fragte Mike mit kaltem, emotionslosem Blick und einem Lächeln, das sich bereits im Ansatz in seinen Mundwinkeln verlor.

– Was ist das für Beweismaterial? fragte Anja. In ihrer Stimme schwang ein Vibrieren, das verriet, wie angespannt sie war.

– Nun, was er da im Einzelnen alles so an Beweismaterial hat, das weiß ich nicht. Er sprach nur kurz von Fotos, die er heute Nacht von deinem Philip gemacht hat, als er zweimal in deine Wohnung eingedrungen ist. Der Satz traf sie wie ein Hieb in den Magen.

– Er ist zweimal …? Die letzten Worte erstarben auf ihren Lippen.

– Ja, er hat anscheinend irgendetwas in deiner Wohnung gemacht, hat sie dann wieder verlassen, sich in sein Auto gesetzt und gewartet. Dann hat er telefoniert, ist wieder in deine Wohnung gegangen und ist dann die ganze Nacht geblieben, und du hattest offensichtlich nichts dagegen. Lindner hat euch fotografiert, als ihr eng umschlungen in einem Zimmer gestanden habt. Übrigens, dein Philip ist auch nicht Immobilienmakler, sondern Journalist. Er ist nicht der, für den du ihn hältst.

Anja spürte, wie sie förmlich unter seinem verächtlichen Blick zusammenschrumpfte.

– Komm, lass uns gehen, dann kannst du dir die Fotos ja ansehen und dich persönlich davon überzeugen, was für ein mieser Kerl dein Philip ist. Fassungslos sah sie Mike an, der mit unverhohlener Feindseligkeit und abgrundtiefer Gleichgültigkeit vor ihr stand, der den letzten Funken Hoffnung in ihr zertreten und Fakten geschaffen hatte. Mike öffnete die Tür und Anja trat hinaus auf den Gang und wusste nicht, wie ihre Beine es schaffen sollten, sie bis zum Aufzug zu tragen. Philip, die Nacht mit ihm war noch immer so präsent.

– Hast du denn wirklich geglaubt, dass dieser Mann dich liebt? Hast du denn nicht gemerkt, dass er nur mit dir spielt? fragte Mike. Anja antwortete nicht. Sie sah die Genugtuung in seinen Augen, den Triumph über ihre Niederlage und senkte vernichtet ihren Blick. Die Tür des Aufzugs öffnete sich und sie fuhren nach unten in die Tiefgarage. Völlig in sich zusammengesunken stand sie Mike in dem engen Raum gegenüber, starrte auf den grauen Boden und hatte Mühe, in der beklemmenden Enge Luft zu bekommen.

– Wir nehmen deinen Wagen, sagte Mike. Mein Wagen ist in der Werkstatt. Gib mir deine Autoschlüssel, du bist ja sicher nicht in der Lage, selbst zu fahren. Anja reichte ihm wortlos ihren Schlüsselbund und Mike schloss die Beifahrertür auf, ließ sie einsteigen und startete dann ihren Wagen. Er fuhr bis zur Schranke, schob seinen Parkschein in den Schlitz, die Sperrschranke schnellte nach oben und sie verließen die Tiefgarage. Anja saß völlig in sich zusammengesunken in ihrem Autositz und starrte geistesabwesend auf ihre Hände, die sich krampfhaft an ihrer Handtasche festhielten. Die Stadt, der Verkehr, sie glitten an ihr vorbei. Sie achtete nicht darauf, wohin er fuhr, erst als er in einen Waldweg einbog, blickte sie erstaunt auf.

– Wohin fährst du denn?

– Wir machen einen kleinen Abstecher in den Wald.

– Was willst du denn im Wald? Ich dachte, wir treffen uns mit Jörg Lindner?

– Es gibt keinen Jörg Lindner! Seinen Worten haftete eine Kälte an, die sie erschrocken aufhorchen ließ.

– Es gibt keinen Jörg Lindner? Was redest du denn da? Lindner hat doch Fotos gemacht, die er uns zeigen will.

– Es gibt keine Fotos, erwiderte er.

– Es gibt keine Fotos? Mike, was soll das? Du hast doch gesagt, dass ... Ein Gefühl von Unwirklichkeit erfasste sie.

– Natürlich musste ich sagen, dass wir uns mit Lindner treffen, sonst wärst du doch nicht mit mir mitgefahren.

– Mike, kannst du mir mal bitte erklären, was das soll?

– Das wirst du gleich sehen.

– Mike, ich möchte, dass du umdrehst und zurück in die Agentur fährst.

– Was du möchtest, interessiert mich nicht mehr, ab jetzt geschieht das, was ich möchte. Anja zuckte unter der Schärfe seiner Stimme und dem hasserfüllten Blick, den er ihr zuwarf, zusammen.

– Mike, dreh bitte um und fahr zurück.

– Zurück zu deinem Philip? Vergiss ihn. Du gehörst mir, mir ganz allein. Du hast mich lange genug hingehalten. Damit ist jetzt Schluss, sagte er schroff. Heute Nacht hattest du deine letzte Chance und die hast du nicht genutzt. Warum hast du mich nicht angerufen, als du das Plakat im Wohnzimmer gesehen hast? Ich saß unten im Auto und habe auf deinen Anruf gewartet, habe darauf gewartet, dass ich dich beschützend in meine Arme nehmen kann, dich beruhigen und diesen Lindbergh für immer aus deinem Leben katapultieren kann. Und dann rufst du diesen Kerl an und verbringst auch noch die ganze Nacht mit ihm. Kannst du dir vorstellen, wie ich mich da gefühlt habe?

– Du warst heute Nacht in meiner Wohnung und hast das Plakat ...? Entsetzt starrte sie ihn an und ein eiskalter Schauer jagte durch ihren Körper. Mike, das ist doch alles nicht wahr. Sag, dass das nicht wahr ist. Bittend, fast flehentlich sah sie ihn an, doch der Blick, den er ihr zuwarf, vertrieb jede Hoffnung auf einen Irrtum und korrigierte schonungslos ihr Bild von Mike. Und die Rosenblüten und der Parfümflakon in meinem Schlafzimmer, die Briefe und Anrufe, das war alles von dir? Er gab keine Antwort. Mike, ich kann das alles nicht glauben. Was habe ich dir getan? Mike, sag mir bitte, warum. Warum hast du das gemacht? Er antwortete nicht, starrte nur hasserfüllt geradeaus und ihr Verstand mühte sich, das Unglaubliche zu begreifen. Mike war der Mann, der sie terrorisiert hatte, er war dieser Johnny, der ihr so übel mitgespielt hatte.

– Du hättest das alles nie erfahren, wenn dieser Lindbergh sich nicht an dich herangemacht hätte. Alles hätte so schön werden können. Und dann kommt dieser Kerl und macht alles kaputt.

– Mike, ich verstehe das alles nicht.

– Das musst du auch nicht. Da vorn steht mein Wagen, mit dem fahren wir zu einer wunderschönen, einsam gelegenen Berghütte mit traumhaft schönem Panoramablick.

– Zu einer Berghütte? Weshalb das denn?

– Nun, dir hat der Film von Susanne Sanders und Johnny doch so gefallen, diese große Liebe, dieses Glück in dieser einsamen Berghütte in den Rocky Mountains. Das kann ich dir auch alles bieten. Es wird sehr romantisch und wunderschön werden, verlass dich drauf.

– Das kann ich mir nicht vorstellen, erwiderte sie.

– Nun, mein Zauberduft wird schon dafür sorgen, dass es dir gefallen wird. Sie zuckte zusammen.

– Dein Zauberduft?

– Ich habe dir doch gesagt, dass ich für dich eine Duftkomposition kreiert habe. Wir beide werden wunderschöne Wochen in dieser einsamen Berghütte verbringen, Wochen voller

Liebe, Leidenschaft und Glück. Gelähmt vor Entsetzen starrte Anja ihn an, wich bei jedem seiner Worte innerlich weiter zurück, sank immer tiefer in ihren Autositz. Das, was ihr Vorstellungsvermögen bisher nicht für möglich gehalten hatte, besorgte jetzt die Realität.

– Mike, das kannst du doch nicht machen!

– Warum denn nicht? Wer soll mich denn daran hindern? Du vielleicht? Sein Blick traf sie eiskalt und hart.

– Mike, ich kann das alles nicht glauben.

– Glaub, was du willst, aber steig jetzt aus! Wir haben nicht viel Zeit, erwiderte er schroff. Steig jetzt endlich aus! Oder muss ich nachhelfen? Anjas Angst steigerte sich ins Unermessliche. Was sollte sie nur tun? Was konnte sie überhaupt tun? Der erste Gedanke, der langsam Gestalt annahm, war: Sie musste weg, sie musste versuchen ihm zu entkommen. Augenblicklich war jeder Muskel, jede Sehne in ihrem Körper angespannt und ihre Sinne waren auf eigentümliche Weise geschärft. Sie löste ihren Sicherheitsgurt, stieß die Wagentüre auf, schnellte mit einem Satz hinaus und rannte los. Angst und Adrenalin übernahmen das Kommando.

– Du glaubst doch nicht, dass du auch nur die geringste Chance hast, mir zu entkommen, schrie er lachend hinter ihr her. Sei vernünftig, bleib stehen, das bringt doch nichts. Er hatte recht, diese verdammten High Heels waren das denkbar schlechteste Schuhwerk, um ihm zu entkommen, und dann noch dieser enge Rock, mit dem sie noch zusätzlich gehandicapt war. Schnell schlüpfte sie aus ihren Schuhen und rannte weiter. Jeder Schritt auf dem Waldboden mit seinem Geäst tat schrecklich weh. Sie wusste nicht, wo sie hier war, rannte einfach in irgendeine Richtung, rannte um ihr Leben. Sie hörte seine kraftvollen, schnellen Schritte. Er kam näher und näher. Der Wald wurde dichter. Umgestürzte Baumstämme und Äste zwangen sie zum Zickzackkurs. Zweige schlugen ihr ins Gesicht, Brombeerranken rissen an ihren Armen und Beinen und hinterließen lange Kratzer. Sie stolperte. Ein stechender Schmerz in ihrem linken Bein, doch ihre panische Angst und sein keuchender Atem trieben sie weiter. Schneller, schneller! schrie alles in ihr, doch seine stampfenden Schritte kamen näher und näher. Sie hatte keine Chance, nicht die geringste. Er war der Schnellere. Ihre aussichtslose Situation, das Wissen, ihm nicht entkommen zu können, schnürten ihr fast die Kehle zu, und ihre Beine drohten, ihren Dienst zu versagen. Trotzdem der blinde Drang weiter zu rennen. Du musst es schaffen, du musst es schaffen. Lauf! Sie gab alles, doch sein hastiges Keuchen, das sie durch den Wald jagte, wurde nicht leiser, ganz im Gegenteil, es wurde lauter, immer lauter. Plötzlich ein Ast, er versperrte ihr den Weg. Seine Hand schnellte vor und packte sie am Arm. Sie drehte sich um und trat nach ihm. Er packte ihren Fuß und sie knallte auf den Boden. Sie schlug und trat wild um sich und versuchte verzweifelt, sich zu befreien. Doch plötzlich lag er mit seinem ganzen Gewicht auf ihr.

– Na, du kleine, wilde Raubkatze, ich habe dir doch gesagt, dass du keine Chance hast. Ein widerliches Grinsen breitete sich auf seinem Gesicht aus.

– Lass mich los, schrie sie verzweifelt und stemmte sich mit aller Kraft gegen ihn.

– Warum sollte ich? Warum jetzt, wo es gerade erst anfängt, interessant zu werden, jetzt, wo du mir gehörst, nur mir. Seine Finger umklammerten ihre Handgelenke wie Stahl und sie sah, wie er die Situation genoss. Du siehst hinreißend aus. Die Angst steht dir hervorragend. Diese Panik in deinen Augen, ja, so gefällst du mir. Keuchend schnappte sie nach Luft. Das Gefühl, ihm hilflos ausgeliefert zu sein, brachte sie fast um den Verstand. Sein hämisches Grinsen kam näher und näher und jede Hoffnung, ihm noch zu entkommen, fiel jäh in sich zusammen. Das nackte Grauen überschwemmte sie. Sie glaubte, ohnmächtig zu werden. Seine feuchten Lippen pressten sich auf ihre, sodass sie fast keine Luft mehr bekam. Da biss sie zu. Er schrie auf, sein Kopf schnellte zurück und seine Hände ließen sie los.

– Du elendes Miststück! Blut tropfte von seiner Lippe. Sie griff nach einem Ast, schlug nach ihm. Doch da packten seine Hände schon wieder zu.

– Das machst du nicht noch einmal, schrie er und drehte ihr Handgelenk so stark nach rechts, dass sie vor Schmerz aufschrie und den Ast fallen ließ. Dann stürzte er sich mit seinem gesamten Gewicht wieder auf sie. Du hast keine Chance, sieh das doch endlich ein. Sei ein bisschen kooperativ, das macht es für uns beide etwas einfacher. Er hielt ihre Arme über ihrem Kopf am Boden fest. Anja sah in sein Gesicht, das wieder ganz dicht über ihrem war, sah das kalte, überlegene Lächeln auf seinen Lippen und schloss die Augen. Sie konnte dieses Gesicht nicht mehr ertragen. Fast ohnmächtig vor Angst lag sie unter ihm, konnte sich nicht mehr bewegen, war ihm hilflos ausgeliefert. Ihr letzter vergeblicher Widerstand war unter seinem fest zupackenden Griff gebrochen. Er war der Stärkere, der viel Stärkere.

– Ich habe dich geliebt, hörte sie ihn plötzlich sagen. Seine Hand schob eine Haarsträhne aus ihrem Gesicht, strich zärtlich über ihre Wange und sein Daumen verharrte für ein paar Sekunden auf ihren Lippen. Sie hielt den Atem an. Ich habe mir so sehr gewünscht, dass auch du etwas für mich empfinden würdest. Für einen kurzen Moment glitt das eben Geschehene in den Bereich der Unwirklichkeit, alles nur ein Albtraum, aus dem sie gleich erwachen würde. Schade, dass sich die anfänglichen Visionen nicht gehalten haben, sagte er mit leiser Stimme. Die Tage mit dir, als du bei mir gewohnt hast, haben mir so unendlich viel bedeutet. Es war so schön, morgens mit dir aufzustehen, mit dir zu frühstücken und zusammen in die Agentur zu fahren. Ich habe mir so sehr gewünscht, dass du für immer ... warum er? Anja, warum? Anja sah in seine Augen, sah die Enttäuschung, die Leere, die sich darin abzeichnete, und eine Träne löste sich von ihrem rechten Auge und glitt in ihr Haar.

– Mike, wenn ich dir je etwas bedeutet habe, dann lass mich jetzt bitte gehen.

– Du willst weg, weg von mir. Ist das alles, was du willst? Hass stieg augenblicklich wieder in ihm hoch. Ich habe dir nie etwas bedeutet, stimmt's? fragte er mit zynischer Kälte.

– Nein, so ist es nicht, du hast mir etwas ...

– Vergiss es! unterbrach er sie unwirsch, packte sie, zerrte sie zurück zu seinem Auto und öffnete den Kofferraum.

– Steig hinein! befahl er messerscharf.

– Ich soll in den Kofferraum? stotterte sie fassungslos.

– Wohin denn sonst? Glaubst du denn, ich lasse dich auf den Beifahrersitz, damit du bei der nächsten roten Ampel aussteigen kannst? Los jetzt, beweg dich!

– Lass mich los, sonst kann ich nicht einsteigen. Wider Erwarten tat er, was sie sagte und sie trat augenblicklich mit voller Wucht gegen sein Schienbein. Er verlor das Gleichgewicht, schwankte und sie rannte los. Doch es dauerte nicht lange, da war er schon wieder hinter ihr, kam näher und näher. Kurz vor einer Waldhütte packte er sie am Arm, riss sie an sich.

– Ich habe dir doch gesagt, dass du keine Chance hast. Sei jetzt endlich vernünftig. Plötzlich Stimmen. Er stieß sie in die Hütte. Zwei Fahrradfahrer kamen auf die Hütte zugefahren. Anja wollte schreien, doch er hielt ihren Mund zu und presste sie an sich. Hilflos, gefangen in seinen Armen, musste sie durchs Fenster zusehen, wie sie vorbeifuhren, wie sie nicht einmal zur Hütte herüberblickten, wie sie weiterfuhren, einfach weiter.

– Wir gehen jetzt gemeinsam zurück! Und keine Mätzchen mehr, hast du das verstanden?

– Bitte Mike, bitte ich ... Ihre Worte erstarben auf ihren Lippen, als sie plötzlich direkt in die Mündung einer Pistole blickte. Sekundenlang starrte sie fast ohnmächtig und gefangen in der sich immer höher schraubenden Spirale aus Angst auf die Pistole, auf Mikes gekrümmten Zeigefinger am Abzug.

– Komm jetzt! fuhr er sie an. Nicht die geringste mitfühlende Regung überzog auch nur ansatzweise sein Gesicht, während er die Waffe auf sie richtete. Ihr ganzer Körper schmerzte, sie konnte sich kaum noch auf den Beinen halten und ihr Blick irrte hilflos durch die Hütte, auf der Suche nach einem Ausweg. Ihr Körper war ein einziges ohnmächtiges Zittern. Und doch, sie würde nicht freiwillig mit ihm gehen, niemals. Aber sollte sie tun, was konnte sie denn noch tun? Alles trat hinter ihre fieberhaft jagenden Gedanken zurück. Sie musste Mike ablenken, musste irgendetwas machen, damit er die Pistole weglegte. Aber was? Ihre Gedanken rasten und sie spürte, wie langsam auch die letzte Lebensenergie aus ihrem Körper wich, angesichts der Ausweglosigkeit ihrer Situation. Doch plötzlich war da ein Gedanke, eine Idee, die die alles beherrschende Panik in ihrem Innern durchdrang und ihr für einige Augenblicke fast den Atem raubte. Sie war unfassbar, aber sie hatte keine andere Wahl, sie musste es tun. Sie musste dafür sorgen, dass er die Pistole aus der Hand legte, dann hatte sie vielleicht noch eine Chance. Vielleicht.

– Ich tue alles, was du willst, aber leg die Pistole weg, sagte sie.

– Du willst alles tun, was ich will? fragte er höhnisch, während ein Ausdruck von Geringschätzung über sein Gesicht flog.

– Ja, alles, was du willst. Und dazu müssen wir nicht zu einer einsamen Berghütte fahren, hier ist es doch auch schön. Es war mehr ein Flüstern, sie war kaum in der Lage zu sprechen. Und deinen Zauberduft, den brauchen wir auch nicht. Ihre Stimme war wie eine Liebkosung. Fassungslos starrte er sie an, als sie begann, die Knöpfe ihrer Bluse zu öffnen.

– Leg die Pistole weg, die brauchen wir jetzt nicht, sagte sie mit einem liebevollen Lächeln, streifte ihre Bluse von der rechten, dann von der linken Schulter. Dieser innige Blick. So hatte sie ihn noch nie angesehen. Ihre Hände griffen zum Verschluss ihres BHs und öffneten ihn. Er fiel auf den Boden. Wie hypnotisiert starrte Mike auf ihre Brüste, ihre nackte Haut, ihre Haare, die in weichen Wellen über ihre Schultern fielen. Erregung erfasste ihn augenblicklich und ein aufflammendes Verlangen, Verlangen nach dieser halbnackten Frau, die da vor ihm stand. Er wusste, dass das alles nicht wahr sein konnte, was hier geschah, und doch klammerte er sich, fernab jeder Vernunft, an dieses innige, zärtliche Lächeln, das ihn umhüllte wie eine liebevolle Umarmung, wie eine schützende, abschirmende Hülle, durch die für einen kostbaren Augenblick diese ganzen störenden Dinge nicht dringen konnten.

– Anja, murmelte er. Dieses durch nichts zu verdrängende, tief sitzende Verlangen, sie in seinen Armen zu halten, hier und jetzt. Getrieben von seiner brennenden Sehnsucht, die er nicht mehr gewollt hatte, nie mehr, der er aber nichts entgegenzusetzen hatte, trat er einen Schritt auf sie zu.

– Anja, flüsterte er, sah ihre zitternden, liebevoll lächelnden Lippen, ihren innigen und doch so angsterfüllten Blick. Er wusste, dass es für sie keine gemeinsame Zukunft mehr geben konnte, nicht nach dem, was alles geschehen war. Er wusste, dass man die Uhr nicht zurückdrehen kann, dass es nicht möglich war, dass sie ihn noch liebte, dass es zu spät war, viel zu spät. Und doch, seine drängende Sehnsucht ließ sich davon nicht abhalten, zwang ihn unaufhaltsam weiter und er ging noch einen Schritt auf sie zu, legte die Pistole auf den Holztisch, wollte sie in seine Arme nehmen und alles verdrängend und vergessend ihre zitternden Lippen küssen. Nur noch einmal ihr ganz nahe sein, sie spüren, so wie in der Nacht, als sie vor irgendwelchen Schatten auf dem Balkon Angst bekommen hatte. Sie noch einmal beschützend in seinen Armen halten, sie beruhigen und noch einmal dieses wunderbare Glücksgefühl dieses längst vergangen Augenblicks spüren. Doch sie griff nach der Pistole und richtete sie auf ihn.

– Zurück! Sofort zurück, sonst schieße ich! Er rührte sich nicht, sah sie nur an.

– Schieß! sagte er dann. Drück einfach ab. Sterben durch einen Schuss ist sehr einfach und geht ganz schnell. Ihre Hand zitterte, sie konnte die Pistole kaum halten.

– Schieß, los, schieß endlich. Sie blickte auf ihre zitternde Hand, spürte die Tränen, die über ihre Wangen liefen und wusste, sie konnte das nicht, sie konnte nicht abdrücken, das konnte sie einfach nicht. Da griff er nach der Pistole.

– Eine Schreckschusspistole, sagte er, nur eine Schreckschusspistole. Dann legte er ihren Schlüsselbund auf den Tisch und verließ, ohne noch irgendetwas zu sagen, die Hütte. Fassungslos und völlig am Ende ihrer Kräfte stand sie da und starrte ihm hinterher, sah durchs Fenster, wie er sich von der Hütte entfernte, in sein Auto stieg, losfuhr und aus ihrem Blickfeld verschwand.

Mittwoch, 19. Juli 2006

Anja stand am Fenster und blickte auf die erwachende Stadt, die aufgehende Sonne, die ihre ersten wärmenden Strahlen auf den Stuttgarter Kessel sandte, auf den frühmorgendlichen Berufsverkehr und die Menschen, die schon überall unterwegs waren. Es war wieder ruhiger geworden in Stuttgart, in ganz Deutschland. Die WM, die das Land in einen Taumel sommerlichen Glücks versetzt und in die größte Partymeile der Welt verwandelt hatte, war vorbei, der Sommertraum in Schwarz-Rot-Gold zu Ende. Die drei großen Videoleinwände für die Liveübertragungen auf dem Schlossplatz waren wieder abgebaut, die meisten Fußball-Accessoires aus den Schaufenstern verschwunden, der Alltag war wieder eingekehrt. Italien ist Weltmeister und Deutschland ist am 8. Juli, nach dem 3:1-Sieg gegen Portugal in Stuttgart, Dritter geworden. Doch das hatte der Stimmung keinen Abbruch getan. Die deutschen Fans feierten ihre Nationalmannschaft nach diesem glänzenden Abschluss der WM im Daimlerstadion und diesem wochenlangen, mitreißenden Fußballzauber, wie einen Weltmeister. Es war die größte Party gewesen, die Stuttgart je erlebt hatte. Ein Lächeln huschte über ihr Gesicht. Stuttgart ist nicht so romantisch wie Paris, nicht so eine bedeutende Kulturmetropole wie Florenz oder so eine Weltmetropole wie San Francisco oder New York City, doch Stuttgart ist Weltmeister der Herzen und, wie die Fans euphorisch gejohlt hatten: *Stuttgart ist viel schöner als Berlin.*

Kai und Claus waren inzwischen wieder zurück von ihrem Australien-Trip, und Kai hatte in den letzten Tagen lange Gespräche mit seinem Vater geführt und ihn von seinen Plänen überzeugen können. Als Anja gestern mit Stefan gesprochen hatte, hatte sie gespürt, wie erleichtert er war, dass sein Sohn die Agentur übernehmen will, und nicht nur er, sondern die ganze Belegschaft. Sie alle freuten sich auf ihren neuen Chef, der ökologische Verantwortung übernehmen will, der Umweltbewusstsein zu einem festen Bestandteil seiner Werbeagentur machen will und anstelle von kurzlebigen Billigprodukten, die immense Ressourcen verbrauchen und die Müllhalden füllen, nur noch für umweltschonende Produkte werben will. Doch sie wussten auch alle, dass sie es ohne die Konsumenten nicht schaffen können, denn ihre Nachfrage prägt das Angebot. Sie können jeden Tag mit ihrem Einkauf entscheiden, ob sie bereit sind, nachhaltig erzeugte Produkte zu kaufen, Produkte, die unsere Umwelt schonen.

Auch Claus war schon dabei, sein Vorhaben umzusetzen, und arbeitete bereits an seinem ersten Bild. Er malte den Regenwald, malte diese grandiose Biodiversität wilder, ungezähmter Natur, mit ihrer einzigartigen Tierwelt und ihren urzeitlichen Pflanzen. Immer wieder unterbrach er seine Arbeit und blickte auf das Foto von Corinna, das er auf einem kleinen Beistelltisch platziert hatte, fing ihr Lächeln ein und arbeitete dann wieder weiter, schaffte es wieder, so wie früher, seine ganze Leidenschaft und Sensibilität in jeden Pinselstrich zu legen, wenn er die betörende Schönheit der Orchideen, das zarte Grün der Baumfarne, die blau schimmernden Eukalyptusbäume, die gigantischen Mammutbäume, die Baumkängurus, die fliegenden Füchse und auch den vom Aussterben bedrohten Helmkasuar und die vielen Krabbeltiere in dieser urwüchsigen Natur malte, diese ganze beispiellose Vielfalt, die den Regenwald so einzigartig macht. Ein Lächeln huschte über sein Gesicht. Ja, es war schön, wieder vor seiner Staffelei zu sitzen und zu malen, dieses tiefe Wohlbefinden bei seiner Arbeit zu spüren, dieses Glück, Corinnas Wunsch erfüllen zu können und sie zu malen, die Schönheit urwüchsiger Natur, die sie so sehr geliebt hatte. Doch plötzlich stockte er, blickte auf diesen Regenwald, auf diese zutiefst beeindruckende, exotische Flora und Fauna, die er gemalt hatte und legte seinen Pinsel beiseite.

– Du musst auch die Umweltschäden auf deinen Bildern zeigen, hörte er Corinna sagen, du bist ein renommierter Maler, du hast Einfluss, du musst zeigen, was weltweit mit unserer Natur geschieht. Bilder sind eine sehr machtvolle Sprache. Er schluckte schwer, griff nach seinem Pinsel, zwang ihn auf die Leinwand und begann sie zu malen, die Flammen, diese alles zerstörende Kraft der Flammen, die höher und höher stiegen, diese Flammen, die die Bäume in Feuersäulen verwandelten, die tiefer und tiefer in den Regenwald, in den Lebensraum so vieler Tiere eindrangen und Rußschwaden in den Himmel steigen ließen, Rußschwaden, die Milliarden Tonnen Abgase in die Atmosphäre schleudern. Claus blickte zutiefst ergriffen auf dieses Feuer, das er auf seiner Leinwand entfacht hatte, auf dieses Feuer, das schon einen großen Teil dieses einzigartigen Ökosystems Regenwald auf seinem Bild vernichtet hatte, auf dieses Feuer, das zeigt, was weltweit mit unseren Regenwäldern geschieht, die so wichtig für uns Menschen sind als CO_2-Speicher.

Noch lange saß er vor seinem Bild und dachte an die erste Klimakonferenz in Genf 1979, bei der Wissenschaftler schon damals darauf hingewiesen hatten, dass der Kohlendioxidgehalt der Erdatmosphäre durch den wachsenden Verbrauch von Erdöl, Erdgas und Kohle in Industrie und Haushalten ständig ansteigt und unser Klima bedroht. Dennoch werden weiter Jahr für Jahr weltweit Regenwälder, die Kohlendioxid in Sauerstoff umwandeln, abgeholzt oder durch Brandrodungen, die das Klima doppelt belasten, vernichtet, mit dramatischen Folgen für die Umwelt. Und auch der Naturforscher und Universalgelehrte Alexander von Humboldt warnte bereits vor menschengemachter Klimaveränderung und Umweltzerstörung und schrieb, als er 1801 die Abholzung der Wälder am Valencia-See in Venezuela beobachtete: *Es kann sein, dass wir irgendwann zu fernen Planeten reisen werden, und dorthin werden wir dann unsere Mixtur aus Arroganz, Gier und Gewalt mitnehmen. Wir werden diese Planeten so veröden, wie wir es schon mit unserer Erde tun.*

Ja, wir veröden mit unserem fanatischen Streben nach immer mehr und mehr Konsum und Wirtschaftswachstum, ohne Rücksicht auf die ökologischen Folgen, unsere Erde, vernichten trotz wissenschaftlicher Erkenntnisse und Warnungen der Umweltschutzorganisationen unsere eigene Lebensgrundlage, vernichten die Erde, die uns ernährt. Wenn wir nicht bald die ökologischen Grenzen akzeptieren und auf die Umweltschäden reagieren, ist es irgendwann zu spät, zu spät für die nachfolgenden Generationen. Und deshalb musste er diese rücksichtslose Ausbeutung der Natur auf seinen Bildern zeigen, musste die Menschen für die immer weiter fortschreitende Zerstörung unserer Erde sensibilisieren, sie alarmieren. Ja, er musste zeigen, wie sehr wir uns selbst gefährden, wenn wir unsere Natur immer weiter zerstören, weil ökonomische Interessen stärker zählen. Diese Natur, die uns Menschen nicht braucht, der es ohne uns viel besser gehen würde, diese Natur, ohne die wir aber nicht leben können.

Die ganze Wohnung roch schon nach frischem Kaffee. Anja ging zur Küche, blieb im Türrahmen stehen und sah Philip zu, wie er barfuß, mit Jeans und weißem T-Shirt, Eier am Rand der Pfanne aufschlug und hineingleiten ließ. Er hatte das Radio angemacht und noch nicht bemerkt, dass sie da war, ihn beobachtete. Doch dann drehte er seinen Kopf und lächelte ihr zu.

– Ich bin gleich fertig, setz dich doch. Sie ging zum Tisch, der schon für zwei Personen gedeckt war, nahm die gefüllte Kaffeekanne und schenkte ein.

– Was hältst du eigentlich davon, wenn wir uns zusammen eine größere Wohnung suchen? fragte Philip. Anja stellte die Kaffeekanne zurück auf den Tisch, trat dicht hinter ihn, schob ihre Arme unter seinen hindurch und schmiegte sich an seinen Rücken.

– Viel, sehr viel, flüsterte sie ihm ins Ohr. Und ich kenne da auch einen Immobilienmakler, einen gewissen Philip Jansen, einen sehr sympathischen, coolen Typ mit hoher Fachkompetenz, er könnte uns doch bei der Suche einer geeigneten Immobilie behilflich sein, meinst du nicht auch? Philip drehte sich um und zog sie zärtlich in seine Arme.

– Unbedingt, antwortete er lächelnd, auf so eine Kapazität können wir selbstverständlich nicht verzichten. Ich werde gleich morgen mit ihm sprechen und ich bin mir sicher, er wird etwas Passendes für uns finden.

– Ich auch, fügte sie mit einem schelmischen Grinsen hinzu, sah, wie die ersten Sonnenstrahlen in die kleine Küche fielen und musste unwillkürlich an ein Zitat denken, das sie einmal in einer Zeitschrift gelesen hatte: *Verliere nie den Glauben an die Sonne, auch wenn sie sich hinter Wolken verbirgt.*

HERZ FÜR AUTOREN A HEART FOR AUTHORS À L'ÉCOUTE DES AUTEURS MIA KAPΔIA ΓIA ΣYIΓ
HJÄRTA FÖR FÖRFATTARE UN CORAZÓN POR LOS AUTORES YAZARLARIMIZA GÖNÜL VERELIM SZ
CUORE PER AUTORI ET HJERTE FOR FORFATTERE EEN HART VOOR SCHRIJVERS TEMOS OS AUT
ZÖINKÉRT SERCE DLA AUTORÓW EIN HERZ FÜR AUTOREN A HEART FOR AUTHORS À L'ÉCO
RAÇÃO BCEЙ ДУШОЙ K ABTOPAM ETT HJÄRTA FÖR FÖRFATTARE À LA ESCUCHA DE LOS AUTO
AUTEURS MIA KAPΔIA ΓIA ΣYΓΓPAΦEIΣ UN CUORE PER AUTORI ET HJERTE FOR FÖRFÄTTERE EEN
YAZARLARIMIZ GÖNÜL VER... ZÖINKÉRT SERCE DLA AUTORÓW EIN HERZ FÜ
SCHRIJVERS TEMOS OS AS A... ÃO BCEЙ ДУШОЙ K ABTOPAM ETT HJÄRTA FÖ

Die Autorin

Die Autorin Waltraud Häcker arbeitete hauptberuf-
lich als Sekretärin. An der Fernuniversität Hagen
belegte sie als Gasthörerin die Studienfächer Literatur, Philosophie und Psychologie. Darüber hinaus
schloss sie an der Fernakademie Hamburg den FEB-
Fernlehrgang ‚Werbetexterin' ab. „Der zärtliche
Hauch der Illusionen" ist ihr erster Roman.

Der Verlag

*Wer aufhört
besser zu werden,
hat aufgehört
gut zu sein!*

Basierend auf diesem Motto ist es dem novum Verlag ein Anliegen, neue Manuskripte aufzuspüren, zu veröffentlichen und deren Autoren langfristig zu fördern. Mittlerweile gilt der 1997 gegründete und mehrfach prämierte Verlag als Spezialist für Neuautoren in Deutschland, Österreich und der Schweiz.

Für jedes neue Manuskript wird innerhalb weniger Wochen eine kostenfreie, unverbindliche Lektorats-Prüfung erstellt.

Weitere Informationen zum Verlag und seinen Büchern finden Sie im Internet unter:

www.novumverlag.com